KB254123

그곳에 두고 온 두루마기 생각난다

그곳에 두고 온 두루마기 생각난다

박건아

문예바다

차 례

Sverige
Suomi
Norge
d Kingdom
Deutschland
Беларусь
Україна
France
Română
Italia
España
Ελλάδα
Türkiye
O'zb
Türkmenis

인천 – 런던 – 파리 – 보르도 – 마드리드– 포르토 – 리스본 – 세빌 – 론
다 – 그라나다 – 말라가 – 바르셀로나 – 리옹 – 제네바 – 루체른 – 인터
라켄 – 루가노 – 베네치아 – 프라하 – 빈 – 부다페스트 – 크라쿠프 – 바

프롤로그

얼굴이 아름답고 잘생긴 아들을 낳았다. 모세라는 성경의 인물이 생각나서, 그 인물을 마음에 품고 그렇게 자라라고 기도하며 아들을 열심히 키웠다. 인물 선택이 잘못됐었나 보다. 사춘기가 너무 심해서 가슴이 찢어질 때가 많았다. "꼴도 보기 싫으니 당장 나가!"라고 소리라도 지르면, 진짜로 집을 나갈까 봐 마음 편하게 소리 한번 내지르지 못하고 사랑의 파리채로만 뒈지게 두드려 패며 사춘기를 보냈다.

"군대 갔다 올게요."

어느 날 군대에 간단다. 날짜가 정해졌단다. 배웅해 줄 필요가 없단다. 가방 하나 메고 그냥 집을 나가 버렸다. 가슴을 치며 울었다. 부모·형제도 없는 자식처럼 훈련소로 갔단다. 자대배치를 받은 다음 면회를 오란다. 여자친구가 배신했단다. 지금 휴가를 안 보내 주면 탈영하겠단다. (이건 어머님이 뭔가 오해를 하신 것 같네요.)

"휴가 좀 보내 주세요. 아들이 탈영할까 봐서요."

군대를 전역하고 집으로 돌아온 아들은, 뜬금없이 자신의 길을 찾겠다며 집을 나갔고, 간간이 들려오는 소식들로 막노동, 짧은 직장생활, 취직 공부, 직업훈련대학, 자격증 공부 등등 전국을 돌아다니며 여러 가지 도전을 했단다. 그래도 여전히 집에는 돌아오지 않았다.

어느 날 아들이 집에 들어왔다. 유럽여행을 간단다. 방 안에는 한복, 갓, 복주머니, 작은 팔찌, 판소리 춘향가 악보 등 이상한 것들이 돌아다니기 시작했다.

"야 이 미친놈아."

속에서 터져 나온 울분의 응어리였다. 자기 덩치만큼이나 큰 배낭을 메고, 아들은 그렇게 또 집을 나갔다. 유럽을 다니면서 나라가 바뀔 때마다 지렁이가 기어가는 듯한 글씨가 씌어 있는 간단한 엽서를 받았다. 나에게는 안부 인사도 없었다. 힘들다는 말도 없었다. 돈을 보내 달라는 말도 없었다. 다행이었다. 그냥 어디를 들렀다는 자기 기록인 듯한 간단한 글과 엽서.

이제는 유럽과 러시아 여행을 마치고 베트남에 가서 글을 정리한단다.

"네가 뭔데? 글에 대해서 뭘 아는데?"

두 달인가 머무르다 정리를 마치고 한국으로 들어왔단다.

"들어왔으면, 아빠한테 잘 갔다 왔다고 인사는 해야지 이 정신 나간 놈아."

참고 참았던 마음속 응어리가 또다시 폭발을 해 버렸다. 화난 목소리가 전파를 통해 아들 귀에 들려졌겠지? 그러니까 집으로 와서 얼굴이라도 비추고 다시 집을 나갔겠지?

이제는 책을 출판해야 한단다. 아들은 이렇게 아직까지 가출 중이다. 어렸을 적에는 진짜로 집을 나갈까 봐서 "나가 버려!"라는 말 한 마디 못하고 살았는데 이제는 성인이 돼서 자신의 길을 찾아 여전히 집에 들어오지 않고 있다. 마음으로 바란다.

"내 아들. 엄마 아빠 옆에는 없었지만, 항상 기도하고 항상 사랑하고 있다."

출국하기 하루 전

순천에서의 마지막 날.

한국에서 부모님과 함께 보낼 수 있는 마지막 점심을 먹은 후, 서울로 가는 버스를 타기 위해 터미널로 이동했다. 이동하는 중에 우리는 아무런 말도 없이 서로의 자리만을 지키고 앉아 창밖으로 흘러가는 풍경들을 묵묵히 바라보고 있다. 10월의 순천은 푸르렀다. 도로변에 자리한 수많은 가로수들은 아직 가을에 물들지 않았는지 초록빛 손인사로 나를 배웅했고, 그들의 인사에 이끌리어 창밖으로 손을 내밀자 몽실몽실 부드럽게 만져지는 포근한 바람들이 나를 마중하며 새로운 용기를 북돋아 주려는 듯했다.

한없이 느리게 가기만을 바랐던 자동차는 어느덧 터미널에 도착했다. 차가 완전히 멈춘 다음 나는 트렁크에서 나의 몸집만 한 배낭을 꺼내 들었고, 부모님은 아무런 말 없이 배낭을 메는 나의 모습을 묵묵히 바라보았다. 가방이 어깨에 들쳐 메지는 순간. 나의 온몸을 짓누르며 느껴지는 묵직한 무게감에 '내가 이 배낭의 무게를 언제까지 견뎌낼 수 있을까?'라는 생각도 잠시. 어머니는 밝게 웃는 얼굴로 나에게 다가와 "나쁜 놈. 나쁜 놈." 하시며 내 엉덩이를 향한 발길질로 나를 따뜻하게 축복해 주셨고, 아버지는 잘 다녀오란 말을 하시고선 무뚝뚝하게 사진 한번 찍자며 평소에 잘 사용하지도 않으시는 핸드

폰을 꺼내 드셨다.

떠나는 순간까지도 마음 한구석에 불편함이 가시지 않았다. 잘 다녀오라는 어머니의 발길질도, 몸조심하라는 아버지의 당부와 더불어 너무 못생기게 나온 셀카도 너무나 죄송스럽기만 했다.

"아버지 한국 돈은 필요 없어요……. 그리고 지금도 충분해요."

"그래도 받아. 혹시 필요할지도 모르니까."

지갑에서 꺼내 주신 5만 원짜리 지폐 4장. 가는 길에 굶지 말라 말씀하시며 어깨를 두어 번 두드리시곤 뒤돌아서 멀어지는 아버지의 뒷모습이 오늘따라 더욱더 쓸쓸하게 느껴졌다.

도로 위를 달리는 버스 의자에 몸을 깊숙이 파묻고서 창밖으로 흐르는 순천의 풍경들을 두 눈 가득 담아 보았다. 오늘 이곳을 떠난다면 언제 돌아올지, 다시 돌아올 수 있을지 없을지조차 알 수 없는 나의 고향. 평소와는 다르게 조금씩 막히는 도로가 나의 눈동자에 고향의 모습을 아로새길 수 있는 시간을 더 많이 주려는 것만 같았다.

지금 내가 느끼는 그리움이 나의 여행에 커다란 원동력이 되어 주겠지? '선택도 내가 했고, 책임도 내가 지는 거야.'라고 되뇌며 아스라이 멀어져만 가는 순천의 풍경들에 안녕을 고하고, 쓸쓸해져 오는 마음을 굳게 다잡았다.

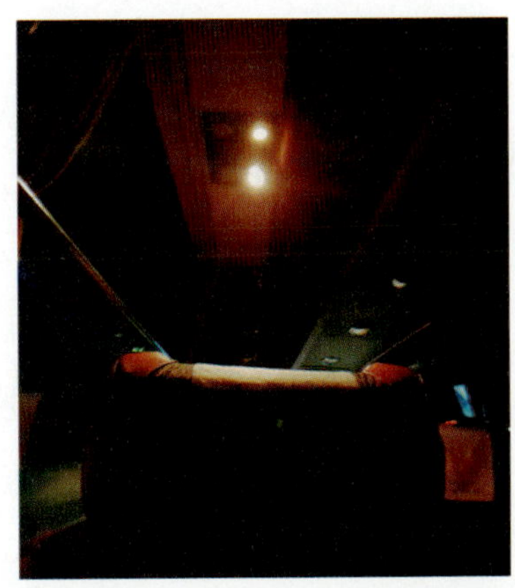

시작

서울에 사는 사랑하는 누나의 집에 빌붙어 하룻밤을 보냈다. 어두운 방 안에 누워 한참을 뒤척거리다 겨우 잠이 들었지만 알람을 맞춰 놨던 시간보다 훨씬 일찍 눈이 떠졌다.

'이제 오늘이구나.'

몽롱한 정신으로 자기 전에 미리 싸 놓았던 짐들을 주섬주섬 챙겨 들었다. 어젯밤 아름다운 누나가 "내일 아침 굶지 말고 꼭 먹고 가."라고 신신당부하며 싸 놓은 샌드위치를 한입 크게 베어 물었다. 잼을 어찌나 덕지덕지 발라 놨는지 달콤함이 머리를 지끈거리게 만들 정도였다. 나는 나를 고통스럽게 하는 누나의 사랑과 더불어 고요함으로 가득 차 있는 집을 조용히 나섰다. 리무진 버스를 타고 인천공항으로 향하는 길. 나의 머리는 단 한 가지의 생각만으로 가득 차 있었고, 그 생각은 머릿속을 꽉 채우다 못 해 나의 몸 밖으로 조금씩 밀려 나와 입술로 토해졌다.

"아……. 가기 싫다."

버스에서 내려 체크인을 하고 비행기를 타러 가는 발걸음이 어찌 이리도 무거울 수 있는지. 누군가의 강요로 인해 가기 싫은 여행을 억지로 떠나는 것도 아니고, 분명 나의 의지로 여행을 가고 싶어 계획도 했고, 한 달 가까이 준비까지 한 여행인데 왜 이렇게 떠나는 것이 두렵고 무서운지. 나는 인천공항에 도착하는 순간부터 다시 순천으로 돌아가는 버스를 타고 집으로 내려가 "깜짝 놀랐지?"라며 부모님 앞에 나타나거나, 우리 집 침대 위에 누워 있다가 감고 있던 눈을 뜨며 기쁜 마음으로 이

불을 박차고 일어나 "아 식빵 꿈."이라고 외치면서 배시시 웃고 싶었다.

그러나 실상은 탑승 게이트를 향해 터벅터벅 걷고 있는 나. 어쨌든 이왕 이렇게 된 거 '피할 수 없으면 즐겨라.'라는 심정으로 마음을 추스르고도 싶었다. 허나 머리에서 생각하는 대로 행동할 수 있다면 얼마나 좋을까? 나는 나의 옆구리에 매달린 채 달랑거리는 샷갓을 한 손으로 꼬옥 쥐고서 불안감과 초조함 덕분에 땀으로 흥건히 젖어 버린 반대편 손바닥을 바짓가랑이 위에 스윽 한 번 닦아 준 뒤, 떨리는 몸을 이끌고 비행기로 향했다.

장기 여행을 떠나기 전, 처음 시작에 이 정도의 불안감은 당연한 것이 아닐까? 라는 생각이 들었다. 오늘 이 비행기를 타고 한국을 떠나 버린다면, 나를 아는 사람이라곤 단 한 명도 없는 곳에 나 홀로 덩그러니 떨어져 있게 되는 것이기 때문에 내가 잘할 수 있을까? 라는 걱정. 언어에 대한 걱정과 주변 환경에 대한 걱정. 혹시 모를 사고에 대한 걱정 등등 이런저런 불안감이 가장 큰 시기가 지금이 아닐까? 라고 생각했다. 허나 모든 일에는 처음 시작이 가장 어려운 법. 무슨 일이든 가장 어려운 처음이 지나고 두 번의 경험이 쌓이다 보면 아주 쉬운 일이 되는 거니까.

나의 모든 여행이 끝나고 한국으로 돌아왔을 때 나는 어떠한 무엇이 되어 있을까? 분명 지금의 나와는 다른 무언가가 되어 있길 바라 본다. 나의 모든 여행이 끝마쳐진 마지막 날, 지금의 나와 그날의 내가 서로 마주 앉아 바라보는 것은 무엇일지 벌써부터 기대가 됐다.

조금 이른 나이부터 해외봉사를 다녔고 항상 영어공부에 대한 필요성을 느끼며 자라 왔지만, 막상 한국으로 돌아오면 작심삼일이 전부. 언제나 지켜진 적 없던 나 자신과의 약속들. 여행을 마치고 한국에 입국한 순간부터 나는 이유 없이 항상 바빴다. 영어 단어장은 사 놓고 책장에 모셔 놓기 일쑤. SNS는 인맥 관리에 필수품. 자막 없이 보는 영화는 재미가 없었다. 어른들은 항상 나에게 "너는 머리는 좋은데 왜 공부를 하지 않니? 공부를 조금만 하면 금방 배울 텐데."라고 말씀하셨지만, 나중에 내가 아이를 가지게 된다면 꼭 이렇게 말할 것이다.

"너는 아빠를 닮아서 머리가 좋지 않으니까, 열심히 노력해서 공부해야 한다."

모든 선택에는 책임이 따르는 법. 나는 깐깐하기로 소문난 히스로공항 입국 심사대 앞에 서서 줄어드는 줄을 바라보며 초조함을 느끼고 있는 오늘의 나에게 사과했고, 과거의 나태함을 즐겼던 나 자신에게 따뜻한 위로의 한마디를 건넨 후 입국 심사대로 향했다.

"여기 왜 왔어?"

"여행이요."

"다음에 어디 가?"

"프랑스요."

"뭐 타고 가?"

"기차요."

"직업이 뭐야?"

"학생이요."

여권과 나의 얼굴을 한참 동안 비교하던 영국 아저씨는 스탬프를 들어 '쾅' 하는 소리와 함께 나의 여권에 도장을 찍어 주었다.

"Welcome."

나의 얼굴을 보지도 않고 무뚝뚝하게 건네는 영국 신사의 조용한 환영 인사는 수많은 걱정으로 가득 차 있던 내 마음의 부담감을 약간은 덜어 준 듯했다.

입국 절차를 깔끔하게 마치고 수하물이 나오기 전 죽어 있던 나의 핸드폰에 새로운 영혼을 불어넣기 위해 유럽에서 사용이 가능한 유심 칩으로 바꿔 주었다. 유심 칩을 갈아 끼우자 폭포수처럼 쏟아지는 수많은 카톡들. 하나하나 답장을 해 주며 편안한 마음을 느끼는 순간 사건은 일어났다.

'뭐지?'

갑자기 메시지의 전송이 멈추고 인터넷이 더는 연결되지 않았다. 사용도 별로 하지 않았고 켠 지 얼마 되지도 않았는데? 도무지 인터넷이 끊어진 이유를 알 수가 없었다. 설명서를 봐도 아무것도 모르겠고 주변에 있는 와이파이를 잡으려 시도해 봤지만, 연결이 가능한 와이파이는 단 하나도 없었다. 멘붕! 나의 목덜미에서부터 흘러내리는 식은땀들은 가느다란 흐름에서 시작해 등허리를 타고 넘으며 거대한 물줄기로 변했고, 어느덧 흐르고 흘러 나의 엉덩이골까지 축축하게 적시며 팬티 위로 샘솟았다.

여행을 시작한 지 채 하루가 지나지 않은 여행 초보자인 나로서는 뭘 어찌해야 할지 아무런 감조차 오지 않았다. 머릿속으로 수많은 생각이 스치고 지나간다. 새로운 유심을 다시 사야 하나? 그런데 뭐가 뭔지 모르니 아무거나 살 수도 없다. 답도 안 나오는 설명서를 뚫어져라 쳐다보며 핸드폰을 계속 바라봤으나 뚜렷하게 떠오르는 방법도 없었다.

멍하니 자리에 주저앉아 이대로 한국으로 다시 돌아가야 하는 건가? 라고 생각하는 순간, 번뜩이며 나의 뇌리를 스치고 지나가는 하나의 기억. 순천에서 서울로 출발하기 전, 이제 막 유럽 여행을 마치고 돌아온 친구를 만났었다. 무언가 필요한 것이 없냐고 묻던 그녀는 자신의 유심카드에 데이터가 남아 있다며 나에게 그 카드를 건넸고 나의 여행에 무사 안녕을 빌어 주었다. 나는 기억을 거슬러 오르며 가방을 뒤져 그녀가 주고 간 유심카드를 찾았고 나의 유심카드와 교체를 했다. 그러자 인터넷은 언제 멈췄었냐는 듯 빠른 속도를 자랑하며 다시금 검색을 허락했다.

이 자리를 빌려서 감사 인사를 전하고 싶다. 고맙다. 순천에 사는 이소라 씨.

이때의 안도감은 말로 표현할 수 없었다. 여행을 시작한 순간부터 지금까지 이것 외에도 여러 번의 우여곡절들이 있었지만, 앞으로 남아 있는 여정을 생각한다면 이 정도는 사건의 축에도 끼지 못할 것 같다는 생각이 들었다. 세상에는 생각대로 되는 것만큼 재밌는 일이 없고, 세상에는 생각대로 되지 않는 것만큼 재밌는 일도 없다.

낯선 곳에서 마주하는 낯선 느낌의 공간과 사람들. 나의 가슴으로 낯설게 스며드는 차가운 공기가 나의 마음속에 있는 두려움들을 한 꺼풀 벗겨 내고 설렘으로 물들이는 것처럼 느껴졌다. 주위를 둘러봐도 동양인이라고는 나 혼자. 영국 런던. '이곳에 나를 아는 사람은 단 한 명도 없고, 내가 아는 사람 또한 단 한 명도 없다.'라는 사실이 무섭다기보다는 묘한 쾌감으로 느껴졌다. 패딩턴 역에 도착한 후 나의 똥구멍을 간질이는 쾌감을 뒤로하고 호스텔로 이동하기 위해 언더그라운드를 찾아 길

을 나섰고, 구글맵에 이끌리어 역 밖으로 나온 나는 그곳에서 진정한 런던을 마주했다.

손님들을 태우기 위해 길가를 가득 메우고 있는 블랙캡. 그 뒤로 보이는 높은 현대식 건물들과는 대조적으로 고전미를 뽐내고 있는 택시들은 나의 시선을 사로잡기에 충분했다. 서양의 문화적인 부분 중에서 가장 부러운 것을 꼽자면, 옛 건물들에 대한 보존이 우리나라와 비교했을 때 매우 잘되어 있다는 것이다. 우리나라 같은 경우 옛날 건물들은 모조리 허물어뜨리고 새로운 건물만을 고집하는 것에 무척 마음이 아팠다. 꼭 옛날 건물까지는 아니더라도, 지은 지 20~30년 정도 지난 건물들을 재개발이라는 명목하에 무너뜨리는 것도 마찬가지이다. 건물은 건물 자체에도 많은 추억과 기억들이 담겨 있는 것이기 때문에. 베트남만 비교하더라도 하노이에는 올드타운이 있는데, 그곳은 관광의 중심지인 만큼 땅값이 무척 비싸다고 한다. 하지만 그곳을 둘러보면 건물들은 하나같이 오래되고 층높이가 낮은 건물들이 여전히 그 자리를 지키고 있다. 만약 우리나라였다면 진작 그곳의 건물들을 허물어뜨리고 더 높고 멋있는 건물들을 지었겠지만, 이들은 옛 건물들을 지키기 위해 법적으로 제한을 두어 그 건물들을 허물 수 없게 만들었다고 한다. 옛것을 지킬 수 있는 것. 옛 추억을 간직할 수 있다는 것. 무언가를 기억 속에서 잊지 않는 방법은 잊히지 않게 만드는 것이다.

언더그라운드에서 내려 호스텔로 향했다. 새벽 늦게 도착해서 그런지 어둠이 낮게 깔린 길거리는 조용했고 사람들 또한 거의 보이지 않았다. 물론 차들도 그리 많이 다니지 않았다. 쌀쌀한 바람과 거리의 썰렁한 분위기 탓에 처음 도착해 느꼈던 설렘과 주변을 둘러보고 싶다는 호기심은 두려움에 밀려 사그라졌고, 일단은 숙소에 들어가 포근하고 안락한 기분을 느끼고 싶다는 생각밖에 들지 않았던 나는 호스텔을 향해 발걸음을 더욱더 빠르게 재촉했다. 구글맵에 이끌리어 골목들을 누비다 겨우 발견한 오늘의 숙소. 런던에서의 첫 숙소는 으슥한 골목길 언저리에 있는. 펍과 호스텔을 같이 운영하는 조그만 상가 건물이었다.

"딸랑."

평일 늦은 시간이라 그런지 문을 밀고 들어간 펍에는 한 명의 점원만 홀로 남아 텅 비어 있는 공간을 지키고 있었고, 그 점원은 나와 눈이 마주치자 반가운 목소리로 먼저 인사를 건넸다.

"Mr. Park? 맞지? 기다리고 있었어!"

어디서 왔니로 시작해 만나서 반가워로 끝나는 간단한 대화를 마치고 나는 그 친구를 따라 방으로 올라갔다. 삐걱대는 나무 계단을 돌고 돌아 4개나 되는 문을 지나고서야 나의 방에 도착할 수 있었다. 늦은 시간이라 방에는 곤히 잠들어 있는 사람들의 숨소리만 간간이 울리고 있었다.

나는 조심조심 침대 곁에 짐을 내려놓고 다시금 펍으로 내려왔다. 비행기에서 먹은 기내식을 끝으로 지금까지 아무것도 먹지 못했기에 허기도 달랠 겸 간단한 음식을 주문하려 했지만, 주방은 이미 마감되어 음식

을 주문할 수 없었고 오직 맥주만 마실 수 있다고 말하는 점원.

"어떤 맥주가 가장 맛있어?"라는 나의 질문에 그는 "전부 다."라고 말하고서 어깨를 으쓱하며 에일 맥주를 추천해 주었고, 선불이라는 그의 말에 나는 배시시 웃으며 카드를 내밀었다.

"10파운드야."

아……. 맥주 한 잔에 15,000원이라니. 영국에서의 첫 결제는 10파운드짜리 씁쓸한 에일 맥주였다. 나의 목구멍으로 부어지는 쓰디쓴 맥주는 텅 비어 있던 위장 벽을 세차게 긁으며 나의 배 속을 조금씩 채웠고, 입안을 굴러다니는 맥주의 알싸함은 언제 끝날지 모르는 나의 여정이 얼마나 고독하고 힘들지를 예고해 주는 것만 같았다. 분명 오늘 아침까지는 한국에서 누나가 친히 만들어 준 샌드위치를 씹고 있었지만, 대략 20시간이 흐른 지금은 런던의 골목길 한 귀퉁이에 있는 펍에서 혼자 맥주를 마시고 있다니.

나는 단 몇 번의 벌컥거림 만에 바닥을 드러낸 맥주잔을 테이블에 홀로 남겨 두고서 방으로 향했다. 나무 계단을 오르며 4개의 문을 지날 때까지도 은근히 혀끝에서 맴돌고 있는 씁쓸한 홉 향들을 조심스레 침대에 눕히자, 나도 모르게 잠이 들었던 것 같다. 이렇게 언제 끝날지 모르는 나의 여행이 시작됐다.

거부당할 권리

새벽 4시. 한참을 뒤척이다 눈이 떠졌다. 더 자야 한다고 나를 다독이며 잠을 청해 봤지만 더는 잠이 오지 않았다. 그래도 너무 이른 시간이라 침대 위에 누워 이불을 감싸 쥐고서 눈을 감고 한참을 뒤척거렸다. 시간이 얼마나 지났을까? 자다 깨기를 수없이 반복하던 나는 어느덧 창밖으로 들어오는 따사로운 햇살과 약간의 부산스러움에 저절로 눈이 떠졌다. 살짝 눈을 떠 주위를 둘러보니 방에서 곤히 자고 있던 사람들은 모두 다 침대를 떠난 지 오래. 사람들이 모두 떠나 텅 비어 있는 6인실

방 안에 나 혼자 남아 이곳을 지키고 있었다. 하품 한번 찢어지게 해 준 뒤 머리를 긁적이며 멍하니 침대에 걸터앉아 들어오는 햇살들을 바라보며 사진을 찍었다.

자리에서 일어나 주섬주섬 옷을 챙겨 입고 밖으로 나왔다. '당연히 언제나 우중충하겠지.'라고만 생각했던 런던 날씨는 드문드문 떠다니는 구름 사이로 따사로운 햇살을 비추며 나를 반겨 주었고, 앞으로의 여행이 마냥 밝을 것이라고 착각하게 만들었다. 언제나 그렇듯, 예기치 못한 시련은 안심하는 순간에 발생하는 법. 나의 여행 계획 중 첫 번째는, 도시를 구경할 때 다른 교통수단은 이용하지 않고 오직 자전거만 타고 거리를 누비는 것이었다. 처음으로 혼자 여행을 떠났던 후쿠오카에서 자전거를 빌려 타고 시내를 돌아다닌 적이 있다. 나는 그날 그곳에서 느꼈던 감동을 영원히 잊을 수 없을 것이다. 귀에 꽂힌 이어폰을 따라 은은한 선율의 재즈가 흘러나오며 나의 예술적 감성을 간지럽히고, 거리를 걷고 있던 평범한 사람들 사이로 자전거를 타고 스치듯 지나가는 나.

그 순간은 지극히 평범한 나를 로맨스 영화에 나올법한 남자 주인공으로 만들었고, 다시 한 번 그날의 감동을 경험하고자 런던에서도 자전거를 빌리려고 했으나, 고난은 행복을 먹고 자란다고 했던가? 많은 블로거의 포스팅을 통해 공부하고 또 탐독했기에 자전거를 빌리는 데 아무런 지장이 없으리라. 완벽하고 능숙하게 막히는 것 하나 없이 물 흐르듯 자연스럽고, 런던에 거주하는 현지인들처럼 자전거를 빌릴 수 있을 것이라고 생각했던 나였지만 그것은 나의 착각에 불과했다.

카드로 결제를 진행하고 코드를 받아 기계에 입력한 후 자전거를 빼내려고 했지만, 33번 자전거. 그녀는 거치대에 견고히 몸을 고정한 채 빨갛게 붉어져만 가는 나의 양 볼을 바라보며 가당치도 않다는 듯 자신의 몸을 허락하지 않았고, 귀찮게 하지 말라는 듯 빨간불을 세차게 깜빡거리며 도도함으로 똘똘 뭉친 발리우드 영화의 여주인공처럼 그 자리에서 미동조차 하지 않았다. 여행을 시작한 첫날부터 사람도 아니고 동물도 아니고, 자전거 따위에게 거부를 당하다니. 이런 게 나의 삶인가 보다, 라고 상실감을 느꼈지만 한편으로는 자전거도 누군가에게 운전당하지 않을 권리가 있지 않나? 라는 생각까지 하게 되었다. 이런 말도 안 되는 어처구니없는 생각들도 말이 되는 것처럼 느껴지는 오늘. 나는 지금 영국의 수도 런던에서 여행 둘째 날의 시작을 이렇게 맞이했다.

자전거 타기를 포기하고 멀쩡한 두 다리로 길을 걸었다. 화요일 오후였지만 공원에는 많은 사람들이 서로 짝을 이루어 산책하고 있었다. 별다른 생각 없이 사진을 찍었다. 사진을 확인하니 찍혀 있는 어느 노부부의 뒷모습. 정확히 어떤 사이인지는 알지 못하지만, 그냥 노부부라고 생각하고 싶다. 서로 같은 곳을 보며 함께 걸을 수 있는 사람을 만나 같이 늙어 간다면 얼마나 좋을까. '나도 저렇게 늙고 싶다.'라는 상상을 했다.
상상할 게 많다는 것은 아직 아무것도 해 보지 못한 것에 대해 아쉬움이 크기 때문이라고 한다. 그렇기에, 나는 사랑하는 사람과 그리는 행복한 미래에 대한 상상들을 곧잘 하곤 한다. 나는 아직 누군가를 진정으

로 사랑해 본 적이 없는 것 같다. 왜? 냐고 묻겠지만, 그 이유를 내가 어떻게 알겠는가. 생각해서 해결될 수 있는 문제는 문제가 아니다. 아무튼 산책을 하는 그들의 뒷모습을 보니 오늘따라 나의 인생 웹툰 퍼펙트 게임에 나오는 감독님 부부의 모습이 떠올랐다. 나이를 먹어 서로 뜨겁게 불타오르지는 않지만 소소하게 상대방을 위해 신경 쓰는 모습들이 어찌 그리도 아름다운지. 푸근하게 미소 지으며 '와서 삼계탕 드시고 가세요.'라는 사모님의 대사가 뜬금없이 떠오르는 지금. 오늘따라 삼계탕이 격하게 먹고 싶다.

이런 게 바로 런던이지

아침부터 추적추적 끊이지 않고 비가 내렸다. 브런치를 먹으러 펍으로 내려가 영국식 아침식사와 함께 런던스러운 모닝 콜라를 주문했다. 나의 피로감이 얼마나 심했는지 불과 3일 만에 혓바닥에는 혓바늘님께서 돋아나 주셨고, 씹으면 씹을수록 나의 혓바늘을 자극하는 딱딱한 빵과 어우러지는 베이컨. 그와 함께 메말라 가는 입안의 침들을 느끼고 '이 비는 언제쯤 그칠까?' 생각하며 일기예보를 확인하니, 정답은 그치지 않는다. 이제 오늘부터 우중충의 대명사인 진정한 런던의 회색빛 날씨가 시작된 것이다.

나는 런던에서의 자전거 타기를 거리낌 없이 포기하고 나를 진정한 낭만으로 이끌어 줄 영국의 트레이드마크. 빨간색 15번 2층 버스에 몸을 실었고 당연한 듯 계단을 통해 2층으로 올라갔다. 버스 2층은 내 옆구리와 같이 텅텅 비어 있었고, 나는 홀로 버스 맨 앞자리에 앉아 떨어지는 빗방울들을 하나하나 곱씹으며 비 오는 런던의 거리를 가슴속 낭만 저장고에 차곡차곡 쌓아 갔다. 빗방울들이 세차게 떨어질수록 도로 위에 차

들은 더욱더 많아지고, 버스
는 가다 서기를 수없이 반복
하며 더디게 다음 정류장을
향해 나아간다. 빗방울이 커
다란 앞유리에 부딪치며 '런

던, 런던' 하는 소리와 함께 창문 너머로 튕겨 나간다. 빗소리가 버스 안
공기를 울리고 그 진동이 조금씩 번져 와 어느덧 내 손끝에 닿을 때쯤 나
의 심장박동까지도 '런던, 런던' 하고 뛰는 듯했다.

이 아름다운 광경이란! 어느덧 나를 낭만으로 인도하던 버스는 종점
에 가까워졌고, 지금만 보기 아까운 이 순간의 모습들을 나의 가슴속 깊
숙이 서둘러 눌러 담았다. 버스는 야속하게도 막히는 도로와는 다르게
순식간에 종점에 도착했고, 아래층에서부터 들려오는 어느 낯선 이의
목소리는 서둘러 너의 갈 길을 가라고 나에게 외치는 듯했지만, 나의 묵
직한 몸뚱어리는 떨어지는 빗방울들과 더불어 의자 속 깊숙이 녹아들었
는지 미동조차 하지 않았다.

"저 내리지 않고 버스를 탔던 그곳으로 돌아가고 싶어요!"라는 나의
마음속 외침은 번역이 되지 않았다. 나는 아래층에서 불쑥 튀어 올라온
얼굴에 "땡큐."라고 인사를 건넨 뒤, 입으로만 환한 미소를 지으며 버스
에서 내려 촉촉이 젖어 있는 거리 위를 걸었다.

런던의 대표적인 상징물이라고 하면 빅벤, 런던아이, 그리고 타워 브
리지를 예로 들 수 있다. 그리고 나는 오늘 비 오는 날의 타워 브리지를
만나게 되었다. 1894년에 완성된 배가 지나다닐 수 있는 현수교. 처음
으로 보는 세계에서 아주 유명한 건축물이었지만, 나에게는 별다른 감
흥조차 주지 못했다. 여행 3일째. 여행을 시작한 지 불과 얼마 지나지도
않은 이 시점에서부터 나의 심연 속 아주 깊숙한 곳에서는 귀차니즘이
란 거대한 괴물이 스멀스멀 자라나기 시작했다.

한복, 그 화려하고 아름다운 첫날

여행을 떠나기 한 달 전쯤. 나의 여행에 무언가 색다름을 주고자 짧은 시간 동안 고민을 했었다. 웹서핑을 하던 중 여행을 떠나는 많은 여성분들이 한복을 입고 유럽여행을 하는 경우는 사진을 통해 종종 봐 왔지만, 남성분들이 한복을 입고 유럽여행을 하는 사진은 거의 보지 못했기에 '내가 한복을 입고 유럽여행을 하면 어떨까?'라는 생각을 하게 되었고, 더욱이 나아가 '판소리 버스킹을 하면서 여행 경비를 마련해야겠다!'고까지 발전하게 되었다. 쇠뿔도 단김에 빼라는 말이 있듯, 마음먹은 그다음 날 곧바로 판소리 학원에 등록을 했고, 혹시나 입지 않는 한복이 있다면 내가 물려받을 수 있겠냐며 나의 스승님께 묻자, 당연히 있다고 말씀하시며 100만 원을 제시하시는 우리의 스승님. 갓은 서비스로 주신다기에 씁쓸히 미소 지으며 정중히 거절했다. 또한 단 두 번의 수강 만에 나의 목소리에 한이 서리지 않는다는 것을 직감적으로 깨닫고 판소리 또한 깔끔하게 포기했다. 물론 여행 준비만 하기에도 시간이 빠듯했기에 수련을 계속할 여유가 없었다, 라는 핑계 아닌 핑계는 덤이다. 그 후 여행을 떠나기 2주 전쯤부터 한복을 구하기 위해 중고나라를 열심히 뒤져 겨우 한복을 구입할 수 있었고, 10월 12일 한복과 두루마기, 갓과 술띠가 온전히 내 손안에 들어오게 되었다.

각설하고, 오늘은 런던 근교로의 투어를 떠나는 날. 아침 일찍 일어나 이역만리 영국 땅에서 나의 두루마기에 첫 고름을 매었다. 허리 위로 자

줏빛 술띠를 질끈 동여매고, 상투는 틀지 않았지만 머리 위에 갓을 얹고, 눈부심을 방지하기 위한 선글라스까지 깔끔하게 착용을 하고서 지하철에 몸을 실었다.

우리의 첫 번째 목적지는 세븐시스터즈. 여러 명의 한국인을 실은 버스는 한참을 달려 그곳에 도착했고, 이렇게 유럽에서의 나에 첫 번째 비상이 시작되었다.

당연한 듯 이곳에서 처음으로 한복을 입은 나의 기분은 수줍음이었다. 한국에 있을 때 거울에 비친 내 모습을 바라보며 자신에게 대견스러워했던 그날의 당당함은 사라진 지 오래. 모든 사람이 나만 쳐다보는 것처럼 느껴졌고 낯선 공간, 낯선 이들의 시선은 나의 낯빛을 낮 뜨겁게 만들기에 충분했다. 허나 나는 대한민국의 자랑스러운 한량. 약간 움츠러들었던 나의 어깨를 조심스레 다독이고 먼 옛날, 우리의 선조들이 한복을 입고 이 땅에 첫발을 내디뎠을 때의 기분을 간접적으로 느끼며, 한복만이 가지고 있는 고고한 미를 뽐내기 위해 한량처럼 바람에 어우러져 세븐시스터즈를 거닐고 또 거닐었다.

눈 덮인 들판을 걸을 때 함부로 어지러이 걷지 말라.
오늘 내가 남긴 발자취는 후대인들의 이정표가 되리니.

                       — 서산대사

투어를 끝마치고 집으로 돌아오는 길. 영국 사람들은 나에게 별다른 관심이 없는 것처럼 보였지만, 길을 걷다 우연히 마주치는 한국 사람은 나를 더욱 신기하게 쳐다보았고 그것이 나의 마음에는 더욱 상처로 다가왔다. 한국 사람이 한복을 입는 게 당연한 거 아닌가? 왜 손가락질을 하며 쳐다보지? 나에게는 단지 조그마한 한 발짝에 불과하지만 나를 통해서 더욱더 많은 사람들이, 특히 남성들이 자신 있게 한복을 입고 세계 방방곡곡을 누비며 우리의 발자국을 찍고, 한국인의 기상을 드높였으면 좋겠다는 기분이 드는 밤. 아. 국뽕에 취하는 밤이다.

런던에서의 자전거는 낭만이 아닌 생존이다

　실패는 성공의 어머니라는 말처럼 첫날의 자전거 렌트 실패를 뒤로하고 현지인과 같은 포스를 풍기며 자전거 거치대에서 잠들어 있는 자전거들을 곁눈질로 한번 주욱 둘러본 뒤 16번 자전거를 손에 넣는 데 성공했다. 많은 이들이 부러움에 가득 찬 눈빛으로 나를 바라보며 '와 현지인이다.'라고 생각할 정도로 자연스러워 보였다고 스스로 칭찬하며 자전거에 올라 힘차게 도로 위를 달렸다.

　내 옆을 스치고 지나가는 폭주 기관차와 같은 픽시 한 대. 나의 뒤를 바짝 쫓아오는 블랙캡. 나를 제외한 모든 이들은 미친 듯이 도로 위를 질주하고 있다. 여긴 어딜까, 나는 누굴까, 나는 왜 자전거를 타고 이들의 틈바구니에 끼어서 이렇게 큰 두려움을 느끼고 있는 걸까 등등의 생각을 하며 나 또한 미친 듯이 페달을 밟아 갔다. 내가 생각했던 런던에서의 자전거 타기는 이런 느낌이 아니었는데. 이미 상자를 열어 버린 판

도라의 심정이 이러했을까? 후회는 아무리 빨라도 늦다. 런던에서의 자전거 타기는 낭만이 아니라 생존 그 자체였고, 로맨틱한 분위기는 개뿔. 모든 이들은 오직 앞만 바라보며 자신과의 레이스를 뛰고 있었다. 그들은 폭주하는 기관차처럼 끊임없이 도로 위를 질주하고 또 질주했다. 이 도로 위에서 나란 존재가 콜레스테롤 찌꺼기처럼 느껴졌다. 우심방 좌심실에서부터 맥동하며 뿜어져 나오는 검붉은 피의 흐름을 방해하고 혈관 속에 진득하게 자리 잡은 콜레스테롤 찌꺼기. 나의 존재가 이들을 고혈압 환자로 만드는 건 아닐까? 그래도 그 정도 민폐는 아니리라 자위하며, 낭만 따위는 개뿔도 없이 열심히 페달을 밟고 또 밟아 갔다.

스치듯 지나간 빅벤은 공사 중. 런던아이는 꾸물꾸물 밀려드는 인파 덕분에 멀리서만. 버킹엄궁전 교대식도 사람들의 틈바구니에 끼어서 맘 편하게 볼 수가 없었다. 어쨌든 이날의 자전거는 나에게 애물단지 그 이상도 이하도 아닌 계륵과 같은 존재. 나는 헐떡이는 숨을 내쉬며 부들거리는 다리를 부여잡고 오늘의 마지막 방문지 코번트 가든을 향해 끊임없이 페달을 밟았다.

나의 오해인지 기분 탓인지는 모르겠지만, 런던에 와서 처음으로 이렇게 화창한 햇빛을 보는 것만 같았다. 언제나 우중충한 날씨 덕에 우울한 분위기에 젖어 있던 런던 사람들의 얼굴에도, 오늘만큼은 화창한 푸르름이 녹아 있는 것만 같았다.

하늘에서 떨어지는 푸르른 빛살들은, 오랜 세월 동안 이곳에 자리하고 있는 건물들과 부딪히며 잘게 부수어져 견고해 보이는 건물 틈 사이사이로 스며든다. 그리고 그 빛살들은 건물에 묻어 있던 역사의 숨결들과 어우러져 딱딱하게 말라붙어 있던 시간들을 녹이고, 시간의 조각들을 거리 위로 차곡차곡 흘려보낸다. 떨어진 조각들은 거리를 걷고 있는 많은 사람의 발걸음에 치이고 밟혀 모래알보다 더욱 더 곱게 빻아지고, 자그마한 산들바람에도 피어나는 꽃가루처럼 향긋한 세월의 향기를 사

방으로 풍겨 낸다. 나는 거리를 걷다 멈춰 서서 콧구멍을 벌름거리며 있는 힘껏 가슴을 부풀려 이곳의 향기를 마음속에 담아 보았다.

한동안 감상에 젖어 있던 나는 노래가 멈춘 찰나의 순간, 당당하게 어깨를 펴고 청중들의 가운데로 천천히 걸어 나갔다. 나에게 집중되는 사람들의 시선 속에서 잔잔하게 떨려 오는 나의 심장은 아드레날린을 조금씩 뿜어내며 나의 온몸에 짜릿한 흥분감을 허락했고, 한껏 고조되고 집중된 분위기 속에서 나는 그들의 관심을 연료 삼아 움직이는 관종처럼 중심부를 향해 사뿐사뿐, 한 발짝 한 발짝씩 걸음을 내디뎠다. 나를 바라보는 사람들의 시선을 즐기며 천천히, 더욱 천천히 가방 속으로 손을 집어넣어 부채와 갓을 꺼내 들었다. 이국적인 가방에서 꺼내지는 나의 장비에 사람들의 함성은 더욱 커져만 갔고, 그에 발맞추어 더욱 크게 맥동하는 관중들의 심장박동 소리는 전쟁의 시작을 알리는 북소리처럼 나의 고막을 강하게 두드리고 살갗 위로 오싹한 전율을 느끼게 한다. 나는 이곳의 분위기를 온몸으로 아우르며 부채를 강하게 펼쳐 들고 아랫배 깊숙한 곳에서부터 뿜어져 나오려는 한을 토해 내는 척하며, 바구니에 1유로짜리 동전 하나를 던져 주고서 유유히 숙소로 향했다.

숙소로 돌아와 한복을 벗고 잠시 잠깐의 휴식을

취하고 나서 야경투어를 위한 약속장소로 향했다. 이제는 튜브를 타고 이동을 하는 것도 어느 정도 자연스러워졌지만, 내일이면 프랑스로 이동을 해야 한다는 사실이 아쉽기만 했다. 불현듯 머릿속에 떠오르는 한마디. 박수 칠 때 떠나라. 손을 들고 짝 소리 나게 박수 한 번 치고서 계속 길을 걸었다.

약 2시간 정도 진행된 야경 투어를 간신히 끝마쳤다. 빡빡하게 돌아다니기는 하지만, 자세한 설명들과 함께 여러 가지 팁들을 얻을 수도 있다는 장단점이 적절하게 섞여 있는 기분. 투어를 신청하는 이유를 이제는 조금 알 것도 같았다. 한편 드는 생각으로, 아무런 일정을 준비하지 않고 여행을 떠난 첫날에만 도시 투어를 신청하고서 가이드분께 일정과 여러 정보에 대한 의견을 물어 봐도 충분히 여행을 알차게 보낼 수 있겠다라는 생각이 들었다. 이렇게 또 하나 배우고 갑니다. 잘 있어라. 런던의 불빛들아.

두 다리로 걸을 수 있다는 행복

영국에서 보내는 마지막 날이다. 특별하게 한 일도 없이 느낌으론 5. 6초 만에 끝나 버린 영국에서의 시간들. 일정을 제대로 조절하지 못했다는 아쉬움에 나는 아침 일찍 일어나 큰길가에 자리하고 있는 마트에 들러 습관처럼 샌드위치와 음료를 사 들고 거리 위를 흐느적거리기 시작했다. 어디론가 가고 싶은 마음도 뭔가를 해야겠다는 생각도 들지 않았지만, 마지막 날이나마 런던에서의 여유로운 시간을 즐기고 싶다는 생각에 근처에 있는 공원으로 향했다.

프랑스로 떠나는 나를 붙잡고 싶은 건지 아니면 '잘 가'라고 인사를 건네는 건지, 태양은 구름옷을 벗어던지고 뛰쳐나와 주변을 환히 밝히고 있었고, 오늘 같은 날이라면 첫날부터 지금껏 마르지 않았던 빨래들도 단 몇 시간 만에 마를 것 같은 기분이 들었다. 자연스럽게 옷깃을 여미게 만드는 차가운 바람도, 산책하며 내 옆을 스치듯 지나가는 어느 젊은 아가씨의 여유로움도, 불어오는 바람에 잔디밭 위로 쓸려 다니는 낙엽들도 이제는 두 번 다시 볼 수 없을 런던에서의 마지막 풍경들이었다.

다시금 생각을 해 봐도 이해할 수가 없었다. 나는 왜 런던에서의 일정을 5박6일밖에 정하지 않았을까? 후회는 아무리 빨라도 늦다. 이곳을 떠나는 것 말고는 내가 선택할 수 있는 다른 방법은 없다. 허나 이렇게 후회하며 이 시간을 낭비할 필요도 없는 법. 지금은 나의 잘못된 선택을 아쉬워하는 시간조차 아까웠다.

　　오늘의 아쉬움은 먼지 털듯 훌훌 털어 버리고 지금의 시간을 핸드폰에 담기 시작했다. 나는 착한 사람들의 눈에만 보인다는 어느 노부부의 뒷모습을 바라보며 깊은 생각에 잠겼다. 그들의 삶 또한 나처럼 치열했을까? 한평생 앞만 보고 열심히 달음박질하다, 어느덧 희끗해져 버린 머리카락이 서로의 손가락 사이를 스쳐 지나갈 때쯤 함께 보내지 못한 이전의 젊은 나날들을 못내 아쉬워하며 서로의 눈을 바라보고 "그동안 신경 써 주지 못해 미안하오."라고 속삭이는 것 같지는 않은 그들의 모습. 다만 내 눈에 보이는 분명한 사실은 나란히 보폭을 맞춰 가며 같은 곳을 향해 걷고 있는 그 부부의 뒷모습뿐. 사랑하는 누군가와 함께 같은 곳을 향해 걸어가고 있는 그 모습만으로도 나에게는 엄청난 부러움일 수밖에 없었다.

　　시간이 지나 내가 나이를 먹고 결혼을 하고, 아이를 낳고, 그 아이가 장성해 나의 머리 위에도 하얗게 흰 눈이 내릴 때쯤 나의 곁에서 함께 걷고 있는 사람은 나의 어여쁜 아내일까, 아니면 호스피스 병동의 아리따운 젊은 간호사일까. 나는 생각했다. 누구든 좋으니 아무의 도움 없이 나의 두 발로, 내가 선택한 사람과 함께 길을 걷고 싶다고. 아무튼 아직은 나의 선택으로 나의 두 다리와 함께 배낭을 메고, 영국을 떠나 프랑스로 향할 수 있다는 사실만으로도 감사함을 느끼는 지금이다.

기차는 해저터널을 건너 영국에서 프랑스로 넘어갔다. 기나긴 어둠이 끝나고 난 뒤 바깥 풍경은 런던의 모습과 전혀 다른 모습으로 변해 있었고, 나의 핸드폰에는 짧은 진동이 울리며 하나의 문자가 도착했다.

"Welcome to France."

프랑스에서의 첫날은 나에게 추위와 싸워서 이길 수 있는 인내심과, 별것 아닌 것에도 긴 시간을 기다릴 수 있는 참을성을 선물했다. 프랑스에 도착하자마자 나는 짐도 풀지 못하고 타인들의 손에 이끌려 에펠타워로 향했다.

프랑스 하면 파리, 파리 하면 에펠타워. 영국에서 프랑스로 갓 넘어온 긴 여정의 끝에는 에펠타워가 나를 기다리고 있었다. 에펠타워는 5가지의 모습을 가지고 있다는 말을 전해 들었다. 낮에 보는 에펠, 밤에 불 들어왔을 때 보는 에펠, 불 들어온 에펠에 흰 조명이 반짝이는 에펠, 어느 순간 노란불이 꺼지고 하얀 불만 깜빡이는 에펠, 그리고 모든 불이 다 꺼진 에펠. 그것들이 화이트 에펠과 블랙 에펠 같은 이름 따위로 불린다는 민박집 동기의 설명을 가만히 듣고 있던 나는 코웃음이 나오는 것을 참을 수 없었다. 그 옛날 에펠타워 건설을 줄기차게 반대했던 모파상은, 자신의 눈에 유일하게 에펠타워가 보이지 않는 장소를 찾아 헤맸고, 그 결과 에펠타워 안에 있는 레스토랑만을 이용했다는 이야기처럼 나의 머릿속엔 에펠타워의 이름을 굳이 그렇게 구분 지어서 말해야 하나? 라는 의문이 자라나기 시작했고, 지금 내가 하는 말의 연관성에 대해서도 곰곰이 고민하기 시작했다.

지하철을 타고 가며 에펠을 마주한 나의 모습을 상상했다. 한눈에 담기지 않는 거대한 건축물에 황홀경을 느끼고 힘없이 풀어지는 다리를 부여잡고, 에펠에 비한다면 한없이 초라해 보이는 나의 모습에 절로 고개가 숙여지지는 않을까? 등등 여러 잡다한 생각을 하던 중 열차는 어느새 목적지에 도착했다.

지하철 입구를 나가자마자 에펠이 보인다는 민박집 동기들의 이야기에, 에펠이 어떠한 모습으로 나를 반겨 줄지 기대로 한껏 부풀어 올라 있는 나의 마음에 평정심을 허락하고, 계단을 오르며 조금씩 성급해지는 나의 발걸음을 진정시켰다. 소녀의 심정으로 쫄깃해진 심장을 부여잡고, '에펠타워가 보이면, 소리를 질러야지.'라는 상상 따위를 하며, 계단의 끄트머리에 도착할 때쯤 중학교 2학년 시절 내 손을 잡고 있던 그녀에게 갑작스레 다가가 입술을 훔쳤던 그날의 기억을 떠올리며, 아무도 모르게 에펠의 입술을 훔칠법한 순발력으로 몸을 틀어 타워를 바라본 순간, 나는 크게 소리쳤다.

"뭐야!"

엄청난 사람들의 인파 뒤로, 홀로 빛을 발하고 있는 거대한 에펠타워. 덩그러니 놓여 있는 거대한 탑 하나.

그랬다. 내 눈에 비친 에펠은 그냥 거대한 철탑에 불과했다. 애를 써도 설명될 수 없는 무언가를 설명하려 해 본 적이 있는가? 미사여구를 곁들이고 동사와 의성어를 써서 꾸며 보려 노력해도 머릿속은 헝클어진 실타래처럼 모든 생각들이 꼬여 단어와 단어들은 이어지지 않고 고장 난 시계태엽처럼 서로 연결되지 못하는 의미들. 명사로 설명될 수밖에 없는 이것. 이전까지 1시간가량 콩콩이를 열심히 타다가 떡볶이를 먹기 위해 잠깐 땅으로 내려온 어린 아이의 심장같이 요동치던 나의 심장은, 교장선생님의 훈화 말씀을 듣기 전 담담한 마음으로 애국가를 제창하는 중학교 2학년 시절 박건아의 모습으로 변해 있었다. 에펠타워의 첫 느낌. 에펠타워는 그냥 탑이었다.

화이트 에펠과 블랙 에펠을 보기 위한 새벽 1시까지의 긴 기다림은 군대를 전역하고 처음으로 느끼는 나 자신과의 싸움이었다. 우리의 기다림을 열렬하게 환영하는 듯 뼈 마디마디를 시리게 할 정도로 엄청난 추위를 선사하는 파리의 극진한 냉대에, 이 자리에 함께하는 민박집 동기들과 나는 몸 둘 바를 몰라 하며 잔디밭 위를 방황하고 있었다. 허나 이왕 온 거 끝까지 기다려야 한다는 의무감으로 똘똘 뭉친 우리는 서로의 몸을 부비며 추위와 싸우고 또 싸웠다.

결과적으로 화이트 에펠과 블랙 에펠을 다 보긴 했지만, 나에게 엄청난 감동을 선사하지 못한 그놈의 에펠. 블랙 에펠을 끝으로 우리는 숙소로 돌아왔다.

먼 여정 덕분에 피곤함에 찌들어 있던 나는 쉬이 잠을 청할 수 있었다. 나의 온몸을 포근하게 감싸는 이불과 매트리스는 방금 전에 보았던 에펠탑보다 더 큰 감동을 나에게 선물했고, 나는 그렇게 스르르 잠이 들었다.

조건반사

땡땡땡.

"밥 먹어라!"

종이 울린다. 여기저기에서 부스스 일어나는 사람들. 종이 울리면 다같이 달콤했던 잠에서 깨어난다. 종이 울리면 이 민박집에 머무는 모든 이들은 예외 없이 아침밥을 먹어야 한다. 모든 사람이 밥을 다 먹을 때까지 종은 계속해서 울리고 또 울린다. 누구를 위하여 종을 울리나 싶지만서도 배가 고프지 않거나 잠을 더 자고 싶더라도 종이 울리면 아침을 먹어야 한다는 것이 이 숙소의 가장 중요한 규칙.

오늘 아침은 삼겹살이다. 일주일에 한 번씩 삼겹살을 먹는다고 한다.

삼겹살을 먹을 때는 소주가 빠질 수 없다. 자고 일어나자마자 소주에 삼겹살을 먹는다. 나만 먹는다. 다른 사람들은 아무도 먹지 않는다. 그럼에도 불구하고 소주가 달다. 프랑스산 돼지고기 맛이 치즈 덩어리를 베어 먹는 것처럼 참으로 느끼하다. 느끼할 땐 소주 한 잔 입안에 털어 넣고 혓바닥을 적시는 달달함이 가시기 전에 서둘러 느끼한 돼지고기를 한 점 더 입속 깊숙이 던져 넣는다. 330㎖짜리 휴대용 소주가 조금씩 사라질 때마다 입맛을 다시는 사람들의 시선이 나의 손끝으로 향한다. 손은 눈보다 빠르다. 찰나의 순간, 나의 식도를 따라 배 속으로 사라진 소주로 인해 비어 있는 잔을 앞접시 뒤로 슬그머니 가려 놓고 다른 이들의 눈길이 고기로 향하는 그 찰나의 순간. 그들의 눈을 피해 빈 잔에 다시 한 번 소주를 가득히 욱여넣는다. 아무런 일도 없었다는 듯 가득 차

있는 잔을 한 번에 들이켜기 편안한 위치에 놓은
후, 상추 한 장을 손에 들고 그 위로 고기의 탑을
쌓는다. 고기 한 점. 고기 두 점. 물론 김치와 마
늘도 빠질 수 없지. 쌈장을 듬뿍 떠 고기 곁에 안
착시키고서 젓가락을 입안으로 집어넣고 묻어 있
는 쌈장들을 혓바닥으로 휘감아 먼저 나의 입안
을 달랜다. 그리고 쌈장의 달콤 짭짜름함이 가시
기 전, 다른 이들의 눈보다 빠른 손놀림으로 소주
잔을 들어 입속으로 털어 넣는다. 그리고 다시금
앞접시 뒤로 빈 잔을 내려놓고, 나의 오른손은 삼
겹살을 탐닉한다.

런던과 파리는 비슷하면서도 다른 감성을 품고
있었다. 런던에서 만났던 한 가이드분은 오줌냄
새로 가득 차 있는 파리가 싫다고 말했지만, 오늘
의 나에겐 모든 골목골목에서 풍기는 오줌냄새조
차 향기로 느껴지진 않았다. 그래도 런던보다 고
전적인 미를 풍기고 있는 이곳의 분위기가 나의
마음을 들뜨게 만들었고, 골목길을 흐느적거리던
나는 어느덧 오늘의 목적지에 도착했다.

　계단에 걸터앉아 나의 머리 위로 떨어져 내리
는 햇볕들의 따스함을 느끼며 부드럽게 눈을 감
고 그것들을 마주했다. 하늘이 청명하지는 않지
만, 구름의 틈 사이사이로 쏟아지는 빛살들은 눈
앞에 보이는 모든 곳을 비추고 그늘져 있던 골목
길들에도 순식간에 번져 나간다. 그 빛은 어느새

온 세상을 가득 채웠는지 이제는 나의 가슴속에까지 차곡차곡 박혀 들며 나의 심장을 가득 메우고 흘러넘쳐 이곳 계단에 앉아서 나와 같은 곳을 바라보고 있는 모든 사람의 마음속으로 포근하게 번져 나갔다. 여기는 몽마르트르 언덕. 이곳에 나도 가 봤다.

몽마르트르 언덕을 적당히 둘러본 뒤 자전거를 빌렸다. 몽마르트르를 지나 각 나라의 언어로 '사랑해'라고 빼곡히 채워진 벽을 지나고서 나는 느낄 수 있었다. 런던에서의 자전거가 단순한 이동수단에 지나지 않았다면, 파리에서의 자전거는 나름의 로맨틱한 분위기를 즐길 수 있는 여가 수단으로 업그레이드되어 있었고, 따로 구분된 자전거 도로를 따라 물랭루주와 개선문을 거쳐 파리의 젖줄 센강에서 배를 타고 이곳저곳을 구경할 수 있는 바토무슈를 향해 힘차게 페달을 밟았다. 날씨가 조금은 쌀쌀했기에 어제의 추위를 잊지 않고 숙소에 남아 있는 동생에게 이곳으로 조끼를 가져다 달라고 부탁한 뒤 만반의 준비를 끝내고서 배에 올랐다.

의지의 한국인이란 말은 절대 틀린 말이 아닐 것이다. 아직 해가 지기 전이었지만 강바람을 직통으로 맞으며 강을 거슬러 올라가는 배는 이곳이 파리가 아니라 시베리아라고 해도 믿을 만큼 추웠다. 체감온도는 어

젯밤보다 약 2.7배 정도 더 낮게 느껴졌고, 조끼를 껴입지 않았더라면 나는 진작 얼어 죽었을 것이 분명했다. 더 대단한 사실은, 그렇게 추우면 아래층으로 내려가 선실에서 바깥을 구경하면 되는 일. 그러나 대부분의 한국인들은 나와 같이 추위에 떨고 칼바람을 온몸으로 맞으며 꿋꿋하게 2층에 남아 사진을 찍었다. 극심한 추위에 외국인 대부분은 1층으로 내려갔고, 극소수의 서양인만이 우리 곁에 남아 이곳이 한국이 아니라는 것을 알려 주고 있었다.

'인내는 쓰다, 그러나 그 열매는 달다.'는 사실을 여실히 증명해 준 바토무슈. 나는 이곳에서 원 없이 에펠타워를 구경할 수 있었고, '두 번 다시는 밤에 에펠을 보러 나오지 않을 것이다.' 다짐하며 오늘의 하루를 마무리했다. 잘 있어라, 밤의 에펠아.

꼭 같이 붙어 다닐 이유는 없다

나의 여행에 구체적인 계획은 없었다. 스위스에서 보드 타기와 시베리아 횡단열차를 타고 한국으로 돌아갈 것이란 것을 제외하고는 일정도 기간도 정하지 않았었다. 아무튼 혼자만의 생각으로 나처럼 계획을 짜지 않고 여행을 다니는 사람은 손에 꼽히지 않을까? 생각했었지만, 이것은 나만의 착각이었다. 숙소에서 만난 사람들이 10명이라고 가정을 한다면, 그중에 6명은 무계획. 2명은 이동 루트만을 정해 놓았었고, 2명 정도만이 완벽하게 계획을 짜서 여행을 하는 중이었다. 나는 내가 '특별'한 줄 알았지만, '보통' 사람 중 한 명이었다.

숙소에서 나를 포함 4명의 일정이 없는 사람들과 함께 루브르박물관으로 길을 떠났다. 같은 시간에 숙소에서 나와 같은 지하철을 타고 오랜 시간 동안 긴 줄을 기다리며 같이 티켓을 사고 박물관으로 들어갔지만, 얼마 지나지 않아 우리는 뿔뿔이 흩어졌다. 함께 같은 곳으로 이동을 했을 뿐, 우리의 같이 그리고 함께는 그리 긴 시간 동안 이어지지 않았다. 각자가 좋아하는 것이 다르고, 생각하는 것이 다르고, 보고 싶은 것이 다르기 때문에 나는 우리의 헤어짐이 당연하게 느껴졌다.

한참을 관람하다 내 마음에 와닿은 것이 있다면, 나는 고전미술과 전혀 맞지 않는다는 것. 나는 이곳에서 내 평생 볼 수 있는 초상화는 모두 다 본 듯한 느낌이었다. 이곳은 호불호가 갈릴 수밖에 없는 장소였고, 내가 현대미술을 더 좋아한다는 사실을 이곳에서 다시금 진정으로 깨달을 수 있었다.

입장료가 아까워서 밖으로 나가지 못하고 한참 동안 여기저기 방황하며 돌아다니다, 처음에 같이 입장했던 사람 중 한 명을 우연히 마주쳤다. 그분은 지치지도 않는지 오디오 가이드를 열심히 들으면서 진심으로 재밌어하는 표정으로 눈인사를 지으며 다른 곳으로 향하고 있었다. 내가 좋다고 다 좋은 것이 아니고, 내가 싫다고 다 싫은 것이 아니다. 끔찍한 상상을 했다. 만약 서로 잘 맞지 않음에도 어쩔 수 없이 함께 다녔다면. 생각만 해도 소름이 돋았다. 같이 갔다고 해서 끝까지 함께할 이유는 없다고 생각하며, 오늘의 하루를 넘겨 보낸다.

언제나 그 자리에 늘 새로운 모습으로

파리에 도착하고 나서 지금껏 에펠타워를 지겹도록 봐 왔지만, 아직 밝은 날의 에펠을 보지 못했기에 새신부를 맞이하러 먼 길을 떠나는 신랑의 심정으로 주섬주섬 한복을 차려입고 숙소 나섰다. 이제 두 번째 입어 보는 한복이지만, 지하철 유리창에 비친 나의 모습이 아직은 낯설기만 하다.

에펠타워와의 첫 만남을 기억한다. 열기구처럼 터질 듯이 부풀어 올라 한껏 팽창된 마음으로 지하철 계단을 한 걸음 한 걸음 조심스레 타고 올라 그녀에게 다가갔었다. 그리고 나의 눈으로 그녀의 실물을 마주한 그 순간 손에 꼬옥 쥐고 있던 솜사탕이 떨어지는 빗방울에 녹아 한순간에 사라지듯, 그녀를 향한 나의 사랑은 빗물에 휩쓸리고 녹아내려 흔적도 없이 하수구 너머로 흘러갔다. 첫 만남의 아픔도 잠시, 다음 날 센강의 칼바람과 정면으로 맞닥뜨리며 마주했던 해 질 녘의 에펠은 고통스러웠지만 또 다른 특별한 감동으로 다가와 나의 심장이 하늘에서 땅까지 아찔한 진자운동을 계속하게 했다.

　오늘로써 그녀와의 만남이 세 번째. 뭐든지 삼세판이 중요하다. 사람과의 관계도 첫술에 배부를 수 없는 것처럼, 2~3번은 찍어 먹어 봐야 똥인지 된장인지 알 수 있는 것처럼.

　언제나 그래 왔던 것처럼 늘 같은 자리에서 나를 애타게 기다리고 있는 그녀를 마주했다. 어찌 보면 오늘의 만남이 마지막이 될 수도 있다. 그렇기에 나도 나름대로 한껏 멋을 부리고 그녀를 만나러 왔고, 그녀 또한 지금까지의 어둡고 찌뿌둥한 얼굴이 아닌, 쌩쌩 불어오는 찬바람을 품에 안고 냉랭해 보였던 어제의 모습이 아닌 전혀 다른 밝은 모습으로 나를 마주했다.

　오늘의 그녀는 살얼음이 껴 있던 내 가슴 웅덩이 아래로 잔잔한 파문을 일으켜 우리 사이를 멀어지게 만들었던 모든 장애물을 모조리 깨부수고, 온화함 가득한 봄처녀의 얼굴이 비칠 수 있게 나의 가슴을 투명하고 잔잔한 연못으로 만들었다. 화사함으로 무장한 그녀는 하늘빛 푸르름으로 나를 맞이했고, 그것은 파리에서 처음으로 느끼는 따뜻한 봄날 같은 감동이었다. 그녀는 따사로운 햇살을 받아 더욱 돋보였고, 나의 마음도 그녀를 따라 청록색으로 물들었다.

　처음 그녀를 마주했을 때 실망스러운 감도 없지 않았지만, 만날 때마다 늘 새로운 모습으로 나에게 다가와 주었던 에펠. 내가 실망스러워했던 모습들을 의식하지 않고 언제나 그 자리에 서서 늘 새로운 모습으로 나를 반겨 주는 그 초연한 모습에 저절로 고개가 숙여졌다.

처음 에펠타워를 만났을 때 뭔가 거창한 것을 바란 것은 아니었지만, 무언가 굉장한 것이었으면 좋겠다는 기대가 컸던 것 같다. 에펠타워에 대해 막상 잘 알지도 못하고 알아본 적도 없으면서, 나 혼자의 상상만으로 터질 듯 부풀어 오른 기대감에 미치지 못하니 덜컥 실망해 버린 것 같은 기분. 다른 사람들과의 관계에서나 나 스스로에 대해서도 이렇게 행동했던 것은 아닐까? 라는 생각이 들었다. 주변 사람들과 나에게도 은연중에 너무 거대한 기대감들을 품어 두고 시간이 흐른 뒤 처음 생각처럼 되지 않는 것들에 대해 너무 쉽게 단정 짓고 실망해 버렸던 것은 아닐까? 긴 시간 동안 흐르는 센강 위에 서서 일렁이는 물결 속에 비친 나의 모습들을 다시 한 번 되돌아보았다.

인생은 언제나 선택의 갈림길에 서게 된다

파리에 도착한 다음 날부터 했던 고민이 있다. 몽생미셸을 갈 것인가? 베르사유를 갈 것인가? 물론 둘 다 가도 상관없었지만, 지금 생각해 보면 그때 이 고민을 왜 했었는지 이해할 수가 없다. 아마도 그때 당시에 여행 초보자였기 때문이지 않았나 싶다. 결국은 몽생미셸을 선택했지만, 이미 쓸데없는 고민으로 심력을 모조리 소모해 버린 터라 귀차니즘이 스멀스멀 발동한 지 오래. 마음 편하게 민박집 이모에게 추천받은 회사에 투어를 신청했다. 이른 새벽에 출발해서 에타르트와 옹플뢰르, 몽생미셸을 한꺼번에 가는 투어였고, 나는 아침 일찍부터 일어나 자연스럽게 한복으로 차려입고 길을 나섰다.

간혹 SNS에 올린 사진들을 보고 한국에 있는 친구들이 저승사자 코스프레냐며 나에게 말했지만, 나는 그 말들을 가뿐히 무시했다. 지하철에서 내려 해가 뜨기 전 새벽이슬을 맞으며 거리를 걷다 유리창에 비친 나의 모습을 보니, 언뜻 저승사자라고 생각할 수도 있을법했지만, 전혀 개의치 않았다. 다시 한 번 분명히 말하지만 나의 두루마기는 청록색이다.

몽생미셸을 간다는 설렘 덕분에 어젯밤 잠을 설쳤는지, 가이드님의 드라이빙 실력이 안정적이고 뛰어났는지 아니면 그냥 피곤해서인지는 잘 모르

겠지만, 이동하는 내내 잠만 잤다. 잠에서 깨기 위해 야돔을 코로 흡입하고 관자놀이에도 발라 봤지만, 고요한 차량엔 나의 코 고는 소리만 가득했더라는 소문이ㅡ.

어느덧 에타르트에 도착한 우리를 가이드님은 자유롭게 방목을 해 주셨고, 일행이 없던 나는 가이드님에게 사진 촬영들 부탁드렸다. 앞모습에는 자신이 없을뿐더러 바람의 방향과 세기, 지금의 일조량은 나의 뒷모습을 훨씬 돋보이게 만들어 줄 것이라는 판단하에, 저 멀리 보이는 흰 코끼리를 바라보며 바람의 손길 따라 일렁이는 나의 자태가 카메라에 예쁘게 담기길 바랐다. 잠시 후, 나를 부르며 사진을 잘 찍었다는 가이드님의 말에 사진을 확인하고서, 나는 아무 말도 하지 않고 자연스럽게 입만 웃어드리곤 셀카봉을 꺼냈다.

에타르트에 들러 간단하게 점심을 먹고, 우리는 우리의 최종 목적지 몽생미셸을 향해 달리고 또 달렸다. 정신없이 졸고 있는 나의 어깨를 흔드는 동생의 손짓에 정신을 차려보니, 어디서 많이 본 것 같은 실루엣의 건물이 저 멀리서부터 나에게 다가오고 있었다. 아침 7시쯤 파리에서 출발해 오후 4시가 다 돼서야 몽생미셸을 흐릿하게나마 마주할 수 있었다.

그때부터 가이드님은 우리를 재촉하며 선두에서 몽생미셸 성당을 향해 달리기 시작했다. 5시가 되면 몽생미셸 성당에 입장하지 못한다는 이유에서였다. 몇몇 블로그들을 통해 굳이 성당 안으로 들어갈 필요가 없다는 글들을 봤었지만 나의 옆을

스쳐 가는 많은 사람과 함께 그 생각 또한 기억 속 어디론가로 흩어져 버렸다. 아무런 생각 없이 한참을 달리다 숨이 턱 끝에까지 차오를 때쯤 이렇게까지 내부에 들어가야 하느냐고 가이드 님께 물었지만, 성당에 들어가지 않을 거면 여기를 왜 온 거냐며 웃으며 반문하시는 가이드님의 대답에 시무룩해진 나는 또다시 발걸음을 재촉했다. 결국 우리는 4시 55분에 티켓을 살 수 있었고, 내부를 둘러본 뒤 실망을 금치 못했다. 성당 내부는 특별할 것도 없었을뿐더러 곳곳이 공사 중이라 건축 자재들만 여기저기 쌓여 있었다.

　나는 누구를 위하여, 무엇을 위하여 이곳까지 땀을 뻘뻘 흘리며 달려왔던 것인가? 라는 생각이 들었다. 차라리 이렇게 달음박질할 시간에 바깥을 구경했더라면 이렇게 힘도 들지 않았고 몽생미셸의 전경을 마음껏 즐길 수 있었을 것을. 하지만 모든 일의 선택도 내가 책임도 내가 지는 것이기에.

　땅거미가 지고 어둠이 내려앉은 이곳 몽생미셸에 청록색 두루마기를 입은 저승사자 한 명이 어슬렁거리며 주위를 방황하고 있다. 나쁜 가이드의 영혼을 찾아 무저갱으로 인도하려는 듯, 등골 오싹할 정도로 섬뜩한 아우라를 풍기던 그는 사방을 흐느적거리며 한참을 두리번거리다 사진만 찍고 숙소로 향했다.

여행의 이유

파리에서 관광을 할 수 있는 마지막 아침 해가 밝았다. 아직 가 보지 못한 곳들이 많이 있었기에 일찍부터 일어나 구글맵으로 가야 할 곳들을 확인하고 자전거를 빌려 열심히 페달을 밟았다. 열심히 달리고 또 달려 소위 말하는 인증사진들을 찍기 시작했다.

센강 옆에 나 있는 도로를 따라 미친 듯이 이동하고 또 이동했다. 주변을 돌아볼 여유도 없이 가야 할 곳들만을 바라보며 페달을 밟고 또 밟았다. 여기도 찍고 저기도 찍고. 저기도 가고 여기도 가고. 한참 동안을 그렇게 이동하며 사진만을 찍어 댔다.

'나 여행 왜 왔지? 사진 찍으러 왔나?'

'자전거는 왜 빌린 거지? 운동하려고 빌린 건가?'

이런저런 생각들과 함께 나의 페달은 속도를 잃어 갔고, 불현듯 도로 위에 멈춰 섰다. 최근 『가우스전자』라는 웹툰의 소유와 경험 편에서 나왔던 이야기다. 과거의 소비자들은 남에게 과시할 목

적으로 고가의 자동차나 명품들을 소유하기 위해 돈을 썼지만, 요즘의 젊은이들은 자신의 경험을 위해 돈을 쓴다고 한다. 하지만 그 젊은이들의 대부분이 자신의 경험들을 SNS에 과시용으로 쓰기 때문에 이전 세대와 별반 차이가 없다고 생각한다는 글이었다.

나는 과시를 하기 위해 여행을 하는 것일까? 아니면 나 자신 내면의 만족과 가치에 집중하기 위해 여행을 하는 것일까? 라는 생각 따위를 하며 즉시 자전거를 반납하고 바로 옆에 있는 강가로 걸음을 옮겼다. 그리고 계단에 걸터앉아 흐르는 강물을 바라보고 주변 사람들을 바라보았다.

간단하게 샌드위치를 먹는 사람. 연인과 함께 계단에 등을 기대고 앉아 도란도란 이야기를 나누며 와인을 마시는 사람. 책을 보며 앉아 있는 사람. 나는 그들을 가만히 바라보며, 내가 왜 지금의 여행을 시작했는지에 대해 다시금 생각해 보았다.

남들에게 뭔가를 보여 주기 위해서 여행을 시작한 것도 아니고, 나름의 생각을 정리하기 위해 여행을 시작하지도 않았고, 무언가 깨달음을 얻기 위해 여행을 떠난 것도 아니었다. 나의 여행 목적은 그냥 한번 와 보고 싶어서 와 본 건데 이렇게 열심히 앞만 보고 달리기만 한다면 도대체 무슨 의미가 있을까? 라는 생각을 하며 멍하니 강가를 바라보았다.

한참 동안 흐르는 강물에 내 생각들을 흘려보내며 가만히 앉아 있었다. 노래도 듣고 싶지 않아 귀에 꽂혀 있던 이어폰을 주머니에 넣고 잔잔히 들려오는 주변의 소리에 귀를 기울였다. 흘러가는 배를 바라보고, 떠다니는 구름을 바라보고, 따사로운 햇살을 느끼고, 혼자라는 외로움도 느끼며 시간의 흐름 속으로 침잠해 갔다. 복잡한 세상 속에서 멍 때릴 만한 여유도 없이 지금까지 살아왔는데, 나는 지금도 바쁘게 살아가야 한다는 강박관념에 시달리고 있었다. 좀 더 여유로워지자, 좀 더 차분해지자, 좀 더 주변을 둘러볼 수 있는 시간을 갖자, 라고 시작부터 되뇌었지만 생각과는 다르게 몸이 따라 주지 않았다. 뭔가를 해야 하고, 뭔가를

해 왔고, 뭔가를 하지 않는다면 나로서 존재할 수 없다고 생각했으니까.

오늘의 마지막 목적지는 내셔널갤러리였지만 구경을 하러 가지 않았다. 그냥 가고 싶지 않았다. 자리에서 일어나 숙소로 다시 돌아가기로 했다. 숙소로 돌아오는 길 주변을 둘러보니, 신기하고 말도 안 되게 지금껏 보지 못했던 벽화가 눈에 들어왔다.

벽화를 바라보며 잠시 멈춰 사진을 찍고 있을 때, 길을 걷던 노신사가 나에게 다가와 묻는다.

"안녕? 너는 어디서 왔니? 저게 무슨 뜻인 줄 아니?"

"나는 한국에서 왔고, '사랑해'라고 알고 있어."

그는 씽긋 웃으며 대단하다고 말하고, 나에게 다시 물었다.

"한국말로 '사랑해'를 어떻게 말하니?"

나는 그에게 '사랑해'라고 답했고, 그는 허리를 숙여 자신의 손을 꼭 잡고 있는 어여쁜 아이의 눈을 지그시 바라보곤 그 아이의 귓가에 '사랑해'라고 속삭였다. 그 후, 그는 나를 바라보며 고맙다고 인사를 건넨 뒤 윙크를 하고선 아이와 함께 멀어져 갔다. 때론 아주 평범한 이유가 세상에서 가장 특별한 이유가 되기도 한다.

뜻밖의 도움

파리에서의 마지막 아침이 밝았다. 나는 민박집 이모와 뜨거운 포옹을 하며 다음에 또 찾아오리라는 기약 없는 인사를 건네고, 무언가 찝찝함을 뒤로한 채 파리를 떠나 보르도로 가는 버스를 타기 위해 터미널로 향했다. 누구나 한 번쯤은 들어 봤을 프랑스의 도시, 와인으로 가장 유명한 곳이기도 한 보르도. 보르도를 선택하게 된 첫 번째 이유는 마드리드를 가기 위한 중간 정착지 정도라고 생각했기 때문이었고, 두 번째는 와인에 대해 관심도 많았기에 자연스럽게 이곳을 선택하게 되었지만 보르도에 대한 다른 어떠한 정보도 알지 못했다.

터미널에 도착하니 그곳에는 아주 많은 버스가 정차되어 있었지만 정작 내가 타야 할 버스는 어디에 있는지 알 수 없었다. 엄청난 인파를 뚫고 나서야 내가 타야 하는 버스가 어디에 있느냐고 직원에게 겨우 물을 수 있었지만, 미간을 잔뜩 찌푸리고서 '나도 몰라.'라고 답하는 그녀. '뭐 이런 선진국이 다 있나.'라고 생각했지만, 아직은 시간상으로 여유가 있었기 때문에 굳이 서두르려 하지 않았고, '다 이유가 있겠지.'라며 내 마음을 추슬렀다. 프랑스는 선진국답게 출발하기 5분 전에야 비로소 버스 승강장을 알 수 있었고, 버스는 정확히 정시에 출발했다. 이런 선진국. 그리고 버스에 지정석 따위는 있지 않았다. 겨우 창가 쪽에 자리를 잡은 나는 안도의 한숨을 크게 내쉬곤 잠을 청했다.

시간이 얼마나 지났을까? 창밖을 멍하니 바라보던 나는 여행 중 처음

으로 느끼는 뜨거운 감동을 두 눈으로 맞이했다. 저 멀리 보이는 교회의
첨탑 너머로 고개 숙이는 태양. 고고하게 빛나던 태양의 숨결을 온전히
머금고서 흘러내리는 강물. 그 강물에 녹아들어 휩쓸려 가는 구름들. 하
지만 저 멀리 다리 위로 빛을 밝히고 있는 조명들은 강물에 휩쓸리지 않
고 심연 속에서조차 빛날 것 같은 따뜻함을 품은 등대처럼 나의 길에 이
정표 역할을 묵묵히 감당하고 있었고, 자신의 자리를 지키며 나의 마음
을 보르도로 인도했다.

　도착하는 순간부터 나에게 가슴 찡한 감동을 선물했던 보르도가 이번
엔 나에게 똥줄 타는 긴장감을 선물했다. 트램을 타고 호스텔로 이동하
기 위해 티켓을 사려 했지만, 몇 번을 시도해도 나의 카드는 결제가 거
부되었고, 무거워지는 어깨와 젖어 드는 나의 팬티. 처음에 느꼈던 가
슴 찡한 감동은 점차 초조함과 당혹스러움으로 뒤덮였고, 서둘러 네이
버 블로그를 검색해 봤지만 도저히 그 이유도 알 수 없었다. 주변을 둘
러보던 나는 티켓을 구매하러 오는 여성분께 도움을 요청했지만, 이게
웬걸? 그분도 몇 번의 시도 끝에 어깨를 들썩이면서 되지 않는다고 말
했다. 이럴 수가!

어쩔 수 없이 우버를 타야 하나? 고민을 하는 찰나에 그녀는 주머니에서 주섬주섬 돈을 꺼내더니 티켓 한 장을 구매했고, 전 우주에서 가장 해맑은 미소로 나에게 그 티켓을 건네주는 것이 아닌가. 이럴 수가?! 나는 연신 "메르시."를 외치며 티켓을 받았다. 인간을 널리 이롭게 하는 홍익인간의 정신을 계승하는 동방예의지국 출신인 나로서, 이런 큰 은혜를 받고 그냥 갈 수 있겠는가? 여행 중 카우치서핑을 할 생각으로 호스트에게 줄 선물을 챙겨 왔던 나. 잠시만 기다려 달라는 말을 외치고, 가방 속 깊숙이 잠들어 있는 분홍색 복주머니를 꺼내서 유모차에 앉아 나를 신기하게 쳐다보고 있는 꼬마 아가씨의 손에 꼭 쥐여 주며 말했다.

"이것은 한국의 복주머니예요. 이게 당신에게 행운을 가져다줄 거예요."
호스텔에 체크인한 다음 마트에 들러 간단한 음식과 와인을 사서 가론강으로 향했다. 적당히 불어오는 강바람과 부드러운 와인의 향기는 긴장감으로 딱딱하게 굳은 나의 마음을 노곤하게 풀어 주었고, 단 몇 시간의 만남이었지만 보르도는 나의 눈과 마음에 가슴 찡한 감동을 선물했다. 보르도는 사랑이다.

보르도는 가을에 물들었다

오랜 기간 동안 보르도에 머물 생각이 없었기에 조식을 먹는 둥 마는 둥 대충 커피 한 잔을 걸치고서, 한복으로 갈아입은 다음 밖으로 나와 강가를 거닐었다. 어젯밤 혼자 나와 달빛을 벗 삼고 와인과 샴페인을 홀짝였던 가론강은 이른 아침부터 바쁘게 몰려든 물안개로 흠뻑 젖어 있었다. 눅눅한 물안개가 나의 몸까지 적셔 무겁게 만들기 전에 강변에서 벗어나 시내 안쪽 도로를 산책하며 상쾌한 아침 공기를 만끽했다.

보르도의 모든 골목길은 언제나 가을빛일 것만 같았다. 거리에서 마주하는 건물들은 하나같이 빛바랜 낙엽의 색들로 물들어 있었고, 이따금

비치는 가로수들도 온통 가을의 색깔을 뽐내고 있었다. 토요일 이른 아침이었기에 도로는 한적했고 사람들도 많지 않았다. 사부작사부작 거리를 걷다 근처에 공원으로 발걸음을 옮겼다.

공원 한가운데를 가로지르며 흐르는 물길. 평범함 속에서 평온함을 품고 있는 연못에 오리와 여러 종류의 새들이 있었지만 나는 그 종류를 당연히 알지 못했다. 물가를 따라 길게 이어져 있는 놀이터에선 향기로운 노래 같은 아이들의 웃음소리가 끊임없이 흘러나왔다. 시끄럽고 부잡스러운 도시보다 포근함과 한적함이 느껴지는 이곳이 훨씬 아름답게 느껴지는 건 나 혼자만의 착각이 아니겠지? 라고 생각하며 공원을 따라 흐르는 물길 옆을 흩날리는 두루마기와 함께 흐느적거리고 있었다.

보르도는 도시 전체가 문화유산으로 등재되어 있다는 말을 같은 숙소에 머무르고 있는 동생에게 들었다. 지금껏 흐느적거렸던 골목골목들은 이전에 런던과 파리에서 느꼈던 유럽과는 다르게 내가 상상했던 고전적인 유럽의 모습이었다. 중세시대 갑옷을 차려입은 기사들이 거리를 뛰어다니고, 하늘 위로 마법사가 파이어볼을 날리며 용과 싸움을 할 듯한 모습까지는 아니더라도, 이곳의 풍경은 누구나 흔히들 머릿속으로 상상하는 진정한 유럽의 모습처럼 느껴져 나에게 더한 기쁨으로 다가왔다. 네모반듯한 돌들이 얼기설기 엮여 바닥에 알알이 박혀 있고, 좁은 골목길 사이로 나 있는 파아란 하늘길을 따라 느릿하게 걷다 보면 어느덧 마주하는 넓은 광장. 광장에 있는 카페에 앉아 커피를 마시며 따스한 가을 햇살을 느끼는 사람들, 천천히 거리를 걷고 있는 사람들, 삼삼오오 모여 이야기를 즐기는 사람들. 어느 순간부터 나는 그들의 모습에 낯설지만, 천천히 물들어 갔다.

　강가를 적시고 있던 물안개는 머리 위로 떠오르는 태양 빛에 사그라든 지 오래. 물안개의 빈자리엔 자전거 타는 사람들, 달리기하는 사람들, 산책을 즐기는 사람들로 다시금 가득 채워졌다. 여유로운 토요일 오후를 느끼기에 충분한 부산스러움이었다. 내일은 나도 이 부산스러운 흐름 속에 끼어들어 볼까? 라는 생각을 뒤로한 채 사람들의 시선을 느끼며 강가를 흐느적거리고 있는 나.

　강가를 따라 숙소로 돌아가던 중 저 멀리서 반짝이는 무언가를 향해 걸어갔다. 나는 그곳에서 세상에 존재할 수 없을법한 거대한 거울을 마주쳤다. '여행 중에는 언제나 필연보다 우연이 많이 발생하고, 우연 속에서 잊지 못할 추억을 만든다.'는 말이 있듯, 지금 이 순간 나는 나의 여행에서 절대로 잊을 수 없는 추억을 마주했다.

　히힛. 보르도는 그야말로 사랑이다.

보르도는 사랑이다

오늘은 야간버스를 타고 정열의 도시 스페인으로 떠나는 날이다. 한참을 뒤척거리다 창밖에서 토독거리는 소리에 눈을 떠 보니, 오늘은 물안개가 아닌 자그마한 물방울들로 가득 채워진 보르도가 나에게 어서 일어나라며 손짓하는 중이다. 빗방울의 손짓을 사뿐히 제쳐 두고서 한참 동안 침대 위에서 머뭇거리다, 식당으로 내려와 커피 한 잔을 손에 들고 정원에 앉아 천장을 바라봤다.

포근하게 하늘을 물들이고 있는 회색빛 구름과 어우러져 그 아래 유리창 너머를 조용히 두들기다 얇게 퍼져 버린 물방울들은, 또 하나의 노래가 되어 부드러운 깃털처럼 나의 달팽이관을 간질이고 알 수 없는 옹알이를 귓가에 속삭인다. 나는 코끝으로 풍요롭게 풍겨 오는 커피 향기의 시큼함을 혓바닥으로 휘감으며 발끝에서부터 부드럽게 타고 올라오는 카페인들을 감동으로 맞이했다.

조금씩 잦아드는 빗방울의 연주를 온몸으로 느끼고 싶어 자전거를 타고 강가를 달렸다. 페달을 밟을 때마다 삐걱거리는 자전거 소리를 벗 삼아 한참을 달리다, 영국 브라이턴에서 타지 못했던 놀이기구를 발견했다. 65m의 높이에서 5G의 가속도를 느낄 수 있는 놀이기구. 처음에는 탈까 말까 고민을 했지만, 갈까 말까 할 때는 가라는 최종훈 교수님의

교훈에 따라 저릿하니 똥구멍을 간질이는 변태 같은 느낌을 즐기며 아찔해 보이는 저 놀이기구를 타기로 결정했다.

눈썹이 바람에 흩날리는 느낌을 느껴 본 적이 있는가? 내 눈앞에 보이는 모든 사물이 나의 눈 속으로 빨려들어 오는 것 같은 극악의 빠름. 누구보다 빠르게, 남들과는 다르게 느껴지는 그 황홀한 시간 속에서 나는 신세계를 경험했다.

숙소로 돌아와 버스 시간을 기다리며 뒹굴뒹굴하던 중, 어제의 감동을 전해 준 워터 미러를 다시금 보러 갈까 말까 한참 동안 고민을 하기 시작했다. 나가기도 귀찮고, 걸어가기에는 너무 멀고. 아침과 별다를 게 있을까? 라고 생각했지만, 역시나 갈까 말까 할 때는 가라! 이 선택은 나에게 두 번째 신세계를 경험하게 했다.

광장 앞 분수대 위에 얇게 깔린 물은 보르도의 모든 것을 담기에도 전혀 모자라지 않을 정도로 커다란 거울로 변해 있었다. 〈나의 밤은 당신의 낮보다 아름답다〉라는 프랑스 영화의 제목을 증명이라도 하듯, 지금 이곳은 낮과는 전혀 다른 비현실적인 공간으로 변해 있었다.

사람들은 세상에서 가장 큰 거울이라는 표현을 쓸 때 우유니사막을 떠올리곤 한다. 하지만 지금 이 순간 내가 알고 있는 세상에서 가장 큰 거울은 보르도에 있었다. 하늘과 땅의 경계가 모호하게 느껴지고 바람

에 따라 일렁이는 거울의 파동이 이 공간을 더욱 비현실적으로 바꾸었다. 이제야 이곳을 왜 워터미러라고 부르는지 진심으로 와닿았다고나 할까? 이런 모습이야말로 장관이라는 표현이 아깝지 않다는 생각까지 들었다. 내가 만약 결혼이란 것을 하게 된다면, 나는 이곳을 신혼여행지로 무조건 다시 들르겠다고 마음먹었다.

언제나 그렇듯
보르도는 사랑이다

정열의 마드리드

사랑스러운 보르도를 떠나기 싫은 나의 마음을 알았는지 야간버스는 1시간 정도 지연되며 나의 애간장을 녹게 했고, 자정을 훌쩍 넘긴 뒤에야 정열의 도시 스페인 마드리드로 향할 수 있었다. 야간 버스는 불편함의 완전체였다. 아담한 내가 앉기에도 비좁은 자리와 더불어 뒤로 젖혀지지도 않는 의자. '장거리 이동을 할 때는 야간버스를 타고 다니며, 시간과 숙박비를 아껴야겠다.'라던 나의 처음 계획은 아무것도 모르던 초등학교 시절 '대학은 서울대 또는 하버드가 아니면 가지 않겠다.'라며 명절 때마다 큰소리로 외치던 나를 떠올리게 할 정도로 치기 어린 망상에 불과했다. 나의 옆자리에는 소말리아에서 온 청년이 타고 있었는데, 그는 일을 하기 위해 프랑스에 왔다고 나에게 이야기했다. 대화를 이어가고 싶었지만 소말리아 하면 해적밖에 떠오르지 않는 무식쟁이기도 하고, 아직은 영어로 대화를 한다는 것 자체가 낯설었기에 그리 많은 대화를 나눌 수 없었다. 우리는 눈빛으로 '피곤하니 호구조사는 이만하고 그냥 잠이나 잡시다.'라는 말을 주고받으며 안녕을 고했다. 얼마나 시간이 흘렀을까. 멈추고 서기를 반복하는 버스 탓에 선잠을 자며 한참을 뒤척이다 내 옆자리에 앉은 그와 다시금 눈이 마주쳤다. 그는 하얀 이를 드러내고 씨익 웃으며 창밖으로 손짓을 하더니 나의 눈을 바라보고 말했다.

"저기 봐."

그의 손가락 끝을 바라보자 한참을 달려도 마주치지 못할 만큼 광활한 대지의 끝자락에서부터 하루의 새로운 시작을 알리는 태양이 조금

씩 떠오르기 시작했다. 정열의 나라 스페인에 도착한다고 나에게 알려
주려는지 어둠으로 가득 차 있던 하늘을 조용히 불태우며 세상의 모든
것들을 잠식하려는 듯 붉은 기운을 줄기차게 내뿜는 태양. 그 정열의 불
꽃은 나의 마음에까지 옮겨붙어 멈추지 않는 에어컨 덕분에 차갑게 얼
어붙어 버린 나의 심장까지 뜨겁게 달궈 주려는 듯했다. 나는 이렇게 태
양과 정열의 도시 스페인. 그리고 그 스페인의 심장인 마드리드에 도착
하고 있었다.

떠오르는 태양을 마주하며 불타는 심장을 부여잡고 터미널에 도착한
나는 버스에서 내리자마자 느껴지는 차가운 공기에 다시금 온몸이 얼어
붙는 듯했다. 정열은 개뿔. 진짜 무지하게 추웠다.
나는 조금이라도 따뜻해지기 위해 서둘러 가방을
메고 숙소로 향하는 발걸음을 재촉했다. 호스텔에
도착한 후, 찰나의 휴식을 취한 나는 주린 배를 부
여잡고 밖으로 나왔다.

차가운 공기 덕분에 떨려오는 몸을 이끌고 숙
소에 도착한 지 얼마 되지 않았지만, 아침의 냉랭
했던 공기는 온데간데없이 사라지고, 선글라스를
썼음에도 불구하고 나의 눈을 아리게 만들 정도
로 작열하는 태양 빛을 마주할 수 있었다. 이래서
정열의 땅인가? 라고 생각을 하며 그늘을 찾아 걸
음을 옮겼다. 예전 대학교 교양수업 때 들었던 세

계의 유명한 미술관 중 하나인 프라도미술관이 이곳 마드리드에 있었지만, 루브르박물관에서 느꼈던 지루함 덕분인지 미술관에 대한 매력이 싹 가셔 버린 나는 프라도미술관을 가야 할지 말아야 할지 고민하기 시작했다. 허나 구글맵으로 슬쩍 둘러본 마드리드는 정말 할 것도 없고 볼 것도 없었고, 이왕 여기까지 왔으니 가 보자 하는 심정으로 프라도미술관으로 향했다. 미술관에 들어갔다 나왔지만, 구경한 것은 1시간 남짓. 정말 들어갔다가 나왔다는 표현이 알맞은 듯했다. 역시 고전미술은 나랑 맞지 않더라는 생각을 하고서, 다시 숙소로 돌아와 밤이 오기를 잠잠히 기다렸다. 우리의 밤은 낮보다 화려하기에.

마드리드의 중심인 솔광장 바로 옆에 자리하고 있는 숙소였기에 근처는 술집과 식당들로 즐비했고, 많은 호객꾼이 먹잇감을 찾아 헤매는 하이에나처럼 거리를 방황하는 사람들을 하나둘씩 유혹하고 있다. 나는 어느 식당에 들어가서 오늘의 하루를 즐겨 볼까? 사방을 두리번거리며

한낮의 뜨거운 열기가 가시고 난 골목골목을 헤집고 다니던 중, 한 술집에 씌어 있는 문구에 나의 마음을 사로잡혔다.

"I can't speak English. But I can speak body language."

지금까지는, 여행을 다니며 소통이 문제된 적은 없었다. 다만 약간의 불편함을 느꼈을 뿐. 허나 궁하면 통한다고 했던가? 통할 것들은 다 통하더라. 영어를 잘 못하지만, 여행을 준비하는 사람들에게 당당하게 말하고 싶다. 아무것도 염려하지 말라. 우리에게는 파파고와 구글 번역기가 있다.

생애 첫 할로윈

오늘은 마드리드에서의 마지막 날. 어제와 같이 구름 한 점 없고, 나의 얼굴에 주근깨를 새기려는 듯 따사롭게 쏟아지는 햇살들로부터 나의 피부를 지키기 위해 갓과 두루마기로 완전무장을 한 채 길을 나섰다. 마드리드왕궁과 스페인광장을 보기 위해 나왔지만, 내가 왜 한복을 입고 이 고생을 하고 있지? 라는 생각이 들 정도로 만족스럽지 못한 광경에 실망할 뻔도 했으나, 괜찮다. 오늘은 10월 31일. 마드리드에서의 할로윈이 나를 기다리고 있기에, 어떠한 아쉬움도 없이 숙소로 돌아와 밤을 즐기기 위해 휴식을 취했다.

오늘은 할로윈. 이 중요한 밤을 나 혼자 쓸쓸히 보낼 수는 없다. 그렇기에 어떻게 할까 고민을 하던 중 여행 커뮤니티를 통해서 사람들을 만나기로 했고, 오늘 밤 모이는 인원은 총 8명. 우리는 나의 숙소 바로 밑에 있는 펍에서 만나기로 했지만, 언제나 주인공이 가장 마지막에 등장하는 법! 약속시각이 임박했을 무렵에서야 침대에서 일어나 주섬주섬 한복으로 갈아입었다. 그리고 안경도 벗고 렌즈까지 낀 다음, 갓끈을 곱게 고쳐 맨 후 문을 나서려던 순간, 엄청 근엄하고 진지한 표정을 한 호스텔 직원이 나를 불러 세웠다. 나는 그의 부름에 의아한 표정으로 '뭐

지?'라고 생각을 했지만, 털이 북슬북슬하게 나 있는 그는 자신의 손가락으로 턱수염을 배배 꼬며 수줍게 말을 이었다.

"너 그 옷이 너무 멋있어서 그러는데, 사진 좀 찍어도 될까?"

"Why not? ㅎ."

이놈의 잘생긴 외모와는 아무런 상관이 없겠지만, 종종 이런 부탁을 많이 받았었기에 한복 모델같이 고고한 포스를 풍기며 능숙한 포즈로 사진을 찍히고 싶었으나, 수줍음 속에 당당함을 내포한 듯한 포즈로 사진에 찍혀 주었다. 정작 나는 그 사진을 보지도 못하고 서둘러 밖으로 나와 펍으로 향했다. 그리고 한복까지 입고 렌즈까지 끼고 나왔건만, 주인공의 등장을 끝으로 자리는 싱겁게 마무리되었다. 처음에 흥겨웠던 분위기는 하나둘 숙소로 돌아가겠다는 사람들의 말과 함께 흐지부지해졌고, 사람들은 흐르는 강물을 거꾸로 거슬러 오르는 연어들처럼 밀려오는 인파를 거슬러 오르며 각자의 숙소로 헤엄쳐 갔다.

20개에 4만 5천 원짜리 일회용 렌즈까지 끼고 나온 나로서 이대로 숙소에 돌아가기가 너무 억울하기도 했고, 생애 처음으로 느껴 보는 할로윈의 분위기를 이렇게 놔두고 떠날 수도 없었다. 다른 사람들과는 다르게 쉬이 자리를 뜨지 못하고, 아쉬움으로 눈물을 흘리지는 않지만 집에 가기 싫다는 듯한 분위기를 풍기고 있는 남자 동생에게 먼저 말을 걸어 우리는 함께 솔광장으로 자리를 옮겼다.

보름달이 초연히 비추고 있는 솔광장은 이전의 세계와 전혀 다른 세상이지 않을까 상상했었다. 나는 나의 상상을 현실로 만들기 위해 서둘러 몇 발짝 걸음을 옮겨 솔광장에 도착했고, 당신이 무엇을 상상하든 간에 그 이상을 보게 될 것이라는

한 광고의 카피를 떠올렸다. 이곳에는 텔레비전 속에서나 볼 수 있을법한 의상들로 자신을 치장한 수많은 인파가 광장을 가득 메우지도, 영화에서조차 보지도 듣지도 못한 괴이한 코스프레 의상으로 분장한 사람들도 없었다. 대충 30명 건너 한두 명꼴로 간단한 코스프레 의상을 입은 사람들이 드문드문 자신들을 뽐내고 있었지만, 그들이 그리 특별해 보이지도 않았다.

　주위를 한번 쓱 둘러보고 나서 아무런 생각 없이 중심부를 향해 발걸음을 옮기는 순간 느껴지는 사람들의 따가운 시선들. 나의 걸음이 광장을 향해 나아갈수록 런던과 파리에서와 마찬가지로 사람들의 시선은 나에게 고정되어 떨어질 줄 몰랐다. 나의 잘생긴 외모가 빛이라도 발한 것일까? 순간, 어디선가 스산하고 차가운 냉기가 불어왔다. 그 바람은 축제를 즐기기 위해 뭉쳐 있던 인파의 벽에 쉴 새 없이 부딪히며 견고해 보이던 그 벽에 자그마한 틈을 만들어 놓았고, 그 틈은 나를 중심으로 한없이 커지며 하나의 길로 변하기 시작했다. 어느 순간부터 모세의 기적처럼 솔광장의 중심부까지 갈라져 있는 길 위를 초연하게 걷고 있는 나. 사방은 고요했다. 부산스럽던 광장은 나의 등장과 동시에 차가운 적막감에 휩싸였다. 순간, 누군가로부터 시작된 카메라의 셔터 음은 광장 전체를 뒤덮는 파도처럼 커져만 갔고, 그 중심에 내가 있으려다가 말았다.

　아무튼 처음 나의 계획은 할로윈데이를 제대로 즐겨 보자는 생각으로 얼굴을 하얗게 칠하고, 진정한 저승사자의 모습으로 변장한 뒤 거리를 돌아다니는 것이었지만, 나는 가난한 배낭여행객. 단 한 번의 분장을 위해 그런 투자까지 하기에는 전혀 수지타산이 맞지 않아서 시도조차 하지 않았다. 고로, 평범할 수도 있는 나의 의상 덕분에 많은 이들의 관심을 받지는 못했지만, 나는 함께 있던 동생의 손을 살며시 붙잡고서 다른 사람들과 딱 10장의 사진만 찍고 숙소로 돌아가자 이야기하고, 멋있는 코스프레를 한 사람들을 찾아 인파 속으로 조용히 스며들었다.

아마 내 기억으로는 내가 찍은 사진들보다 남에게 찍힌 사진들이 확실히 더 많았다. 이놈의 인기란 어딜 가나 끊이지 않는구나. 좌우지간 이럴 줄 알았으면 돈을 받고 사진을 찍혀 주는 건데, 라며 창조 경제적인 사고방식으로 접근하려고 했다. 허나 무비자로 입국한 나로서 돈을 벌면 안 되는 노릇이었기에 투철한 준법정신으로 나의 창조 경제적 사고방식을 억제하며, 돈을 벌고자 하는 욕구를 마음속 한쪽으로 고이 모셔 두었다.

만족스러운 하루에 감사했지만, 역시나 무언가 17.6% 정도 아쉬웠던 정열의 마드리드. 나는 마드리드에서의 마지막 밤을 이렇게 마무리하고 터덜터덜 호스텔로 발걸음을 옮겼다.

멍청 페이와 웰컴 포르투갈

무식하면 몸이 고생이란 말이 있지만, 무식하면 돈도 많이 쓰는 것이 확실하다. 마드리드에서의 호스텔 예약은 총 3박4일이었으나, 나는 아무런 생각 없이 2박3일만 머무르고 포르투갈로 향했다. 오죽 할 일이 없었으면 이랬을까? 싶기도 했지만, 이렇게 멍청 페이를 쓰게 될 줄은 생각도 하지 못했다. 오늘 체크아웃을 한다고 말하자 호스텔 스태프은 의아해하며 나의 예약이 내일까지라고 이야기했고, 환불을 받을 수 있나 물어 보았지만, 그의 대답은 'sorry.' 그리고 이미 포르투갈로 가는 차편과 숙소를 예약해 놓은 터라 이곳에 더는 머물지 못하고 타들어 가는 속을 달래며 포르투갈로 떠나는 발걸음을 재촉했다.

애당초 포르투갈은 일정도 애매하고 거리도 먼 것 같아 초기 여행 계획에서 제외했었지만, 주변에 있는 많은 이들이 나에게 포르투갈을 적극 추천했기에, 이왕 여기까지 와 본 거 한번 가 보자고 결정을 하고 경로를 대폭 수정하게 됐다. 하지만 지금에 와서 생각했을 때 만일 포르투갈에 가 보지 않았다면, 유럽 여행을 다녀왔다고 말도 꺼내지 못할 정도로 아쉬울 뻔했다.

마드리드에서 포르투갈 제2의 도시인 포르토로 이동하기로 하고 앱을 이용해 이동방법을 찾던 중, 유럽형 카쉐어링 서비스라는 것이 눈에 들어왔다. 모르는 사람의 차를 타야 한다는 불안감도 있었지만, '이때 아니면 언제 이런 경험을 해 볼 수 있겠느냐.'라는 생각에 '한번 해 보

자!'라고 결정했고, 이 결정은 나의 여행에 있어서 두고두고 잊지 못할 최악이 아닌, 아주 탁월한 선택이었다. 이 선택으로 나는 버스보다 저렴한 가격, 더 빠른 이동 시간, 그리고 도착할 곳에 대한 여러 가지 정보들을 얻을 수 있었고, 뒷자리에 함께 앉은 포르투갈 아저씨와 짧은 영어로 대화를 나누며 끝날 것 같지 않은 도로 위를 지루하지 않게 이동할 수 있었다.

처음 프랑스에서 스페인으로 넘어올 당시에는 야간버스를 이용했기에 스페인의 국경이 어떻게 생겼는지 보지 못했었다. 그래서 이번에는 나라를 지날 때 국경을 유심히 살펴봐야겠다고 생각했다. 자동차는 서부영화에서 나올법한 광활한 대지 위를 한참이나 달렸다. 아무것도 없는 황량한 벌판 위를 가로지르고 있는 한 줄의 아스팔트. 그 위를 한없이 달려도 창밖으로 보이는 풍경들은 변함이 없었고, 한 편의 짧은 동영상을 무한 반복시켜 놓은 듯한 꼭 같은 풍경들이 펼쳐져 있었다. 나의 장기를 팔기 위해 이상한 곳으로 끌고 가는 것은 아니겠지? 라는 초조함을 느낄 때쯤 운전을 하던 친구가 스페인어로 옆자리에 앉은 아저씨에게 말을 걸자, 그 아저씨는 나에게 어느 한 곳을 가리키며 영어로 말했다.

"저기 봐 저기."

그곳에는 파란 배경에 별들이 박혀 있고, 흰색 글씨로 포르투갈이라 적혀 있었다. 파란색 널빤지로만 이루어져 있는 국경의 모습에 허탈감마저 느껴졌지만, 생전 처음 보는 모습이기에 열심히 사진을 찍는 나를 바라보며 아저씨는 씩 웃음 지어 말했다.

"웰컴 투 포르투갈."

나에게 많은 정보를 전해 준 아저씨와 먼저 작별을 고하고서 나는 포르토에 도착했다. 나의 숙소는 넓은 메인광장 바로 옆에 있었는데, 광장에는 많은 사람이 모여 웅성거리고 있었고 시간이 지날수록 점점 더 커져만 가는 소리에 나는 창문을 열고 광장을 바라보려다 말았다. 이야기를 전해 들으니, 오늘은 포르토 FC와 다른 팀의 축구 경기가 있는 날이라고 했다. 영국과 유럽 사람들이 광적으로 축구에 열광하는 이유에 대해 가이드님을 통해 들었던 기억이 난다. 영국과 유럽에 사는 사람들의 일상은 심심하기 그지없다고 한다. 재미있는 일도 딱히 없고, 흥미로운 일도 없고. 하지만 단 하나, 축구만이 그들의 무료한 일상에서 잠시나마 벗어날 수 있는 일탈을 허락한다나 뭐라나. 아무튼 창밖의 소란스러움을 뒤로하고 상쾌한 양치로 오늘 하루를 깔끔하게 마무리한 후 침대에 몸을 뉘었다.

고마워 포르토야

　아침에 일어나니 창밖은 밤새 내린 빗방울들로 촉촉하게 젖어 있었다. 어제의 광장은 축구팀 응원을 위해 모인 많은 사람 덕분에 아주 뜨거웠지만, 오늘의 비는 어제의 뜨거웠던 열기를 식히기라도 하듯 포근하게 광장을 뒤덮고 있었다. 오늘은 구경하지 않고 쉬어야 하는 날인가도 싶었지만, 비는 점차 잦아들고 이따금 구름 사이로 떨어지는 햇살이어서 밖으로 나오라는 듯 나를 유혹하고 있었다.

포르투갈에 여행을 가서는 3가지의 F를 꼭 경험해야 한다고 들었다. Fatima, Football, Fado. 하지만 나는 파티마도 가 보지 않았고, 축구도 보지 못했을뿐더러, 파두 음악도 듣지 못했다. 나는 포르투갈에서 아무 곳도 가지 못했고, 듣지도, 보지도 못한 걸까?

아, 그리고 빼먹지 말아야 할 것 하나 더. 에그 타르트였다. 나는 빵을 별로 좋아하지 않는다. 일 년에 한 번 빵을 먹는 날이라고 하면, 부모님이 나를 위해 생일 케이크를 사 오셔서 잘라 줄 때를 제외하고는 내 돈을 주고 빵을 사 먹어 본 적이 단 한 번도 없을 것이다. 좌우지간 내가 포르투갈을 간다고 말을 하니 모든 이들은 이구동성 게임을 하듯 한마음으로 소리쳤다.

"포르투갈은 1일 1 에그 타르트야!!"

평소에 밀가루 음식을 많이 먹지 않을뿐더러, 유럽여행 중 나를 가장 힘들게 했던 것이 바로 빵을 먹는 것이었다. 먹기 싫어서 피하는 게 빵인데 그걸 사 먹으라고? 그것도 내 돈을 주고? 그래도 남의 말 들어서 포르투갈에 왔고, 지금 당장 출출한 속을 달래야 했기에 숙소 바로 아래에 있는 에그 타르트 가게로 향했다.

"에그 타르트와 커피세트 주세요."

자그마한 잔에 향긋한 에스프레소와 에그 타르트가 함께 나왔다. 먼저 건조한 나의 입술을 에스프레소로 적셔 주었다. 쌉쌀하지만 향긋함으로 혓바닥 끝에 달달한 여운을 그윽하게 남기는 맛있는 커피를 뒤로하고서, 에그 타르트를 입안에 가득히 욱여넣었다. 에그 타르트를 한입 크게 베어 물자마자 나의 미간은 지렁이 3마리가 기어가는 듯 찌푸려졌고, 얌전하게 모여 침착함을 지키던 나의 양발은 잔망스럽게 동동거리기 시작했다. 그와 동시에 나의

두 눈 또한 자연스레 질끈 감기며, 나의 머릿속에 떠오르는 한마디. '이런 존맛탱.' 이런 게 에그 타르트란 것인가? 나는 지금까지 이것을 맛보지 못하고 어떻게 살았단 말인가? 라는 생각이 절로 드는 맛이었다. 역시 때때로 남의 말도 잘 들어야 하는 것 같다. '앞으로는 가끔 남의 말을 잘 듣는 착한 어른이 되어야지.'라고 생각하며 에그 타르트를 마파람에 게 눈 감추듯 흡입하고, 샌드위치를 하나 더 주문해 먹었다. 조금씩 불러 오는 배에 발맞춰 날씨도 차츰 좋아지기에, 음식을 깨끗이 비운 나는 포르토의 매력을 향해 성큼 한 발 앞으로 다가갔다.

목적지를 딱히 정하지 않은 나의 걸음은 이 골목 저 골목들을 들쑤시며 눈과 발로 포르토를 음미했다. 거리를 걷는 내내 수만 가지 생각들이 떠오르며 나의 뇌리를 뒤흔들어 놓았지만, 결론은 단 하나. '포르토는 절대 남자 혼자 올 만한 곳이 못 된다.'라는 결론을 도출할 수 있었다.

아무 생각 없이 걷고 있던 나의 눈앞에 보이는 모든 것들이 아름다웠다. 거닐고 있던 골목 사이사이에서 로맨스의 향기들이 가득 차다 못해 넘실넘실거리며 도로 위로 흘러들었고, 날씨가 조금은 흐림에도 불구하고 건물들은 자신만의 색감을 뽐내며 '내가 그림 속을 걷고 있는 걸까?'라는 착각에 빠지게 만들었다.

나 홀로 흐느적거리며 둘러보는 모든 곳은 작

품이라 표현해도 전혀 부족하지 않았다. 이 도시에서 뿜어지는 로맨틱한 기운은 나의 온몸을 백만서른마흔다섯 번 정도 적시고, 서른마흔다섯 번을 더 적시고도 넘쳐났다. 더 이상 길거리를 흐느적거리다가는 밀려오는 외로움을 감당하지 못한 채 미쳐서, 1번 트램을 타고 가면 마주하는 대서양에 빠져 죽어 버릴 것 같은 기분이 들었다. 끓어오르는 욕구를 진정시키고 내 마음 판에 궁서체로 오늘의 다짐을 새겨 넣었다. 이곳은 나의 두 번째 신혼여행지로 당첨이다. 내 두 번 다시 이곳에 혼자 오지 않으리.

한참 동안을 좀비처럼 거리 위에서 흐느적거리다 숙소로 돌아와 삼계탕을 먹었다. 지친 나의 영혼에 잠이라는 포근한 안식을 줄까도 싶었지만, 소화도 시킬 겸 루이스1세 다리로 향했다. 숙소와도 그리 멀지 않은 위치에 있었기에 편안한 마음으로 길을 떠났다.

어제는 거짓말쟁이 네덜란드인과 함께 다리를 보러 왔지만, 오늘은 나 홀로 다리를 마주하니 더욱 더 순천 생각이 많이 났다. 순천의 랜드마크라고 할 수 있는 팔각정에서 바라본 동천의 모습은 이곳 루이스1세 다리 위에서 바라보는 도루강의 모습과 많이 닮아 있었다.

어느덧 한국을 떠나온 지 18일째. 그리 긴 시간이 지나진 않았지만,

혼자라는 외로움 덕분에 온실 속의 화초처럼 가녀린 나의 마음은 '집에 가고 싶다.'라는 생각들로 하루가 다르게 흔들렸고, 매일 밤 눈물로 베개를 적시며 잠이 들곤 했다. 허나 이곳에서 어렴풋하게 느껴지는 고향의 향기로 인해 나의 마음은 조금이나마 위로를 받을 수 있었고, 이역만리나 떨어진 이곳에서 사랑하는 가족들이 사는 고향의 정취를 느낄 수 있다는 사실에 감사함을 느꼈다. 순간 예전에 만났던 그녀가 생각났다. 나는 그녀에게 나를 얼마나 좋아하느냐고 물었고, 그녀가 답하길.

"감정이란 것은 추상적인 건데, 어떻게 그 크기를 가늠할 수가 있겠니?"

그녀의 말을 빌려 너에게 이야기한다. 네가 얼마나 예쁜지, 네가 나에게 얼마나 큰 위로를 주었는지 말해 주고 싶지만, 이 모든 감정은 추상적이기에 그 크기를 어떻게 말해 줘야 할지 모르겠다. 하지만 이것 하나만은 분명하게 이야기해 줄게.

"하늘만큼, 땅만큼, 우주만큼 고마워 포르토야."

이번에도 베네치아

어렸을 때부터 베네치아라는 도시에 대해 커다란 환상을 가지고 살아 왔다. 왜 그런지는 잘 모르겠다. '『베니스의 상인』을 재미있게 읽어서 그런가?'라고도 생각해 봤지만 지금에 와서는 그 책의 내용도 잘 기억나지 않는다. 어쨌건 '신혼여행을 간다면 꼭 베네치아로 가야지.'라고 마음속 으로 언제나 다짐하고 있었고, 여러 나라를 여행할 때마다 '××의 베네 치아'라는 곳들은 빠짐없이 방문했던 '나'이기에, 오늘은 포르투갈의 베 네치아라고 불리는 아베이루로 향했다.

나의 환상이 머물러 있는 베네치아를 만나러 가는 길. 당연히 한복을 곱게 차려입고 길을 나섰다. 출발하기 전 기차역에서 아베이루에 같이 가기로 한 동행들을 만났다. 오늘의 동행은 총 3명. 그중 한 명은 세계 일주를 하는 한 살 어린 동생. 액면가는 우리 중 가장 늙어 보였지만, 순 박한 미소가 사랑스러운 털보 동생의 인도에 따라 우리는 포르투갈의

베네치아 아베이루로 향했다.

아베이루로 향하기 전까지 화창했던 하늘은 이
곳에 도착한 직후부터 내 마음의 색깔보다 더욱
까만 구름으로 메워지기 시작했고 빗방울도 조금
씩 떨어지는 것 같았다. 다행스럽게도 우리 모두
는 걷는 것을 별로 좋아하지 않을 정도로 나이가
있었고, 기차역 앞에 있는 관광열차를 타기로 한
마음 한뜻으로 결정한 후 진짜 관광객처럼 열차
를 타고 도로 위를 누볐다.

짧은 기차여행을 마치고 열차에서 내린 뒤 무엇을 할까 고민하다 배
가 고프다는 나의 말에 우리는 함께 식당을 찾기 시작했고, 타이밍 좋게
도 식당에 들어서자마자 하늘에서는 폭우가 쏟아졌다. 우리의 점심은
쏟아지는 폭우를 안주 삼아 비 오는 날에 절대로 빠질 수 없는 달콤 쌉
싸름한 와인과 함께 성대하게 시작되었다.

어닝 위로 시원스럽게 쏟아지는 빗줄기는 우리에게 최고의 술안주가
되었다. 우리는 오늘 처음 만난 사이였지만 몇 년 동안 동고동락하며 희
로애락을 함께 즐겼던 오랜 친구처럼 자연스럽게 대화를 이어 갔고, 화
기애애한 분위기에 모두 만족감을 느꼈다. 아마 그랬을 것이다.

식사를 거의 끝마치고서 알싸하니 취기가 돌 때쯤 비가 조금씩 잠잠
해지자 우리는 '베네치아에 왔으니 배를 타야지.'라며 선착장으로 향했
다. 표를 파는 직원에게 '비가 오면 다리 밑에서 비를 피하겠다.'라는 확
답을 받고 배에 올랐지만, 약속은 깨지기 위해 존재하는 것이라고 했던
가? 비가 오든 말든 열심히 설명하며 배를 모시는 가이드님. 배는 돌고
돌아 어느덧 선착장에 도착했고, 가이드님은 우리가 배에서 내리기 전
에 이 한마디와 함께 비닐봉지에 담긴 하얀 가루를 선물해 주었다.

"코로는 흡입하지 마."

아베이루는 소금으로 유명한 도시였다. 우리는 소금 한 봉지씩을 선물로 받은 뒤 다시 도시로 향했고, 털보 동생의 말에 의하면 아베이루는 베네치아와 전혀 달랐다고 했다. 아 식빵. 그럴 줄 알았다. 도시에 도착한 우리는 오늘의 밤을 불사르기 위해 거리를 걸으며 한국 사람처럼 보이는 모든 이들에게 함께 밥을 먹지 않겠느냐고 물었고, 그 결과 총 7명의 한국인이 포르토에서 뭉치게 되었다. 루이스1세 다리가 보이는 강가 식당에 모여 앉아 밥을 먹으며 이런저런 이야기들을 나누다 보니 분위기는 자연스럽게 고조되었고, 나는 자신만만하게 현지인들만 알고 있는 핫플레이스가 있다며 그들을 이끌고 현지인 아저씨가 소개해 준 거리로 자리를 옮겼다. 가는 길이 얼마나 신이 났는지 사진 한 장 남기지 못했다.

한참 동안 이어지는 골목길과 언덕을 넘어서 도착한 핫플레이스는 정말로 뜨거웠다. 오늘은 불타는 금요일 저녁 11시. 많은 식당과 펍들이 즐비하게 늘어서 있는 골목길에 우리는 쉽사리 발을 들여놓을 수가 없었다. 동양인이라고는 눈을 씻고 찾아봐도 우리가 전부인 듯한 이 골목길은 우리를 당혹스럽게 만들었고, 누구 하나 섣불리 앞서가지 못한 채 서로의 눈만 마주 보며 골목길 입구에서 머뭇거리고 있었다.

다시 한 번 말하지만 오늘은 불타는 금요일 밤 11시. 나의 바람과는 다르게 거리는 적막감으로 고요했고 많은 펍들의 문은 닫혀 있었다. 그날 이곳의 분위기는 지금까지 한껏 고조됐었던 우리의 가슴까지 침잠하게 만들었다. 이리 긴 시간을 걷고 걸어서 여기까지 왔는데 눈앞으로 펼쳐지는

허탈한 광경에 사람들의 표정에도 아쉬움이 진득하게 묻어 나왔지만,
너무도 착한 오늘의 동행들은 이왕 온 거 재밌게 놀자며 나를 다독였고
우리는 자그마한 펍으로 향했다.

　밤 12시가 넘어갈 무렵. 온 거리는 사방 군데에서 쏟아져 나오는 사
람들로 발 디딜 틈 없이 가득 찼고, 현란한 네온사인과 음악들은 우리의
눈과 귀를 더욱 더 즐겁게 만들었다. 포르투갈의 밤은 새벽 1시부터 시
작이구나. 그리고 역시나 이곳은 핫플레이스가 맞았다. 역시 우리의 밤
은 당신의 낮보다 화려하다.

가기 싫다

리스본으로 떠나야 하는 날이 밝았다. 블라블라카 드라이버는 나를 리스본으로 데려가기 위해 약속장소에서 나를 기다리고 있었다. 어마무시한 아쉬움으로 가득 차 있는 포르토를 두고 떠날 수밖에 없다는 사실에 발걸음은 천근만근 무거워졌고, 너무도 좋은 어제의 인연들을 이곳에 두고 떠나기가 너무 슬펐다. 하지만 이미 엎질러진 물. 가기 싫어도 갈 수밖에 없는 현실에 나는 또다시 눈물을 흘리며 블라블라카에 몸을 실었다.

처음 포르토라는 도시에 대해 아무런 기대감도 없었고 리스본을 가기 위해 당연히 스쳐 지나가는 곳이라고만 생각했었다. '사람의 욕심은 끝이 없고, 같은 실수를 반복한다.'라는 말과는 약간은 다른 경우지만, 계획 없이 여행하는 사람의 이점을 전혀 살리지 못하는 나의 행보가 너무도 안타깝다는 생각이 짐을 싸는 내내 머릿속을 떠나지 않았다. 영국과 프랑스에서 했던 실수를 반복하고 있는 나 자신이 너무나까지는 아니더라도 약간은 원망스러웠다. 다른 사람들이 나에게 무언가 잘못을 했을 때 첫 번째는 실수, 두 번째는 잘못, 세 번째는 죄라고 말하는 '나'이지만, 정작 그 죄를 내가 짓고 있다는 사실에 억울해하며 눈물이 나오지는 않았다. 좌우지간 또다시 이렇게 된 거 어쩌겠는가. 사람은 미련해서 같은 실수를 반복하지만 시간이 지나고 경험이 쌓이다 보면 두 번 실수할 것 한 번만 하겠지. '나는 관대하다. 나는 나에게만 관대하다.' 속으로 되뇌고서, 리스본 또한 포르토와 비슷한 분위기가 나겠지. 라는 희망을

품고 차에 올랐다.

　리스본으로 향하는 길. 하늘은 티 없이 맑은 에메랄드빛으로 반짝였고 이동하는 내내 지금까지의 여행 중에 만난 인생 최고의 날씨로 나를 설레게 했다. 허나 그것도 잠시, 운전하는 내내 조수석에 앉아 있던 나를 흘낏흘낏 쳐다보던 중국인 친구는 어이가 없다는 듯 나에게 따져 물었다.

　"뭐야? 이거 완전 사기 아니야?"

　실제 하늘은 구질구질 신신애와 같은 굿 웨더였지만, 적절한 타이밍과 좋은 시기에 카메라 필터를 통해 바라본 하늘은 순수함의 결정체라고 말할 수 있을 정도로 티 없이 맑은 에메랄드빛 세상이었다. 필터의 힘은 역시나 놀라웠다. 이 모습을 보며 나는 다짐했다. 언제나 나의 눈에 비치는 세상의 모습이 우중충한 회색빛일지라도 카메라에 필터를 끼고 바라보는 것처럼 아름답고 순수하게 세상을 바라볼 수 있게 색안경을 껴야겠다. 잉?

　어느덧 리스본에 도착했지만 포르토와는 느낌이 영 달랐다. 삭막한 빌딩 숲을 지나고 차는 계속해서 달렸다. 끝나지 않는 빌딩들의 향연 속에서 나는 드디어 호스텔이 있는 올드타운에 도착했다. 허나 느낌이 아니다. 이 느낌이 아니란 말이다! 나는 울적해진 기분에 축 처진 어깨로 체크인을 했고, 그 덕에 3층 침대를 배정받았다.

　내가 3층이라니! 나는 잠결에 뒤척이다 떨어지면 죽을 것 같은 침대 위로 올라와 베개에 얼굴을 파묻고서 조용히 흐느끼며 말했다.

"미안해 포르토야."

여행을 시작한 지 약 3주. 아직 나에게는 모든 게 새롭다. 새로움이 주
는 낯섦과 불안감보다는 새로운 것들에 대한 기대감으로 충만해지는 하
루하루. 오늘의 저녁을 이렇게 떠나보내고 새로운 내일의 아침이 오길
고대한다. 이따 봐. 리스본아.

여행은 온전히 나를 위한 것

오늘은 벨렝탑과 발견기념비를 보러 가기 위해 여행 커뮤니티에서 동행을 구했다. 나를 포함해서 총 4명의 사람이 함께 떠나기로 했고, 나는 서둘러 약속장소로 향했다.

약속시각이 한참이나 지나도록 나를 제외한 3명은 약속장소에 나타나지 않았고, 나 혼자 광장을 서성이며 쓸쓸함을 백 번쯤 곱씹었을 때, 저 멀리서 함께 걸어오는 그들을 볼 수 있었다. 가까워지는 그들의 얼굴이 눈에 들어오자마자, 나의 시신경을 통해 입력된 정보는 뉴런 세포들을 하나하나 자극하며 전두엽을 지나 감각중추, 그리고 후두엽에까지 급하게 신호를 전달했고 나는 느낄 수 있었다. 아니 알 수 있었다. 분명히 이 사람들은 나와 잘 맞지 않을 것이다. 촉이 왔다.

우연인지 의도한 것인지는 모르겠으나 그 3명은 함께 뭉쳐 다니기 시작했고, 나는 그 뒤를 졸졸 따라다니며 어울리지 못하는 끄트머리처럼 느껴졌다. 먼저 말도 걸어 보고 열심히 사진도 찍어주며 친해지기 위해 나름대로 이런저런 대화들을 시도해 봤지만, 잘 맞지 않는 블록들을 억지로 끼

어 맞추려는 것처럼 오히려 더욱 불편하게만 느껴졌다. 나는 그런 것 같다고 느꼈다.

한참을 돌아다니다 그들은 성당을 구경하러 가자고 했지만 나는 이미 다리도 아프고 해서 들어가지 않겠다고 말하고, 벤치에 앉아 가만히 분수대를 바라보며 휴식을 취했다. 분수대에서 뿌려지는 미스트를 맞으며 햇살에 몸을 녹여 보았다. 쏘아지는 물길은 불어오는 바람 덕에 곧게 뻗어 나가지 못하고 어긋난 돼지발톱처럼 자꾸만 분수대를 벗어나려 했는데, 아마 그게 내 마음이었나 보다.

밖에서 기다리기를 두어 시간 남짓. 그들은 성당에서 나와 기다리고 있는 나를 보며, '네가 밖에서 기다리고 있었기 때문에 구경을 대충하고 밖으로 나왔다. 그게 아니었다면 더 오래 볼 수 있었다.'라고 말하는 것이었다. '그게 내 잘못인가?' 싶은 생각이 들었지만 한차례 꾸지람을 들은 터라 나는 시무룩하게 찌그러져 아무런 대꾸도 하지 못했었다. 그후, 에그 타르트의 시초가 된 빵집으로 에그 타르트 먹으러 갈 것이라고 하기에 나는 줄을 서 가면서까지 에그 타르트가 먹고 싶지 않았지만, 따

라오라는 그들의 말에 울며 겨자 먹기로 그들의 꽁무니를 졸졸 따라서 떨어지지 않는 발을 질질 이끌고 비에 쫄딱 젖은 강아지처럼 처량하게 길을 걸어갔다.

그런데 세상에나 만상에나! 이런 우연이 또 있을까? 에그 타르트를 사기 위해 한도 끝도 없이 길게 늘어선 사람들 사이로 낯익은 얼굴이 눈에 띄었다. '오! 신이시여.' 포르토에서 만나 같이 저녁을 먹었던 7명 중에 한 사람을 이곳에서 만나게 된 것이다.

'동행이 불편하다면 그것은 동행이 아니라 짐

이다.'라는 사실을 오늘 또 한 번 확실히 깨닫게 되었다. 나를 위한 여행이지, 상대방을 배려하기 위한 여행이 아니기에 동행이 맘에 들지 않는다면 주저하지 말고 언제든지 그 자리를 떠날 수 있어야 하는 것 같다. 마음이 잘 맞는 사람과 함께 하는 것처럼 행복한 일도 없지만, 마음이 맞지 않는 사람들에게 억지로 나를 맞춰 가며 불편한 관계를 이어 가는 것만큼 힘든 일도 없다. 물론 서로 간의 기본적인 배려와 존중은 당연히 필요하지만, 그 이상을 바랄 필요도 없고 그 이상을 해 줄 필요도 없는 것 같다. 이러한 것들이 절대로 이기적인 행동도 아니고, 나쁜 것도 아니라고 생각한다. 내가 불편해서 가겠다는데 그게 잘못된 행동은 아니지 않은가? 나 또한 여행을 즐기러 온 사람 중의 한 사람이기 때문에 온전한 나의 여행을 즐기기 위한 당연한 행동이라고 생각된다. 나의 여행은 온전히 나를 위한 것이니까.

날아라, 박삿갓

페나 왕궁과 헤갈레이라 별장. 그리고 호카곶을 가기 위해 아침 일찍 일어나 배낭 안에 고이 접혀 있던 두루마기를 꺼내어 정성스레 옷깃을 세우고, 꾸깃꾸깃한 주름들을 정리한 후 술띠로 허리를 질끈 동여매고서 당당하게 거리로 나섰다. 이제는 한복의 고름을 매는 것도 어느 정도 익숙해졌다. 이전과는 다른 도도한 자태로 나의 앞섶에 자리한 나비 한 마리, 나는 한 마리의 나비를 가슴에 품고 리스본의 거리를 누비는 대한민국의 한량이다.

거리를 걸으며 마주치는 많은 그라피티 벽화들과 트램 사이로 두루마기와 삿갓을 입은 선이 굵은 사내가 바람을 가르며 지나간다. 그는 물과 기름처럼 전혀 어울리지 않을법한 부자연스러움 속에서도 좌중을 압도하는 신비로운 조화감을 풍기고 골목골목을 누비며 거리 위에서 흐느적거리고 있다. 어느 곳 어떤 자리에 있더라도 전혀 기죽지 않을 아우라를 뽐내는 우리의 한복. 확실히 한복은 나의 여행을 더욱 더 값지게 만들어 준 최고의 아이템이었다. 다만 사진을 잘 찍어 주는 사람이 있었다면 더욱더 값졌을 텐데.

　기차를 타고 한참을 달려 신트라에 도착, 페나 왕궁으로 가기 위해 걸음을 재촉했다. 우리를 태운 버스는 산길을 구불구불 달리다 어느덧 왕궁 입구에 있는 매표소에 도착했고, 그곳에는 많은 사람이 줄지어 입장을 기다리고 있었다.

　언제나 한복을 입고 있을 때는 수많은 외국인의 동경 어린 눈길들을 느낄 수 있었다. 그들의 시선 따위는 의식하지 않는다는 듯, 자연스럽게 갓끈을 고쳐 매고 있는 나의 곁에 쭈뼛거리며 다가와 사진을 같이 찍어도 되냐며 수줍게 말을 거는 외국인들. 나는 그들에게 나의 두루마기와 같이 푸르른 미소로 화답하며 사진에 찍혀 주었다. 사진을 확인한 그들은 아주 만족스럽다는 듯 '멋지다'를 연발했고, 인사를 하고 떠나려는 그들의 옷을 살짝 붙잡고서 나는 말을 이어 갔다.

　"10유로."

　페나궁은 특별한 관광지를 만들기 위해 열심히 노력하며 땀 흘리는 리스본 공무원들의 환한 미소를 떠올리게 했다. 이곳의 모습은 고전스럽다거나 주변의 자연 풍경과 어우러져 조화로운 미를 풍긴다는 느낌보

다는, 관광객들을 모집하기 위해 온통 시멘트와 페인트로 덕지덕지 발라 놓은 현대적인 건축물로만 느껴졌다. 동행했던 사람들 모두 그러한 느낌을 받았다. 우리는 시간에 쫓기어 서둘러 왕궁을 빠져나왔지만, 별로 아쉽지는 않았다. 그러했다.

다음 목적지는 페나성에 대한 실망감으로 인해 별다른 생각 없이 방문하게 된 헤갈레이라 별장. 오랜 시간 동안 뜨거운 햇살을 온몸으로 맞으며 걸어 다녔기에 지칠 대로 지쳐 있었던 우리. 끝없이 이어지는 오르막길 덕분에 잠시 쉬어 가자는 생각으로 커다란 돌 위에 걸터앉아 주변을 두리번거리던 중, 동행 누나가 사람들이 옹기종기 모여 있는 돌무더기 쪽으로 가더니 우리에게 빨리 오라고 급하게 손짓했다. 아무런 기대가 없던 이곳에서 언제나 그렇듯 신세계를 발견하게 되었다.
평범한 돌무더기 안쪽에 이러한 건축물이 있으리라고 상상이나 했겠는가? 까마득한 깊이 덕분에 조그마한 숨소리조차 웅장한 파도의 외침과 같이 메아리치며 밀려오는 이곳. 이 공간은 우리에게 그리스·로마 시대의 보물을 찾기 위해 신비의 세계로 모험을 떠나는 탐험가와 같은 기분을 느끼게 했다.

우리는 난간 위에 걸터앉아 핸드폰을 치켜들고 혹여나 실수로 핸드폰을 떨어뜨리진 않을까 하는 걱정들과 함께 짜릿한 스릴감을 즐기며 서로에게 더욱 멋있는 인생샷을 찍어 주기 위해 발버둥 쳤다. 인생샷을 찍을 수 있는 엄청난 장소는 없던 기운도 솟아나게 하는 것 같다. 한 걸음도 걷지 못할 것처럼 보였던 우리 모두는 수십 번씩 계단을 오르내리며 서로의 사진을 찍어 주었다. 어쨌든

한 사람의 호기심 덕분에 그냥 지나칠 수도 있었던 보물을 찾게 된 느낌이었다. 아는 만큼 보인다는 말도 있지만, 궁금한 만큼 알게 되는 것 같기도 하다.

　구경을 마치고 우리는 서둘러 호카곶으로 이동했다. 버스는 1시간 남짓 이전보다 더욱 구불구불한 산길을 달렸다. 지금까지 아무것도 먹지 못하고 돌아다닌 덕에 피곤과 굶주림에 찌들어 있던 나는 버스를 타고 가는 내내 열심히 개다리춤을 추면서 나의 피로와 결투를 벌였다. 나는 무엇을 위해 이러한 고생을 하고 있는지 곰곰이 생각하는 순간까지도 멈추지 않고 졸고 있었다. 어느덧, 해가 서쪽 하늘 너머로 뉘엿뉘엿 넘어갈 즈음 버스는 호카곶에 우리를 내려 주었다.

　수평선 아래로 떨어지려는 태양을 조금이라도 오래도록 보기 위해 우리는 세상의 끝을 향해 양팔을 힘차게 휘저으며 나아갔고, 거센 바닷바람이 불어오며 우리를 지구 반대편으로 밀쳐 내려 안간힘을 썼지만 옷매무시를 더욱 단단히 고쳐 잡고서 저기 보이는 고지를 향해 발을 맞추고 한 걸음, 한 걸음씩 내디뎠다.

　먼 옛날, 뱃사람들은 세상이 평평한 하나의 판으로 만들어져 있다고 생각했다. 떨어지는 태양을 바라보며 계속 나아가다 보면 세상의 끝에 도착해 다시는 돌아올 수 없을 것이라고. 서쪽의 땅끝 호카곶. 이곳에 서서 바다를 바라보니 어느 누구라도 그런 생각을 할 수밖에 없겠구나, 라는 기분이 들었다. 영원히 타오르리라 생각했던 거대한 태양마저도 순식간에 빨아들이는 세상의 끝에 대한 두려움. 대자연 앞에서 한없이 작아질 수밖에 없는 인간. 이토록 경이로운 자연의 신비를 온몸으로 느끼며 나는 이곳에서 앉아 있다.

　호카곶의 석양은 다른 곳에서 수없이 마주했던 석양들과는 전혀 다른 느낌으로 나에게 다가왔다. 해안 절벽을 따라 불타는 노을을 송두리째 집어삼킬 듯 일렁이는 파도, 세상의 끝으로 조금씩 잠식되어 가는 태양을 멍하니 바라보고 있자니 나의 영혼마저도 송두리째 그곳으로 빨려 들어가는 듯했다. 한참을 절벽가에 앉아 있다 밀려드는 바람을 따라 그곳에서 멀어져 갔다. 그리고 나는 세상의 서쪽 끝에서 휘몰아치는 바람을 가슴 깊숙이 안고 세상 끝 저 하늘 높이로 날아올랐다.

힘들다

지금까지 못다 한 리스본의 시내 구경을 마무리하기 위해 나 혼자 거리로 나섰다. 리스본은 포르토에 비해 낭만과 로맨스의 아우라가 상대적으로 약하게 풍겨 나왔다.

로맨티시스트는 로맨틱한 기운들을 양분으로 흡수하며 살아가야 하는 법. 이 시대 마지막 로맨티시스트라고 개인적으로 생각하는 나로서, 로맨스의 향기가 포르토에 비해 약하게 뿜어져 나오는 이 도시에서는 느릿하게 흐느적거리는 것조차 너무도 버겁게 느껴졌다.

나의 눈동자는 도시의 골목들 사이사이에 숨겨져 있는 낭만을 찾아 헤매는 것이 아닌, '이 내 몸뚱이 편히 널 수 있을 만한 자그마한 쉼터 어디 없소?'라며 오뉴월 헐떡이는 멍멍이 마냥 앉을 곳과 그늘만을 찾아 헤맸고, 거리 위에서 꿈틀거리고 있었다.

지친 몸을 이끌고 겨우 상 조르즈성 입구에까지 도착했지만, 나는 입구 바로 앞 벤치에 주저앉아 한참이나 움직일 수 없었다. 바람결에 흔들리는 나무 그늘 사이로 이따금 비치는 햇살을 맞으며 양반다리를 하고 앉아 있는 나의 모습이 오늘따라 왜 이리 처량하게 느껴지는지. 언제나 나에게 메시지를 보내며 외화 낭비 그만하고 돌아오라는 친구의 진심 어린 충고와 집 떠나면 개고생이라는 어느 현인의 명언이 지금의 나에

게 딱 알맞은 표현으로 다가왔다.

이제껏 만나 왔던 다른 여행자들보다 전혀 젊지 않은 나이에 나는 왜 이러한 고생을 사서 하고 있을까? 라는 생각이 나의 머릿속에 메아리치듯 울려 퍼졌다. 그리고 파리에서 느꼈던 여행이란 무엇인가에 대해 이곳에서 다시 한 번 생각하게 되었다. 사람의 욕심은 끝이 없고 어리석게도 같은 실수를 반복한다. 밀려드는 관광에 대한 욕심 덕분에 여전히 같은 실수를 반복하고 있는 나. 아랫배에서부터 밀려 나오는 한숨을 땅이 꺼질 듯 길게 내뱉었다.

마라톤을 시작하기 전에는 많은 것들이 필요하다. 수많은 연습과 강인한 체력. 그리고 지구력. 하지만 그러한 것들보다 더욱 중요한 것은 바로 페이스 조절이다. 여행을 시작한 지 23일밖에 되지 않았지만 입으로만 여유로운 여행, 쉬어 가는 여행이라고 되뇌지 온전한 휴식을 취한 적은 단 하루도 없었다는 생각을 끝으로, 나는 자리에서 일어나 숙소로 향하는 버스에 몸을 실었다. 오늘의 시내 관광은 3시간 만에 막을 내렸지만 이것이 리스본에서의 마지막 날이었다.

멍청하면 몸도 고생

포르토와 리스본에서의 아쉬움들을 가슴속 깊숙이 꾹꾹 눌러 담아 갈무리하고서, 나는 스페인 세빌로 이동했다. 무엇이 유명한지 무엇을 봐야 하는지 알지 못하고, 이동을 위한 이동에 의한 이동을 멈추지 않았다. 넓은 대서양을 향해 정처 없이 흘러만 가는 강물처럼 한없이 이어지는 나의 이동. 끊임없이 이동만을 반복하는 나의 머릿속은 '한곳에서 오래 머무르며 쉬고 싶다.'는 소소한

바람으로 차오르기 시작했고, 터질 듯 부풀어 오르는 풍선처럼 빵빵해진 그 바람은 나의 가슴을 가득 채우고 언제 터질지 모르는 시한폭탄처럼 변해 있었다. 그래도 어쨌든 이동을 해야 하기에 나는 어쩔 수 없이 세빌로 향하는 벤츠에 몸을 실었다.

벤츠는 열심히 달리고 달려 세빌에 도착했다. 나를 이곳까지 안전하게 데려다준 그 친구는 이곳이 호스텔 근처라며 큰길가에 나를 내려 주었고, 나는 어딘지 정확히 알지 못하는 숙소를 찾기 위해 구글맵을 의지한 채 한참 동안 골목길을 흐느적거리며 걸었다.

오랜 시간 동안 골목골목을 누비다 도착한 오늘의 숙소. 놀랍게도 그 호스텔은 나의 방문을 허락하지 않는다는 듯 굳게 닫혀 있었고, 문 앞에 덩그러니 붙어 있는 한 장의 종이 쪼가리가 극강의 피곤함으로 나의 어

깨를 73배쯤 더욱 강하게 짓눌렀다.

'이 호스텔은 망했어요. 다른 곳으로 가세요.'

말인지 방귀인지. 그럼 왜 호스텔의 예약이 잡힌 거지? 라는 생각이 나의 분노를 극에 달하게 했다. 어깨에 메고 있던 가방을 호스텔 문을 향해 후려치듯 던지며 울분에 찬 함성을 내질렀다.

"으아!!!"

배낭을 얼마나 강하게 후려쳤는지, 으깨진 석류에서 뿜어져 나오는 석류 알처럼 짐들을 꾸역꾸역 토해 내는 나의 배낭. 가방 깊숙이 숨겨 놓았던 고추장 통마저 박살이 났는지 쉴 새 없이 흘러나오는 새빨간 고추장은 피비린내 나는 잔혹한 살육의 현장을 방불케 할 정도로 골목길을 붉게 물들이고 있었다. 그와 더불어 나의 얼굴과 온몸에도 고추장이 피딱지처럼 덕지덕지 엉겨 붙었다.

나는 두 눈을 부릅뜨고서 미소 띤 얼굴로 혓바닥을 살짝 내밀어 달콤 짭짜름한 나의 입술을 핥았다. 내 표정과는 대조되게 창자가 뒤집힐 것 같은 화를 억누르며, 바닥에 주저앉아 두 손으로 얼굴을 뜯어내기라도 할 것처럼 감싸 쥐었다. 그 순간 헐떡이는 가슴으로부터 심장이 고동치는 소리를 똑똑하게 느낄 수 있었다.

"다 죽여 버릴 거야."

그래, 상상은 여기까지만 하고. 나는 메고 있던 비싼 배낭을 바닥에 조심스레 내려놓고 심호흡을 두세 번 한 다음, 밀려오는 화를 억누르며 앱을 통해 호스텔의 전화번호를 확인하고 전화를 걸었다. 두 번째 신호음이 끝나기도 전에 수화기 너머로 아름다울 것 같은 아가씨의 목소리가 흘러나왔다. 나는 헬로우라는 말이 끝나기가 무섭게 지금 뭐 하는 거냐고 울분을 토해 냈지만, 나의 말을 조용히 듣고 있던 그 직원은 당황스러운 듯 말했다.

"네가 숙소 위치를 잘못 찾아간 거야. 네가 예약한 곳은 그곳이 아니

라 다른 곳이야. 이쪽으로 와야 해."

"아 그래? 미안해……."

이미 엄청난 피로에 찌들어 있던 나는 실수로 숙소를 잘못 찾아간 것이다. 구글맵으로 숙소의 위치를 다시금 확인하니, 조금 전 차에서 내렸던 곳에서 불과 2~3분 거리에 있는 오늘의 호스텔. 나는 그것도 알지 못한 채 이곳까지 15분이나 걸어왔던 것이다.

나는 다시 배낭을 둘러멘 후 한숨 한 번 푹 쉬고서 하늘을 바라봤다. 하늘은 티 없이 맑았고, 들려오는 새소리는 청량했다. 멍청하면 몸이 고생한다는 말은 누가 만들었는지. 그 말을 만든 사람도 분명 나처럼 멍청한 사람이었을 것이다. 엄청나게 미련한 행동을 하고 나서, 고생 또 고생 끝에 나처럼 멍하니 하늘을 바라보며 한숨 한 번 내쉰 뒤 자신의 멍청함을 깨닫고 그 말을 만들지 않았을까?

그래도 어쩔 수 없지 않은가. 내 멍청함을 탓하며 나의 몸에게 사과를 했다. 이게 바로 세빌에서의 첫날이다.

낮달

아침 8시. 저절로 눈이 떠졌다. 하지만 침대에서 일어나고 싶은 생각은 들지 않아 한참 동안을 침대 위에서 뒤척이다, 불현듯 어제 차를 타고 지나온 강변이 떠올라 자리를 박차고 일어나 무작정 밖으로 나왔다. 온전한 휴식을 원한다고 노래를 부르고 다녔지만, 그 온전한 휴식은 바르셀로나에서 취하기로 마음먹고, 구름 한 점 없는 세빌의 과달키비르 강 언저리에서 광합성을 하며 흐느적거리고 있다.

강변을 따라 한참을 걷다가 강둑에 걸터앉아 다리를 주무르며 자연스럽게 주변으로 시선을 옮겼다. 어깨 너머로 보이는 다리 위에는 바쁘게 발걸음을 재촉하는 사람들이 보였고, 다리 위 난간에 기대어 서서 마주 보며 이야기를 나누는 사람들. 그리고 그들의 등 뒤로 수줍은 듯 절반 정도 떠오른 낮달을 마주할 수 있었다. 나는 옅게 미소 띤 얼굴로 핸드폰을 들어 사진을 찍었다.

종종 낮에 뜨는 하얀 달을 쉽게 발견할 수 있다. 하늘을 바라보면 흔하게 볼 수 있는 현상이라 그다지 신기하게 느껴지지는 않지만, 나는 밤하늘에 떠 있는 노란 달보다는 낮에 떠 있는 하얀 달이 더욱 운치 있게 느껴진다.

파아란 하늘에 딱 하나 떠 있는 하얀 달. 달은 스스로 빛을 낼 수 없는 위성이다. 언제나 태양에서 쏟아져 나오는 빛을 받고 그 빛을 반사해서 빛이 나는 것처럼 보이는 달. 태양은 밤낮으로 노란색 빛을 달에게 쏟아내지만, 우리 눈에 보이는 낮달은 밤과는 다르게 하얗게 빛을 발하고 있다. 색은 섞을수록 검은색으로 변하고, 빛은 섞을수록 하얀빛을 발한다고 한다. 낮에 뜨는 달도 태양에게 받은 노란빛으로 인해 노랗게 빛나야 하지만, 노란 달빛이 파란 하늘을 통과하게 되면서부터 그 빛이 우리의 눈에는 하얗게 보이게 된다더라. 그렇다면, 낮에 뜨는 달은 흰색일까 노란색일까?

나는 세상을 살아가는데 필요한 것은 이분법적인 옳고 그름이 아니라, 너와 내가 다르다는 것을 인정할 수 있는 것이라고 생각한다. 나는 맞고, 너는 틀리다가 아닌, 나는 이렇게 생각을 했지만, 너는 그렇게 생각을 했구나. 세상에는 이런 사람과 그런 사람, 저런 사람들이 있을 뿐 착한 놈, 나쁜 놈, 이상한 놈으로 구분될 수 없다고 생각한다. 낭만적인 것을 오글거린다고 말하고, 감성적인 아이는 중2병이 되었으며, 여유로운 삶을 찾아 헤매는 사람들은 잉여로 만들어 버리는 세상이지만, 개똥철학이라도 자신 있게 말할 수 있는 나 같은 사람이 이상한 사람으로 취급받는 것이 아니라, 그냥 자신과는 다른 사람이라고 생각되는 세상이 속히 오길 바란다. 근데 나도 내가 무슨 말을 하는지는 잘 모른다.

힘겨웠던 산책을 끝마치고, 리스본에서 만났던 동행과 함께 점심을 먹은 후, 스페인광장으로 향했다. 지금까지 여행을 계속하며 많은 광장

을 봐 왔던 터라, 무슨 놈의 광장을 또 보러 가냐고 푸념을 했지만, 지금까지 봤던 광장들과는 또 다르다는 동행들의 말에 심각하게 부풀어 오른 배를 두드리며 길을 떠났다.

오, 먼저 어마어마한 광장의 규모에 놀랐고, 건물의 안쪽으로 발걸음을 옮기자 세밀하게 묘사된 조각들에 또 한 번 놀랐다.

스페인 제일의 광장이라고 해도 전혀 부족할 게 없어 보이는 세빌의 스페인광장과 짧은 만남을 뒤로하고, 우리는 오늘의 메인이벤트인 플라멩코 공연을 보기 위해 다시금 중심가를 향해 미친 듯이 걸어갔다. 애초에 우리의 계획은 플라멩코박물관에서 공연을 관람하는 것이었지만, 우리가 보고 싶었던 시간대는 이미 매진이 된 상태. 그래서 나는 박물관 직원에게 물었다.

"이곳 말고, 플라멩코 공연을 볼 수 있는 곳을 추천해 줄 수 있니?"
"근처에 공연장이 하나 있어. 그곳으로 가 봐."
"그곳이 이곳보다 공연을 더 잘하니?"
"……. 미쳤니?"

플라멩코박물관에 비한다면 아주 작은 규모이기는 했지만, 무대 바로 앞에서 공연을 관람할 수 있었다. 구슬땀을 흘리며 열정적으로 춤을 추는 무희의 고개가 힘차게 휘저어질 때마다 땀방울이 나의 입술에 닿을 정도로 가까운 거리였다. 공연은 플라멩코의 가장 기본적인 조합인 기타를 치는 남성 1명과 노래를 부르는 사람, 춤을 추는 여자 무희 3명으로 구성된 공연이었다.

처음 공연을 봤을 때는 탭댄스와 거의 비슷한 느낌을 받을 수 있었지만, 공연의 분위기가 고조될수록 가슴속 밑바닥에서부터 끓어오르는 무언가가 느껴졌다. 간질간질하면서도 어느 순간 울컥하며 솟구쳐 오르는 무언가. 아마 그 무언가의 정체는 한恨이 아닐까 생각해 본다. 애절하게 울려 퍼지는 노랫소리에 따라 구슬프게 흘러가는 기타의 선율. 이 모든 것을 아우르며 힘차게 발을 구르는 무희의 춤사위. 많은 아픔을 품에 간직한 우리 민족에게서만 느낄 수 있는 고유의 감성을 스페인의 플라멩코에서 느낄 줄이야.

스페인의 역사에 대해 정확히 알지는 못하지만, 우리네 민족과 동일한 아픔이 서려 있을 것 같다는 느낌이 들었다. 공연에서 받은 감동들을 가슴속 깊숙이 품고서, 우리는 거리로 나와 다시 한 번 밤의 스페인광장을 만나러 가기 위해 길을 나섰다.

밤의 광장은 아니나 다를까 낮과는 완전히 다른 공간으로 변해 있었다. 어느 곳을 가나 낮의 세계와 밤의 세계는 같은 공간이라고 느껴지지 않았지만, 특히 이곳 스페인광장은 보르도의 거울광장에 버금갈 만큼의 아름다움을 품고 있었다. 해가 떠 있는 시간 동안 자신의 매력을 꾹꾹 눌러 담아 놓고 있다가 해가 진 뒤 어두움으로 가득 찬 공간들에 이제껏 눌러 담아 놓았던 새로운 매력들을 뿜어내며 광장을 더욱 더 환하게 비추는 듯한 느낌마저 들었다. 역시 갈까 말까 할 때는 가는 게 정답이다.

마음의 눈으로 보아요

오늘은 원래 예정에도 없었고, 살면서 지금껏 단 한 번도 들어 본 적 없는 론다로 떠나게 되었다. 세빌에서 동행을 했던 동생들이 론다에 있는 누에보다리의 사진을 나에게 보여 주며 스페인에 왔으면 이 다리를 무조건 봐야 한다는 것이었다. 나의 갈대같이 여리고 순수한 마음을 설레게 만든 것은 둘째 치고, 어린 시절 영화 〈인디아나 존스〉를 보며 나도 저렇게 멋있는 모험가가 되기를 꿈꿨었다.

누에보다리의 사진은 모험을 떠나기 전 탐험가들이 무조건 거치고 지나야만 하는 관문이라도 되는 듯 장엄한 모습을 뽐내며 절벽 사이에 우뚝 서 있었고, 그 자태는 나의 마음을 사로잡기에 충분했다. '그래 가자!'라고 외치며 1박2일 론다를 향한 짧은 여정이 시작됐다.

그라나다에서 보낼 수 있는 꿀 같은 하루의 휴식을 포기했지만, 어마어마한 보물이 숨겨져 있는 지도를 발견하고, 이제 갓 모험을 떠나는 탐험가와 같이 엄청난 꿈과 희망에 부풀어 론다로 떠나는 버스에 몸을 실었다. 기대가 큰 만큼 실망도 큰 법이라고 언제나 세뇌하며 머릿속에 되새겼지만, 기대라는 것을 내 마음대로 조절할 방법이 있다면, 그 방법을 알려 주는 것만으로도 떼돈을 벌 수 있지 않을까?

버스를 타고 한참을 달리며 드넓은 광야와 알 수 없는 여러 개의 언덕을 스치고 지나 조그마한 시골 마을 느낌의 론다에 도착했다. 숙소에 도착한 후 짐을 풀고, 누에보다리를 알현하기 전에 깔끔하게 목욕재계를 하고, 경건한 마음으로 두루마기의 고름을 조심스레 매어 갔다. 그리고 누에보다리를 향한 모험을 떠나기 전 금강산도 식후경이라는 말처럼 속을 든든히 채우고서 신비의 세계를 찾아가는 모험가처럼 당당하게 길을 걸어갔다.

누에보다리는 얼마나 멋있을까? 나에게 어떤 새로운 감동을 줄까? 다리를 실제로 만나게 되면 어떻게 표현을 해야 할까? 이런저런 생각을 하며 한참 공사 중인 길을 건너는데, 나를 이곳까지 오게 만들었던 동행을 길 위에서 만날 수 있었다. 벌써 누에보다리를 보고 왔다는 그 친구의 이야기에, 나는 양손을 가슴 위로 가지런히 모으고 촉촉해진 눈망울을 반짝이며 물었다.

"누에보다리 봤어요? 어땠어요?"

"오빠. 방금 오빠가 건너온 게 누에보다리예요."

"……?"

이상이 현실과 다르다는 것은 분명히 알고 있다. 예전에 자금성을 봤을 때도. 피라미드와 스핑크스를 봤을 때도 느꼈었던 허탈감이었지만, 이건 좀 심한 거 아니오? 나는 이곳에 왜 온 것일까. 그라나다에서의 하루를 포기하고 이곳에 와서 느끼는 것이 이런 허무함과 자괴감이라니. 기분이 짜릿했다.

지금까지 느껴 왔던 실망감들이 나의 가슴속에 차곡차곡 쌓이다 못해 극한에까지 다다르자, 순간 나의 온몸에는 약 16.8V 정도로 느껴지는 잔잔한 전율이 발끝에서부터 시작해 머리카락 한 올 한 올까지도 모조리 휘감는 듯했고, 나의 온몸은 사시나무 떨듯 파르르 떨려오기 시작했다. 그리고 곧이어 넘쳐날 듯 고양된 감정의 파도가 나의 가슴을 뜨겹게 덮쳐 온다.

아. 이것이야말로 넘을 수 없을 정도로 거대해진 상실감이라는 벽을 깨뜨리고, 정신승리를 한 사람들만이 느낄 수 있는 환락의 쾌감이란 것이구나, 는 개뿔! 어쨌든 화가 났지만 참을 수밖에 없었다. 이곳까지 왔고 한복도 입었고 피할 수 없으면 즐기기라도 해야지.

올드타운을 빙빙 돌고 돌아, 절벽길을 타고 한참 동안 내려간 후에야 온전한 누에보다리의 전경을 마주할 수 있었다. 그곳에서 역시 사진은 믿을 것이 못 된다는 진실을 다시금 마주하게 되었다. 볼품없고 형편없는 누에보다리의 모습을 보고, 바닥에 주저앉아 땅을 치고 오열하며 닭똥 같은 눈물을 뚝뚝 흘리면서 찡얼거릴 정도의 풍경이었다, 라는 뜻이 아니라 그다지 신비스럽지는 않았고, 엄청난 다리의 위용에 밀려오는 감동을 주체 못 할 정도가 아니었다, 라는 뜻이다.

구경을 마치고 다시금 올드타운을 향해 절벽을 따라 올라가는 길. 누에보다리의 아쉬움을 낭떠러지 아래로 가뿐히 밀어 버리고, 주체할 수 없을 정도로 느껴지는 허기에 저녁은 어디서 먹을까? 이야기를 하던 중,

동생 한 명이 어느 식당 입구에 붙어 있는 마크를 보며 깜짝 놀라 이렇게 말했다.

"어? 미슐랭이다!"

말로만 미슐랭이라는 이야기를 들어 봤지, 실제로 미슐랭 마크가 붙어 있는 식당을 마주한 것은 이번이 처음이었다. 그 마크를 발견하고 신기해하던 중, 미슐랭에 미쉐린 타이어의 마스코트인 빵빵이 캐릭터가 붙어 있는 게 아닌가? 그래서 나는 그 친구에게 물었다.

"미슐랭이랑 미쉐린이랑 무슨 차이야?"

"오빠. 프랑스식 발음으로 말하면 미슐랭이고 영어식 발음으로 말하면 미쉐린이라고 하는 거예요."

그 말을 들은 나는 순간적으로 기네스북의 이야기가 떠올랐다. 기네스 맥주를 파는 술집에서 사람들이 술에 취할 때마다 벌어지는 논쟁의 사실 여부를 확실히 대답해 주기 위해 기네스 회사가 직접 세계 최고기록들을 정리하게 되면서부터 기네스북이 발간되었다고 알고 있었는데, 다시 찾아보니 그게 아니었다. 기네스 양조회사 사장이 새 사냥을 하던 중, 검은가슴물떼새가 너무 빨라 한 마리도 잡지 못했다고 한다. 그는 검은가슴물떼새가 유럽에서 가장 빠른 새일지도 모른다고 생각했으나 이를 확인할 수 있는 자료를 찾을 수가 없었고, 이를 계기로 제대로 확인할 수 없는 기록들을 모아 책을 출판하는 구상을 하게 되었다, 가 정답이다. 역시 사장이 최고다.

어쨌건 그 이야기가 떠올라 미슐랭 가이드는 미쉐린 타이어에서 만든 것 같다. 타이어회사이기 때문에 많은 나라와 지역들을 돌아다니며 여러 가지 정보들을 수집해 놓았다가, 그 정보들을 하나로 취합하는 과정에서 사람들의 관심이 많은 식당에 대한 팁들을 따로 모으게 되었고, 그러던 중에 지금의 미슐랭 가이드가 나온 것 같다고 아르키메데스가 밀도를 측정하는 방법을 알아냈을 때 유레카라고 소리친 것과 같이 확신에 찬 표정으로 외쳤다. 나의 말을 들은 동생들의 눈은 더 이상 커질 수 없을 만큼 커지지 않았고, 동공은 지진이라도 난 것처럼 흔들리지도 않았다. 어디서 개가 짖나? 라는 무심한 표정으로 축구공은 발로 뻥 차야 한다는 말을 실제로 보여 주듯, 나의 말을 발등으로도 듣지 않았다.

나는 아무 생각 없이 또 한 번 누에보다리를 건넌 다음 뒤를 돌아보며, '이게 진정 누에보다리란 말인가?'라는 비참함을 다시 한 번 더 느껴 주고, 더욱 비참한 표정으로 동생들에게 그 내용에 대해 제발 검색 한 번만 해 달라고 애걸복걸했다. 허나 그딴 소리는 비둘기 새끼가 참새라고 말하는 것과 다를 바 없다며 나의 부탁을 단박에 무시했다. 하지만, 나는 진상 중에 상진상. 한참 동안 '검색을 해 주지 않으면 바닥에 주저앉아 버릴 테다.'라는 식으로 찡얼거렸고, 그런 나를 한심하게 바라보던 한 동생이 더는 못 들어 주겠다는 표정으로 고개를 설레설레 저으며 핸드폰을 들어 검색을 했다.

"아…… 오빠 미안해요…… 오빠 말이 맞네요."

론다에서의 마지막 날 밤이었다.

나이를 묻지 않는다

오늘은 론다를 떠나 그라나다로 이동하는 날이다. 체크아웃 시간에 맞춰 늦잠을 잤다. 원래도 늦잠을 자지만, 오후 늦게 출발하는 기차시간 덕분에 더욱 천천히 움직일 수 있었다. 짐 정리를 차분히 마친 다음 배낭을 메고 기차역으로 향했다.

부지런히 움직이지 않았음에도 불구하고 기차 출발시간까지는 아직 한참의 여유가 있었다. 요깃거리라도 찾아보기 위해 역 근처를 흐느적거리기로 했다. 그리 이른 시간은 아니었지만, 토요일 아침이라 그런지 문을 연 식당은 많지 않았다. 한참을 걸어가다 커피숍을 발견한 나는, 그곳으로 들어가 커피 한잔을 주문했다.

나는 어렸을 때부터 단것을 그리 즐겨 먹지 않았다. 특히 사탕은 전혀 먹지 않았던 것 같다. 군대를 다녀온 후 주위에 있는 몇몇 친구들이 커피를 마시는 걸 보고 저렇게 맛없는 것을 왜 먹나 신기하게 바라봤던 기억이 난다. 그러나 언제부턴가 아메리카노를 즐기는 나 자신을 발견하게 되었고, 요즘에는 바람 커피로드 이담 형님과 나의 최애 장소 라라무리의 주인장 셔리킴과 수비 누나 덕분에 핸드드립 커피를 직접 내려 마실 정도로 커피를 좋아하게 되었다. 그 후 순천에서 맛있는 커피만을 찾아다니며 여기저기 기웃거렸었지만, 나의 입맛을 충족시켜 주는 곳을 쉽게 찾을 수는 없었다.

어떤 날 오후, 불현듯 이담 형님이 말씀하지 않았나? 싶은 이야기가 나의 머릿속에 스치듯 떠올랐다.

"커피는 다 맛있다. 세상에 맛없는 커피는 존재하지 않는다. 다만 그 커피를 내리는 사람이 어떠한 성향을 지니고, 어떤 생각을 하느냐에 따라 커피의 맛이 달라질 뿐이다."

아무튼 요즘도 커피숍에 가면 항상 이렇게 이야기한다.

"맛있는 커피 주세요."

기차를 타고 가다 버스로 옮겨 타면서 이런저런 생각을 하던 중 스페인의 지붕이라 불리고, 스페인어로 '눈 덮인 산맥'이라는 그라나다가 눈에 들어오기 시작했다. 그라나다의 도착을 아는 것은 그리 어려운 일이 아니었다. 저 멀리 보이는 눈 덮인 산맥을 바라보며 저건 과연 만년설일까? 라는 궁금증이 해결되기도 전에 나를 태운 버스는 그라나다에 안전하게 도착했다.

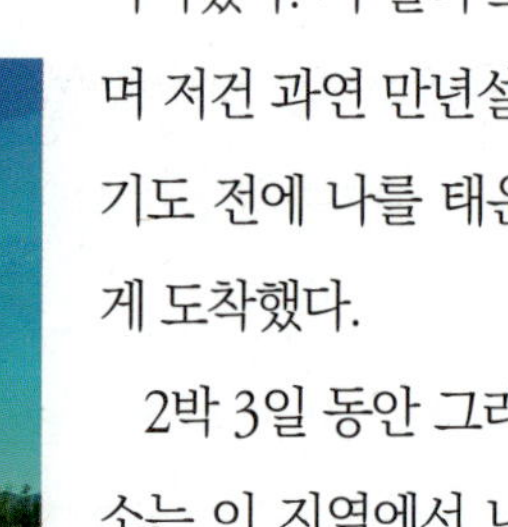

2박 3일 동안 그라나다에서 머물게 된 나의 숙소는 이 지역에서 나름 유명한 호스텔이기는 했으나, 건물 전체가 재즈 바로 운영되는 덕분에 방문자들의 후기들에 호불호가 많이 갈려 있었다. 공통적인 불호는 너무 시끄럽다. 뭐 얼마나 시끄럽겠냐 싶어 예약을 했다. 숙소에 도착한 후 짐을 풀고 침대에서 휴식을 취하려던 나는, 문 너머에서 끊임없이 들려오는 흥겨운 재즈 음악 덕분에 당장이라도 뛰쳐나가고픈 마음을 통제하느라 잠을 이룰 수 없었다.

그라나다에 많은 관광객이 방문하는 첫 번째 이유. 그것은 타파스 투어이다. 다른 도시와는 다르게 술을 시키면 안주가 공짜로 나오는 그라나다.

사람들을 더욱 오랜 시간 동안 술집에 머무르게 하고, 더욱 더 많은 술을 시켜 먹을 수 있게, 술을 시킬 때마다 더 맛있는 안주가 나온다는 이곳 특유의 문화 덕분인지 그라나다는 애주가들에게는 천국과도 같은 곳이었다.

잠깐의 휴식 같지 않은 휴식을 취하고 나서, 론다에서부터 그라나다로 같이 넘어온 동생과 그 동생의 친구와 함께 술이 아닌 타파스를 조지러 거리로 나왔다. 나오기 전 호스텔 직원에게 추천을 받은 식당은 이미 가득 찬 사람들로 발 디딜 틈이 없었고, 많은 사람들은 테이블 곁에 서서 타파스와 술을 즐기며 웃고 떠들고 있었다. 잠시 동안 멍하니 식당들을 찾으러 다니다 최대한 한국 사람들이 없는, 현지인들이 많이 있는 곳으로 가자는 공통된 의견에 한참을 더 기웃거렸고, 들어가게 된 식당에서 이런 얘기 저런 얘기를 나누며 그라나다의 분위기를 즐겼다.

새로운 사람들을 만날 때마다 항상 빠지지 않고 나오는 대화 주제는 직장과 취업 이야기가 아닌가 싶다. 한편으로 드는 생각은, 어차피 그런 골치 아픈 고민은 한국에 돌아가면 평생 하게 될 걱정이고 생각들인데 왜 여행까지 와서 그런 주제를 가지고 이야기를 하나 싶은 생각이 들었다. 나보다 앞서 유럽 여행을 다녀온 친구가 말했다.

1. 낯선 이의 이름과 나이보다는 뭘 하면서 재밌게 보내는지, 앞으론 무슨 재밌는 일을 할지가 궁금해졌고, 다른 삶을 통해 위안과 새로움을 동시에 공유한다.
2. 나이, 직업, 배경에 대한 선입견 없이 현재와 미래에 온전히 충실한 대화로 사람을 얻어 간다.

처음 이 말을 듣고 별거 아닌 것 같았지만, 막상 실행에 옮기기에는 너무도 어려운 일이었다. 우리나라 사람들이 인간관계를 시작하는 데 빠질 수 없는 한 가지가 호구조사이다. 다른 질문은 제외하더라도 최소한 나이만이라도 물어 본 다음부터 시작되는 한국식 인간관계. 한국은 나이에 따라 말투가 달라지기 때문에 어쩔 수 없다는 생각도 들지만, 최근에 영어는 우리가 보편적으로 생각했던 반말이 아니라 언어 자체가 반 존대라는 의견을 책에서 읽은 적이 있다. 그 말은 서로의 나이가 많고 적음을 떠나 모든 사람이 서로에게 기본적으로 존칭을 쓴다는 것이었고, 이것을 바꿔 생각하면 우리나라 사람들도 나이의 높고 낮음을 떠나 서로가 서로에게 존대한다면 나이만큼은 묻지 않아도 되는 것이 아닐까? 라는 생각이 들었다.

무조건 서양 문화가 좋다는 것은 아니지만, 일단 나이를 알고 나면 때론 상대방이 자신보다 어리다는 이유 단 하나만으로 무시하는 경우를 종종 봐 왔다. 나이가 어리다는 이유만으로 그들이 살아온 삶이 무시당할 이유는 전혀 없고, 그들의 삶 또한 결코 쉽지만은 않았기 때문이다. 그리고 요즘에는 나이 먹은 사람들보다 젊은 사람들이 더 많은 것들을 보고 느끼고 경험하는 시대이기 때문에.

어찌 됐건 나 나름대로 쓸 데 있는 생각을 한다고 생각하며 흘려보내는 그라나다에서의 첫날이다.

눈으로 바라보고 입으로 마시고

다니던 직장을 그만두고, 친구와 함께 걸어서 제주도를 일주해 보겠다며 한 달 반 정도 제주도에 머물렀던 적이 있다. 대충 일주를 끝마치고 난 뒤 함덕에 있는 게스트하우스에서 많은 날 동안 휴식을 취했다. 언제나 밤을 함께 즐기며 웃고 떠들었던 게스트들과 매일 아침 해가 중천에 떴을 때쯤 부스스 일어나, 바다가 보이는 테라스에 앉아 걸쭉한 차 이 한잔 쭉 들이켜고 서로의 얼굴을 바라보며 씽긋 한 번 웃어 주고는 한마음 한뜻으로 굳은 결의를 맺었다. '내일은 아침 일찍 일어나 꼭 한라산에 같이 올라가자.' 하지만 매일 밤 우리는 한마음 한뜻으로 아침과는 전혀 다른 의지의 소리를 높이 외쳤다.

"한라산은 오르는 게 아니라, 바라보며 마시는 것이다!!"

그라나다에 많은 관광객이 방문하는 두 번째 이유. 알함브라궁을 관람하는 것. 그러나 입장을 하려면 수일 전부터 예약을 하거나, 당일 꼭두새벽부터 줄을 서 가며 현장에서 표를 사야 한다는 험난한 여정 덕분에 나는 알함브라궁을 애초에 보러 가지 않기로 작정을 했고, 제주도에서 배운 대로 매우 바람직하게 한 손에는 구글맵과 한 손에는 알함브라 맥주 한 캔을 들고 알함브라궁을 한눈에 볼 수 있는 전망대를 찾아 나섰다.

"알함브라는 들어가는 게 아니라, 바라보며 마시는 것이다!!"

구불구불 이어진 골목길을 따라 한참을 헤매다 도착한 전망대는 역시나 장관이었다. 이미 나의 등은 땀으로 범벅이 돼 있었지만, 성벽에 걸

터앉아 알함브라궁전을 바라보며 나의 입술을 시작으로 식도를 따라 촉촉하게 적셔지는 알함브라 맥주의 알싸함에 '힘들게 저기를 왜 들어가나. 앉아서 마시면 되지.'라는 나만의 정신승리구호를 외치며 지금의 분위기에 빠져들었다. 부산에 있는 자갈치시장이 대단한 이유는 아쿠아리움에 있는 모든 물고기를 직접 만져 볼 수 있고, 거기에서 그치는 것이 아니라 맛까지 볼 수 있어서란다. 지금 내 기분이 그렇다.

알함브라를 적당히 즐기고서 숙소로 돌아가기 위해 힘겹게 올라왔던 길을 터벅터벅 걸어 내려갔다. 얼마나 걸었을까. 다리가 뻑적지근해질 때쯤 살짝 고개를 들어 하늘을 마주한 그 순간, 구름 사이로 셀 수 없이 쏟아져 내리는 비단결 같은 빛살들의 향연이 나의 동공으로 흘러들었다.

여행을 다니며 만나는 많은 사람들은 서로에게 묻는다.
"어디가 가장 좋았어요?"
하지만 선뜻 어느 곳이 좋았다고 대답하기에 때때로 어려움을 느낀 적도 있다. 왜냐하면, 내가 느끼기에 가장 좋았던 장소도 어떤 타이밍이었느냐에 따라 그곳의 분위기가 전혀 달라질 수 있다고 생각을 한다. 그날의 몸 상태와 날씨에 따라 내가 좋았던 그곳의 모습이 아름다울 수도,

아름답지 않게 느껴질 수도 있기 때문이다. 내가 정말로 황홀하게 느꼈던 그 장소에 나의 추천으로 다른 사람이 방문했을 때 내가 보았던 그 장면을 보지 못할 수도 있고, 그와 반대로 다른 이의 추천을 받아 방문한 그곳에서 그 사람이 좋게 보았던 그 순간을 나는 보지 못할 수도 있기 때문이다. 그래도 보편성이라는 것이 존재하기는 하지만. 아무튼 알함브라궁을 보고 내려오며 마주친 오늘 이 순간의 그라나다의 거리는 권태로움과 피로에 지쳐 있던 나에게 새로운 여행에 대한 활력을 불어넣어 주었다. 이렇게 그라나다에서의 마지막 날이 지나갔다.

휴양도시란 이런 것이다

그라나다에서 완벽하게 정복하지 못한 여러 타파스 바들을 못내 아쉬워하며 말라가로 떠나는 버스에 올랐다.

말라가로 가는 이유는 두 가지. 바르셀로나로 가는 기차를 탈 수 있고, 스페인 최고의 휴양도시 중 하나로서 세계적으로 유명한 말라가타 해변이 있기 때문이다.

처음 이 지역을 결정했을 때엔 언제나 그랬듯 아무런 생각도 없었지만, 만났던 동행들에게 여러 가지 이야기들을 들으며 귀를 통해서 수집되는 많은 정보로 인해 기대감이라는 괴물이 스멀스멀 나의 마음을 잠식해 가기 시작했다. 인간의 욕심은 끝이 없고, 같은 실수를 반복한다는 말은 잠시 멈춘 휴게소 화장실에 내려놓고 왔나 보다. 나를 태운 버스는 기대감으로 터질 듯 부풀어 오른 내 마음을 아는지 모르는지, 끊임없이 말라가로 향하고 있다. 말라가야 기다려라, 내가 간다.

말라가에 도착한 나는 이곳을 왜 최고의 휴양도시라고 부르는지, 누군가 알려주지 않아도 온몸으로 느낄 수 있었다. 버스에서 내리자마자 나를 집어삼킬 듯이 덮쳐 오는 후끈한 열기. 아 덥다. 완전 덥다. 이전까지의 스페인 여러 도시를 거쳐 오면서 이렇게까지 덥다는 느낌을 받지 못했지만, 역시나 말라가는 달랐다. '괜히 휴양도시가 아니구나.'라고 생각하며 시내버스를 타고 호스텔로 향했다. 나의 숙소는 중심지에서 약 20분 정도 떨어진 곳에 있었고, 체크인을 한 후 방으로 올라갔다. 짐을 대충 내팽개치고서 방에 있는 커다란 문을 열고 발코니로 나갔다.

이 숙소는 아주 탁월한 선택이었고, 발코니로 한발을 채 내딛기도 전에 나를 반겨 주는 이국적인 나무들과 탁 트인 바닷가. 단돈 14유로에 이런 뷰라니. 이렇게 좋은 숙소를 찾은 나 자신을 대견스러워하며 2017년 11월 13일, 나는 여행 중 처음으로 반팔과 반바지를 입고 거리를 나섰다.

단순히 길을 걷고 산책을 하는 수준을 넘어서, 얍실하게 실눈을 뜨고 한 발 한 발 당당하게 바다를 향해 나아간다. 이론과 능력을 체계적으로 습득하고 무언가를 창조하는 수준을 넘어 역사적인 식견과 뛰어난 실력까지 겸비한 전문가답게, 기후 변화와 바람의 방향, 태양의 기울기까지 계산을 한 결과 호스텔 펍에서부터 바다까지는 걸어서 41걸음. 생각보다 멀었던 호스텔 앞 해변에서 대충 서성이다 1층에 있는 펍으로 다시

돌아왔다. 돌아올 때는 39걸음이더라. 그새 키가 자랐나 보다.

펍에서 맥주 한 잔과 보드카 한 잔을 들이켜고 조금씩 붉게 물들어 가는 하늘을 바라봤다. 술엔 취하지 않았지만 지금 말라가의 분위기에 취하기라도 한 걸까? 어디선가 불어오는 포근한 산들바람이 내가 기대어 앉아 있던 소파 사이로 불어 닥치며 순식간에 나의 몸을 허공으로 떠오르게 만들었다. 그런 것 같은 기분이 아니라, 정말로 나의 몸이 떠올라 하늘을 날고 있었다. 나는 눈 깜짝할 순간에 저 하늘 높이 떠 있는 별들과 가까워졌고, 그 별들에 손 내밀면 톡 하고 터질 것만 같은 그런 기분. 이 순간만큼은 완벽에 가까울 정도로 좋다. 너무 좋다.

"헤이. 여기서 자면 안 돼!"

나는 스테프의 어깨 위로 들쳐 메졌다가 침대 위로 추락했다. 좋다. 좋다. 오늘은 말라가에서의 첫째 날이다.

나의 활력소는 무엇?

창밖 너머에서 침대 위로 비치는 뜨거운 햇살에 흠칫 놀라 이불을 돌돌 말아 감고 한참 동안 태양을 피하며 뒤척거리다, 부스스한 머리를 하고서 테라스에 나와 바다를 바라봤다. 일층에 있는 펍에는 이미 많은 사람으로 북적였고, 맥주와 커피들을 마시며 자신만의 여유로운 시간을 보내고 있었다. 눈부신 햇살에 미간이 절로 찌푸려졌지만, 나의 기분은 넓게 펼쳐진 바다만큼이나 푸르렀다.

좋은 곳에 왔으니 당연히 한복을 입고 나가기로 결정했으나, 날씨가 너무 더워서 처음으로 두루마기를 벗어 두고, 한복과 갓만을 쓰고서 길을 나섰다. 쉬고 싶지만 쉴 수 없는 내 신세를 한탄하며 구글맵의 안내에 따라 히브랄파로성으로 향했다.

구글맵에 이끌리어 도착한 버스정류장에서 버스를 기다리고 있었다. 구름 한 점 없는 하늘에서 쉴 새 없이 쏟아져 내리는 빛살 덕에 몇 발짝 움직이지도 않았지만 나의 온몸을 흠뻑 적셔 오는 땀방울들은 한복마저 뚫고 나와 순식간에 수증기로 변해 갔다.

눈곱만큼의 그늘도 없는 정류장에 서서 버스가 언제 오나 목이 빠지게 기다렸지만, 버스는 도착시간이 한참이나 지났음에도 불구하고 나를 모시러 오지 않았다. 혹시나 내 용안을 알현하려고 모인 수많은 인파 덕에, 평소에 없던 교통체증이 생겨 잠시 늦을 수도 있었기에 조금만 더 기다려 보자며 나의 얼굴과 온몸을 지지고 있는 태양 빛에 맞서 싸우고 또 싸웠다. '10분만 더!'를 외치며 기다리고 또 기다렸지만, 버스는 오지 않았다. 도착 예정시간보다 약 40분이 지나도록 오지 않는 버스는 나의 사전에 없는 '포기'란 단어를 나 스스로 외칠 수밖에 없게 만들었고, 어쩔 수 없이 걸어가야겠다고 생각하며 나는 이글거리는 보도블록과 한 몸처럼 녹아 붙어 있는 신발 밑창을 인도에서 겨우 떼어내고, 힘겹게 히브랄파로성을 향해 발걸음을 옮겼다.

열 발짝쯤 걸었을까? 가파른 오르막길을 올라가는 것이 힘겨운 듯, 엄청난 굉음을 내는 거대한 버스 한 대가 나의 곁을 스치고 지나갔다. 순간 세상의 시간이 멈춘 것처럼 모든 풍경이 느릿하게 흘러갔고, 이 뜨거운 날씨에 창문까지 굳게 닫아걸고 덥지도 않은지 여유로운 표정으로 창밖을 바라보던 이름 모를 남자의 만족스러운 눈빛이 나의 눈에 들어왔다. 허나 그것도 잠시. 불현듯 '씨익' 하고 비열하게 웃음 지으며 나를 보며 손을 흔들고 있는 그. 나는 그 사람의 눈동자에서 이글거리는 태양 빛에 무릎을 꿇고 천천히 녹아내리

는 나의 모습을 볼 수 있었다.

걷고 싶지 않다. 걷고 싶지 않다. 나는 끝없이 이어지는 오르막길의 중간에 서서 치밀어 오르는 화를 도저히 참을 수가 없었다. 버스를 타지 못한 것도 그렇고, 이렇게 더운 날씨에 이런 길을 걸어서 올라가야 한다는 사실 하나만으로도 가히 상상할 수 없을 정도의 엄청난 스트레스를 받았다. 지금 당장 모든 것을 포기하고 숙소로 돌아가고 싶었다. 허나 지금까지 올라왔던 길을 다시 내려갈 수도 없을 만큼 멀리 와 버린 나. 가기 싫지만 어쩔 수 없이 끝까지 올라가야 한다는 현실이 나를 더욱더 비참하게 만들었다.

나는 등산을 좋아하지 않는다. 아니, 싫어한다. 힘을 들여서 산에 올라간다는 것 자체가 나의 사상과는 맞지 않는 일이다. 높은 곳에 올라가서 주변 경치를 바라보고 풍경을 감상하며 즐기는 것은 좋지만, 구태여 어떤 산을 정복해야겠다는 정복욕 같은 것과는 전혀 거리가 먼 '나'이기에 케이블카를 이용해서 정상을 즐기면 즐겼지 힘들게 산을 오른다는 것은 나랑 절대 맞지 않았다. 나는 나의 몸을 힘들게 만드는 등산이 정말 싫다.

그리고 표현은 하지 않았지만 항상 마음속으로 백만 번은 되뇌었던 말이 있다. 나랑 배낭여행은 정말 안 맞는 것 같다. 나는 여기저기 기웃거리며 구경하러 다니는 것보다 한곳에 머물러 온전한 휴식만을 즐기는 휴양을 훨씬 좋아한다. 근데 휴양지까지 와서 이 뙤약볕을 모조리 뒤집어쓰고 언덕을 기어 올라가는 꼴이라니. 정말 마음에 들지 않는다. 젊어서 고생은 사서도 한다지만, 나는 생각보다 젊지 않다. 그리고 고생을 내 돈 주고 사서 하고 싶은 마음은 1도 없다. 아무튼 전부 다 마음에 안 든다.

어찌어찌해서 결국 히브랄파로성에 있는 전망대까지 올라오게 되었다. 올라와서 보니 알보란해가 한눈에 들어오는 절경을 맞이할 수 있었다. 살랑대는 바람들은 축축이 젖어 있던 나의 온몸을 부드럽게 감싸고 돌아, 산의 정상에서만 느낄 수 있는 상쾌한 기분으로 나를 행복하게 만들었고, 탁 트인 전망은 나의 입꼬리를 살며시 들어 올리며, 의도치 않게 배시시 한 미소를 허락했다. 이래서 사람들이 등산을 하나 보다 싶었지만, 나는 그래도 등산이 싫다. 버스를 타고 왔었다면 백 배 천 배는 더 좋았을 건데, 라고 생각하며 성벽을 따라 걷고 또 걸었다.

오늘의 지친 몸을 이끌고 마지막 여정으로 피카소박물관을 가려고 했으나, 나의 빌어먹을 몸뚱어리는 이미 귀차니즘의 노예가 되어 있었다. 이 쓰레기 같은 몸뚱어리를 채찍질하고 쳐서 복종을 시켜야 마땅하지만, 그렇게 하는 데 필요한 단 한 줌의 정신력조차 나에게는 남아 있지 않았다. 피카소의 숨결과 측량할 수 없는 역량을 느끼고, 오직 그만이 표현할 수 있는 색감과 역동적인 선과 아이 같은 순수함을 느낄 수 있는 그곳. 피카소의 어린 시절 작품에서부터 시작해 어른이 된 이후까지의 모든 작품을 한눈에 구경할 수 있는 피카소미술관을 쓰나미처럼 밀려오는 귀차니즘 덕분에 아무 거리낌 없이 포기할 수 있었다.

성벽에 나 있는 길을 따라 흐느적거리며 내려오기 스킬을 한참 하던 중, 내 코끝을 산들산들 간지럽히는 바람들이 바흐의 선율과 함께 촉촉하게 젖어들어 나의 달팽이관을 자극했고, 그 자극은 나에게 새로운 활력으로 다가와 나의 흐느적거림을 하나의 발걸음으로 완성시키고 있었다. 바람결에 흘러들어 오는 선율들은, 마른오징어도 짜면 물이 나온다는 것을 증명이라도 하듯 정상적인 움직임이 전혀 불가능할 것 같았던 발걸음을 더욱 더 빠르게 재촉하며 울림의 근원지로 나를 이끌어 갔다.

나의 감각들은 의식하지 않아도 깊은 터널 너머에서 흘러나오는 그 고
귀한 울림에 귀를 기울였고, 선글라스 너머 나의 동공으로 스며드는 빛
살을 마주하면서 그 자리에 멈춰 섰다.

희미한 어둠 속에서 바이올린 연주를 하는 그는 자신만의 감성으로
커다란 터널을 가득 메웠고, 터널의 깊은 울림과 바이올린의 잔잔한 떨
림이 한데 어우러져, 세상의 심연 속에 잠들어 있던 애절함들을 끌어
내려는 듯 나의 눈에 보이는 모든 공간 속으로 구슬프게 울려 퍼졌다.

동영상을 더 길게 찍고 싶었지만, 나의 핸드폰도 주체할 수 없는 감동
의 물결을 맞았는지 오류가 계속되며 동영상이 저장되지 않았다. 그래
서 촬영을 포기하고 영상과 음성으로 남길 수 없 
는 이 순간의 감동을 잊지 않기 위해 나의 마음속
에 저장 버튼을 눌렀다. 근데 그때 당시에 나의 마
음의 버튼도 고장이 났었나 보다. 이제는 흐릿해
진 그날의 기분이 확실히 기억나지는 않지만, 그
때 당시 지친 나에게 발걸음을 이어 갈 수 있는 활
력을 부어준 것만은 확실하다. 왜냐하면, 그날 팁
으로 5유로를 줬으니까. 5유로를 팁으로 줄 정도
였으면 말 다 한 거 아닌가?

말라가에서의 마지막 날이다.

아 이런 올리브

드디어 바르셀로나로 향하는 날.

어제와 마찬가지로 눈을 후벼 팔 듯이 쏟아져 내리는 햇빛을 견디며 땀에 흠뻑 적셔져 있는 이불을 뒤집어쓰고 한참을 뒤척였다. 그리고 어제와 같이 부스스한 머리를 긁적이며 테라스로 나와 부서지는 파도 소리와 함께 늦은 아침의 햇살을 맞이했다.

'진짜 이 뷰는 언제 봐도 멋있구나.'

짐 정리를 깔끔하게 끝내고 로비로 내려와 사장님에게 싸고, 맛있고, 가깝고, 예쁜 직원이 있는 식당을 추천해 달라고 하자 사장님은 활짝 웃으시며 말했다.

"여기가 말라가 최고의 레스토랑이야!"

영어를 하지 못하는 잘생긴 남자직원에게 추천받은 음식이 나오기를 기다리면서 이상한 기운을 느낀 나는 주변을 둘러봤다. 그런데 사장님이 보이지 않는다. 나는 별다른 생각 없이 나온 음식을 바라보고 크게 한입 베어 물었다. 음식을 두어 번 씹고 나서 다시금 사장님을 찾아보았지만, 그는 어디론가 사라져 다시는 만날 수 없었다. 사장님은 거짓말쟁이다. 말라가에서 바르셀로나까지는 약 6시간 정도 기차를 타고 이동을 해야 했기에, 설레는 가슴을 부여잡은 채 마트에서 여러 가지 군것질거리를 엄청나게 샀다. 바르셀로나 숙소 근처에는 마트가 없을지도 모른

다는 생각에 도착해서 먹을 음식까지 산 후 기차에 몸을 실었다.

여행을 시작한 지 어느덧 한 달이라는 시간이 흘렀지만, 나의 영어 실력은 올곧은 심지처럼 처음과 같이 변함이 없었고, '모든 것을 보고 말리라.'는 나의 욕심은 마르지 않는 샘물처럼 끝없이 샘솟았으며, 나의 두뇌는 온통 '어떻게 하면 참신하고, 열정적이고, 더욱 나태하게 휴식을 취할 수 있을까?'라는 생각들로 가득 차 있었다. 그러므로 '한국에 돌아가서 어떻게 먹고살아야 할 것인가?', '앞으로 어떤 직업을 가지고 돈을 벌어야 할 것인가?' 따위의 잡생각들을 할 여유는 1도 없었다. 내 목숨 하나 부지하기도 힘든 여행 중에, 지금의 상황과 전혀 상관없는 일들을 생각하기에는 내 두뇌의 용량이 한없이 모자랐다.

세상에서 가장 힘든 일은 인생을 알차게 보내는 것이고, 세상에서 가장 쉬운 일은 인생을 쓸데없이 보내는 것이라고 했던가? 앞으로의 여행 동안 어떠한 나태함으로 이 시간을 가득 채워 갈 것인가에 대해 고민하며, 더욱 행복해질 나의 여행을 꿈꾸고 고대하던 중 기차는 어느덧 바르셀로나 역에 도착했다. 나는 이런저런 생각들을 갈무리하며, 못다 먹은 간식들을 장바구니에 주섬주섬 담아 넣고서 배낭 위에 사뿐히 걸쳐 놓은 뒤, 오늘의 포근한 휴식을 고대하며 기차에서 내리려는 찰나. 나의 배낭에서 멀어지는 무언가를 느낄 수 있었다.

"와장창!!!!"

배낭을 메고 기차에서 내리려던 순간. 괜찮겠지, 별 이상 없겠지, 생각하며 어설프게 묶어 놓았던 장바구니는, 세 번째 연료탱크가 분리된 우주비행선처럼 배낭에서 떨어져 나와 바닥이라는 이름의 우주정거장 위로 아름다운 포물선을 그리며 도킹을 시도했고, 그 우주선에 탑승하고 있던 와인과 올리브, 치즈와 여러 과일이라는 우주비행사와 함께 도킹에 안정적으로 성공을 했는지 볼썽사납게 땅바닥 위를 나뒹굴고 있었다. 떨어지는 소리가 얼마나 컸는지, 그 충격파에 의해 나의 멘탈도 박살 나 버린 와인병처럼 산산이 부서져 우주 속 어딘가로 흘러가 블랙홀 속으로 빨려 들어가 버린 듯했다.

멘붕. 멘붕. 완전 멘붕. 나의 모든 사고가 정상적으로 돌아오기까지 약 4.8초 정도의 시간이 흘렀고, 그나마 불행 중 다행인 것은 내가 거의 마지막으로 기차에서 내렸다는 사실뿐. 나는 정신을 부여잡고 바닥 위에 굴러다니는 모든 것들을 흥건히 젖어 버린 장바구니 속으로 급하게 쓸어 담기 시작했다. 한국에서 사 온 장바구니는 첫 개시를 하자마자 쓰레기통으로 변해 버렸지만, 그딴 것은 전혀 중요하지 않았다. 보조가방을 뒤져 화장지를 꺼내 굴러다니는 단 하나의 올리브까지 모조리 치우긴 했지만, 이미 바닥은 와인과 올리브 액들로 인해 흥건히 젖어 있었고, 역한 냄새가 피어오르며 사람들이 떠나간 텅 빈 역사를 스멀스멀 채워 가고 있었다.

사방을 두리번거리다 저 멀리에서 청소차를 끌고 오시는 분을 보고, 가방을 멘 상태로 빛보다는 느리게 뛰어가 사정을 설명하고 걸레를 좀 달라고 이야기했지만, "괜찮아. 어서 가 봐."라며 별일 아니라는 듯 이야기하는 청소부 아저씨. 한참이나 죄송하다는 말을 하고서, 나는 고개를 떨군 채 에스컬레이터를 타고 기차역에서 조금씩 멀어져 갔다.

아. 바르셀로나에서의 첫날이다.

돈시몽

여행을 다니며 처음으로 아무것도 하지 않는 온전한 휴식시간을 가졌다. 32일 만에 드디어 입으로만 말했던 여유로운 날이 온 것이다.

점심은 간단하게 먹을 수 있는 삼계탕. 저녁은 매콤한 오징어볶음. 혼자서 해 먹었다면 할 수 없을 요리들이지만, 한인 민박에 있는 스태프와 함께 재료비를 나눠 내고서 음식을 해 먹었기 때문에 가능한 메뉴들이었다. 물론 요리는 '에드워드 박'이라고 불리는 내가.

나는 지금까지 '돈키호테'의 이름이 '돈키호테'인 줄만 알았다. 뭔 소린가 하겠지만 '돈키호테'의 이름은 '키호테'라고 한다. '돈'은 '~ 씨'라는 스페인어라고 나보다 하루 먼저 이 민박집에 와서 스태프로 일하고 있는 스페인어를 전공한 동생이 알려 줬다. 하지만 그 친구는 마트에 가서 스페인 사람들에게 영어로 질문을 하고, 소금이 스페인어로 무엇인지 구글 번역기로 검색을 하더라. 왜 그랬을까?

아무튼 마트에서 장을 보며 바르셀로나에서 지금껏 마셔 봤던 와인 중 가성비가 최고인 와인을 발견하게 되었다. 그 이름은 '돈시몽.' 우리는 첫날 간단하게 맛본 시몽 씨를 6병이나 사서 냉장고에 보관해 놓았다. 싸고 맛있는 돈시몽. 몸과 정신은 여유로웠지만 간은 전혀 여유롭지 않았던 바르셀로나에서의 둘째 날이었다.

근데 곰곰이 생각해 보니 아무것도 하지 않고 숙소에만 가만히 있는 게 여유로움이란 걸까? 그렇다면 한국에 가만히 있으면서 여유로움을 즐기면 되지 뭐 하러 스페인까지 와서 이런 여유로움을 즐기나 싶은 생각이 들었다. 분명한 것은 여유로움이란 게 숙소에 가만히 있다고 즐길 수 있는 것이 아니란 사실이다. 이것은 엄청난 깨달음이었다. 나한테는 그랬다.

우리 것이 좋다

하루를 더 쉬고 싶었지만, 몸이 근질거려 숙소에 가만히 있을 수가 없었다. 그래서 맛보기 형식으로 가우디의 건축물들을 보러 가기로 했다. 바르셀로나 하면 가우디, 가우디 하면 바르셀로나 아니겠는가? 바르셀로나는 가우디라는 이름 하나만으로 먹고산다고 해도 과언이 아닐 것이다. 민박집 사장님의 추천으로 가우디 관련 동영상을 시청하고서, 나는 사그라다 파밀리아를 향해 지하철에 몸을 실었다.

지하철역에서 지상으로 올라오자마자 나는 지금껏 본 적 없는 하나의 거대한 건축물과 마주했다. EBS의 동영상에서 '독창성이란 근원으로 돌아가는 것이다.'라고 가우디는 말했다. 이 말처럼 가우디는 자신만의 독창성을 가지고 근원으로 돌아가기 위해 여러 가지 시도들을 했다. 가우디가 말하는 근원으로 돌아가는 것이란 자연으로 돌아가는 것이기에 가우디의 모든 작품은 자연의 이치에 맞게 만들어졌다고 한다.

내가 처음으로 마주한 사그라다 파밀리아의 모습은 느낌을 표현하는 형용사가 언제나 부족하다는 말을 증명이라도 하듯, 인간이 만든 조형물로서 지금까지 봐 왔던 그 어떠한 무엇들과 비교할

수 없을 정도로 웅장했고, 신을 믿지 않는 사람들일지라도 이 건물을 마주한 순간 가슴속 깊숙이에 있는 무의식의 공간에서부터 끊임없이 솟아오르는 경외심을 느끼며 스스로 고개를 숙일 것만 같았다.

가우디의 여러 건축물을 수박 겉핥기식으로 대충 훑고 나서 다음의 만남을 기약하며 민박집 사장님의 추천으로 째즈시라는 조그마한 공연장을 방문하게 됐다. 그곳에서는 매 요일 각기 다른 공연을 볼 수 있었고, 오늘의 공연은 플라멩코. 세비야에서 플라멩코 공연을 봤을 때의 정열을 아직 잊지 못했기에, 바셀에서의 플라멩코 공연은 내게 또 어떤 감동을 선물해 줄지 몹시 기대가 되었다.

세빌에서의 플라멩코엔 열정은 있었으나 티브이에서 볼 수 있는 쇼를 눈앞에서 직접 본다는, 그저 관광객을 위한 공연이라는 느낌이었다. 반면 바셀에서의 공연은 말 그대로 관객과 무희, 모든 출연진이 서로 소통하고 함께 호흡하며 같이 무대를 만들어 가는 듯한 느낌을 받았다. 더욱 중요한 사실은 이 공연장에서 어느 한 연령대만이 플라멩코를 즐기는 것이 아니라, 나이 많은 사람들과 젊은 사람들이 한데 어우러져 공연을 즐기고 있었고, 그 모습이 오늘의 무대를 더욱 완벽하게

만드는 듯한 느낌을 받았다.

　각기 다른 연령대의 사람들이 함께 전통 공연을 즐기는 이 모습은, 옛날 옛적 우리나라의 마당놀이패가 시장이나 거리를 돌아다니며 풍악을 울리던 때에 모든 사람이 함께 거리로 나와 덩실덩실 어깨춤을 추고 웃으며 장단에 맞춰 바운스를 즐기던 시절을 떠올리게 만들었다. 뭐 이제는 그러한 풍물패의 모습은 쉽게 볼 수 없는 풍경이니 넘어가고—

　이곳의 모습을 우리나라로 빗대어 표현하자면, 판소리와 탈춤공연을 공연장에서 모든 연령대가 대중적으로 즐긴다는 것인데, 남녀노소를 가리지 않고 옛 문화를 함께 즐기는 이곳의 모습 자체만으로도 나는 상대적인 부러움까지 느낄 수 있었다. 평소 판소리에 대해 관심이 많고 탈춤과 민요 같은 것들도 좋아하는 나로서, 왜 우리나라의 젊은 사람들은 옛 문화를 즐기는 이들이 많지 않을까? 라는 아쉬움의 생각이 머릿속을 가득 채웠다. 물론 접할 기회의 부재라고 생각할 수도 있고, 아니면 단지 내가 순천에 살고 있어서 이렇게 느낄 수도 있겠지만, 서울이나 여타 다른 도시라고 해도 별반 다르지 않으리라 생각한다. 다만 요즘 들어 여러 뮤지션들이 한국의 전통 음악가들과의 콜라보도 진행하고, 젊은 뮤지션들 또한 판소리와 전통악기들을 가지고 공연을 하기도 하지만, 아직은 많이 부족한 수준이라고 생각한다. 점차 나아지겠지. 아무튼, 나는 그렇다. 옛것. 우리 것이 좋다.

실망리스트

느지막하게 일어나 점심을 먹고 침대 위에서 한참을 뒹굴뒹굴하다, 어제 못다 본 가우디의 건축물 중 구엘공원과 산 파우병원을 보기 위해 숙소를 나섰다. 구엘공원에 있는 세상에서 가장 긴 벤치는 공사 중이어서 들어가지 않았고, 산 파우 병원은 그냥 병원이었다. 이건 뭐. 나는 다시 숙소로 향했다.

오늘은 별로 걷고 싶지 않았지만, 엄청나게 걸었다는 현실이 내 양다리를 욱신거리게 만들었다. 간단하게 저녁을 먹고 세계 3대 분수 쇼 중 하나인 몬주익 분수를 보기 위해 밖으로 나왔다. 몬주익 분수를 보고 왔던 사람들은 하나같이 너무 큰 기대는 하지 말라는 이야기를 했고, 나 또한 별다른 기대 없이 분수대로 향했다. 정시에 맞춰서 갈 필요가 없다는 민박집 사장님의 말에 우리는 느긋하게 걸어갔다.

분수대 근처에 도착할 즈음이 되니 조금씩 들려오는 사람들의 탄성 소리와 함께 하늘 위로 쏘아지는 형형색색의 커다란 물줄기들을 볼 수 있었다.

정말 많은 사람이 그곳에 모여 자리를 잡고 한 손에는 맥주나 와인, 카메라를 들고 분수를 구경하고 있었지만, 나는 이게 왜 세계 3대 분수라고 불리는지 크게 와닿지는 않았다. 단순히 규모 덕분에 그렇게 불리는 것일까? 유명한 무언가를 마주했을 때 각기 사람마다 느끼는 것이 다르겠지만, 유명한 이름에 비해 직접 마주했을 때 실망스럽게 느껴지는 것

들을 따로 모아 리스트를 만들어 보면 어떨까 생각해 본다. 내 경험과
기억 속 실망리스트에 몬주익 분수대는 분명히 상위권에 링크되겠지?
서른네 번째 밤이다.

그림 같은 순간

걷는 것은 이제 그만. 민박집에서 자전거를 빌려 타고 무작정 해변으로 달렸다. 누누이 말했듯 나의 처음 계획은 방문하는 모든 도시에서 대중교통은 이용하지 않고 자전거만 타고 돌아다니는 것이었지만, 현실적으로 불가능한 방법이었던 것 같다. 그래도 앞으로도 기회가 된다면 틈틈이 자전거를 타야지 생각했다.

바르셀로나는 자전거를 타고 돌아다니기에 정말 좋은 도시였다. 도로 한가운데에 자전거전용도로가 잘 만들어져 있어서 좋았고, 언덕이 많지 않아 편안하게 주변을 둘러보며 자전거를 탈 수 있어서 더욱 좋았다. 그리고 날씨까지도 좋았다. 언제나 구름 한 점 없이 맑은 스페인 날씨는 런던의 흐리멍덩했던 날들과는 비교가 되지 않을 정도로 좋았고, 나의 피부를 점점 더 까맣게 만들었지만, 전혀 개의치 않았다. 얼굴이 타든 안 타든 나는 잘생겼으니까.

바르셀로네타 해변에는 많은 사람이 나와 일광욕도 하고 비치발리볼도 하고 달리기도 하고 스케이트보드도 타고 서핑에 윈드서핑 그리고 자전거 타기 등등 별의별 운동들을 즐기고 있었다. 나도 이에 질세라 요리조리 사람들을 피해 가며 자전거 페달에 박차를 가했다.

스치듯 지나가는 수많은 커플. 나도 여자친구

와 이런 도시에 와서 같이 해변에 누워 따가운 햇볕을 즐기고 싶다 나도 여자친구와 알콩달콩 사랑을 속삭이며 바람결에 흩날리는 그녀의 머리카락에 뺨을 맞고 싶다 등등 쉬지 않고 밀려드는 잡생각들을 떨쳐내려 열심히 페달을 밟아 갔다. 한참을 달리고 달려 더는 잡생각이 떠오르지 않을 때까지 달렸다.

해안도로를 따라 얼마쯤 달렸을까. 구글맵을 켜서 나의 위치를 확인하려고 잠시 자전거를 멈췄는데 그때 나의 눈앞에 파란색 배경에 별들이 박혀 있고 흰 글씨로 FRANCE 라고 씌어 있는 표지판이 눈에 들어왔다는 건 거짓말이고, 모나코까지 갔다 오려다가 참았다. 아무튼 해안도로를 쭈욱 따라간다면 프랑스까지는 확실히 갈 수 있었고, 나는 어느덧 해변의 끝에 도착했다. 이렇게 미친 듯이 앞만 보고 달리기만 할 거면 자전거를 왜 빌린 걸까? 라는 의구심을 갈무리하고 멈춰 서서 한동안 바다를 바라보며 멍 때리다 폭주 기관차와 같은 페달링 덕분에 지쳐 버린 몸을 이끌고서 다시금 숙소로 돌아가던 중 나는 내 인생에 다시없을 그림 같은 순간을 마주했다.

지금껏 왔다 갔다 하면서 몇 번씩이나 봐 왔던 길이었지만, 지금 이 시간 이 공간은 평소와는 전혀 다른 곳으로 변해 있었다. 지금의 시간 나의 가슴은 막 뭉클뭉클해지고 심장이 답답하면서 울음이 나올 것 같았다. 가슴 한편이 정말 아리고 쓸쓸하면서 무언가 뜨거운 것이 속에서부터 울컥울컥 솟구치며 나의 심장을 벅차게 만들었고, 머릿속에는 아무런 생각이 들지 않았다. 자전거를 타고 가는 내내 사진을 찍고 또 찍었다. 이 순간의 느낌을 조금이라도 오래 간직하고 싶어서 신호가 걸릴 때마다 자전거에서 내린 다음 사진 찍는 것을 멈출 수가 없었다.

외로움에 사무친 쓸쓸한 기분도 아니었고, 인생의 고뇌를 느끼다 해탈의 순간에 접어든 것도 아니었고, 지금까지의 고생을 하며 살아온 나의 모습이 불쌍해서도 아니었다. 다른 사람들에게는 별것 아니게 느껴질지 모르는 오늘의 순간이었지만, 나는 이 순간 정말로 뜬금없고 아무 이유 없이 내가 살아 있음을 느끼고, 살아 있음에 감사하게 되었다. 아마 오늘의 별 볼 일 없던 외출은 마지막 순간 집으로 돌아가는 길. 나에게 이 찰나의 감동을 주기 위해 준비됐던 게 아닐까. 내 인생도 지금까지는 보잘것없었지만 언젠가 나에게 오늘과 같은 감동을 주는 날이 오겠지. 참 아름다운 밤이다.

째즈시

오늘 저녁에는 째즈시에서 재즈 공연이 있는 날이다. 예전부터 재즈를 좋아했지만 한국에서는, 아니 순천에서는 좀처럼 재즈 공연을 관람할 기회가 없었다. 하지만 콘서트장도 아직까진 가 본 적이 없다. 20대 중반 싸이와 김장훈의 완타치 공연을 보러 갈 기회가 있었다. 잠깐. 이 이야기는 하지 않겠다. 눈물 좀 닦고……. 아무튼, 재즈라고 하면 우리나라에서는 조금은 어려운 음악? 쉽게 접할 수 없는 음악이라고 생각하는 듯하다. 물론 내 주변 친구들만 그렇게 생각하는 것일 수도 있다.

무형의 자산에 투자할 줄 아는 사람이 진정한 부자라는 말을 들었던 기억이 난다. 나는 공연을 보는 것을 좋아한다. 미술관 구경하는 것도 무지 좋아하지만, 나는 고전미술보다는 현대미술을 더 좋아한다. 어쨌든 나는 무형의 자산에 투자할 줄 알고, 그 가치에 대해서도 분명히 알고 있지만 왜 가난할까? 대신 마음이 부자일까? 근데 항상 생각해 봐도 나는 마음이 부자 같지도 않다. 그야말로 나는 총체적 난국인 듯.

아무튼 스페인의 재즈는 과연 어떤 느낌일까? 내심 기대를 엄청 많이 하고 길을 나섰다. 공연장을 향하는 나의 발걸음이 평소보다 훨씬 가볍게 느껴졌다. 매일 한 발짝씩 발을 뗄 때마다 무거운 워커를 질질 끌다시피 거리를 흐느적거리던 나의 다리였지만, 오늘따라 깃털보다는 무겁지만 사뿐사뿐한 발걸음을 계속 이어 갈 수 있었다. 잠시 후. 길을 찾으며 골목길을 두리번거리다 나는 무언가에 홀린 듯 마법에 빠졌다.

　빠알갛게 퍼져 있는 노을과 우아함을 뽐내는 푸른빛 하늘이 오묘하게 어우러진다. 시간이 지날수록 하늘은 점차 보랏빛으로 물들어 갔고 나를 마법의 세계로 인도한다. 보라색은 빨간색의 힘과 파란색의 우아함을 합쳐 놓은 색으로서, 예전부터 고귀한 색이라고 불려 왔다. 보라색을 좋아하는 사람은 감수성이 풍부하고 미적 센스가 뛰어난 사람이 많고, 정열의 빨강과 고독의 파랑으로 만들어진 탓에 정서불안, 질투나 우울 등 복잡한 심리상태를 나타내기도 한다지만, 나는 보라색이 좋다. 하늘을 잠식해 가고 있는 보랏빛 푸르름에 알록달록 갖가지 색깔들로 어지럽혀져 있던 나의 마음은 한순간에 모든 색깔을 잃고 하늘과 같은 보랏빛으로 물들었다. 보라색 물결 한가운데 초연히 떠 있는 손톱 달은 순백색 몽환의 숲으로 나를 인도하는 이정표라도 되는 듯 나를 이끌었고, 그대 손 맞잡고 달빛 속으로 한발 성큼 다가서자, 보랏빛 향기 같은 것들이 사방으로 퍼지며 나의 눈 안으로 따뜻한 무언가가 밀려 들어왔다. 나는 마법에 취한 듯 혼미해지는 정신을 부여잡고서 정신없이 사진을 찍고 또 찍었다. 오늘은 왠지 기분 좋은 일이 생길 것만 같은 기분. 오늘따라 그대 생각에 설레 온다.

　구름 위를 걷는 것 같던 나의 발걸음은 어느덧 째즈시에 멈춰 섰다. 조금 이른 시간에 도착한 나는 시원한 맥주 한 잔으로 나의 가슴을 진정시키며, 음악에 빠져들기 딱 좋을 정도로 알딸딸해질 때쯤 나를 또 다른 마법의 세계로 인도해 줄 바르셀로나의 재즈 연주가 시작되었다.

　재즈의 선율에 플라멩코 특유의 음악적 감성과 한이 서린 듯한 보컬의 음색이 조화롭게 어우러져 새콤달콤하고 시원한 날치알 오징어 물회 같은 느낌으로 나의 온몸을 훑고 지나간다. 지금의 기분을 무엇이라 표현할 수 있을까. 재즈의 선율과 음표들이 눈앞으로 튀어나와 나의 손에 잡힐 것처럼 보일 때쯤. 그것들은 서로 부대끼며 눈 깜짝할 순간에 어마무시하게 큰 망치로 변했고, 그 망치는 나의 고막을 타고 들어가 두더지 잡기를 하듯 중추신경 속에서 춤추고 있는 뉴런 세포들을 하나하나씩 후드려 패며 말로 표현할 수 없을 만큼의 충격을 선물해 주었다.

　이 노래는 진정으로 나를 미치게 만들었다. 음정과 박자 하나하나가 '내 주먹은 폼이 아니다.'라고 말하는 듯 공간과 공간 사이에 있는 모든 것들. 가령 시간이나 공기 같은 것들까지도 모조리 깨부수며 보편적인 인식의 공간 너머까지도 울려 퍼지는 것만 같았다. 진정한 바르셀로나만의 감성을 가지고 있는 이곳의 재즈. 지금껏 보지 못했던 스페인의 새로운 정취를 나의 귀와 온몸으로 느끼고 있는 듯한 기분. 이곳에 함께 온 동행도 공연하는 뮤지션들이 연주한 노래 제목을 궁금해하며 여기저기 검색을 했었지만 찾지 못했다. 나는 자작곡일까? 하는 생각에 모든 연주가 끝난 뒤 앨범을 구입하거나 노래 제목을 물어 보려 했지만, 나는 머릿속으로 상상만 할 줄 아는 쫄보라서 그들에게 다가가 인사도 건네지 못했다. 지금도 후회가 되는 부분 중의 하나이다. 그리고 음악에 넋이 나가고 혼까지 빠져 있던 터라 녹음을 할 정신조차 없었다. 그나마 이 한 부분만이라도 촬영할 수 있었다는 게 진심으로 다행이라고 느껴졌다.

　오늘 하루는 마법으로 시작해 마법으로 끝이 났다. 역시나 오늘은 행운이 넘치는 굉장한 밤이다.

예뻐지는 중이다

태양이 쨍하게 비치는 시간에 파밀리아성당을 봐야 한다는 민박집 사장님의 조언에 따라 햇살이 가장 강하게 비치는 시간에 맞춰 파밀리아성당 내부 관람시간을 예약하고 파밀리아를 향해 지하철에 몸을 실었다. 많은 사람이 장사진을 치고 있었지만, 전날 예약을 한 터라 줄을 서지 않고 바로 입장할 수 있었다.

파밀리아는 북쪽을 제외한 동쪽과 서쪽, 남쪽의 파사드로 이루어져 있고, 현재 동쪽 탄생의 파사드와 서쪽 수난의 파사드만이 완성된 상태였다. 나는 대부분의 사람이 입장하는 동쪽 탄생의 파사드를 시작으로 성 파밀리아의 내부로 들어갔다.
가까이서 바라본 탄생의 파사드는 전통적이고 섬세한 묘사방식을 활용하여 사실적이고 세밀한 곡선적 느낌을 들게 하였다. 그런데 가까이서 보니 조금 징그러운 듯한 느낌이 들기도 했다. 각각의 조각상들은 서로 다른 모습을 뽐내고 있었고, 이전의 만남보다 한 발 더 가까워져 있는 나를 반겨 주며 어서 안으로 들어오라고 손짓하는

듯했다.

아기 천사들의 손길에 이끌려 성당의 내부로 들어서자 향긋한 숲의 향기를 품은 거대한 나무들이 또 한 번 나를 반겨 주었다. 처음으로 마주한 성당의 내부는 마치 울창한 숲 속에 들어와 있는 듯한 기분마저 들게 했다. 아직은 미완성이었지만, 미완성의 모습 속에서도 완숙함을 뽐내고 있는 파밀리아성당. 중심부에 우직하게 서서 휘어지듯 감겨 있는 기둥은 뼈를 감싸고 있는 근육의 모습을 떠올리게 했고, 지진에도 끄떡없을 것 같은 강인함을 뽐내고 있었다. 또한 하나의 커다란 기둥에서부터 갈라져 나오는 듯한 잔 기둥의 모습은 한없이 높아져만 가는 천장의 무게를 능히 감당해 낼 수 있을 만큼 튼튼해 보였다.

파밀리아성당은 내부도 멋있고 특이하기는 하지만, 여타 다른 성당들에 견줄 수 없을 만큼 거대한 규모에 일단 고개를 숙이고 들어갈 수밖에 없었다. 각각의 파사드들이 가지고 있는 서로 다른 모습 속에서도 어우러지는 조화로움. 지금까지 파밀리아성당의 첫 초석을 뜬 이후로 130년의 세월이 흘렀지만, 여태껏 건설되는 중이고, 가우디 사후 100주년이 되는 해에 완성을 목표로 공사가 계속 진행되고 있다. 다만 파밀리아의 모습은 미완성이라고 할지라도 어딘가 모자란 모습이 아닌 자기 나름대로 매력을 충분히 뽐내고 있었고, 완성되는 과정 자체만으로도 완벽에 가까운 예술품이었다.

구경을 마치고 동행과 함께 점심을 먹으러 식당을 찾아 나섰다. 여기저기 식당들을 기웃거리다 6년째 미슐랭 가이드 식당으로 뽑힌 레스토랑을 찾았고, 그곳으로 가게 됐다. 우리는 그 식당에서 런치세트를 주문했다. 잠시 후 스타터로 리조또가 나왔고, 우리는 배가 고팠던 터라 첫 숟갈을 듬뿍 떠 입안 가득 넣은 후 우물거리다 서로의 눈을 바라봤다.

"나가자."

리조또를 딱 한 숟가락 떠먹은 우리는 그 한마디를 끝으로 더 이상 아무 말 없이 서로의 눈동자만을 바라봤다. 딱 한 숟가락만 떠먹은 상황에서 느껴지는 이 정도의 맛이라면 우리가 지급해야 할 금액에 충분히 걸맞은 맛이었고, 지금 당장 식당을 나간다고 할지라도 본전 생각이 전혀 나지 않을 만큼의 환상적인 맛이었다. 이건 진짜 둘이 먹다 하나 죽어도 모를 만큼의 인생 리조또라는 공통된 의견이 우리의 마음을 더욱더 벅차게 만들었다. 스타터가 이 정도인데 나머지 메인과 디저트는 얼마나 더 맛있을까? 라는 기대감에 우리의 심장은 요동쳤다.

하지만 메인과 디저트는 리조또만큼의 맛을 보여 주지는 못했고, 우리의 기대에 훨씬 못 미치는 맛이었다. 그래서 내려진 우리의 결론. 이 식당이 미슐랭 스타까지 되지는 못하지만, 리조또 맛 덕분에 지금껏 미슐랭 가이드에서 머물러 있는 것이 아니냐.

우리네 인생도 마찬가지이다. 우리들의 삶은 전부 미생에서 완생으로 변해 가는 과정이라고 생각한다. 파밀리아성당도 점심을 먹었던 그 식당도 처음에는 보잘것없던 하나의 바위, 조그마한 식당에 지나지 않았지만, 130년이 지난 지금 완성형에 가까운 모습으로 발전하고 있는 파밀리아. 6년째 미슐랭 가이드에 머물러 있지만 언젠가는 미슐랭 스타로 거듭날 수 있는 식당. 그리고 언제 끝날지 모를 나의 여행도. 지금의 여행과 함께 앞으로 남은 인생의 날들을 하루하루 넘기다 보면 언젠가 미생에서 완생으로 점차 완전해져 가는 내가 되지 않을까?

우리는 모두 점점 예뻐지는 중이다.

한복과 사랑에 빠지다

오늘은 몬세라토로 가기 위해 길을 나섰다. 바르셀로나에서 근교를 간다고 하면 헤로나와 지로나, 그리고 몬세라토를 꼽을 수 있는데, 한량의 후예를 자칭하는 나로서 수려한 자연경관을 뽐낸다는 몬세라토에 마음이 끌리는 것은 당연한 이치.

수려한 자연경관을 마주할 때는 그에 못지않게 수려한 한복을 입어 주는 것이 인지상정이라 했던가? 아침 일찍부터 부지런히 움직이며 가방 깊숙이 잠들어 있는 한복을 강하게 두어 번 팡팡 털어 주고, 경건한 마음으로 두루마기의 고름과 갓끈을 고쳐 매고서 몬세라토를 향한 긴 여정을 떠났다.

매번 한복을 입을 때마다 드는 생각이지만, 한복은 세계 그 어느 전통 예복들과 비교해도 전혀 꿀리지 않을 만큼의 아름다움을 품고 있다. 한복이 가지고 있는 선과 색감은 다른 나라의 전통 복장들보다 더욱더 부드러우면서도 따뜻하게 느껴졌다. 대신 내가 여행 중에 입고 다니는 두루마기는 짙은 청록색이라 평소에 까맣게 보이지만, 빛을 받으면 수컷 공작새가 암컷을 꼬시기 위해 알록달록한 꼬리를 펴는 것처럼 화사한 빛을 뽐내며 더욱 아름답게 변한다. 빛과 바람은 한복에 있어 필수요소라고 할 수 있다. 아무튼 지금의 나에게 한복이란 여러 사람을 홀리는 작업복이 아닐까 생각해 본다.

까마득히 가파른 절벽 옆으로 아슬아슬하게 놓여 있는 철길을 따라 산을 거슬러 올라가는 기차. 예전에 기찻길이 생기기 전부터 이곳에서

생활하던 수도승들은 어떻게 이 힘든 길을 오르내릴 수 있었을까? 새삼 수도승들이 대단하게 느껴졌다. 어찌 보면 세상에 나왔을 때 세상에 있는 수많은 유혹을 견디며 살 자신이 없었기 때문에 자신의 타락을 막기 위한 수단으로 그 유혹들에서 자신을 격리한 것일 수도 있지만, 그 의지 자체만으로도 칭찬(?)받기 충분한 분들이라고 생각했다.

어느덧 기차는 정상에 도착했고, 가장 먼저 우리를 반겨 주는 것은 코끝을 찌르르하게 후려치는 차가운 산 공기였다. 우리는 옷깃을 여미고 서둘러 몬세라토성당을 향해 발걸음을 재촉했고, 성당의 입구를 통과한 후 내부를 마주한 순간 나는 경악을 금치 못했다.

지금까지 여행하며 봐 왔던 성당 중에서 가장 화려하고 호화스럽게 치장이 되어 있는 몬세라토의 성당. 한번 벌어진 나의 턱은 내부를 둘러보면 둘러볼수록 다물어질 기미가 보이지 않았고, 파밀리아성당을 웅장함의 대명사라고 표현한다면, 이곳 몬세라토성당은 화려함의 대명사라고 불러도 과하지 않을 정도의 느낌이었다. 처음 성당 입구를 들어오기 전부터 광장에서 마주친 세밀하고 오밀조밀한 여러 성인의 조각들을 봤을 때도 작품들이 대단하다고 생각했지만, 성당의 내부는 화려함의 극치라고 표현할 수 있을 정도로 화려한 각양각색의 스탠드글라스와 그림, 황금 조각

상들로 빼곡히 들어차 있었다.

　성당 내부 구경을 마치고 벌어진 입도 다물 겸 불어오는 바람에 펄럭이는 한복 끝자락을 부여잡고 인생샷을 찍기 위한 장소를 찾고 있었다. 시간은 그리 오래되지 않았지만, 산중턱에 자리한 성당 너머로 해는 넘어가고 우리가 거닐고 있던 광장은 산그늘에 집어삼켜졌다. 덕분에 차가운 바람은 더욱 힘을 얻었는지 나의 두루마기 속으로 파고들며 칠렐레팔렐레 휘몰아쳤지만, 이까짓 추위야 바토무슈에서 마주했던 강바람에 비하면 충분히 견딜 만했다. 인생샷을 위해서라면 이깟 바람이 대수랴. 바람아 불어라. 세차게 불어라. 내 두루마기 더욱 펄럭거리게.

　깎아지른 절벽 밑으로 흐르는 강과 탁 트인 시야. 인위적이지 않은 자연의 풍경 속으로 한복과 함께 동화되어 간다. 바람이 불어올수록, 펄럭임이 부드러워질수록 나의 자태는 더욱더 자연스럽게 변해 간다. 햇살을 등지고 밀려오는 산 그림자 덕에 청록빛이던 나의 두루마기도 도드라지지 않게 그림자 속으로 사르르 녹아든다. 바람이 나인지 내가 바람인지 모르게 나의 온몸을 휘감아오는 시원한 기운에 기대어 창공으로 떠오른다. 발아래 낮게 깔린 구름을 사뿐히 지르밟고 날아올라 저 하늘 끝 푸르름에 마주할 때까지 높이높이 날아오른다. 나는 이렇게 오늘 또 한 번 한복과 사랑에 빠졌다.

쉼

이틀 전 숙소를 카탈루냐광장 쪽으로 옮기게 되었다. 한인 민박은 가격도 비쌀뿐더러 그곳에서 스위스에 대한 정보를 충분히 얻었다고 생각했기 때문이다. 바르셀로나 중심부에 있는 호스텔이었지만 가격은 하루에 8유로. 만 원도 안 되는 가격이었다. 너무 저렴한 가격에 이동하기 전부터 많은 걱정이 들었지만, 웬걸? 지금까지 묵었던 호스텔 중에서도 가히 최고라고 말할 수 있을 정도의 시설을 갖추고 있었다. 그만큼 전 세계 각국에서 모인 사람들로 로비는 북새통을 이루고 있었지만, 그만한 값어치를 충분히 하는 호스텔.

눈을 떠서 시계를 확인하니 11시 30분. 방 안은 고요했다. 침대 위에서 한참을 뒹굴뒹굴하다가 고파 오는 배를 부여잡고 방에 있는 소파에 누워 창밖으로 들어오는 햇살을 만끽했다. 창문을 활짝 여니 선선한 바람이 방 안을 가득 메우고 나에게 밀려들었다. 바람은 어서 밖으로 나와서 자기와 함께 놀자고 손짓하는 것 같았지만, 그녀의 간절한 외침 따위는 사뿐히 무시하고 귀차니즘의 이불을 덮어쓰고서 질척대는 바람과 햇살을 즐겼다.

오늘은 바르셀로나에서의 마지막 날. 내일은 스위스로 떠날 준비를 하기 위해 프랑스 리옹으로 간다. 꿈속에서나 그리던 스위스에서의 보드 타기가 이제 곧 현실로 다가온다. 터질 듯 부풀어 오르는 기대감을 양손에 힘을 주어 가슴속 깊숙이 꾸욱 눌러 담고 소파에서 일어나 다시

침대와 한 몸이 되었다. 기다려라 스위스야, 내가 간다. 바르셀로나에서
의 마지막 날이었다.

장난 아닐 것 같은데?

9박 10일 동안의 바셀을 뒤로하고 다시 프랑스 리옹으로 떠나는 버스에 몸을 실었다. 프랑스의 두 번째 수도라고 불리는 리옹. 언제나 그랬듯이 아무것도 모르고 제네바로 가는 버스를 탈 수 있다는 이유만으로 리옹을 선택했고 나는 그곳으로 향했다.

처음 여행을 준비하면서, 카우치서핑에 대한 엄청난 기대를 품고 있었다. 영어를 잘하지는 못하지만, 여행자들은 눈빛만 봐도 통할 것이라는 근거 없는 자신감과 파파고 번역기만을 믿고 지금까지 여러 명의 호스트에게 서핑을 시도했었다. 하지만 하나같이 관심 없다는 답장으로 나를 까마득한 좌절의 나락 속으로 빠지게 했고, 리옹으로 출발하기 전에도 여러 명의 호스트에게 메일을 보냈었지만, 대부분의 사람들은 '미안해.'라고 답장을 보내왔다. 그들 중 아리따운 프랑스 여성분이 하루는 머물 수 있다고 연락을 해 왔었지만, 하루만 머물면서 왔다 갔다 할 바에는 그냥 호스텔에서 편하게 쉬는 게 낫겠다 싶어 아쉽지만 호스텔을 예약했다.

나는 언제쯤 카우치서핑에 성공할 수 있을까? 나는 그들에게 해 줄 수 있는 게 참 많은데. 아쉬움만 가득했다.

아침 일찍 버스를 타고 이동을 했지만, 어느덧 지평선 너머로 해는 뉘엿뉘엿 넘어가고 밤이 찾아왔다. 짙은 푸른색으로 물들어 가는 세상. 창문에 비치는 내 모습만 멍하니 바라보고 있었다. 세상 못생긴 표정으로

창문에 비친 나의 눈동자에 빠져들려는 찰나, 창밖 너머로 가로등 불이 하나둘 나타나기 시작했다. 휴대폰을 들고 지도를 확인하니 리옹에 거의 도착한 듯 보였다.

늘어나는 가로등 불빛 덕분에 점점 밝아지는 도로. 리옹에 더욱 가까워질수록 수많은 불빛이 내 눈 안으로 빨려 들어오기 시작했고, 도로를 따라 넘실거리는 강물들과 강가를 환하게 밝히고 있는 건물들 덕분에 나의 동공은 물론 작아지겠지만, 나의 눈은 그와 반대로 점점 더 커지기 시작했다.

"와……. 이거이거 장난 아닐 것 같은데?"

아무런 기대감도 없이 오게 된 이곳 리옹에서 포르토와 비교해도 전혀 손색없을 만큼의 로맨틱한 기운을 풍기고 있는, 나의 여행 중 최애의 도시에 이렇게 발을 들이게 되었다.

수채화 빛 감동

하늘에는 내가 좋아하는 만큼 딱 적당히 퍼져 있는 구름과 햇살이 한데 어우러져 푸른색 도화지 위로 흩뿌려지고 있다. 눈부신 태양을 가리려는 듯 도화지 위로 잔잔하게 퍼져 있던 구름은 햇살에 흥건히 적셔진 채 가랑비 같은 빛살들을 온 도시 위로 흩뿌리며 거리 위를 촉촉하게 물들여 갔다. 바람의 손짓에 이끌려 부서지는 낙엽들로 인해 발길이 닿는 모든 거리는 바스락거리고, 그 소리의 흐름에 따라 강 주변을 빼곡히 메우고 있는 건물들은 흐릿한 수채화 빛 느낌으로 아스라이며 이곳의 아름다움을 한층 고조시켰다.

포르토가 파스텔 톤의 산뜻한 푸르름으로 그려진 그림이었다면, 리옹은 살짝 희뿌옇게 사람들의 감성을 자극하는 한 폭의 수채화였다. 그리

고 나의 눈앞에 보이는 모든 곳 모든 순간 속에는 알 수 없는 아련함이 희미하게 묻어 있었다.

강가를 지나 올드타운으로 들어서니 이번에는 달콤한 향기가 내 코를 간지럽히기 시작했다. 요리계의 교황이라고 불리며 프랑스 요리를 한층 더 발전할 수 있게 만들어 준 폴 보퀴즈라는 쉐프가 리옹 사람이라고 한다. 미슐랭가이드 3스타를 48년 이상 보유했다는 그의 레스토랑. 도시 어디를 돌아다니더라도 그의 동상을 쉽게 마주할 수 있었고, 그만큼 맛에 대한 자부심이 있는 도시이자 고전적인 아름다움을 간직하고 있는 도시. 포르토가 질투할 정도로 주체할 수 없는 아름다움을 가진 도시. 리옹은 그런 도시였다.

이 골목 저 골목을 누비며 눈앞으로 보이는 길을 따라 정신없이 한참을 흐느적거리며 걷다, 이름 모를 공원의 꼭대기까지 걸어 올라가게 되었다.

몽실몽실 차올라 있는 구름과 하늘의 여백을 아낌없이 채우고 있는 햇빛 그리고 건물들의 색감. 오직 한 단어. 이 말 외에 이 공간을 표현할 만한 말이 내 머릿속에는 떠오르지 않았다.

"대박!"

이어폰을 따라 고막을 거쳐 달팽이관 너머로 때려 박히는 알아들을 수 없는 팝송의 음표들이 쿵쾅거리는 심장 속으로 하나둘씩 박혀 들어왔고, 리듬과 밀땅이라도 하듯 나의 어깨는 탈춤을 추는 30대 아저씨처럼 들썩거리기 시작했다. 세상

에 존재하지 않고 존재할 수도 없으며 존재하려고 해서도 안 되는 혼돈
의 감각적인 카오스와 퓨전의 조화로운 듯 물과 밀가루처럼 서로 섞이
지 않을 것같이 표현되거나 묘사할 수조차 없을지도 모를 수밖에 없었
을 수도 있을 수 없을 뻔했던 풍경들을 최대한 세밀하게 그려 놓은 한
폭의 그림 속에 들어와 있는 느낌이었다. 물론 나도 그게 무슨 느낌인지
잘 모르겠지만, 그냥 진짜 존나 멋있었다.

숙소로 돌아가는 길. 나에게 프랑스에 와서 파리와 리옹 둘 중에 어느
곳을 가야 하냐고 묻는다면 나는 무조건 두말할 것 없이 리옹이라고 말
할 것이다. 감수성이 한창 예민할 나이 31살에 마주한 리옹은 나의 눈
에 진정한 수채화 빛 감동이었다. 그 덕에 오늘따라 막걸리가 무지하게
먹고 싶다.

수채화 빛 그녀

내 심장 속에서 뿜뿜 뿜어져 나오는 어제의 감동과 두 손 마주 잡고 리옹에 있는 노트르담성당을 찾아 떠났다. 푸니쿨라를 타면 성당의 코앞까지 바로 도착할 수 있다는 어느 블로거의 글을 읽고서 편하게 갈 수 있겠다는 생각에 가벼운 마음으로 숙소를 나섰다.

걸음을 걸어야 할 때는 항상 위쪽에서 출발해서 아래쪽으로 가야만 한다. 말라가에서 만든 자그마한 규칙이다. 푸니쿨라는 가파른 언덕길을 2분 남짓? 올라가며 아주 짧은 시간 만에 꼭대기에 도착했지만, 이곳을 걸어서 와야 했다면— 상상만으로도 끔찍했다.

오늘은 리옹에서 보내는 마지막 날이었기에 편하게 구경하자는 생각으로 24시간 교통권을 구매해서 대중교통을 자주 타고 다녔지만, 그래도 걷는 시간이 많더라. 흑. 눈물 좀 닦고.

참고로 리옹에서는 구글맵 대중교통이 지원되지 않는다. 대신 무빗이라는 앱을 이용해서 대중교통을 검색할 수 있다. 푸니쿨라에서 내린 뒤 계단에 한 발짝 올라서자마자 나의 눈 바로 앞에 당당하게 자리하고 있는 성당.

예상 외로 화려한 겉모습에 살짝은 당황했으나, 전혀 주눅 들지 않은 듯 42일 동안 여행을 한 프로 여행가의 모습으로 침착하고 대범하게 성당의 사진을 찍었다. 생각보다 큰 성당의 규모에 쫄지 않은 척하려 했으나, 살짝은 의기소침해졌는

지 구부정하게 수그러진 어깨를 다시금 곧추세우고 당당하게 눈을 들어 성당 안으로 들어갔다.

들어서자마자 나의 눈동자는 구석구석 사방팔방을 헤집고 다니며 자그마한 꼬투리라도 찾기 위해 성당 내부를 샅샅이 둘러보았다. 허나 시간이 지날수록 나의 동공은 불규칙적으로 정신없이 흔들렸고, 의식적으로 제어되지 못하는 들숨과 날숨들은 나의 호흡을 더욱 가빠 오게 했다. 나는 순간적으로 모든 신체기관들의 움직임을 잠깐 멈추고서 명상에 빠져들었다. 조금씩조금씩 콧구멍을 통해서 들어오는 산소들을 아랫배 깊숙이 밀어 넣고 단전에 힘을 주어 아래쪽에서부터 밀려 나오는 깊은 호흡들로 횡격막을 한껏 들어 올렸고, 순간 가냘프게 새어 나오는 희미한 탄성이 알아듣기 힘든 탁한 신음처럼 나의 목구멍을 통해서 내뱉어졌다.

"끄응……."

몬세라토에서 봤던 성당 저리 가라 할 정도로 천장은 물론 눈에 보이는 모든 공간에 빼곡히 채워져 있는 성화와 기하학적인 문양들. 휘황찬란한 스테인드글라스와 조각품들로 장식된 내부. 도시의 수채화 빛 은은한 아름다움 뒤에 이렇게 화려함을 품고 있는 성당을 마주할 줄이야.

상상도 못 했다. 화려해도 너무 화려했다. 이렇게 화려할 필요가 있을까? 생각하며 한편으로는 슬픈 기분마저 들었다. 조금만 덜 화려하고 조금만 덜 아름다웠더라면, 건축에 사용된 그 돈을 아껴서 가난한 사람들을 위해 사용이 되었더라면 어땠을까? 하는 생각이 나의 머릿속을 가득 채웠다. 이렇게 만들어진 이유와 그 시대적 상황까지는 알지 못하지만, 어쨌든 지금 드는 생각은 그러한 안타까움들이었다. 이 성당을 만들기 위해 얼마나 많은 사람이 동원되었고, 얼마나 많은 이들의 피와 땀과 눈물이 필요했을까. 종교개혁을 일으킨 마틴 루터도 이러한 부분들에 대해 회의감을 느끼고 개신교를 만들었지 않았을까 하는 생각이 들었다. 하지만 지금의 개신교도 예전 가톨릭이 밟았던 절차들을 그대로 밟아 가는 것은 아닌가 싶은 생각이 든다. 민감한 문제이기 때문에 여기까지만.

모든 것은 단순히 개인적인 생각이다! 성당을 뒤로하고 다시 푸니쿨라에 올라 광장으로 향했다.

런던에 런던아이가 있다면, 프랑스 리옹에는 리옹아이가 있다! 칸막이가 없는 관람차를 보고 있자니 영화 〈노트북〉의 한 장면이 나의 머릿속을 스치듯 지나갔다. 카니발의 관람차에 타고 있는 여주인공을 보고 고백을 마음먹은 노아는 위험을 무릅쓰고 관람차에 뛰어든다.

"안녕 나는 노아 칼 훈. 너랑 사귀고 싶어."

"꺼져 줄래?"

관람차를 운전했던 직원은 두 명 이상이 타면 안 된다며 관람차의 운행을 멈추고, 노아는 알겠다고 말하며 좌석 밖으로 나와 관람차의 난간

에 대롱대롱 매달린다. 그리고 다시 그녀에게 사귀자고 말하지만, 그녀는 단호하게 거부를 했고, 어쩔 수 없다는 듯 노아는 잡고 있던 한 손을 과감하게 놓아 버린다.

"마지막으로 한 번만 더 물어 볼게. 나랑 사귈래? 말래? 젠장 손이 미끄러져."

"좋아, 사귀면 될 거 아냐!"

"마지못해 말하지는 마."

"아냐! 내가 좋아서 그래."

"그럼 말해."

"너랑 사귈 거야."

"안 들려."

"너랑 사귀고 싶어!!!"

"그래 좋아, 내가 사귀어 주지."

위험천만한 상황에서 자신과 사귀지 않으면 나머지 손까지도 놓아 버리겠다고 귀엽게 협박하는 노아의 부탁을 어쩔 수 없이 들어주는 여주인공. 역시 미인은 용기 있는 사람이 차지하는 법인가 싶었다. 빙빙 돌

아가는 관람차를 바라보며 한동안 멍하니 앉아 있었다.

그때 내 앞을 스치듯 지나가는 아리따운 그녀로부터 나의 코끝을 간질이는 달콤한 꽃향기가 넓은 광장 안을 가득 메우며 피어났다. 그 향기에 감동하여 눈을 감고 너른 꽃밭에 누워 있는 상상을 하려던 순간, 그녀와 눈이 마주쳤다. 그리고 대략 1초 정도 눈빛을 교환했을까? 멀어지던 그녀는 방향을 틀어 나의 곁으로 다가오더니, 나와 다시금 눈을 마주치고서 씽긋 윙크하며 "봉수아?" 라고 먼저 말을 걸어 준다. 수채화 빛이다. 육감의 교감으로 오감 따위는 초월해 버린 듯한 나의 감각에 그녀의 모습이 다시금 느릿하게 그려진다. 그녀의 입술은 잘 여문 포도송이 같았고, 이른 오후부터 와인이라도 마셨는지 뺨은 사과처럼 빨갰다. 피부는 백옥이라 해도 믿을 정도로 희고 부드러웠으며, 짙고 굵은 눈썹 아래로 밝은 갈색 아몬드 같은 눈을 반짝이며 인사를 건네는 그녀. 그리고 눈 깜짝할 순간에 멀찍이 서서 나를 보고 따라오라는 듯 손짓하는 그녀. 관람차를 향해 걸어가는 그녀의 뒷모습은 이 광장 안에서 유일하게 반짝였고, 바람 한 점 없어도 나의 마음속에서 살랑이고 있었다.

'노아도 됐는데 나라고 못 할 게 뭐야?'라는 자신감으로 그녀의 뒤를 멀찍이서 따라갔다. '관람차에 같이 타면 나도 노아처럼 사귀자고 말해야지.' 마음속으로 수백 번 되뇌며 발걸음을 옮겼다. 순간 빗방울인지 내 눈물인지 알 수 없지만 서러움으로 무겁게 사무친 방울들이 내 눈가에 있는 조그마한 계곡 길을 따라 중력에 이끌리어 지면에 닿아 부서진다. 그녀의 뒷모습도 따라서 부서진다. 리옹에서의 마지막 날이다.

진정한 스위스

리옹을 떠나면서 세 번째로 다짐했다. 결혼하면 신혼여행으로 꼭 다시 와야지. 창밖으로 흘러가는 리옹의 풍경들에 눈물을 흘리진 않고 콧물 한 번 훌쩍이고서 아쉬움 가득한 눈빛으로 작별인사를 건넸다.

오늘은 그토록 고대하고 고대하던 스위스로 떠나는 날. 아침 일찍부터 제네바로 향하는 버스에 올랐다. 첫 번째로 교통비가 비싸서 어떤 패스를 사용할 것인가? 두 번째로 내가 어떤 것들을 해야 할 것인지에 대해 많은 고민거리를 안겨 주었던 애증의 스위스. 여행을 준비하는 데 있어 가장 많은 시간을 소비했고, 영원히 샘솟는 우물처럼 마르지 않는 스트레스를 뿜어냈으며, 무작정 가기에는 너무 많은 걱정거리가 즐비했던 스위스. 그곳에서 보내는 약 2주간의 일정이 드디어 시작되었다.

나를 태운 버스는 어느덧 제네바에 도착했다. 제네바는 꿈속에서 그려 왔던 스위스의 느낌은 단 1도 느낄 수 없었고, 냄새조차 맡을 수 없었다. 그냥 지금껏 봐 왔던 유럽의 작은 소도시의 느낌뿐인 제네바. 이곳에서 무슨 놈의 회의를 왜 그렇게 하는지 나 원 참.

역사 안으로 들어가 거금 48만 5,612원짜리 스위스 패스를 사고 루체른으로 떠나는 기차를 기다리던 중 갑자기 소변이 마려웠다. 기다렸다가 기차에 타서 화장실을 갈 것인가, 아니면 역 안에 있

는 화장실을 사용할 것인가 고민하다가 시간도 많이 남았기에 화장실을 찾아 길을 떠났다. 한참을 헤매다 화장실을 발견했지만, 아니나 다를까 돈을 내고 들어가야 하는 화장실. 이런 선진국 유럽 같으니라고! 나는 애당초 스위스에서는 카드깡(?)을 할 예정이었기에 환전을 하나도 하지 않아 땡전 한 푼이 없었다. 돈이 없어 화장실도 사용할 수 없다니. 어쩔 수 없이 기차가 올 때까지 기다려야 하는 슬픔에 휩싸였다. 돈 없으면 화장실도 못 가는 더러운 세상이라고 마음속으로 외치며 다시 탑승장으로 향했다.

기차를 타고 한참이나 달려도 창밖 풍경은 별다른 변화가 없었다.

내가 상상한 스위스는— 도착하는 순간부터 눈앞에 펼쳐지는 너른 들판에 머리를 곱게 땋은 빨간 원피스를 입은 소녀가 뛰어다니고, 그림을 옮겨 놓은 듯한 하늘 아래로 새들이 노래하고 땅에는 양들이 풀을 뜯으며 노닥노닥하는 광경이었다. 눈에 보이는 모든 오두막집은 온통 눈으로 뒤덮여 있고 거리를 거니는 모든 사람이 전부 스키를 타면서 길거리를 활보하지 않을까? 라고까지는 생각하진 않았지만, 어쨌든 알프스 하면 떠오를법한 그런 편견적인 광경들을 만나기는 생각보다 어려웠다. 내가 이런 생각을 하는 동안 기차는 언덕 위 들판을 열심히 가로지르며 오늘의 목적지 루체른을 향해 달려가고 있었다.

언제쯤 진짜 스위스를 만날 수 있을까? 생각하던 중 순간 양들이 뛰놀지 않던 들판은 사라지고 저 멀리서 먹구름 가득한 하늘 아래로 드넓은 호수가 펼쳐져 있는 듯했다. 착각인가? 내가 신기루를 보는 것인가 싶어 두 눈을 끔뻑이며 보일 듯 보이지 않는 언덕 너머를 주시했다. 아. 이제 드디어 진정한 스위스에 도착한 것인가?

호수 너머에 보이는 산들이 온통 하얗지는 않았지만, 모든 산의 꼭대

기에는 '여기가 스위스 알프스다.'라고 알려 주기라도 하듯 희끗희끗한 눈들로 뒤덮여 있었다. 아, 드디어 스위스에 왔구나. 그렇게 오고 싶어 하던 스위스에 이제야 도착을 했구나. 정말 기쁜 마음에 눈물을 글썽이며 핸드폰을 꺼내 들고 구글맵을 켜 스크린샷을 찍은 뒤 친구에게 자랑했다.

하늘이 어둑어둑해질 때쯤 기차가 루체른에 도착했다. 나는 구글맵에 의지하여 버스를 타고 숙소로 이동했다. 아침마다 따사로운 햇살을 맞으며 눈 비비고 일어나 양털 같은 가운을 걸쳐 입고 창문을 열면 눈앞에 솟아 있는 눈 덮인 산맥들과 광활하게 푸르른 초원, 그리고 한눈에 들어오는 호수의 시원한 전경을 바라보며 따뜻한 모닝커피와 함께 휴식을 취할 수 있는 숙소에 머물러야겠다고 생각했지만, 그러려면 상상을 초월할 만큼의 금액을 지불해야 했다. 물론 그런 호텔에 머무를 수도 있었지만, 다음에 사랑하는 그녀와 스위스에 왔을 때도 할 일이 있게 이 정도 여운쯤은 남겨 놓아야지, 라고 자위하며 떨어지는 눈물방울들을 남몰래 훔쳤다.

　30분쯤 지났을까? 나를 태운 버스가 숙소에 도착하고, 나는 체크인하고 이렇게 한적하게 스위스에서의 첫날을 흘려보낸다.

내일모레면 12월

습관처럼 눈이 떠지는 시간 8시. 조식을 주기 때문에 로비로 내려가 밥을 먹었다. 이 아침밥은 내가 루체른에 머무르며 먹은 처음이자 마지막 조식이었다. 적당한 가격의 한인 민박이고 비싼 스위스 물가에 조식까지 준다는 글을 읽고서 유레카를 외치며 예약을 했지만, 이곳에 한국 사람은 코빼기도 보이지 않았고, 조식은 뭐…….

식사를 마치고 다시 방으로 올라와 침대 위에서 계속 뒹굴었다. 이미 휴식을 취하고 싶은 본능이 구경을 해야 한다는 욕구마저 뛰어넘었었기에 한참을 노닥거리며 오늘 나에게 주어진 시간을 신나게 허비했다. 그래도 마냥 이러고 있을 순 없겠다 싶은 생각에 주방에서 늦은 점심을 간단하게 만들어 먹고 시내관광을 위해 버스를 타고 중심지로 향했다.

버스는 커다란 호수를 옆구리에 끼고 떨어지는 빗줄기들을 헤쳐 나가며 이름 모를 그날의 거리를 거침없이 거슬러 올라가고 있었다. 뿌연 하늘에서 떨어지는 빗방울들은 버스 차창을 수없이 두드리다 스치듯 튕겨 나가고, 빗방울은 바닥을 타고 흘러 호수 안으로 스며들어 갔다. 호수 위로 떨어지는 자그마한 물방울들은 무수히 많은 파문을 만들어 내며 맑고 고운 소리를 세상으로 퍼뜨렸다.

오늘 스위스에는 비가 내렸고, 루체른 이름

모를 호수 옆을 지나는 버스 안. 그곳에서 내가 숨 쉬고 있다.

　빈사의 사자상을 거쳐 대충 사진을 찍고 해가 완전히 진 뒤 카펠교로 향했다. 이 다리는 지붕이 있는 목조다리 중 유럽에서 가장 오래된 다리라는 이야기를 얼핏 들은 기억이 난다. 조금은 늦은 시간에 비까지 오는 터라 다리 위에 있는 상점들은 모두 문을 닫았고, 관광객들도 많이 돌아다니고 있지 않아서 제법 유수한 기운이 감도는 한적한 카펠교의 풍취를 온전히 즐길 수 있었다.

　다리 위에서 보이는 거리는 크리스마스 준비로 한창이었다. 조명과 장식들이 발하는 불빛들은 밤하늘의 어둠을 조금씩 밀어내고 있었고, 밀려가는 어둠을 따라 나의 가슴속에서는 또 하나의 불안감이 스멀스멀 기어 나오기 시작했다.

　벌써 11월이 끝나고 내일모레면 12월. 이번 크리스마스와 신년을 어디서 어떻게 보내야 하는지에 대한 걱정이 나의 가슴속으로 밀려들어와 이미 내 마음속에서 터줏대감 노릇을 하던 외로움과 어우러지고 쓸쓸함과 고독함과 불안감까지 불러 모아 나를 더욱더 서럽게 만들었다.

　생각은 생각할수록 생각이 나는 것이기 때문에 생각하지 않는 것이

좋은 생각이라고 생각하는 나로서, 더 이상의 생각은 의미 없다고 생각하고 어떻게 하면 집으로 편하게 돌아갈 수 있을 것인가에 대해 생각하기 시작했다.

　숙소에 돌아와 밥을 먹고 있는데 하늘에서 눈이 오더라. 올해의 첫눈을 이렇게 스위스에서 나 혼자 맞이하다니. 참으로 우울하고도 낭만적인 밤이다.

성악설

오늘은 리기산을 가기 위해 일찍부터 분주하게 준비를 하고 1층 식당으로 가 도시락을 쌌다. 방에 있을 때는 몰랐지만, 1층으로 내려가는 계단 주변에는 어둠의 기운들만 가득했고, 로비에 도착했을 때라야 바라볼 수 있었던 창밖의 풍경은 나를 참으로 신나게 만들었다.

스위스는 나의 여행을 시샘하는지 금방이라도 비를 뿌릴 것 같은 음산한 회색 구름으로 온 하늘을 뒤덮고 있었다. 행복한 표정으로 멍하니 소파에 앉아 신나게 일기예보를 검색하던 나의 귓가에 울려 퍼지는 맑고 청아한 빗방울 소리. 하아. 아직 배가 출발하기까지 충분한 시간이 남아 있었지만, 조금씩 굵어지는 빗방울 덕에 리기산을 가야 할지 말아야 할지 고민을 하기 시작했고, 역시나 나는 재수가 없다고 생각하며 신나게 샌드위치라도 먹자는 심정으로 샌드위치를 다 만들고서 날씨를 확인하기 위해 문밖으로 나왔다.

눈을 감고 빗물에 흠뻑 적셔져 있는 바람들을 손가락 사이로 넘겨 본다. 나의 귓가에는 빗방울 소리만 쉴 새 없이 들려왔고, 아침에 눈을 떴을 때 설레던 가슴도 맑고 고요하게 가라앉아 갔다. 순간 쥐죽은 듯 미동도 하지 않던 바람이 뜨겁게 뱉어지는 나의 숨결을 움켜쥐고서 저 멀리에 있는 비구름들을 밀어내려는 듯했다.

나는 손바닥을 마주치고 천천히 아주 천천히 세상을 포용할 수 있을 만큼의 거대한 원을 그려 갔다. 얼마나 시간이 지났을까. 이마 위에는 송골송골 땀방울들이 맺히기 시작했고, 다시 한 번 손바닥을 마주치고

서 나의 상단전 위에 가지런히 모은 두 손을 올려 두고, 스위스에 있는 모든 공기를 모조리 빨아 마셔 버리기라도 할 듯 깊은 호흡을 들이마시며 세상에 존재하지 않을법한 낮은 저음과 함께 하늘을 바라보며 한껏 달아오른 호흡을 무겁게 토해 냈다.

"저기요 잠시 지나갈게요."

"아. 쏘리……."

어쨌든 어디선가 불어오는 바람결에 비구름들은 느릿하게 나의 앞에서 멀어져 갔고, 나는 구름 사이로 조금씩 비치는 햇살들을 바라보았다.

"가도 괜찮겠지?"

나는 기쁜 마음으로 도시락을 가방 깊숙이 챙기고서 숙소를 나섰다. '괜찮겠지?'라고 마음속으로 읊조리는 순간부터 모든 영화나 드라마에서의 뻔한 흐름 구조상 시작되는 시련. 나는 당연히 그 시련을 예상하지 못한 채 버스를 타고 가며 호숫가에 반사되어 일렁이는 물빛들을 즐기고 있었다.

나를 태운 버스는 어느덧 선착장에 도착했다. 리기산을 가기 위해서는 배를 타고 호수를 넘고 산악열차를 타고 산을 건너 한참이나 이동을 해야 하는 머나먼 여정이었지만, 언제 또 스위스 호수 위를 배를 타고 건너볼 수 있겠니? 라며 한참 들뜬 발놀림으로 서둘러 배에 올랐다.

배는 서서히 호수 위를 미끄러지고, 나는 신이 나서 눈밭을 뛰어다니는 강아지처럼 칠렐레팔렐레 배 안을 방황하다 배 뒷머리에서 펄럭이는 스위스 국기를 발견했다. 처음에 한복을 준비하면서 생각했던 것 중 하나가 방문하는 나라들의 국

기 앞에서 필수적으로 한복을 입고 사진을 찍겠다는 거였다. 그런데 아직 남의 나라 국기 앞에서 사진을 찍은 적이 단 한 번도 없었다는 사실에 노여움이 퍽 치민다. 지금부터는 꼭 사진을 찍어야지, 라고 펄럭이는 국기를 보며 다짐했다.

시간이 흐를수록 하늘은 처음보다 더욱 진한 회색빛 구름들로 차올랐지만, 그래도 비가 오지 않는 게 어디냐며 나 자신을 위로했다.

나의 시선이 닿는 모든 곳, 모든 공간들은 '나는 평화를 사랑하고 정결함을 중요시하며, 어두움이란 존재할 수 없을 정도로 해맑은 청순함만 가득해요.'라고 말하는 것 같은 싱그러운 기운들을 줄기줄기 뿜어냈다. 나는 이처럼 사랑스러운 자태를 뽐내고 있는 풍경들을 바라보며 생각했다. 과연 스위스에서 태어나 살고 있는 사람들은 나쁜 생각이라는 것을 할 수 있을까? 이런 의구심이 들 정도로 이곳의 모든 풍경은 평안함으로 흠뻑 적셔져 있었다. 덕분에 지금껏 상처투성이였던 나의 마음도 스위스의 청량한 풍경들로 치유되어 가는 듯했다.

유람선은 어느덧 선착장에 도착했고, 나는 산악열차로 옮겨 탔다. 우리가 탄 열차가 산을 오르면서 조금씩 지대가 높아질수록 하늘은 더욱더 많은 구름으로 켜켜이 채워지기 시작하더니 아침의 시원했던 빗방울들은 조금씩 서로 뭉쳐지며 조막만 한 눈송이들로 변해 갔다. 시간이 흐르고 정상에 가까워질수록 굵어지는 눈발들은 나의 눈에 보이는 스위스의 모습들을 더욱 스위스답게 다듬어 가고 있었다.

등산 관련된 영화들을 보면 눈보라 치는 산을 등반하는 장면이 빠지지 않고 나온다. 그리고 그

러한 타이밍에는 꼭 사고가 나기 마련이다. 나는 이날 진정으로 몸소 체험하며 생생하게 느낄 수 있었다. 영화에서 보이는 장면들이 결코 거짓이 아니라는 사실을.

안내센터에 들러 휴식을 취하던 중 리기산 정상까지 그리 멀지 않다는 말을 듣고, 뭐 별일이야 있겠냐 싶어 눈보라를 헤치며 정상을 향해 나아갔다. 한 걸음. 두 걸음. 미친 듯이 퍼부어 대는 눈보라를 온몸으로 맞으며 네가 이기나 내가 이기나 어디 한번 해 보자는 굳은 각오로 호기롭게 눈발을 헤치며 나아갔지만, 얼마나 올랐을까. 알게 모르게 나의 허벅지 감각은 무뎌져만 갔고, 나의 움직임은 점차 더뎌지기 시작했다. 다리를 들어 걸음을 내딛는 순간 신발은 바닥에 들러붙어 버린 듯 떨어지지 않았고, 힘을 주어 두 번째 걸음을 내디뎠을 때 완전히 빙판으로 변해 버린 언덕에서 나의 발은 미끄러지며 비탈길 너머로 굴러떨어졌다.

진정으로 더는 움직일 수 없었다. 머릿속으로는 오만 가지 생각이 오가며 내가 왜 여기를 올라왔을까 후회하고 또 후회했다. 허나 후회는 아무리 빨라도 늦은 법. 파리에서부터 시작된 '의지의 한국인답게'라는 이 말 덕분에 나는 그 누구도 올라가지 않는 정상으로 향했고, 무식하게도 그 객기 덕분에 아무도 오지 않는 산 위에서 몸을 잔뜩 웅크린 채로 죽어 가고 있었다.

리기산의 정상에는 날카로운 칼날을 품고 나의 온몸을 찢어발길 듯이 불어오는 눈보라 폭풍과 주제 파악 못 하고 객기를 부리다 죽어 가는 나만이 존재했다. 아무튼 굳어 가는 나의 몸을 겨우 이끌고서 정상에서 인증사진까지 찍고 죽었는지 살았는지 불분명한 상태로 겨우 안내센터로 돌아올 수 있었다.

머리끝에서부터 발끝까지 온통 눈들로 범벅이 되어 눈사람처럼 변해 버린 나의 모습. 그리고 청바지 하나 달랑 입고 있던 나의 허벅지는 동상이라도 걸렸는지 아무런 감각조차 느껴지지 않았다.

나의 이런 모습이 얼마나 불쌍하고 처량해 보였는지, 안타까움에 어찌할 줄 모르고 킥킥거리며 웃고 있던 너. 내가 다 봤다.

어찌 됐건 많은 사람의 관심 어린 따뜻한 시선은 얼어붙은 나의 몸을 조금씩 녹여 주고 있었다. 다음 기차를 기다리며 안내센터 구석에 쭈그리고 있다 웅성거리는 소리에 고개를 들었다. 창밖에는 이제 막 기차에서 내린 중국인 단체 관광객들이 줄줄이 손에 손을 잡고 비명을 지르며 산 정상을 향해 이동하고 있었다. 하아. 바이. 짜이찌엔……

기차를 타고 정상에서 내려오는 내내 기분이 좋지 않았다. 기차가 출발하고 나서부터 조금씩 잦아드는 눈발과 맑아지는 시야에 나의 마음 속 깊숙한 곳에서 잠들어 있던 악마가 기어 나오려고 했다. 나는 알 수 있었다. 아무리 좋은 것을 보고 좋은 곳에 살아도 인간은 본성이 '나쁜 놈'이란 걸.

집으로 돌아갈 때는 케이블카를 타고 내려가기 위해 중간 정착지에서 내려 케이블카를 탈 수 있는 곳으로 향했다. 이곳에는 호텔도 같이 있었는데, 나는 언제쯤 여자친구와 이런 곳에 머물면서 휴식을 즐길 수 있을까? 라고 생각하며 풍경에 심취해 있을 그때. 하늘이 열리고 쏟아지는 빛줄기가 저 멀리에 보이는 이름 모를 산을 비추기 시작했다.

빛살은 날카로운 창날처럼 변해 산으로 쏟아져 내렸고, 세상에서 가장 아름다운 조각을 만들어 내려는 듯 구름 사이로 아찔하게 밀려 내렸다. 모세가 십계명을 받을 때 하늘이 열리고 천둥과 번개가 치고 돌판에 글씨가 새겨졌다고 하던데, 실제로 하늘이 열린다면 저런 느낌일까? 라는 생각이 들 정도로 황홀한 광경이 내 눈앞으로 펼쳐졌다. 그 풍경

은 리기산 정상에서 얼어 죽을 뻔했던 고생조차 아무것도 아니게 만들었다. 그 순간은 이제 막 어둠의 날갯짓을 하며 세상을 파멸로 이끌 뻔했던 내 안의 악마를 다시금 깊은 잠에 빠지게 만들었고, 순백의 천사가 서서히 기지개를 피며 악마에게서 밀려나 있던 자신의 자리를 온전히 차지하는 듯했다.

아, 바로 그 찰나. 발아래 쪽에서 불쾌하게 느껴지는 무언가가 나의 육감 레이더에 스치듯 걸려들었다. 호텔에서 스파를 즐기며 내가 보고 있는 것과 똑같이 환상적이고 판타스틱한 광경을 보고 있는 한 서양인 커플. 서로를 꼬옥 껴안고서 하늘을 바라보며 서로에게 사랑의 맹세라도 하듯 꿀이 뚝뚝 떨어지는 표정으로 웃으며 행복에 젖어 있는 그들의 모습이 나의 눈에 들어온 순간. 나는 발밑에 켜켜이 쌓여 있던 눈들을 조금씩 모아 가며 알아들을 수 없는 무거운 말들을 낮게 읊조렸고, 커다랗게 눈들을 뭉쳐 갔다. 나는 이 세상에서 가장 사악한 것은 분명히 인간이라고 확신했다. 나는 성악설을 지지한다.

오늘의 휴식을 내일로 미루지 말지어다

아침 일찍 로비로 나와 커피를 마시면서 점심은 뭘 먹을까 고민했다.
점심을 먹고 나서는 저녁은 뭘 먹어야 할까 생각했다.
하, 힘들다.
어제도 성악설이 정설이라는 것을 몸소 느끼느라 고생이 많았고, 내일은 필라투스산을 구경하고 바로 인터라켄으로 이동을 해야 하는 날.
오늘의 휴식을 내일로 미루지 말지어다.

전우치와 박삿갓

오늘은 정말 오랜만에 바쁘게 보내야 하는 하루가 시작됐다. 아침 일찍이 일어나 짐 정리를 마무리하고 필라투스산을 가기 위해 한복으로 갈아입었다. 걸어서 10분 거리에 필라투스산으로 가는 케이블카 탑승장이 있었기에 처음으로 호스텔 근처의 골목길을 걷게 되었다.

토요일 이른 아침. 여느 유럽의 도시들과 마찬가지로 이곳의 골목 또한 한산했다. 간간이 마주치는 사람도 없었다. 네모반듯하게 지어져 있는 딱딱한 건물들 사이 골목길에는 한복을 입은 잘생긴 동양인 청년만이 홀로 머물러 있다.

케이블카를 타고 산을 향해 올라가며 지나치는 마을은 전혀 유럽스럽지 않았다. 일본의 조그마한 마을과 똑 닮아 있는 느낌이라고 할까? 그제 배를 타고 호수 곁에서 지나쳤던 집들은 동화 속에 나오는 전형적인 스위스의 기운을 풍기고 있었지만, 이곳에서 보이는 집들은 실용성만을 강조한 듯한 건축양식으로 지어져 있었다. 아무래도 신식 건물이 살기는 좋으니까.

이곳은 최근에 만들어진 도시라서 이렇게 생긴 건물들이 많나? 라는 궁금증을 뒤로하고, 케이블카는 점점 더 깊은 숲 속으로 나를 이끌어 갔다.

산과 조금씩 가까워져 갈수록 빼곡히 들어차 있던 마을의 건물들은 조그마한 점들로 변하기 시작했다.

구름 낀 하늘 아래로 붉은 케이블카들이 둥둥 떠다니고, 사방을 가득 메우고 있는 초록빛 침엽수 위로 사뿐히 자리 잡은 새하얀 눈들이 한데 어우러져 있는 광경이란! 아. 이것 또한 진정한 스위스로구나.

눈을 감고 상상했다. 며칠 뒤 나무들로 빼곡히 들어차 있는 스위스의 슬로프 사이사이로 보드를 타며 미끄러져 내려가고 있을 나의 모습을. 캬! 지금 이 순간 나의 심장은 그 어느 때보다 더욱더 빠르게 요동쳤다.

한참을 오르고 올라 정상으로 가기 위해 다른 케이블카로 옮겨 탔고, 그 케이블카는 끊임없이 솟구치며 짙게 깔려 있던 구름까지도 가뿐히 뒤로 넘기고서 드디어 정상에 도착했다. 이곳은 나에게 어떠한 감동을 선물할지 설레는 가슴을 안고 전망대로 향했고, 그곳에서 나는 나의 발 아래로 낮게 깔린 잔잔한 구름을 마주할 수 있었다. 예전에 가족들과 함께 하와이로 여행을 갔을 때 마우나케아 정상에서 마주하고서 두 번 다시는 보지 못하리라 생각했던 광경을 스위스에서 또다시 마주하게 될 줄이야.

몽실몽실한 구름들이 바닥을 튼튼하게 다져 놓고, 구름과 구름 사이에 솟아나 있는 알프스의 수많은 봉우리들이 앞다투어 나에게 인사를 건네는 듯했다. 한복을 입고 있던 나는 이곳의 풍경과 격하게 어우러지며 신선놀음을 하는 듯한 기분까지 느낄 수 있었다.

구름이 끼지 않는 날이면 루체른의 모든 전경을 볼 수 있는 이곳이지만, 오늘처럼 구름이 짙게 깔린 필라투스산의 전경이 나에게는 더욱 흡족하게 느껴졌다. 중종 시절에 구름을 타고 땅을 주름잡아 천릿길을 한 걸음에 내달렸던 전우치가 있다면, 2017년 스위스에는 이 산 저 산 케이블카를 타고 넘나들며 천릿길을 버스와 기차를 타고 달리는 방랑자 박삿갓이 있다.

삼각대로 찍은 사진은 나에게 언제나 아쉽게 느껴졌지만 어쩌겠는가. 혼자 다니는 나를 탓해야지.

이제는 인터라켄으로 이동해야 할 시간. 사진의 아쉬움을 뒤로하고 나는 서둘러 산에서 내려왔다. 인터라켄아 내가 간다.

첫 보딩

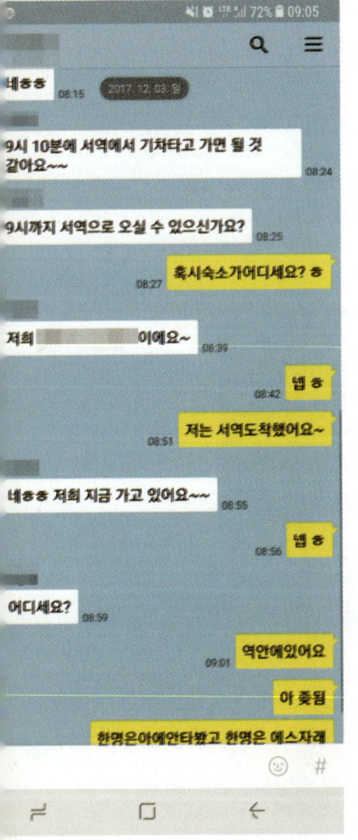

20대 중반쯤 같은 직장에서 일하던 형의 꿈은 캐나다 로키산맥 꼭대기에서부터 보드를 타고 내려오는 장면을 촬영하는 것이라고 이야기했던 게 기억이 난다. 그 말을 들었을 당시의 내 꿈은 형의 꿈보다는 조금은 소박한 스위스에서 보드 타기. 울창한 숲 속에 나무들은 온통 눈으로 뒤덮여 있고, 그 사이로 나 있는 슬로프를 따라 바람을 가르며 보드를 타는 나를 상상했었다.

월터의 상상이 현실로 이루어지는 것처럼, 20대 중반 꿈꿔 왔던 나의 상상이 현실이 되는 날의 아침이 밝았다. 스위스에서 처음으로 가게 된 슬로프는 그 이름도 유명한 마테호른이었고, 나는 설레는 마음에 아침 일찍부터 일어나 인터라켄 서역으로 향했다.

오늘 같이 스키장을 가는 사람들은 나를 포함해서 총 5명. 2명은 마테호른에서 만나기로 했고, 나머지 2명은 함께 마테호른으로 가기로 했다. 그리고 인터라켄 서역에 도착하고 나서 알게 된 엄청난 사실. 같이 기차를 타고 가는 사람 중 한 명은 보드를 두 번 타 봤다는 것이고, 다른 한 명은 태어나서 처음으로 보드를 타러 간다는 것이었다.

소사소사 맙소사. 같이 가는 동행들이 보드나 스키를 너무 잘 타는 사람들이면 어떻게 하나라고 걱정을 했지, 설마 전혀 못 타는 사람들일 거라고는 상상도 하지 못했

다. 마테호른까지 가서 다른 사람들의 뒤치다꺼리를 해야 하는 건 아니
겠지?

"저기요. 형. 메시지 잘못 보내셨는데요?"

마테호른으로 가는 길에 보드에 대한 기본적인 이론들을 알려 주자
보드를 처음 타러 가는 친구가 말하기를.

"형. 저는 운동신경이 좋아서 금방 탈 것 같은데요?"

그래……. 어련하시겠습니까…….

하― 한숨 한 번 깊게 푹 내쉬자 어느새 우리는 마테호른에 도착해 있
었다. 우리에게는 시간이 금 같았기에 서둘러 장비를 빌려 아기다리고
기다리던 보드를 타러 슬로프로 향하는 기차에 몸을 실었다.

기차를 타고 고르고너트 전망대에 도착한 우리는 각자의 장비를 챙기
고 기차에서 뛰어내려 각자의 카메라로 주변의 모습들을 하나하나 담기
시작했다. 인증샷이고 뭐고 바로 당장 슬로프로 뛰어들고 싶었지만, 일
단 기록은 남겨야 하니까.

내가 드디어 스위스에서 보드를 타다니. 감격에 겨운 나머지 어떠한
말도, 어떠한 표현도 할 수 없었고, 빨리 슬로프를 타고 내려가고 싶은
마음밖에 들지 않았다. 흥분으로 벅차오르는 가슴을 부여잡고 한 발 한
발 슬로프를 향해 다가갈수록 느껴지는 이질적인 감각.

"어? 설질이……. 이상한데?"

슬로프에 다가갈수록 뽀도독거리며 부드럽게 나의 부츠를 감싸 오는

감각이 아닌 바사삭하고 깨지며 밟혀 오는 슬로프. 설마 하며 보드를 장착하고 천천히 일어서자, 슬로프를 향해 까드득거리며 미끄러져 가는 나의 보드. 완벽한 자연산 눈을 기대했고, 넘어져도 전혀 아프지 않을 그러한 슬로프를 상상했었지만, 처음 보드를 타자마자 걸리는 것 하나

없이 자연스럽게 미끄러지는 나의 모습에 보드를 탄 지 3.4초도 되지 않아 나는 분명하게 알 수 있었다. 고르고너트 전망대의 슬로프는 완전한 얼음판이었다. 장비의 질은 80년대까지는 아니더라도 한국에서 5,000원을 주고 빌린 듯한 수준의 느낌이었고, 바지 또한 전혀 방수가 될 것 같지 않았다. 하지만 리프트 반일권을 포함 렌탈까지 해서 들어간 비용은 20만 원 남짓. 나는 도대체 이렇게 비싼 돈을 들여서 한국보다 구린 슬로프 위에서 뭘 하는 것인가, 하는 생각들로 자괴감이 들 정도로 괴로웠다. 나는 누구고 여기는 어딜까. 그리고 이곳에 같이 왔던 친구들은 모두 눈밭 위에 나동그라진 채로 나를 보며 처량한 도움의 눈길을 보내고 있었다. 이건 뭐……. 나는 한숨 한 번

푹 쉬어 주고 모든 것을 포기하고, 감이라도 잡자는 심정으로 혼자 슬로프를 미끄러져 내려갔다.

대략적인 감을 잡으며 보드를 타던 중 오후 4시가 리프트 마감이라는 것을 알고는, 빠르게 슬로프를 타고 내려와서 4시가 되기 전에 리프트를 한 번 더 타고 꼭대기로 올라가 체르마트역까지 멈추지 않고 내려가야겠다고 마음을 먹었다. 그 후 빠르게 정상으로 올라가 부서지는 얼음들을 조각조각 박살내며 체르마트역까지 내려갈 수 있는 슬로프로 향했지만, 무언가 나의 앞길을 가로막고 있는 것을 발견할 수 있었다. 그나마 잘 타는 친구와 함께 슬로프를 따라 내려가던 우리는 서로의 얼굴을 마주 보며 이건 무슨 상황인가? 라는 생각을 했다. 알고 보니 리프트 마감이 아닌 슬로프의 마감이 4시였던 것이다. 아, 스위스에서의 첫 보딩이 이따위로 끝나게 될 거라고는 상상도 못 했다. 나의 꿈에서 그리던 스위스 보딩이. 이딴 게 스위스에서의 보딩이라니.

스위스에서의 첫 보딩은 마테호른을 배경으로 활짝 웃는 사진 한 장만을 남겨 둔 채 나에게 큼지막한 똥을 선물했다.

내일의 일정

굳이 힘들지는 않았지만, 움직이기도 귀찮고 눈도 많이 와서 숙소에서 가만히 휴식을 취하기로 결정했다. 루체른과는 다르게 인터라켄 숙소는 나름대로 뷰가 괜찮았기 때문에, 커피 한 잔을 하면서 창밖으로 내리는 눈을 바라보며 운치 있고 낭만적인 휴식을 즐길 수 있었다.

인터라켄 백패커스는 스위스의 대명리조트라고 불린다. 일반적인 호스텔임에도 불구하고 엄청나게 많은 한국 사람들이 방문하는 아주 특이한 케이스라고 할 수 있다. 그리고 매일 밤 삼겹살을 열심히 굽는 사람들 덕분에 주방은 온통 고기 굽는 냄새와 연기로 가득 차 있고, 오직 한국 사람들만이 그곳에서 꿋꿋하게 술을 마시고 고기를 구워 먹으며 저녁 식사를 즐기는 신세계를 경험할 수 있었다.

나는 이곳에서 우연히 만난 총 7명의 동행과 함께 내일 아침 융프라우를 가기로 했다. 갑작스럽게 내일의 일정을 짜게 된 오늘이다. 이런 게 일정 없는 여행의 묘미지.

혼자보단 둘이 낫고

어제 저녁식사를 함께했던 7명의 용사와 함께 우르르 융프라우를 향한 여정을 떠났다. 아무리 날씨가 춥더라도 융프라우 하면 당연히 한복이지, 라고 내 마음을 다독이고선 한복 위에 두루마기, 패딩으로 완전무장을 하고 나서야 길을 나섰다. 융프라우에 가기 위해서는 여러 가지 교통 패스가 있었지만, 나는 그중에서 스노보드까지 탈 수 있는 VIP 패스 이틀 권을 끊었다. 나는 아직도 보드에 목마르다.

그린델발트를 거쳐 융프라우를 향해 쉼 없이 나아가는 기차는 산 중심부를 관통하며 끝없이 이어져 있는 터널 속을 거침없이 올라갔다. 이러다 우주까지 가는 건 아닌가 싶었다.

시간이 지나고 기차가 산 정상을 향해 올라가면 올라갈수록 나의 몸은 무언가 이상신호를 보내왔다. 머리는 어지럽고 숨은 가빠 오고 점차 무거워지는 몸뚱이에 아무것도 하고 싶지 않았다. 아, 기억난다. 이 느낌은 고산증 증세다. 이전에 하와이 마우나케아 전망대에서 느껴 봤던 그 고통을 지금 이곳에서 동일하게 느끼고 있는 것이었다. 고산증이란 높은 고도에서 산소가 부족해지며 발생하는 것으로 압력이 낮아져 뇌가 팽창해 두통이 생기거나 어지럼 증세, 구토 증세를 동반하는 것을 말하는데 이곳에서 고산증세를 느낄 줄이야. 어떠한 정보도 알아보지도 않고 마냥 동생들의 뒤만 쫄래쫄래 따라온 나. '비아그라라도 챙겨 왔어야 하는 건데.'라고 생각했지만, 후회는 아무리 빨라도 늦다. 하지만 만

약에 나 혼자 이곳에 왔었더라면 당연히 뒤도 돌아보지 않고 정상에 있는 정류장에 도착하자마자 곧바로 '포기!'를 외치고서 숙소로 돌아갔겠지만, 같이 간 사람들 손에 붙잡힌 덕분에 곧바로 내려가지도 못하고 융프라우의 이곳저곳을 끌려 다녔다. 그 누구도 나처럼 힘들다고 말하지 않았다. 역시 20대와 30대의 몸은 달랐다.

금강산도 식후경이라 했던가. 일단 오자마자 먹었다. 라면. 나도 먹어 봤다. 융프라우 푸라면. 배가 고파서 단 두 젓가락 만에 코딱지만 한 컵라면은 끝이 났고, 얼마나 허기가 졌는지 우리는 모두 라면을 마파람에 게 눈 감추듯 해치우고서 융프라우 최정상 전망대로 향했다. 그리고 나의 몸 상태도 여전히 안 좋았다.

내가 웃는 게 웃는 게 아니다. 춥고 배고프고 잠오고 힘들고. 아, 고달프다. 이런 게 인생이란 것인가. 하기 싫은 일을 하면서 환하게 웃을 수 있을 때. 그럴 때라야 진정한 어른이 되는 것인가. 그렇다면 나는 이날 진짜 어른이 되었다. 아마도.

남들 다 찍는 장소에서 나도 인증샷을 찍었다. 날씨가 진짜 추웠다. 정말 엄청 추웠다. 리기산 정상에서 맞았던 칼바람 뺨칠 정도로 추웠다. 하지만 우리는 의지의 한국인. 다 같이 춥다고 부들부들 떨고 있으면서도, 자신들의 손을 녹여 가며 차례차례 서로의 사진을 열정적으로 찍어 주는 우리. 리기산 정상에 혼자 있을 때 그렇게 견디기 힘들고 죽을 것 같던 순간보다 지금 융프라우가 73배는 더 힘들었지만 느낌이 달랐다. 바토무슈에서 부들부들 떨며 사람들과 함께 파리의 야경을 구경하고 있던 나. 지금의 융프라우에서 꽁꽁 얼어 있는 손을 녹여 가며 웃고 있는 우리들의 모습. 그리고 홀로 쓰러져 있던 리기산 정상에서의 나의 모습들이 불현듯 머릿속에서 겹쳐지기 시작했다. 혼자보단 둘이 낫고 둘보단 더 많은 사람이 좋은 것 같다. 그리고 우리 모두는 꽁꽁 얼어 있는 두 손을 마주 잡고서 융프라우에서 하늘 높이 날아올랐다.

우리는 불굴의 한국인이다.

꿈

보드를 타러 나 혼자 갈 뻔했지만, 어젯밤 저녁을 먹으면서 식당에 있는 모든 사람에게 열심히 치근대며 보드를 타러 가자고 찔러보다 스키를 타는 동생을 만날 수 있었고, 다음 날 같이 융프라우로 보드를 타러 가기로 약속했다.

오늘은 온종일 보드를 탈 수 있기에 아침 일찍부터 그린델발트로 향했고, 렌탈을 하고 어제와 같은 루트를 거슬러 올라 융프라우에 있는 슬로프로 향했다.

과연 융프라우의 슬로프는 마테호른과 얼마나 다른 느낌을 나에게 선물할까? 라는 기대감에 가장 기본적이고 유명한 22번 슬로프를 따

라 내려갔다. 처음에 슬로프를 타고 내려가는 느낌은 한국에 있는 보통 스키장과 비슷했지만, 뭔가 눈 위로 미끄러져 가는 감촉이 조금은 다른 것만도 같았다. 여기서 가장 중요한 사실은 보드를 타기에는 마테호른보다 이곳 융프라우가 백만서른 마흔다섯 배는 좋은 느낌이라는 것. 아무튼 조금씩 감을 잡으며 속도를 높여 가던 중 나는 깜짝 놀라 소리를 지를 뻔했다, 가 아니라 진짜로 크게 비명을 질렀다.

이제까지 꿈속에서나 상상했던 스위스의 슬로

프가 내 눈앞으로 펼쳐졌다. 울창하게 솟아오른 소나무 위로 켜켜이 쌓여 있는 눈들은 서로 어깨동무한 채로 모든 나무들에 뒤덮여 있고, 숲 사이로 올곧게 나를 인도하는 새하얀 눈길. 나의 주위에는 아무도 없었고, 오직 눈과 보드가 부대끼며 스삭거리는 소리와 귓가를 스치며 지나가는 바람만이 존재했다. 이곳의 모습은 마테호른의 슬로프와는 비교조차 할 수 없을 정도로 아름다운 풍경의 연속이었다. 바람에 따라 일렁이는 소나무들의 손짓과 더불어, 쉼 없이 밀려드는 감동의 파도에 밀려 눈이 시리도록 차가운 구름 위를 둥둥 떠다니며 천천히 산책하는 듯한 지금의 기분.

언제까지 내려갔을까? 한참 동안 산허리를 타고 밀려 내려가도 끊임없이 이어지던 숲길의 끝자락에서, 나는 안데르센 동화 속의 일러스트들에서나 마주할법한 풍경을 현실로 맞닥뜨렸다. 산등성이마다 알알이 박혀 있는 자그마한 집들은 나에게 손짓하며 이리 와서 따뜻한 커피 한 잔 하고 가라는 듯 보이는 수많은 굴뚝에서 쉼 없이 연기를 내뿜었고, 나의 눈동자 속으로 비치는 모든 세상에 진정으로 감사함을 느낄 수 있었다.

지금 이 순간 나는 진심으로 살아 있음을 느끼고 격렬한 만족감과 행복함에 빠져들어 헤어 나올 수가 없었다. 눈앞에 펼쳐져 있는 현실을 더는 감당하지 못하고 눈밭 위에 널브러져 있는 나를 환하게 비추고 있는 태양은 내 마음을 더욱더 뽀송뽀송하게 만들었고, 이것이 꿈이 아니라 현실이라는 것을 확인시켜 주려는 듯 더욱 격렬하게 나의 얼굴 위로 햇살들을 쏟아 냈다. 티브이나 영화가 아니라면 꿈속에서나 볼 수 있었던 이곳. 과연 이 꿈의 세계에 내가 올 수 있을까? 라고 생각했던 적이 있다. 지금 잠을 자면 꿈을 꾸고, 지금 공부를 하면 꿈을 이룬다, 라고 했던가. 이 말을 살짝 바꿔 본다.

—지금 잠을 자고 지금 꿈을 꾸고 지금 당장 그 꿈을 향해 움직여라.

내 소원은 제발 하루만 못생기는 것

아직 번지점프도 한번 해 보지 못한 '나'이지만, 스카이빙만큼은 절대적으로 경험해 보고 싶었다. 놀이기구를 엄청나게 좋아하는 나는 옛날 상상원정대라는 티브이 프로그램을 보면서 연예인들은 일반인들이 쉽게 경험할 수 없는 엄청나게 좋은 것들을 경험하면서 돈도 많이 벌 수 있는 직업이구나, 라고 생각했다. 한때 상상원정대에 출연하고 싶다는 생각만으로 연예인을 꿈꿨던 적도 있을 정도니까.

아무튼 유럽에 와서 스카이다이빙을 꼭 하고 말리라고 다짐하고 또 다짐했었다. 그리고 스카이다이빙 포인트는 스위스와 체코 두 곳이었지만, 스위스는 비싸기에 체코에서 스카이다이빙을 하려고 했으나 체코에서의 스카이다이빙 시즌이 끝났다는 말을 듣고 어쩔 수 없이 스위스에서 스카이다이빙을 하기로 마음먹었다.

그리고 오늘은 그렇게 기대하던 스카이다이빙을 하러 가는 날. 스위스에서의 스카이다이빙 선택지는 두 곳. 헬기를 타고 융프라우를 바라보면서 뛰느냐, 아니면 경비행기를 타고 올라가 강가를 바라보며 뛰느냐. 가격 차이는 조금 났지만, 언제 또 헬기를 타고 융프라우를 바라보며 스카이다이빙을 할 수 있겠냐, 라는 생각에 헬기를 선택했고, 픽업을 오기로 한 시간에 맞춰 로비에 앉아 두근거리는 마음을 부여잡고 커피를 마시며 저 멀리서부터 밀려오는 구름과 시선을 마주했다.

처음에 했던 약속과는 다르게 시간은 계속해서 30분씩 딜레이가 되었고, 스카이다이빙에 대한 초조함보다는 날씨가 좋지 못해 취소되면 어떻게 하나, 라는 불안감이 나의 마음을 더욱 불편하게 만들었다. 오늘 날씨도 그리 좋지는 못했지만, 내일부터는 눈이 온다는 일기예보 덕분에 만약 오늘 스카이다이빙을 하지 못한다면 나는 두 번 다시 스카이다이빙에 도전하지 못할 수도 있다, 라는 생각이 나의 숨통을 옥죄여 올 때쯤 약 1시간 30분의 기다림 끝에 저 멀리 내 눈에 들어오는 봉고차 한 대. 그 차의 양옆에는 아주 커다랗게 스카이다이빙을 하는 사람의 모습이 프린팅되어 있었다.

"미안. 오래 기다렸지? 빨리 가자!"

나는 괜찮다, 나는 괜찮다, 라고 수없이 되뇌며 부들부들 떨려 오는 손을 꼭 부여잡고 죽어도 괜찮다는 서약서에 사인을 했다. 나를 보며 씽긋 웃는 그녀. 그녀의 안내에 따라 우리는 스카이다이빙복으로 옷을 갈아입었다. 나는 인증샷을 찍을 겨를도 없이 간단한 교육을 마치고 다시금 봉고차에 몸을 싣고 헬기장으로 떠났다. 긴장감과 흥분감으로 나의 온몸은 사시나무 떨듯 덜덜 떨려 왔고, 나는 계속해서 무섭지 않다, 세뇌하듯 머릿속에 그 한마디를 되뇌며 하늘에서 나의 목숨을 책임져 줄 제임스에게 조심스레 먼저 말을 걸었다.

"너는 스카이다이빙 몇 번이나 해 봤어?"

"나는 2천 번. 걱정하지 마. 너를 죽이지 않을게."

우리는 헬기장에 도착했지만, 그곳은 아래쪽보다 더욱더 짙은 안개로 자욱했고, 나의 마음이 허무함의 나락으로 빠져들려는 찰나, 우리의 인솔자는 어디선가 걸려오는 전화를 받고서 우리를 다시금 차에 태웠다. 이대로 다시 숙소로 돌아가는 것은 아닌가? 불안감에 휩싸여 있던 나는 다시금 제임스에게 물었다.

"우리 어디로 가는 거야?"

"이제는 진짜 스카이다이빙을 하러 갈 거야. 즐겨."

지금껏 안개 속을 헤매던 우리가 도착한 곳은 산과 산 사이에 있는 아주 넓은 주차장이었고, 그곳에서 구름 한 점 없는 파란 하늘이 우리를 반기고 있었다. 잠시 후. 나의 몸이 추위 덕분에 완전히 굳어 갈 때쯤 멀리서 굉음을 내며 이곳으로 날아오는 한 대의 헬리콥터. 헬리콥터를 바라보던 제임스는 나에게 물었다.

"준비됐어?!"

"아니!!!"

헬기를 타고 이동하는 동안 주변의 경치는 고사하고 아무것도 제대로 보지 못했다. 눈은 경치를 보고 있지만, 나의 머릿속에서는 '아 괜히 탔다'라는 생각 말고 아무런 생각도 들지 않았다. 지금이라도 뛰지 않겠다고 말해야 하나? 라는 생각이 나의 심장을 더욱 미치게 했고, 오줌이라도 지리면 어떡하지? 라는 불안감이 나를 옥죄어 올 때쯤 대기권을 뚫고 태양에 맞닿을 때까지 올라가려는지 한참이나 하늘 높이 날아오르던 헬리콥터가 더 이상 움직이지 않았다. 그리고 기장이 손짓으로 뛰어내리라는 신호를 보냈다. 너와 나 사이의 연결고리는 달랑 4개. 나의 하나뿐인 목숨이 너와 나의 어깨에 고정되어 있는 그 4개의 고리에 달려 있다니.

나는 예고도 없이 확 젖혀지며 열리는 헬기의 문을 멍하니 바라보고 정신줄을 놓아 버린 듯 내려 달라며 소리치고 싶었다. 제임스도 나의 그런 마음을 알았는지 헬기 밖으로 나를 내려 주기 위해 한 발 한 발 허공에 떠 있는 발판 위로 나를 밀쳐냈고, 나는 타의적으로 밀려 나가는 나의 발을 바라보지도 못한 채 꼭두각시처럼 제임스의 등쌀에 밀려 약 4,000m 상공 위에서 대롱대롱 매달려 있었다. 빨리 뛰어내리지 않으면 너를 갈아 마셔 버릴 거야, 라고 말하는 듯 퍽퍽 돌아가는 헬리콥터의 날갯짓에 나는 손을 들어 말해ㅆㅣ 아빠야 추ㅔ발ㄷ미ㅏ 처미ㅏ ㅓ ㅇ냬체 끼야아 엄마!

추락하는 것에는 진정으로 날개란 없었다. 나는 나의 겨드랑이 사이가 가렵지도 않았고, 그 순간 내가 할 수 있는 일이라고는 정말 아무것도 없었다. ○○○○○○○○○

솔직히 말한다는 표현을 별로 좋아하지 않는다. 평소에 얼마나 거짓말을 많이 했다면 앞에 '솔직히'라는 말을 붙여야 할 정도로 '이번에 내가 하는 말은 진실한 것이다.'라고 어필을 해야 한다는 것인가? 아무튼 스카이다이빙에 대해 솔직히 말하겠다. 언젠가 다시 한 번 더 도전할 기회가 생긴다면 지금보다는 훨씬 더 잘할 것 같은? 더욱 더 재밌게 그 기분을 즐길 수 있을 것 같은 느낌이 들었다. 고글 사이로 밀려들어 오는 바람에 날아가 버린 렌즈 덕분에 지구가 나를 끌어당긴다는 느낌을 제대로 느껴 보지 못했고, 온통 내 얼굴이 카메라에 어떻게 나올까만 신경이 쓰였다. 하지만 막상 뛰고 나서 동영상을 확인하니 그러한 생각은 정말 부질없는 걱정이었다. 그리고 어차피 내 소원은 제발 하루만 못생기는 것. 나는 맨날 못생겼으니까.

각설하고 결론은 어차피 못생긴 얼굴 신경 쓰지 말고 비싼 돈 주고 하는 경험, 그 경험에나 집중하는 게 좋다, 라는 것. 혹시 나의 글을 읽고 스카이다이빙을 시도해 보려는 사람이 있다면 꼭 기억하라. 어차피 못생겨지니까 아무것도 신경 쓰지 말자. 아참. 참고로 오줌은 안 쌌다. 진짜다.

잊을 수 없는 선물

아침에 일어나 한참을 침대 위에서 뭉그적거리다가 이전에 체르마트를 보러 가면서 봤던 멋있는 다리가 생각이 났다. 혼자서 그 다리를 보러 향했지만, 결국은 다리 위에 올라가 보지도 못하고 다시 숙소로 돌아왔다.

어차피 오늘의 메인이벤트는 JASS 쇼였다. 호스텔 안을 하도 발발거리며 돌아다닌 덕분에 호스텔에서 일하는 스태프들의 눈에 잘 띄었는지, 한 스태프가 로비에서 방황하던 나를 불러 SRF 방송국에서 진행하는 쇼에 가 볼 생각이 없냐고 말을 걸었고, 이것은 JASS 쇼라는 스위스 전통 카드게임을 촬영하는 방송으로서 인터라켄에 있는 카지노에서 진행되는 행사란 설명을 듣게 되었다. 처음에 말을 듣고 갈까 말까 고민하던 중, 설마 이렇게 사랑스러운 나에게 좋지 않은 것을 추천해 주겠냐는 생각으로 별다른 기대 없이 승낙했다.

　오늘의 초대에 응한 사람은 나를 포함해서 총 5명. 우리는 함께 시간에 맞춰 어마어마한 눈보라를 뚫으며 행사장이 준비된 카지노로 향했다. 당연히 별것 아니겠지, 라고 생각하며 카지노에 들어서는데, 후줄근한 옷을 입고 있던 우리들의 팔에는 VIP라고 적힌 금빛 팔찌가 채워졌고, 카지노 안은 이미 많은 사람으로 가득 차 있었다. 그리고 비어 있는 단 한 자리. 현장 스태프의 안내를 따라가던 우리는 설마 설마하며 조용히 이야기했지만, 설마가 사람을 잡는다고 했던가. 그 스태프는 메인 무대 바로 앞에 마련된 테이블로 우리를 안내했다. 잠시 후 촬영이 시작되었고, 그곳에 초청된 게스트들은 스위스 축구 국가대표 선수였다가 감독이 된 사람, 스위스의 국민가수, 스위스의 핀업걸, 올림픽 육상금메달리스트 등등 우리는 알지 못했지만 인물 소개 영상만 보더라도 정말 유명한 사람들임을 단번에 알 수 있었다. 우리를 초청했던 프로그램 MC 또한 스위스에서는 거의 우리나라 유재석 급의 사람인 듯했다.

　태어나서 두 번째로 차게 된 VIP 팔찌. 역시 때때로 남의 말을 잘 들을 필요는 있다. 이렇게 스위스는 나에게 잊을 수 없는 선물을 줬다. 고마워 스위스야.

아무것도~

하늘에 구멍이라도 난 듯, 어제부터 지금까지 엄청나게 눈이 내린다. 당연히 이런 날은 사람들과 함께 옷을 단단히 챙겨 입고 밖으로 나가 하늘에서 떨어지는 새하얀 눈을 맞으며 입을 벌려 먹어도 보고 눈싸움도 하고 눈사람도 만들며 분위기를 즐기면 안 된다. 이런 날은 숙소에 있는 테라스에 가만히 앉아 맛있는 커피를 마시고 창밖으로 떨어지는 똥 덩어리들을 바라보며 차분하게 휴식을 취해야 하지만, 내가 가지고 있는 플렉시블 패스에 이용해야 할 날이 너무도 많이 남아 있었기 때문에 어쩔 수 없이 최대한 걷지 않고 구경하고 올 수 있을 만한 호수를 지도에서 선택한 뒤 똥 덩어리들을 맞으며 길을 떠났다.

스위스 여행자들은 이곳의 물가가 비싼 이유가 모든 것들에 경치를 구경하는 요금이 포함되어 있기 때문이라고 맞는 듯 맞지 않는 우스갯소리를 하곤 했다. 그리고 내가 스위스를 돌아다니면서 느낀 것은 '그냥 어딜 가나 전부 다 멋있다.'라는 것이다. 특별히 멋있는 경치와 풍경을 보기 위해 어딘가를 찾아다니지 않아도 단순하게 밖으로 나와 돌아다니는 것 하나만으로도 충분히 멋있다, 라는 느낌을 즐길 수 있었기 때문이다.

기차는 어느덧 목적지에 도착했고, 나는 역에서 나와 케이블카를 타는 곳을 찾아 사방을 두리번거렸다. 기차역에서 나오자마자 케이블카를 타고 산을 넘어가면 호수를 볼 수 있다는 말에 이곳으로 오게 되었지만, 사방을 둘러봐도 내 눈에는 케이블카 탑승장이 보이지 않았고, 구글맵으로 검색을 해 보니 역에서부터 약 1㎞ 떨어진 곳에 있는 탑승장. 가만히 서서 하늘을 바라보고 한숨 한 번 푹 내쉬고 역 밖으로 한 발짝 나가 섰다. 밖으로 나오자마자 힘내라는 듯 나의 어깨 위로 토닥거리며 떨어지는 똥 덩어리들. 하아—
거리를 거니는 수많은 사람이 스키를 타고 나의 곁을 스치며 지나간다. 케이블카를 찾으러 가는 중에 만난 아주 넓은 공터에도 스키를 타는 사람들을 아주 쉽게 마주칠 수 있었다. 이곳에 사는 사람들은 겨울 스포츠를 접하지 않으려야 않을 수 없겠다, 라고 생각하며 스키를 타고 나에게서 빠르게 멀어져만 가는 사람들을 부러움에 가득 찬 시선으로 바라봤다. 나도 스키 탈 줄 아는데.

한참 동안 걷는 듯 미끄러지는 듯 눈밭을 헤치며 케이블카 탑승장에 도착했지만, 케이블카 운행은 멈춰 있었고, 운행기간은 11월까지였다고 친절하게 적혀 있었다. 하지만 나는 아쉽지 않았다. 그냥 그랬다. 하늘 한 번 쳐다보고, 땅 한 번 바라보고 한숨 한 번 푹 쉬고서 뒤로 돌아 걸어왔던 길을 거슬러 올라 다시금 기차역으로 향했다.

멋들어지게 눈밭 위를 뒹굴며 눕고 싶었지만, 나는 심각한 쫄보라서 혹시나 아플까 봐 비스듬히 누우며 눈밭 위를 뒹굴뒹굴했고, 빙글빙글 돌아도 보았다. 그냥 이렇게 이 자리에 있을 수 있다는 것 자체가 나에게는 너무나도 행복한 시간이었다. 보려고 했던 호수도 보지 못했고, 특별하게 한 것도 없는 오늘이었지만, 지금의 시간에 이곳에 내가 머무르고 있다는 사실 하나만으로도 나에게는 충분히 아름다운 순간이었기에.

밀려오는 석양을 바라보며 나는 기차를 타고 호스텔로 향했다. 오늘 아침 일찍 숙소를 나선 동생이 침대 위에 누워 있는 나를 보고 물었다.

"형. 오늘 뭐 했어요? 밖에 안 나갔어요?"

여전히 같은 복장으로 숙소에서 뒹굴뒹굴하고 있는 내가 신기하고도 이상한지 나를 보며 깜짝 놀란 얼굴로 묻는 동생. 나는 그 동생의 얼굴을 바라보고 씨익 웃으며 대답했다.

"아무것도~"

인터라켄에서의 마지막 날이다.

자연의 모습

스위스는 총 4가지의 언어를 사용한다. 독일어, 프랑스어, 이탈리아어, 레토로망스어. 인터라켄은 독일어를 사용하는 스위스이고, 루가노는 이탈리아어를 사용하는 스위스이다. 나는 베네치아로 이동하기 위해 인터라켄을 떠나 기차를 타고 루가노로 향했다.

꿈만 같았던 스위스에서의 일정이 모두 끝난 것 같았다. 물론 아직 루가노에서의 시간이 남아 있기는 했지만, 이제는 휴식을 좀 취해야겠다는 생각에 아무런 계획도 세우지 않았다. 뭐 지금까지의 여정도 아무런 계획이 없기는 했지만.

이제 루가노로 이동을 하면 사용하는 언어가 달라지기 때문에 지금까지 봐 왔던 스위스와는 전혀 다른 분위기의 스위스를 볼 수 있다고 사람들이 말했으나, 나의 관심 밖이었다. 어쨌든 지금까지 루체른과 인터라켄에 머무는 기간 동안, 내가 만일 스위스에 간다면 하고 싶어 했던 모든 일들을 하나도 빠짐없이 경험할 수 있었다. 아니 그 이상의 것들을 경험했다. 지금 당장 무엇이 남았다, 라고 뚜렷하게 이야기할 수는 없지만, 알프스의 대표적인 2개의 산맥을 가르며 보드도 타 봤고, 알프스를 품고 있는 하늘 위에서 뛰어도 내려 봤다. 스위스의 유명 인사들과 함께 사진도 찍었고, 눈 내리는 알프스의 품에 안긴 채 눈밭에 누워 하늘을 바라도 보고, 조심스레 나의 온몸을 덮어 오는 눈을 맞으며 잠잠히 머물러도 봤다. 그리고 허구한 날 기차를 타고 창밖으로 스쳐 가는 경이로운 자연

의 장엄한 풍경들을 바라보며 노래도 들었다. 분명한 것은 아쉬움이 전혀 없는 시간이었다는 것. 그리고 먼 훗날 다시 오게 될 스위스에서 지금과는 다르게 눈이 모두 녹아 있는 모습을 본다면 과연 어떤 기분일지, 어떠한 풍경을 만날 수 있을지에 대한 기대감으로 벅차오르며 나의 심장은 다시금 쿵쾅대기 시작했다.

이런저런 생각들에 빠져 있던 나는 어느덧 루가노에 도착했다. 기차에서 내리기 전, 56일 동안 나의 곁을 떠나지 않은 가방과 삿갓의 인증샷을 찍은 후 루가노를 만나러 서둘러 역을 나섰다.

스위스 사람들의 휴양지라고도 불리는 루가노는 하늘에서 떨어지는 똥 덩어리들로 이미 뒤범벅이 되어 있었고, 나는 어서 숙소에 들어가 휴식을 취하고 싶다는 마음에 서둘러 버스를 타고 호스텔로 향했다. 이번의 숙소는 산중턱쯤에 있었지만 버스를 타고 한 번에 도착할 수 있었다.

체크인한 후 짐을 풀고 침대 위로 나의 몸뚱이를 던져 넣었다. 침대도 푹신푹신하니 아주 흡족했다. 그리고 카운터에서 말하길, 오늘은 나 혼자 이 방을 쓴다고 했다. 나는 오랜만에 모든 옷을 훌러덩 벗어 던지고 순수한 자연의 모습으로 돌아갔다. 행복했다. 오늘은 루가노에서의 첫날이다.

오늘은 아무것도 하지 않았다

오늘은 아무것도 하지 않았다. 간단하게 호스텔 안을 둘러본 게 전부. 집 앞에 있는 마트에 가서 요리할 재료만 사고서 다시 호스텔로 돌아왔다.

오늘의 가장 중요한 일정은 거리를 흐느적거리는 것이 아닌 침대에서 뒹굴뒹굴하기. 그런데도 온종일 심심하지가 않았다. 아마 몸이 많이 지쳤었나 보다, 라고 생각할 수도 있지만 나는 그냥 뒹굴뒹굴하기를 좋아한다는 것이 더 정확한 표현인 것 같다.

오늘은 루가노에서, 그리고 스위스에서의 마지막 날. 내일이면 드디어 또 다른 나의 꿈의 도시 베네치아로 이동을 한다.

얼마나 멋있을까, 베네치아는 나의 기대감을 얼마나 충족시켜 줄 수 있을까 따위를 생각하며 창문 너머 가로등 불빛 덕에 반짝이며 떨어지는 눈송이들을 멍하니 바라보았다. 이렇게 스위스에서의 마지막 밤이 흘러간다.

베네치아의 상인

아름다운 호수의 도시 루가노는 끝끝내 자신의 세련됨을 나에게 허락하지 않았고 짙게 깔린 물안개 속으로 멀어져만 갔다. 나를 태운 기차는 철로 위를 열심히 달려 밀라노를 지나고 어느덧 바다 사이에 놓여 있는 철길 위를 달리기 시작했다. 지금껏 기차를 타고 어마어마하게 긴 해저터널도 지나 보고, 절벽 옆도 달려보고, 산꼭대기까지 연결되어 있는 터널도 달려 봤지만, 이제는 바다를 가로지르며 지어져 있는 철길 위를 달리는 기차까지 타 보는 나. 마지막으로 세상에서 제일 긴 철길만 달리면 나는 세상에 있는 모든 종류의 철길들을 달려 보는 건가? 라는 생각을 하며 나의 신혼여행에 최우선 순위, 꿈에 그리던 도시, 물과 곤돌라의 도시 베네치아에 도착했다.

기차에서 내린 후 수상버스 표를 사고서 역사 안을 이리저리 둘러보

다 어느 순간 나를 이끄는 진득한 바다내음에 이끌리어 역 밖으로 나와 드디어 마주하게 된 베네치아. 나는 지금껏 머릿속으로 무엇을 기대했었던 걸까? 막상 나의 눈으로 마주한 베네치아는 특별한 낭만도 없었고, 이곳만이 간직한 아름다움도, 별다른 감흥도 느껴지지 않았다. 처음 기차에서 내린 후 느꼈던 특유의 시원한 바다내음은 불쾌한 물비린내로 변한 지 오래. 하늘을 날아다니며 기분 나쁜 비명을 질러 대는 갈매기들의 노랫소리 덕분에 부둣가가 함께 붙어 있는 역 앞 광장은 더욱 칙칙한 모습으로 변해 갔다.

뭘까. 왜 그럴까. 곰곰이 생각하다 일단 짐을 풀기 위해 호스텔로 이동하는 수상버스에 올랐다.

나의 숙소는 본섬이 아닌 본섬을 거쳐서 가야만 하는 주데카 섬에 있었고, 다른 건 몰라도 수상버스만큼은 질리도록 탈 수 있는 위치임이 분명했다.

호스텔에 도착하여 16인실 도미토리에 짐을 풀고, 근처에 있는 식당에서 햄버거로 간단히 끼니를 때웠다. 그리고 할 일도 없던 터라 잃어버린 나의 낭만을 찾기 위해 수상버스를 타고 다시금 본섬으로 향했다.

해가 진 베네치아의 골목들 사이로 무거운 어둠이 내리고, 여러 상점에서 흘러나오는 희미한 조명들만이 으슥한 골목길을 간간이 비추고 있다. 배를 타고 오며 잠시나마 기대를 걸었던 혹시나는 어느덧 역시나로 변해 있었고, 나의 상상 속에서 그려졌던 베네치아와는 전혀 다른 느낌의 분위기가 이 도시를 더욱 흉물스럽게 만들어 갔다. 사방을 흐느적거

리며 둘러본 자그마하고 아기자기한 골목길들에는 이곳의 모습과 분위기에 전혀 어울리지 않는 명품 숍과 여러 장신구를 파는 보석상들만 가득했고, 낭만이 살아 숨 쉬는 분위기라기보다 하나의 거대한 쇼핑몰 단지처럼 보이는 베네치아. 베네치아의 골목길을 걷는 나의 발걸음에는 진득한 아쉬움만이 묻어났고, 내가 꿈꿔 왔던 베네치아에는 오로지 상인들만 가득했다.

만약 여행의 시작이 베네치아였었다면 지금과는 전혀 다른 기분이 들었을까? 지금껏 여러 나라를 거쳐 왔기 때문에 이곳에서 특별한 감흥을 느끼지 못하는 걸까? 라는 생각들을 하며 뒤돌아 본섬에서 멀어져 갔다. 베네치아에서의 첫날이다.

부라노, 오 무라노

스위스에서 만났던 동생들과 베네치아에 관해 대화하던 중 부라노섬에 대한 이야기를 듣고 나서 나는 절대로 부라노섬만은 가지 않을 것이라고 다짐했었다. 코웃음을 치며 "베네치아까지 갔는데 알록달록한 건물들을 봐서 뭐 하나?"라고 말했었다. 허나 베네치아에서 내가 할 수 있는 일이라고는 부라노섬을 가는 것 말고는 아무것도 없었다.

아침 일찍 거리를 걸었다. 파도는 흘러가는 흰 구름들을 휘감기라도 할 듯 세차게 밀려왔고, 물안개는 바람을 타고 흐르듯 나에게로 떠내려오며 나의 발등을 덮고, 거리를 덮고, 눈앞으로 보이는 모든 것들을 어렴풋하게 만들어 갔다. 나름 몽환적인 분위기로 나를 맞아 주는 베네치아의 아침이었지만, 나는 햇빛을 원한다. 피어나 있는 물안개들을 모조리 불사르며 강렬하게 타오르는 햇빛이 있어야 건물과 한복의 색감이

도드라지게 나타나는데 이건 뭐. 어찌 됐건 날씨
가 추울지도 모르기에 한복 안에 긴 라운드 티와
두루마기까지 단단하게 챙겨 입고 길을 나섰다.

나는 무라노섬에서 배를 갈아타고 한참을 더 이
동한 뒤에야 부라노섬에 도착할 수 있었다. 하지
만 그곳의 상황도 아침과 마찬가지로 짙은 안개
에 뒤덮여 있었고, 햇빛은 비칠 기미조차 보이지
않았다. 알록달록 빛이 나야 할 건물들은 살짝 무
겁게 가라앉은 색이었지만, 그렇다고 내가 뭘 어
찌할 수는 방법은 없었다.

부라노섬에 있는 건물들이 왜 알록달록한 색으
로 칠해져 있는지에 대해 같이 간 동행에게 이야
기를 전해 들었다. 예전부터 부라노섬에 사는 사
람들은 고기잡이로 생계를 이어 가고 있었다. 고
기를 잡으러 한번 바다로 나가면 오랜 시간 동안
섬으로 돌아오지 못했고, 고기잡이를 마치고 집
으로 돌아온 어부들은 자신의 집을 잘 기억하지
못해 한참이나 거리를 헤맸다고 한다. 그래서 한
어부가 자신의 집을 한눈에 기억하기 쉽도록 알
록달록한 색으로 칠하던 것이 지금에까지 이어
져 이제는 하나의 관광지처럼 변하게 된 것이라
는 참으로 슬픈 이야기였다.

어쨌든 날씨가 흐려서 건물들의 색감이 뚜렷하
게 보이지는 않았다. 만약 햇빛이 쨍한 날이었다
면 건물들과 한복의 사진이 더 예쁘게 나왔을 텐

데, 라는 아쉬움도 있었지만 사진은 역시 후보정이 최고다. 그리고 사진들을 한 군데 모아서 보니 나름 괜찮은 것도 같았다. 언제나 하는 말이지만 갈까 말까 할 때는 가라.

부라노섬 구경을 마치고 다시금 배를 타고 무라노섬으로 와서 약 5분 정도 유리공예품들을 구경하고 숙소로 돌아왔다. 밥을 먹고 멍하니 침대 위에 누워 있다가 답답함을 느끼고 밤거리로 나왔다. 해가 지고 난 뒤 어둠은 바다 위로 두껍게 덮여 있고, 밤안개가 끈적거리는 파도와 부딪히며 짙게 엉기어 있다. 한참 동안 길을 걷다 저 멀리 가로등 불빛이 이르지 못한 골목 사이마다 고여 있는 아쉬움들을 바라본다. 하릴없이 골목들을 맴돌다, 다시금 물가로 걸어 나와 길가에 있는 벤치에 앉아 멍하니 바다를 바라보았다.

원래 나의 신혼여행지 부동의 1순위는 베네치아였지만, 아마 신혼여행으로 이곳을 오는 일은 없겠지. 아직 너와의 인연이 많이 쌓이지 않아 다시 볼 수 있을지 없을지는 모르겠지만, 인연이 이어진대도 또 보지 말자. 너무나 아쉬워서 더욱 더 속상한 베네치아였다.

그만 미워할게

오늘은 베네치아 본섬을 둘러보기로 마음먹었다. 그 말은 곧 엄청나게 걸어 다녀야 한다는 뜻.

오늘은 얼마나 걸어 다녀야 하는지에 대해 걱정부터 하자, 나의 두 다리는 '아직 걸어 보지도 않고 벌써 그런 걱정을 할 필요가 있습니까?'라고 말하는 듯 굵은 근육들을 움찔거리며 나에게 자신감을 심어 주려 했다. 허나 이미 구글 지도로 내가 가야 할 곳, 남들이 많이 가는 곳들을 체크해 놨던 터라 그깟 근육들의 움찔거림 따위로는 전혀 위로가 되지 않았다. 어쨌든 많은 시간과 노력을 들여서 최대한 수상버스로 이동하고 최소한의 걸음만을 걸으려 동선을 짜 봤지만, 역시나 어마무시하게 걸을 수밖에 없었다.

약 400개의 다리로 이어져 있는 118개의 섬. 섬들 사이사이로 나 있는 물길 위로 유유자적 떠다니는 곤돌라는 그 옛날 왕과 고위 귀족들이 술잔을 띄워 놓고 시를 읊으며 연회를 열었다던 포석정의 모습을 떠오르게 했다. 물길을 따라 흘러가는 많은 곤돌라 위에서 노를 젓고 있는 사공들

은 각자의 아름다운 목소리와 기교들을 뽐내며 사랑의 세레나데를 불렀고, 그 소리는 물길 옆 건물들과 부딪히며 잔잔한 파동과 함께 사방으로 퍼져 갔다. 그리고 그 노래를 들으며 쌍쌍이 혹은 여럿이 곤돌라에 앉아 꿀 떨어지는 눈빛으로 서로를 마주 보고 있는 사람들을 보고 있자니, 속에서 울화가 치밀어 올랐다.

'그래. 평생 그렇게 행복하게 살아라.'라고 축복 한번 해 주고 생각에 빠졌다. '나 혼자 베네치아에 와서 별론가?' 그래서 '다시는 혼자서 베네치아에 안 올 거야.'라고 다짐했다.

자랑스러운 솔로 부대의 일원으로서 최고의 명당자리에서 일몰을 구경하기 위해 다리 위에 수없이 밀집해 있는 커플들의 사이를 비집고 들어가 리알토 다리의 가장 좋은 자리를 차지하고 오늘의 석양을 마주했다. 온종일 하늘을 뒤덮고 있던 구름들도 이때만큼은 살짝 자리를 피해 주었다.

노을에 물들어 붉어진 수로 위로 빛살이 쏟아진다. 그 빛살들은 물길 위에 올곧은 자신만의 길을 만들어 갔고, 배들은 그 길을 따라 흘러가며 먹먹한 움직임들로 거대한 파문을 만들어 간다. 중심부에서부터 시작된 잔잔한 물의 주름들은 가장자리로 향할수록 그 떨림이 커져만 갔

고, 어느새 거리 위에까지 넘실거리며 이제는 내 마음에도 파르르한 진동을 전해 주었다.

세상을 살면서 무언가를 마주했을 때 사람이건 물건이건 모든 게 다 미운 적은 한 번도 없었다. 허나 극단적인 예로 99가지가 좋더라도 딱 하나의 좋지 않은 모습이 보인다면 모든 게 다 싫어지는 것이 사람의 마음이 아닌가 싶다. 나는 단지 베네치아의 몇몇 부분이 맘에 들지 않았던 것뿐인데, 오늘의 석양은 베네치아가 나에게 먼저 건네는 사과처럼 느껴졌다. 나에게도 이런 좋은 부분들이 많으니까 너무 미워하지만 말아 달라는 그런 의미의 사과랄까. 뭐 받아는 주겠지만 다시 오지는 않을 거다.

'베네치아야 딱 이 정도까지만 미워하고 그만 미워할게.'

베네치아에서의 마지막 밤이 지나간다.

쓰린 속을 달래는 법

어제 잠들기 전 인터넷을 뒤적거리다 물에 잠긴 산마르코 광장의 모습을 발견하게 되었다. 최근 해수면의 상승으로 인해 베네치아 전체가 물에 잠기는 새로운 광경을 볼 수 있게 된 것이다. 언젠가 해수면이 계속 상승하게 된다면 베네치아가 영원히 물속에 잠길 수도 있는 일이지만, 그 전까지는 물에 잠겨 가는 베네치아의 신비스러운 모습으로 인해 더욱더 많은 관광객들이 방문하지 않을까? 라는 생각이 들었다. 어쨌든 아침 일찍 일어나 프라하로 이동하기 위해 짐을 싸던 중, 혹시나 본섬에 간다면 물에 잠겨 있는 산마르코 광장의 모습을 볼 수 있지 않을까? 하는 생각에 서둘러 본섬으로 향했다.

여느 때와 마찬가지로 떠나는 날 날씨는 무척이나 화창했다. 나는 마지막 수상버스를 타고 본섬에 도착했다. 처음 베네치아에 도착하고 광장과 거리 곳곳에 쌓여 있는 발판 같은 것은 도대체 무슨 용도일까? 궁금했는데, 오늘에서야 그 용도를 정확히 알 수 있었다.

아마 조금 더 빨리 왔더라면 보르도의 거울광장과 같이 거대한 거울로 변한 산마르코광장의 모습을 볼 수도 있었을 텐데. 엄청 많이는 아니었지만 조금은 아쉬웠다. 근데 어쩌겠는가? 모르긴 몰라도 물에 잠긴 광장을 보기 위해 또다시 베네치아에 오지는 않을 것이다.

나는 물과 곤돌라의 도시 베네치아를 향한 많은 서운함들을 남겨 둔 채 마음 따뜻한 크리스마스를 보내기 위해 최근 SNS에서 핫한 도시 체코의 프라하로 향했다.

비행기를 타고 프라하 공항에 도착한 나는 정말로 깜짝 놀랐다. 스위스 백패커스를 제외하고 이렇게 많은 한국 사람들을 길거리에서 만난 적은 오늘이 처음이었다. 공항에서 버스를 타고 시내까지 가는 동안 주변에서 쉬지 않고 들려오는 한국어에 나는 진심으로 신기해할 수밖에 없었다.

근래 SNS에서 가장 핫한 관광지로 체코의 프라하가 자주 올라오는 것을 봐 왔지만, 아무리 그래도 이렇게까지 많은 한국 사람들이 있을 줄이야. 아무튼 나는 해외에서 처음으로 크리스마스를 보낼 도시로 프라하를 선택했다. 프라하를 선택한 이유는 크리스마스 마켓이 가장 크게 열리기도 하고, 물가도 다른 유럽에 비해 싸다는 이야기 덕분에 이곳을 선택하게 되었다. 또한 편안한 휴식도 취하고 여행에 새로운 활력도 얻고 재정비도 할 겸 한인 민박을 택했다.

내가 예약한 숙소는 일반 한인 민박과는 다르게 호텔 형식이었고, 나는 이곳에서 어떤 새로운 인연을 만날 수 있을까? 라는 설렘을 마음에 품은 채 체크인을 한 뒤 방으로 향했다. 엘리베이터는 나의 방이 있는 5층에 도착했고, 문이 열리자마자 복도를 가득 채우고 있는 아리따운 요정 같은 소녀들의 웃음소리가 들려왔다.

나는 발그레해진 볼을 두 손으로 비비적거리며 나의 수줍음을 진정시켰고, 내가 배정받은 방이 가까워질수록 조금씩 커지는 소녀들의 발랄한 웃음소리에 나의 입꼬리도 슬그머니 하늘을 향해 솟아올랐다. 나는 새로운 만남에 대한 기대감으로 한없이 설레어 오는 심장을 부여잡고 조심스레 방문을 열고 말했다.

"안녕하세요~"

문이 열리는 소리에 긴장했는지 순간 방 안에는 무거운 정적감이 흘렀다.

나는 이 분위기를 어떻게 띄워야 하나 고민하며 방 안으로 들어갔다. 조금씩 눈에 들어오는 방 안에서 나를 기다리고 있는 것은 불 꺼진 채 텅 비어 있는 침대들뿐. 자그마하게 들려오는 웃음소리에 귀 기울여 보니, 그 웃음의 주인공은 사랑스러운 소녀도 아니고 아리따운 아가씨도 아닌 옆방에서 들리는 나지막한 티브이 소리였나 보다.

밀려 나오려는 서글픈 울음을 속으로 삼키고서 밖으로 나왔다. 불 꺼진 프라하의 거리는 내 방만큼이나 적막했다.

프라하에서의 첫날. 나의 주린 속을 케밥으로 진정시키고 시원한 코젤 맥주로 나의 쓰린 속을 달랬다.

헬 파티

나의 숙소는 중심지와 조금 떨어져 있지만, 하나같이 조식이 정말로 맛있다는 사람들의 리뷰를 보고 이곳을 선택하게 되었다. 어디서나 그랬듯이 나의 기상시간은 조식이 끝나기 30분 전. 우렁차게 울려 대는 알람을 끄고서 침대에서 기어 나와 대충 옷을 주워 입고 식당으로 향했다. 뷔페식으로 준비된 조식은 내가 상상했던 것 이상으로 맛있었지만, 너무 늦게 내려왔는지 반찬들이 많이 남아 있지 않았다. 그래도 대충 접시들을 긁어서 맛있게 세 접시나 비운 뒤 내일부터는 조금 더 일찍 일어나야지 다짐을 하고 다시 방으로 올라와 침대 위에서 뒹굴뒹굴하기 시작했다.

얼마나 시간이 지났을까. 조금씩 고파 오는 나의 배를 부여잡고 생각했다. '나가지 않으면 먹을 수 없다.' 아무것도 하고 싶지 않았지만 어쩔 수 없이 먹기 위해, 살기 위해 밖으로 나와 첫 프라하의 속내를 마주했다.

프라하에서 먹는 나의 두 번째 음식은 소고기 타르타르. 나에게 한국의 육회 비슷한 음식이라고 베네치아에서 만났던 동행은 말했고, 나는 그녀에게 추천받은 식당으로 향했다. 식당은 이미 많은 사람이 긴 줄을 서 있어 한참 기다린 끝에 음식을 주문할 수 있었다. 그리고 나는 전혀 저렴하지 않은 금액으로 하나도 익지 않은 듯한 느낌의 함박스테이크와 세 잔의 맥주를 마셨다. 역시 낮술이 최고야, 라고 생각하며 살짝

알딸딸해진 몸을 이끌고 프라하의 낭만으로 빠져들기 위해 크리스마스 마켓이 열리는 광장을 찾아 떠났다.

규모 면에서는 유럽 내 세 손가락 안에 꼽힐 정도로 큰 크기를 자랑하는 프라하의 크리스마스 마켓은 말 그대로 헬 파티였다. 이곳은 뭐 구경을 할 수 있는 수준을 뛰어넘어 출퇴근 시간의 신도림역이나 눈치 게임에 실패한 에버랜드보다 더 많은 사람이 몰려 있었다. 그곳에서 나의 모습은 방파제에 들러붙어 밀려드는 파도의 흐름에 따라 이리저리 쓸려 다니는 가녀린 한 줄기의 미역 같았고, 나의 의사와는 전혀 상관없이 사방에서 쏟아져 나오는 사람들을 따라 광장 위를 둥둥 떠다니고 있었다. 한도 끝도 없이 밀려드는 인파에 용을 쓰며 그 자리를 벗어나려 발버둥 쳤지만, 나에게는 아무런 선택권이 없었다. 나는 이빨을 꽉 깨물고서 두 번 다시 이 광장에는 오지 않으리라고 다짐하고 또 다짐했다.

나는 광장에서 겨우 벗어나 한적한 골목길에서 흐느적거릴 수 있었다. 프라하의 거리에서도 공항에서와 마찬가지로 고개를 돌리기만 하면 한국 사람들이 눈에 띄었다. 이곳은 아직 나에게 그리 특별한 매력으로 다가오지 않았기에 왜 이렇게 많은 사람이 방문하는지 그 이유를 알 수가 없었다. 물가 또한 다른 유럽들에 비해서 그렇게 저렴하다고 느껴지지 않았다. 싸다고 느낀 것이라곤 슈퍼에서 파는 코젤맥주 정도? 근데 어디를 가나 맥주는 저렴하니까. 어쨌든 사람도 많고 물가도 별로 싸지 않은 프라하의 두 번째 날은 싸고 맛있는 코젤맥주와 함께 마무리되었다. 누구랑? 당연히 나 혼자!

일정 짜기

어제의 다짐대로 평소보다 훨씬 일찍 조식을 먹으러 식당으로 향했다. 10시 15분. 나는 정말로 부지런한 사람인 것 같다. 밥을 맛있게 먹고, 다시 방으로 돌아와 이불 속에 누워 핸드폰을 꺼내 들었다. 오늘은 정말 분주하게 움직여야 한다. 나는 세상에서 가장 편안한 자세를 찾기 위해 이리저리 몸을 꿈틀거리다 어느 순간 나의 몸을 침대에 온전히 고정하고 손가락을 바삐 움직여 구글맵을 통해 프라하의 구석구석을 열심히 관찰하기 시작했다.

여행을 계획하는 사람들이 가장 어려워하는 것 중 하나인 일정 짜기. 그다음이 교통편을 찾는 법. 여행 커뮤니티를 보면 하루에도 수백 건, 아니 수천 건씩 올라오는 똑같은 질문들. '일정 짜는 것 좀 도와주세요.' 나도 처음에는 일정을 짜는 것에 대해 엄청나게 많은 고민을 하고 커뮤니티에 글도 올려 보고 머리를 쥐어짜며 스트레스를 받았지만, 이제는 여행을 준비할 때 일정과 루트를 짜는 시간이 정말로 짧아졌다. 1시간? 내지 2시간이면 여행을 가려고 하는 곳에 대한 정보 대부분을 파악하고 일정과 동선을 완벽하게 정리할 수 있게 되었고, 지금 그 방법에 대해 간략하게 알려 주고자 한다.

요즘 웬만한 여행지들에 대한 정보는 차고 넘칠 정도로 많이 있다. 가장 쉽게 일정을 짜는 방법은 다른 이들이 작성해 놓은 블로그의 일정을 보고 참고하는 것이다. 기본적으로 블로거들이 다녀갔던 루트만 보더라도 여느 패키지여행 부럽지 않을 정도의 코스와 정보들이 즐비하게 널려 있다.

그리고 다음으로는 여행 패키지 상품의 코스를 보고 따라 하는 것이다. 전문적인 플래너가 체계적으로 준비한 상품 코스보다 더 좋은 코스가 또 있을까? 여러 해외여행 상품을 판매하는 사이트에 들어가서 세부 정보를 확인하면 모든 일정이 빽빽하게 정리되어 있다. 물론 여행 패키지는 너무 빽빽한 일정들이기에 그 일정을 개인이 따로 소화하기는 거의 불가능하므로 이 2개의 루트를 적절하게 섞어서 준비한다면 더욱 더 쉽고 알차게 일정을 계획할 수 있을 것이다.

마지막으로 내가 이전에도 사용했고, 지금도 사용하고 있고, 앞으로도 계속 계획을 짜는 데 사용할 방법이다. 아주 쉽다. 구글맵을 이용하는 것이다. 구글맵은 전 세계의 모든 사람이 기본적으로 사용하는 지도 앱이라고 생각한다. 구글맵 안에는 그만큼 아주 많은 정보가 들어 있고 이것은 여행계획을 짜는 데 아주 좋은 정보를 제공한다. 물론 자기 나라만의 지도 앱을 별개로 사용하는 나라들도 있겠지만, 개인적으로 지금까지 여행을 다녀 보니 구글맵은 가히 최고라는 말이 아깝지 않을 정도로 좋다. 정말 극단적인 예로 남수단으로 여행을 떠난다고 가정을 해 보자. 가장 먼저 해야 할 것은 당연히 비행기 표를 사는 것. 그건 뭐 일도

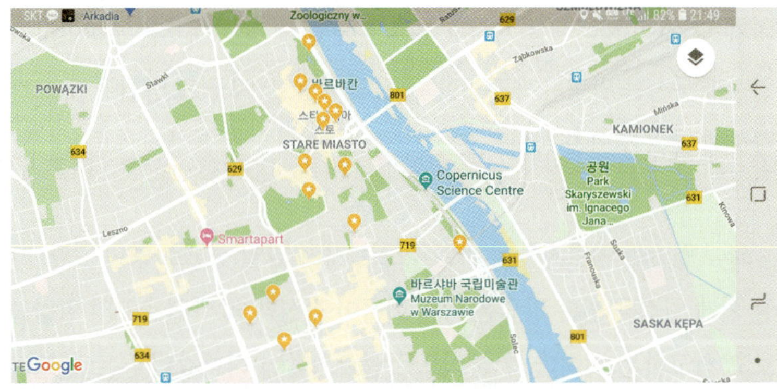

아니니 넘어가기로 하고, 일정을 짜기 위해서 구글맵으로 남수단의 수도인 주바를 검색한 다음, 단지 확대를 하기만 하면 끝이다. 그리고 표시되는 문양들과 이름들을 봐 가며 각각의 장소의 평점과 리뷰를 확인하고, 가고 싶은 지역에 표시하면 일정을 짜는 것이 90%는 끝이 난다. 그리고 그 후 표시해 놓은 장소들을 중심으로 이동하기 편안할 만한 곳에 숙소를 정하면 된다.

대충 이런 식으로 가고 싶은 곳이 완성되면 대중교통으로 이동하는 방법들도 구글맵을 통해서 검색할 수 있다. 몇몇 도시들을 제외하고. 이러면 일정 짜는 것이 아주 간편하게 끝이 난다는 사실. 아 힘들다. 좀 쉬어야겠다.

푸른 밤

어제 일정을 짜면서 예매한 필하모닉 공연의 실물 티켓을 받는 것이 오늘 외출의 궁극적인 목적. 하지만 나는 집돌이기 때문에 이왕 밖으로 나간 김에 프라하성과 레넌벽, 그리고 까를교와 까를교의 야경까지 모조리 구경하고 숙소로 돌아오고 싶었다. 그래서 어떻게 하면 최대한 많이 걷지 않을 것인가를 연구하고 또 연구한 결과 어젯밤 최고의 동선을 완성할 수 있었다.

오늘의 프라하는 선글라스를 썼음에도 불구하고 나의 눈을 시리게 만들 정도로 강렬한 태양 빛을 아침 일찍부터 내리쬐고 있었다. 나는 아무

런 문제 없이 체코 국립극장 루돌피넘에서 티켓을 받은 후 신나게 프라하성으로 향하는 트램을 탔다. 기분 좋게 웃으며 창밖의 풍경을 구경하다가 뭔가 이상한 느낌을 받았다. 트램을 타기 전에는 분명히 프라하성이 나의 눈앞에 보였지만, 지금 이 트램은 프라하성과 점점 멀어지는 것이 아닌가? 나는 급하게 핸드폰을 꺼내 들고 나의 위치를 확인했다. 아니나 다를까. 구글맵에 나오는 나의 위치는 프라하성과 더욱 멀어져 있었고, 나는 서둘러 트램에서 뛰어내렸다. 이 일은 오늘 하루가 얼마나 행복할지 조금이나마 예상할 수 있게

만들어 주었다.

　항상 다른 도시로 이동을 하는 버스나 기차 안에서 여행 중에 찍었던 사진들을 정리했었는데, 여행 기간이 길어지면 길어질수록 사진을 정리하는 게 훨씬 수월해졌다. 처음 영국에 도착했을 때는 별것도 아닌 공간과 건물들이 뭐 그리도 멋있어 보였는지 연신 셔터를 눌러 대며 사진을 찍기에 정신이 없었지만, 시간이 지날수록 나의 핸드폰에 찍히는 사진들은 점차 줄어들었고, 오늘 프라하성을 돌아다니며 찍은 사진은 고작 10장. 그중 2장은 셀카이고 1장은 티켓 사진이었다. 반대로 말하면 사진을 찍고 기록을 남기는 데 집중하는 것이 아니라, 내가 방문했던 공간과 순간들을 하나하나 꼭꼭 곱씹어 가며 마음의 눈으로 관찰하고, 그 순간의 감동을 내 가슴속에 간직했기 때문이라고 말한다면 거짓말이겠지. 아무튼 이제는 어느 곳을 방문하더라도 뻔하게 느껴지고, 서로 비슷비슷한 모습을 하고 있는 주변 환경과 풍경들이 더는 특별하게 다가오지 않았다. 아마 장기간의 여행 덕분에 나의 감정이 권태로움으로 젖어 가는 듯했다. 이런 나에게도 새로운 활력소가 필요했지만, 그 활력소를 찾을 힘조차 이제는 남아 있지 않는 것 같다.

프라하성벽을 따라 한참을 멍하니 흐느적거리다 프라하의 전경을 마주할 수 있었다. 햇살이 잘 들지 않는 건물들의 뒤편에는 저물어 가는 태양을 더욱 빨리 피하고 싶은지 눈송이들이 옹기종기 모여서 잠잠히 숨 죽인 채 머물러 있었고, 서쪽 하늘 너머로 달음박질하는 태양에 블타바 강 언저리에서부터 조금씩 기운을 차리는 물안개가 스멀스멀 피어올랐다. 나는 성벽 위에 걸터앉아 다리를 이리저리 흔들어도 보고 주물러도 보며 나의 근육 사이에 빼곡히 채워져 있는 젖산들을 몰아내려 했지만, 역부족이었는지 내 다리는 여전히 욱신거렸다. 나는 한참을 그 자리에 머무르며 아무런 생각도 하지 않으려 노력했다.

레넌 벽을 거쳐 한적한 까를교를 지나 유명한 프라하의 야경을 찍기 위해 나는 계속해서 움직였다. 아직은 태양의 온기가 살짝 남아 있는 아스팔트 위를 걷고 있었지만, 강 너머에서부터 불어오는 차가운 바람은 나의 뺨을 살며시 어루만지며 '저기 보이는 카페에 가서 따뜻한 차 한 잔하지 않을래요?'라고 호객행위를 하듯 나의 귓가에 속삭였다. 하지만 누누이 말했듯이 나는 의지의 한국인. '이까짓 추위와 타협 따위는 없다.'라고 마음속으로 되뇌고서, 프라하의 야경에 나의 감성을 충분히 담을 수 있을 만한 명당자리를 찾기 위해 강가를 거슬러 오르며 연신 셔터를 눌러 댔다.

　불어오는 강바람과 맞서 싸우며 어둠이 내리기를 한참 동안 기다렸
지만, 하늘을 붉게 물들이고 있는 노을은 사라질 기미를 보이지 않았고,
진심으로 불이라도 난 것 같은 꽃노을들로 하늘을 더욱더 붉게 물들이
고 있었다. 나의 온몸은 살을 에는 듯한 추위 덕분에 내 친구 성호가 술
을 먹지 못했을 때 손을 덜덜 떠는 것처럼 나의 몸을 떨려오게 했고, 도
로 위를 달리는 자동차들이 만들어 내는 바람은 강가에서 불어오는 바
람과 맞부딪치며 난간에 매달려 어둠이 내리기를 기다리는 사람들의 마
음을 더욱 더 아리게 만들었다. 나는 오늘 진심으로 땅이라도 파고 들어
가 그 속에서 바람을 피하고 싶은 심정이었다.

　하늘은 원래 검은색이 아닌 짙은 푸른색이라고 한다. 하지만 많은 사
람들은 획일적이게도 '하늘은 까맣다.'라고 표현한다. 오늘의 프라하는
하늘이 까맣다고 말하는 사람들의 말을 부정하려는 듯 본연의 짙은 푸
른색 빛 어두움으로 하늘을 뒤덮었고, 딱 내가 좋아할 정도의 진하기로
변해 별빛마저도 모조리 집어삼키고서 고고한 자태를 뽐내며 프라하의
밤을 장식하고 있었다. 그와 더불어 나의 얼굴빛도 푸르딩딩하게 만들
기 충분했다.

　이제 사진을 찍었으니, 살기 위해 서둘러 강가에서 벗어나 재즈 공
연장으로 이동했다. 골목골목을 비추고 있는 불빛들로 얼어 있던 몸을
조금씩 녹이며 나의 옷 끝자락에 묻어 있던 차가운 바람의 조각들마저
모조리 훌훌 털어내고서 재즈 공연장으로 향하는
발걸음을 재촉했다.

　매너리즘에 빠져 얼어붙어 있는 나의 심장을
프라하의 재즈가 다시금 맥동하게 만들어 주기를
바라며 자리에 앉았다. 프라하에서 가장 유명한
재즈 바라고 하는 이곳은 약 10개 정도의 테이블

이 있었고, 4팀의 한국 사람들이 먼저 자리를 차지하고 있었다. 아마도 프라하에서 유명한 재즈 바가 아닌 한국인 관광객들에게 유명한 재즈 바였던 모양이다.

공연이 지속될수록 나의 눈꺼풀은 뮤지션들에게 박수라도 치려는 듯 중력에 이끌리어 한없이 위아래로 부딪쳤고, 나의 유일한 취미인 하품하기는 이곳에 있는 모든 공기를 모조리 흡입하려 최선을 다하고 있었다. 정말 큰 기대를 품고 방문을 했지만, 체코 특유의 멜로디나 감성이 아닌 어디서나 들을 수 있을법한 평범한 재즈의 선율이 나의 귓가를 가득 메워 왔다. 누구나 알 수 있는 노래들로 이루어진 공연은 나에게 전혀 신선하게 다가오지 않았고, 단순히 구색을 갖추고 관광객들을 불러들이기 위한 공연처럼 느껴졌다.

꼭 같은 것보다 다 다른 것을 더 좋다고 말하는 요즘. 틀린 것이 아닌 다름이 조금은 인정되고 있는 요즘. 누구보다 빠르게 남들과는 다르게 살고 싶어 하는 많은 사람이 생겨나고 있는 지금. 그 다름을 보여 주기 위해 또 다른 다름을 찾아 헤매고 있는 나의 모습이 떠올랐다. 남들과는 다른 모습을 보여 줘야 하는 트렌드를 따라가기 위해 남들과는 다른 모습을 찾는 우리네 사람들. 그렇다면 그것은 다른 모습을 보여 주는 것일까? 아니면 남들과 꼭 같이 행동하는 것일까? 라는 생각이 문득 들게 하는 프라하의 푸른 밤이 지나간다.

소소한 행복

요즘 프라하 관광의 트렌드는 늦잠을 자는 것이다, 라고 혼자 생각하며 여느 때와 마찬가지로 조식이 끝날 때쯤 침대 위에서 기어 나와 남들이 먹다 남긴 듯한 잔반들을 깔끔하게 처리하고서 서둘러 방으로 돌아왔다. 이불 밖은 위험하니까.

시간이 얼마나 지났는지 나의 배꼽시계가 세차게 울려오기 시작했다. 먹이를 찾아 산기슭을 어슬렁거리는 하이에나를 본 일이 있는가. 짐승의 썩은 고기만을 찾아다니는 산기슭의 하이에나. 나는 하이에나가 아니라 한량이고 싶다. 푹신한 침대 위에서 머리끝까지 이불을 뒤집어쓰고 세상 편안한 얼굴로 굶어 죽는 프라하의 그 한량이고 싶다, 는 개뿔.

눈을 뜨고 커튼을 열었다. 이른 아침부터 비가 내렸는지, 창밖으로 보이는 노란 벽은 물을 심하게 탄 수채화처럼 희끗희끗해져 있었다. 나는 한량이길 포기하고 침대에서 일어나 먹이를 찾아 아프리카 초원을 헤매는 하이에나와 같은 몰골로 호스텔 주변 구경을 나섰다. 오늘의 프라하는 '너의 하루를 회색빛 우울함으로 물들여 버리겠다.'라고 작정한 듯 온 세상을 편안한 회색빛깔 구름으로 뒤덮는 중이다.

언제나 트램을 타고 중심지로 이동을 했기 때문에 호스텔 주변을 돌아볼 기회도, 생각도 하지 못했었지만, 호스텔 주변에 자리하고 있는 모든 건

물은 빛 한 줄기 샐 틈 없이 빽빽하게 자리 잡은 회색빛 하늘 아래에서도 은근한 파스텔 톤 색감들을 아련하게 뽐내고 있었다. 부라노섬에 가지 않았어도 됐을 것 같은데? 라는 생각이 들 정도로 거리는 다양한 빛깔들을 품고 있었고, 진하지는 않지만 아련한 색들로 물들어 있는 골목길에서 나는 소소한 이곳만의 아름다움에 빠져들었다. 가까운 곳에서 찾는 소소한 행복감이 산 넘고 물 건너 마법의 성까지 지나고 늪도 건넌 다음에라야 도착하는 어둠의 동굴 속 멀리에서 보이는 아름다움보다 낫다고 할 수는 없겠지만, 어쨌든 오늘의 거리는 나름대로 느낌 있는 의외의 감동을 나에게 선물했다.

계속 걷다 보니 프라하의 모든 전경을 볼 수 있는 전망대를 만나게 되었다. 전망대를 올라가려고 했지만, 날씨가 좋지 않았기 때문에 딱히 올라가도 별다른 게 보일 것 같지 않아서 올라가지 않았다. '날씨가 좋은 날에 꼭 올라가야지.'라고 생각했지만, 언제나 그렇듯 어정쩡한 친구들과의 불편한 전화통화가 끝마쳐질 때쯤 앵무새처럼 되풀이하는 말. '다음에 보자.' 기약 없는 그다음이 영원히 돌아오지 않는 것처럼 이 짧은 만남을 뒤로하고 오늘의 전망대는 영영 나에게서 멀어져 갔다.

기약 없는 우연 속 인연보다는,
예상할 수 있는 너와의 만남을 기다리고 싶다.
오늘은 무슨 일이 있을지,
내일은 어떤 일이 있을지는 아무도 모르지만.
우리가 약속한 그날만큼은
시간을 비워 두고
너와 나를 위해 온전히 함께하고 싶다.

그런 날이다.

초록빛 밤

정말로 조식을 일찍 먹고 오랜만에 깨끗하게 목욕재계를 하고 나서 공연장에 갈 때마다 항상 입었던 검은색 맨투맨 티와 흰색 셔츠를 입고서 길을 나섰다. 물론 가방도 메지 않았다. 나의 해맑은 표정을 시샘이라도 하듯 금방이라도 비를 뿌릴 것처럼 침울한 회색 구름이 도시의 하늘을 온통 뒤덮고 있었지만, 그마저도 아름다워 보이는 오늘. 체코 국립극장 루돌피넘으로 향하는 길. 기다리고 기다리던 그날의 태양은 역시나 떠올랐다.

공연장에 입장한 후 옷을 맡기고 가장 먼저 자리에 앉았다. 2층 왼쪽 중간쯤에 있는 나의 자리는 몸을 달싹거리며 움직이지 않아도 그 자리에서 고개만 돌려 무대의 모든 공간을 속속들이 바라볼 수 있었다. 불과 9,000원에 얻을 수 있는 행복 치고는 과한 느낌까지 받을 정도였다. 평소보다 더욱 저렴하게 표를 구할 수 있었던 이유는 일반 공연이 아니라 리허설 표이기 때문이었지만, 그것이 나에게 더욱 특별하게 다가왔다. 예전에도 종종 이러한 공연들을 봤었으나, 리허설 공연을 보는 것은 처음이었고, 하나둘씩 무대로 올라오는 연주자들의 복장 또한 완전히 격식을 갖춘 딱딱한 모습이 아닌 나름대로 편안한 모습들로 무대 위를 채워 갔다. 그러한 편안함 덕분인지는 몰라도, 시작 시간이 가까워져 올수록 나의 마음은 더욱 세차게 두근거리며 떨려 오기 시작했다.

체코 필하모닉 오케스트라의 현란한 연주는 리허설임에도 불구하고

좌중에 앉아 있는 모든 관객을 압도했고, 공연을 관람하는 모든 이들을 열광시키기에 충분했다. 홀 안을 부드럽게 떠다니며 나를 감싸고 있던 공기는 연주가 시작되자마자 한순간에 압축되어 나의 몸을 옥죄였고, 편안함에서 웅장함으로, 웅장함에서 편안함으로 순식간에 변해 가며 나의 달팽이관과 모든 수용세포들을 농락했다.

공연장에서 느껴지는 이러한 긴장감들은 알게 모르게 나를 깊은 졸음의 수렁으로 끌어당겼고, 아무리 눈을 뜨고 연주에 집중하려고 해 봐도 하릴없이 감겨만 오는 나의 눈꺼풀이 오늘따라 더욱 더 한심하게 느껴졌다. 그렇게 바라 왔던 공연을 보면서 이렇게 정신없이 졸 수가 있을까? 영국에 도착한 첫날 〈오페라의 유령〉을 보면서 사정없이 헤드뱅잉을 하던 때와 같은 허탈감을 느꼈다. 지금 이 기분을 표현하자면 10만 원짜리 뷔페에 가서 샐러드 한 접시 달랑 먹고 나오는 듯한 기분이지 않을까? 마음 한편으로는 이렇게 좋은 자장가를 듣는 사치를 언제 또 누려 보겠냐 생각하며 밀려 오는 연주에 나의 몸을 온전히 맡기고 오케스트라를 직접 지휘하는 꿈까지 꿨다. 그래도 이 정도 꿈이라면 본전은 뽑았다.

흡족하게 관람을 끝마치고 눈부시지 않은 편안한 회색빛 하늘을 만끽하며 흐느적거리고 걷던 중 압생트만을 전문적으로 파는 상점이 눈에 들어왔다. 고흐가 자신의 귀를 자르기 전에 마셨던 술로도 유명한 압생트. 참새가 방앗간을 그냥 지나칠 수 없듯, 고양이에게 생선가게를 맡길 수 없듯, 희대의 한량인 내가 새로운 술을 보고 그냥 지나칠 수 있겠는가? 처음 압생트가 만들어진 곳은 스위스이고, 한때 와인을 누르고 프랑스의 국민주로까지 자리매김할 만큼 유명했던 압생트가 왜 체코에 와

서 이렇게 판을 치고 있는지 궁금해서 검색을 해 봤다. 이유인즉슨, 체코에서 촉발된 보헤미안 압생트가 그 범인이었다. 체코의 업자들은 보헤미안 압생트도 압생트의 한 종류일 뿐이라고 주장하지만 대부분 가짜 압생트 취급을 받고 있었다. 그 이유는 팔각, 회향, 쓴 쑥, 이 세 가지 기본적인 재료의 비율을 무시하고 제멋대로 만들어 놓고선 '이것이 고흐가 마시던 그 압생트다.'라고 압생트의 상징성과 유명세에 무임승차했기 때문이라고 나무 위키에서 찾아볼 수 있었다.

어찌 됐건 진짜건 가짜건 보이니까 샀다. 녹색 요정, 혹은 녹색의 악마라고도 불리는 압생트. 옛날 사람들이 그림을 그리거나 혹은 여타 예술 활동을 할 때마다 빠지지 않고 마셨다던 그 압생트. 자칭 나름 예술가에 속한 나로서 단순히 예술가적인 호기심으로 지금껏 무슨 맛일지 궁금함만을 가지고 있었지만, 드디어 오늘에서야 압생트의 진정한 맛을 느낄 수 있겠구나. 첫 잔은 당연히 스트레이트로 단번에 쭉 들이켰다. 입맛을 다시기도 전에 혓바닥 끝에서부터 한 방에 훅 치고 올라오는 특유의 쑥 향과 뜨거운 알코올의 기운이 나의 입안과 목구멍과 위장까지 모조리 불태워 버리려는 듯이 엄청난 기운으로 나의 몸속에서 휘몰아쳤다. 하, 이런 화려한 맛일 줄이야. 생전 처음 느껴 보는 신비로운 향이었다. 위스키나 보드카, 럼 등등 어떤 것들과도 비교할 수 없는 맛. 이건 말 그대로 압생트의 맛이었다.

어쨌든 결론은 '내 스타일 아니야.' 요정이 보일 때까지 마셔 보고도 싶었지만, 몇 잔 마시지 못하고 포기했다. 결국 요정도 보이지 않았고 내 귀도 자르지 않았다. 그렇게 다행인 듯 다행 아닌 프라하에서의 초록빛 밤이 지나갔다.

누가 거짓말했어?

처음 여행을 시작할 때 청바지 한 장 달랑 입고서 지금껏 그 바지 하나만으로 버텨 왔다. 허나 인터넷에서 12,000원을 주고 산 청바지는 여행의 끝날까지 나와 함께하자던 약속을 뒤로하고, 굵어져만 가는 나의 허벅지를 더는 감당할 수 없다며 명을 달리했다. 이미 스위스에서부터 간당간당한 숨을 껄떡이며 이곳까지 버텨 준 바지에게 감사를 표하고, 나와 여행을 함께할 새로운 동료를 찾으러 프라하의 상점들을 기웃거리며 거리를 흐느적거렸다. 그리고 다시 한 번 더 말하지만, 체코의 물가는 절대로 싸지 않다. 다른 유럽 국가들에 비해서도 그다지 싼 것 같지 않았다.

물가라는 것은 절대적인 것이 아니라 상대적으로 느끼는 것이다. 명품가방을 자주 사는 사람이 공항 면세점에서 명품가방을 살 때 '어 싸다?'라고 느낄지는 모르겠으나, 명품 가방이 나에게는 여전히 비싼 것처럼. 물론 이곳에서 판매하는 몇몇 물건들이 다른 유럽국가에 비해 쌀 수도 있겠지만, 프라하의 전체적인 물가는 한국과 비슷하면 비슷했지 절대절대 싸지 않다고 다시 한 번 느낀 오늘이다.

시작이 반이다

나에게 주어진 하루를 허투루 보내고 싶다. 만사가 귀찮고, 아무것도 하기 싫고, 돌아다니는 것 자체가 세상에서 가장 힘든 일로 여겨진다. 이불을 뒤집어쓰고 핸드폰이나 보면서 나태하게 천금과 같은 오늘의 시간을 허비하고 싶어지는 지금. 여행을 시작한 지 68일째 맞이하는 아침 해는 나를 기운 빠지게 했다.

조식을 먹고 침대에 드러누워 한심한 생각에 빠진 나의 육체에 채찍질하며 기운 내자, 힘내자, 개미 방귀만 한 소리로 다짐을 하고서 어느 블로그에 나온 프라하 산책코스를 따라가기로 마음먹었다. 하지만 나는 산책코스를 따라간다고 말하면서도 절대로 많이 걷지 않을 것이라고 다짐하고 또 다짐했다.

숙소에서 나와 트램에 몸을 싣고 프라하의 에펠탑이라고 불리는 페트린 타워를 시작으로 프라하의 야경을 다른 각도에서 볼 수 있는 공원으로 이동하기로 했다.

　어디의 무엇이라는 이름을 가지고 있는 관광지들을 마주할 때면 도대체 그런 이름을 왜 붙이는가? 에 대해 진지하게 고민하게 된다. 프라하의 에펠탑이라는 페트린 타워를 한 번 쳐다보고, 나의 앨범에 있는 에펠탑 사진을 한 번 쳐다보고, 입맛 한 번 쩝 다셔 주고 아무런 미련 없이 뒤돌아서 푸니쿨라를 타고 다음 목적지를 향해 길을 떠났다.

　나를 이끄는 강바람과 두 손 마주 잡고 블타바강을 옆구리에 끼고서 떨어지는 석양을 바라보며 강변을 걷든지, 아무도 없는 공원을 거닐며 울적한 지금의 기분을 뒤로하고 나뭇잎 떨군 앙상한 가지 위로 바람꽃 피어 있는 12월의 여유로운 풍취를 만끽하고 싶었다, 라는 식으로 말이라도 해야지. 다 필요 없다. 나의 몸과 마음은 이미 썩을 대로 썩어 있었고, 권태로움과 나태함에 찌들어 단 한 걸음을 내딛는 것조차 매우 지겨운 기분이 들었다. 이제는 정말로 아무것도 하고 싶지 않았다. 만약 이 순간 배우 한지민 님이나 손예진 님, 소녀시대 태연 님이 내 앞에 나타나서 같이 산책하자며 나에게 손을 내민다면 나는 인상을 팍 쓰고 흔쾌히 승낙했겠지. 하, 그분들과 함께였으면 좋겠다.

한지민 님도 손예진 님도 태연 님도 없었기 때문에 나는 더 이상 걷는 것을 포기하고 가장 가까운 전망대로 자리를 옮겼다. 역시나 지대가 높아 뻥 뚫려 있는 전망대는 12월의 칼바람이 회오리처럼 불어 닥쳐왔고, 이전과는 다른 구도에서 프라하의 야경을 보고 싶어 했던 나의 올곧은 심지는 마파람에 게 눈 감추듯, 바람결에 흩날리는 낙엽들과 함께 사라지기에 충분했다.

여행을 시작한 지 68일째. '여행을 계속해야 하나?'라는 좁쌀만 했던 푸념은, 잭이 던진 마법 콩 하나가 순식간에 구름을 뚫을 정도로 자라났던 것처럼 나의 머릿속 깊숙한 곳까지 모조리 잠식해 버렸고, 집으로 돌아가야겠다는 생각으로 나의 머릿속을 가득 채워 갔다. 급기야 나의 손가락까지 마음대로 조정하며 한국으로 돌아가는 비행기 표를 찾게 만드는 지경까지 이르렀다.

이제는 이곳저곳 이동하며 잠잘 곳을 찾는 것도 지겨워졌고, 제발 한곳에 머물러 있고 싶다는 생각만이 나의 머릿속을 빙빙 맴돌았다.

가만히 벤치에 앉아 노래를 듣다가 가슴이 뭉클해졌다. 왜인지도 모르고, 이유도 없었다. 특별한 사연이 있는 노래도 아니었고, 물론 평소 느낌 있게 다가왔던 노래도 아니었다. 그냥 오늘 지금, 이 순간의 느낌에 가슴이 뭉클해졌다. 찌릿한 울림이 나의 귓가에서 그치는 것이 아니라 가슴속까지 울려 퍼지며 깊은 곳에서부터 터질 듯한 무언가가 밀려 나와 코까지 먹먹하게 만드는 이 기분. 나 스스로에 대한 믿음의 결과들로 만족하고 싶었던 오늘이었지만 아무것도 이루지 못한 채 담담히 흘러가는 오늘에, 아무런 준비 없이 맞이할 수밖에 없는 내일에 나에게 남아 있던 알량한 자존감마저 바스러져 가고 있는 건 아닌지.

내가 뭔가 거창한 것을 바랐었나? 나 혼자의 힘으로는 도저히 넘어설 수도 없는 안타까운 현실의 벽을 마주하고서 그 앞에 가만히 주저앉지도, 되돌아가지도 못한 채 머뭇거리고 있는 나.

바람이 분다. 구름으로 가득 찬 회색빛 하늘 아래로 휘감아치며 갈 곳을 알지 못하는 무거운 바람이 어둠으로 물들어 있는 너른 언덕을 찢어버리기라도 할 것처럼 날카롭게 몰아치며 나의 등허리를 가르고 지나간다. 길을 따라 걷다 무심히 바라본 이정표는 어느 곳으로 나를 데려갈까.

순간 울리는 핸드폰을 들어 메시지를 확인했다. 언제 오냐는 친구들의 질문에 '언젠가는 가겠지.'라고 대답했다. 이제는 모두 자리를 잡고 자신이 맡은 자리에서 최선을 다해 열심히 살아가고 있는 나의 친구들. 나는 언제쯤 다른 평범한 사람들처럼 자리를 잡을 수 있을까?

계속해서 길을 걸었다. 바람은 길을 잃지 않는다고 했던가. 그렇다면 바람을 따라가는 나의 발걸음도 길을 잃지 않는 걸까. 이상한 나라의 앨리스에서 앨리스가 길을 잃고 헤매던 중 고양이를 만나 질문하는 장면이 떠올랐다. 앨리스는 고양이에게 자신이 어디로 가야 할지를 물었고, 고양이는 어디로 가고 싶냐고 되물었다.

"어딜 가든 상관없어요."

"그럼 어느 길로 가도 상관없겠네."

오랜 세월이 지난 후 어디에선가
나는 한숨지으며 이야기할 것입니다.
숲 속에 두 갈래 길이 있었고, 나는

사람들이 적게 간 길을 택했다고
그리고 그것이 내 모든 것을 바꾸어 놓았다고.
　　　　　　　—로버트 프로스트 「가지 않은 길」 중에서

삶을 살아가는 데 어느 쪽을 선택해도 후회할 거라면 나는 좀 더 내 가슴을 두근거리게 만드는 쪽을 선택하기로 마음먹었다. 또한 아직 끝까지 읽지 못한 이 여행이란 책의 뒷얘기가 어떻게 될지, 이 여행의 끝에는 과연 무엇이 나를 기다리고 있을지가 궁금해졌고, 내가 하기로 한 여행, 나의 선택에 책임을 지자고 생각하며 영원히 끝나지 않을 것만 같은 길을 계속해서 걸었다.

이제 나의 유럽에서의 일정에 절반은 왔다. 시작이 반이란 말이 있듯 이제 시작이다.

하아, 이제 시작이라니. 지금껏 매가리 없이 재미없게 넘겨지던 나의 여행은 오늘을 통해서 새롭게 다시 시작할 것이다. 아마도 그럴 것이다.

보랏빛 밤

어제의 새로운 마음가짐에 힘입어 오늘은 여느 때와 같이 아침 10시 30분에 힘차게 일어나 조식을 먹으러 내려갔다. 사람이 한순간에 변하면 죽는다더라.

아무튼 태어나서 처음 해외에서 맞이하는 크리스마스는 특별하리라 생각했다. 더군다나 다른 곳도 아닌 프라하에서의 크리스마스는 더욱더 특별할 것이라고 믿어 왔다. 하지만 이런 경우가 생길 줄이야!

내가 생각했던 프라하의 크리스마스와는 정반대로 이곳은 크리스마스이브 때부터 모든 상점이 문을 닫고, 트램들도 잘 다니지 않는다는 사실을 알게 됐다. 이게 뭘까 생각했지만, 차라리 잘됐다. 나 혼자만 억울한 게 아니라 나와 같은 생각을 하고 프라하에 온 모든 사람이 나와 같은 꼴을 당할 것이 아닌가.

하하. 이런저런 생각을 하며 마음속으로 쾌재를 불렀고, 내 눈가는 아무도 모르게 촉촉하게 젖어 갔다. 어찌 됐건 이왕 이렇게 된 거, 크리스마스이브와 크리스마스 기간 아무 데도 가지 않고 방 안에서 가만히 휴식을 취하며 먹고 자기로 마음을 먹었다.

쇠뿔도 단김에 빼라 했던가. 나는 생각을 마치자마자 마트로 직행했고, 방 안에 마련된 나만의 냉장고를 가득 채우고서, 마지막으로 한 번 더 까

를교의 석양과 야경을 보기 위해 트램에 몸을 실었다. 지금까지는 강변에 서서 노을 지는 하늘을 바라보며 멀리서부터 밀려오는 강바람에 몸을 맡기고 느긋한 기다림으로 어둠을 맞이했었지만, 오늘은 트램을 타고 가며 석양이 뉘엿뉘엿 하늘을 반 정도 불태워 갈 때쯤 까를교에 도착할 수 있었다. 나의 시선 끝자락. 저 멀리에 자리하고 있는 프라하성의 봉우리들은 어느새 자줏빛으로 변해 가고, 블타바강 또한 그와 같이 고귀한 보랏빛으로 온통 물들어 갔다.

첫날에 마주했던 프라하의 하늘은 짙은 푸른색이었지만, 오늘의 프라하는 보랏빛 노을이었다.

강 언저리로 얇게 피어나는 보랏빛 물안개를 바라보며 다시 한 번 생각했다. 여긴 왜 이렇게 한국 사람들이 많이 올까? 아마 전부 SNS 홍보 덕분이겠지.

많은 날을 머물렀지만 역시나 프라하는 나에게 전혀 특별하게 느껴지지 않았고, 이곳은 그저 그런 도시였다. 쩝.

크리스마스이브

드디어 아무것도 할 수 없는 크리스마스이브가 됐다. 애당초 이미 모든 것에 대한 희망을 버렸었기에 조식을 먹고 늘어지게 한숨 자고 난 후 나만의 냉장고에서 어제 샀던 햄 통조림과 함께 맥주를 꺼내 마셨다. 당근도 먹었다.

뒹굴뒹굴 신나게 침대 위에서 행복을 만끽하고 있는데, 슬그머니 문이 열리더니 머리통 하나가 문 사이로 '빼꼼' 들어온다. 나와 눈이 마주친 그 머리통은 사람이 있는지 몰랐다며 주춤거리다, 저녁에 크리스마스이브 파티를 할 예정이니 꼭 좀 참석해 달라고 한다. 나는 시크하게 "생각해 볼게요."라고 대답했다. 그는 종이 한 장을 문에다 붙이고서 밖으로 나갔다. 문이 닫히는 순간 이불을 뒤집어쓰고 있던 나의 눈가는 또 한 번 촉촉하게 젖어 가고 입가에는 안도의 미소가 피어났다.

저녁까지 늘어지게 쉬다가, 시간에 맞춰 식당으로 내려갔다. 아기자기하게 꾸며진 식탁 위에 여러 가지 빵과 치즈가 나를 반겨 주었다. 하나 둘씩 빈자리가 채워지고, 우리는 체코에서 가장 유명하다는 와인을 시작으로 뜨거운 파티의 문을 열었다. 여행하면서 마주치는 친구들의 나이는 대부분 20대 초반이었다. 그리고 22살과 23살인 친구들이 주를 이루었고, 나와 비슷한 나이대의 사람을 만나는 것은 하늘의 별을 따는 것보다는 쉬웠지만, 그리 많지도 않았다. 거의 없었다가 맞을 듯싶다.

각설하고, 남자들은 군대를 전역하고 나서, 여자들은 대학을 졸업하

고 취업을 하기 전에 여행을 오는 사람들이 대부분이었다. 만약 나에게 20대 초반으로 돌아가 여행을 하라고 해도 이 친구들처럼 해외로 여행을 오는 것은 상상도 못 할 일이다. 더 대박인 것은 민박집 스태프 중 한 명이 19살이었는데, 홈스쿨링을 끝마치고 20살에 군대를 가기 전 여러 나라를 여행 다니다 이곳에 머물고 있다는 것이었다. 여행 중에 나와 띠동갑을 만날 줄이야. 옛날에 십 년 전 하면 8살이었는데, 지금은 20년 전이라고 해 봤자 11살이라니. 진정으로 내일모레면 마흔이 될 것 같은 기분. 그래. 뭐 나이도 중요하지만, 마음이 젊어야 진정한 청춘이지. 나는 70살이 되도 청춘으로 기억되었으면 좋겠다.

아무튼 시대가 많이 변하면서 사람들의 생각도 많이 바뀌고 있다는 것을 직접 느낄 수 있었다. 예전 같은 경우 유럽여행을 간다고 하면 상상조차 할 수 없을 정도로 먼 곳이라고 생각했지만, 이제는 유럽이 아니라 아프리카든 북극이든 마음만 먹으면 제 집 드나드는 정도까지는 아니더라도, 정말 마음만 먹으면 언제든지 갈 수 있는 그런 세상이 돼 버렸다.

나는 앞으로 자식을 낳으면 어떻게 키워야 하나? 하는 막막한 생각조차 들었다. 미래에 나의 아이들은 내가 경험하지 못하고, 상상도 하지 못했던 새로운 경험들을 하며 자라날 텐데. 나도 발전하는 세상에 맞춰서 함께 성장해야 할 텐데. 이런저런 생각들이 나의 머릿속을 어지럽히고 있었다. 딸, 아들, 아들, 딸, 아들, 딸을 낳고 싶은 나의 인생 계획은 앞으로 어떻게 흘러갈지. 물론 나 혼자 아이를 낳는 것에 대해 결정할 수 있는 것은 아니지만, 나 혼자서 생각 정도는 할 수 있지 않은가? 우리 태하, 은하, 주하, 새하, 성하, 인하를 잘 키워야 할 텐데. 아무튼 이런저런 생각 따위를 하며 프라하에서의 크리스마스이브가 흘러간다. 역시 사진 한 장 남기지 않은 나란 남자.

크리스마스

아무도 없는 방 안에서 나 홀로 조용히 눈을 떴다. 굳게 앙다문 커튼 사이로 빛 한 줄기 새어 들어오며 골방처럼 어둡던 나의 머릿속을 조금씩 환하게 만들어 주는 듯했다. 나는 베개에서 머리를 떼어내고 머리를 뒤로 젖혀 밝아 오는 허공을 망연자실하게 쳐다봤다. 순간 타들어 갈 듯 밀려오는 갈증들에 어제의 시간을 언뜻언뜻 돌이켜 보았고, 전날의 전투가 얼마나 치열했는지 핸드폰에는 다른 전우들을 바라보며 술 취했냐며 되묻는 구슬픈 나의 음성만이 남아 있었다.

오늘은 프라하에서의 마지막 날. 내일이면 빈으로 떠난다. 깔끔하게 참치 한 캔을 해치우고 나서 주섬주섬 짐을 싸고 욕조에 몸을 담가 프라하에서 보내는 마지막 반신욕을 즐겼다.

입는 것은 아낄지라도 먹는 것은 아끼지 마라, 겉모습이 중요한 것이 아닌 내실이 중요하다, 라는 말처럼 나는 나의 몸을 가꾸기 위해, 나의 건강을 위해, 오늘 밤 프라하에서의 마지막 날 밤을 찢어 버리기 위해 나의 몸을 가꾸고 나의 간을 진정시켰다.

저녁이 되어 다시 모인 어제의 우리. 간단하게를 외치던 우리네 식탁에는 어느덧 맥주와 위스키, 테킬라와 럼, 샴페인 병들로 넘쳐났고, 멀어져 가는 나의 정신에게 나지막이 안녕을 고하고서 목구멍을 타고 넘어가는 뜨거움들과 마주했다. 얼마나 시간이 지났을까. 나의 입에서부터 시작된 알 수 없는 웅얼거림이 끝마쳐진 그 순간, 내 주위 모든 사람

의 시선이 나의 입술에서 나온 마지막 단어에 머물렀다. 찰나의 침묵 속 끝맺어진 그 한마디에 시간은 얼어 버린 듯 더는 흘러가지 않았다. 적어 도 나에게는 그렇게 느껴졌다.

얼마나 지났을까. 찰나 동안 멈춰졌던 시간이 다시금 천천히 흘러가 기 시작한다. 나는 내 얼굴 언저리를 마주하는 그들의 눈동자를 바라봤 지만, 그들의 시선은 나의 눈을 바라보는 것이 아닌 입 밖으로 뱉어진 문 장들을 바라보았고, 문장의 흐름에 따라 그들의 눈동자 또한 흘러갔다.

"그러니까 우리는 전부 다 잘될 거야."

다른 이들도 뻔하게 할 수 있는 이 말. 이 한마디에 멋대로 커져 버린 가슴속 울림이 서서히 사그라질 때쯤 우리는 서로의 시간으로 가득 채 워진 잔을 높이 들고, 오늘의 하루를 마무리했다. 이렇게 프라하에서 두 번째로 정신을 잃은 여유로운 밤이 지나갔다.

삶이란 무엇일까?

나의 무규칙적인 것 같은 여행 속에서도 나름대로 지키려고 했던 규칙 중 하나. 이동하기 전날에는 술을 마시지 않는다는 것이었다. 하지만 어제 그 약속을 심하게 어긴 나였고, 모든 선택에는 책임이 따르는 법. 떠지지 않는 눈을 억지로 뜨고 속을 달래기 위해 조식을 먹으러 복도 위를 기어갔다.

나는 술을 마시는 사람들이 이해가 가지 않는다. 먹고 나면 이렇게 힘들고 고생하고 후회를 하면서까지 왜 술을 마시는 걸까? 나는 일주일에 술을 9번밖에 마시지 않는 사람이기 때문에 술을 좋아하는 사람들의 마음을 도무지 이해할 수가 없다고 생각하며, 내 간을 잠식하고 있는 알코올을 조금이라도 빼내고자 욕조에 몸을 담그고 땀을 빼며 술에 찌들어 죽어 가고 있는 나의 영혼을 위로했다.

하지만 시간이 지날수록 나의 몸과 정신은 더욱 피폐해져만 갔고, 조금씩 다가오는 기차시간에 쫓기듯 숙소에게 안녕을 고하고 기차역으로 향할 수밖에 없었다. 기차에 타자마자 잠을 청하며 나의 몸을 회복시키려 했으나, 덜컹거리는 기차는 나의 속을 더욱 뒤집어 놓았고, 순간 나는 목울대 너머로 울컥울컥 치밀어 오르는 구토를 참으려고 애를 쓰다, 더 이상 참을 수 없이 밀려 나오는 무언가를 손으로 강하게 틀어막고서, 의자에서 벌떡 일어나 화장실로 내달렸다.

삶이란 무엇일까? 적당히 생각했다. 생각은 생각할수록 생각이 나는 것이기 때문에 생각하지 않는 것이 좋은 생각이라고 생각하는 사람 중

의 한 명으로서, 너무 많은 생각은 내가 생각인지 생각이 나인지조차 헷갈리게 만들고, 뭐든지 적당하지 아니하면, 아무것도 아니 한만 못하다는 그러한 생각이 들었다. 그냥 간단히 삶은 달걀이라고 생각했다. 긴긴 푸념을 끝마치고, 쓸쓸하게 홀로 머물러 있던 화장실에서 나의 말동무가 되어 준 변기통에 '안녕' 하고 인사를 건네고서, 어디선가 들리는 소리에 귀를 기울였다. 스피커에서 들리는 어느 아리따운 아가씨의 목소리는, 거울 속에서 나와 눈을 마주하고 있는 초췌한 주정뱅이에게 오스트리아 빈에 도착했다는 사실을 알려 주려는 듯했다.

그리고 그 주정뱅이는 빈에 도착한 다음 또 하나의 새로운 사실을 알게 되었다.

"삿갓이 없다!"

다행히 민박집에서 만난 동생 중 한 명이 내일 빈으로 오기에, 그 동생에게 부탁해서 삿갓을 받을 수 있었다. 삿갓이 없는 동안 너무나 편안한 발걸음을 즐겼지만, 내 어찌 너를 포기할 수 있겠는가? 숙소에 도착해서 짐을 풀고, 근처에서 카레를 먹으며 나의 쓰린 속을 달래고 침대에 누웠다. 방에서는 와이파이가 되지 않는다는 사실을 미리 알지 못하고 숙소를 예약한 나는 항상 그랬듯이 눈가에서 떨어지는 물방울로 베개를 촉촉하게 적시며 잠이 들었다. 빈에서 느끼는 촉촉한 첫째 날이다.

돈 많은 게 최고다

아침에 일어나서 조식을 먹고 숙소를 나섰다. 이제는 너무도 뻔해 보이는 유럽적인 건물들에 전혀 흥미를 느낄 수 없었고, 그냥 집 앞에 나와 산책을 하는 듯한 빈의 골목길은 나에게 전혀 낯설게 느껴지지 않았다. 다시 걷고 또 걷고. 반복되는 걸음에 마냥 지치고 힘들기만 한 나. 불과 이틀밖에 지나지 않은 크리스마스로 인해 넘쳐나는 사람들의 열기와 4일 앞으로 다가온 올해의 마지막 날을 준비하기 위해 분주하게 움직이는 손길들은 정신없는 거리를 더욱 더 부산스럽게 만들었다.

허나 어차피 나의 모든 관심은 오늘 저녁에 있을 공연에 쏠려 있었고, 단돈 4유로로 세계 오페라하우스 중 미국 메트로폴리탄과 1, 2위를 다투는 이곳 빈 오페라하우스에서 공연을 볼 수 있다니. 대신 입석이라는 단점이 있지만, 그깟 게 뭐가 대수랴. 티켓을 애매하려고 해도 이미 매진이었을뿐더러 불과 4유로. 저렴한 가격이 아닌 거저나 다름없는 가격에 이런 공연을 관람할 수 있다는 사실만으로도 나에게 빈을 방문해야 하는 충분한 이유가 되었다. 대충 2시간 전에 도착하면 입석으로 입장을 할 수 있다는 어떤 이의 이야기를 들었기에, 시간에 맞춰서 오페라하우스에 갈 생각이었지만, 더는 구경할 것도 없고 돌아다니기도 귀찮아서 3시간 전에 오페라하우스에 도착하게 되었다. 근데 이게 웬걸. 벌써부터 많은 사람이 줄을 서 있는 것이 아닌가? 나는 서둘러 그 대열에 합류했고, 이때부터 나와의 싸움은 시작되었다. 기본적으로 2시간은 기다릴 생각으로 많은 동행을 구했었다. 혼자 있는 것보다는 여러 명이 같이

있는 게 상대적으로 덜 심심할 것 같았기에. 하지만 예정보다 빠른 입장으로 인해 동행들을 거의 만나지 못했고, 그나마 다행으로 1명의 동행과 함께 기다리게 되었지만, 기다림이 길어질수록 나의 몸은 점점 더 힘겨워져만 갔고, 흘러가는 시간 속에 나의 체력도 빠른 속도로 고갈되기 시작했다.

불과 4유로. 햄버거 하나 사 먹을 수 없는 금액이었지만, 자리는 생각한 것 이상으로 좋았다. 아니, 정말 좋았다. 정면에서 무대를 바라볼 수 있다는 사실 하나만으로도 충분히 4유로 이상의 가치가 있는 것 아니겠는가? 잠시 후 공연이 시작되었지만, 나는 온전히 공연에 집중할 수 없었다. 이미 몸은 지칠 대로 지쳐 있었고, 소리도 그다지 빵빵하게 들리지 않았다. 그리고 아파 오는 다리와 조그마한 공간에서 수많은 사람이 뿜어내는 열기가 장난이 아니었다. 옴짝달싹하기도 힘든 공간에서 사람들 사이에 끼어 장시간 가만히 서 있는 것이 얼마나 힘든지 알 만한 사람들은 알 것이다.

인터미션 시간이 되자 너 나 할 것 없이 세상에서 가장 불쌍하고 가여운 자세로 제자리에 쭈그리고 앉아 자신의 신세를 한탄하는 듯했다. 나는 생각했다. 역시 돈 많은 게 최고다. 돈을 벌어야 한다. 물론 다음에 빈에 다시 오지는 않겠지만, 만약 혹여나 오게 되고 공연을 보게 된다면, 꼭 좋은 자리에 앉아서 편하게 공연을 봐야지. 그리고 누군가와 같이 와야지. 불쌍함과 쓸쓸함만이 남은 빈에서의 저녁이 지나간다.

부럽다

이미 지금도 쓸데없이 보는 눈이 높지만, 작가는 나름의 안목을 바탕으로 삶 속에 용해되어 있는 아름다움들을 예술적으로 형상화시켜야 할 사명감이 있다기에, 레오폴트미술관을 보며 식견을 넓히고, 저녁에 있을 발레 공연을 보며 견문을 넓히고자 길을 나섰다.

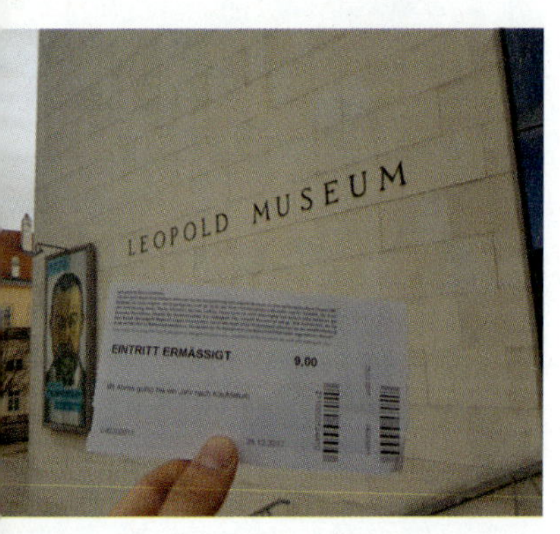

유럽을 여행하며 부럽다고 느꼈던 것 중 하나가 학생들에 대한 할인 프로그램들이 무척 잘돼 있다는 것이다. 물론 우리나라의 박물관이나 전시관들에서도 학생 할인이 진행되고 있지만, 대부분의 할인은 초중고생에 대해 한정적으로 적용이 되었고, 대학생까지 할인이 되는 것들은 거의 보지 못했던 것 같다. 그리고 여러 공연에서도 마찬가지였다. 유럽의 대학생들은 돈이 없어서 공연을 보지 못하는 것보다 관심이 없어서 공연이나 전시들을 보지 않는 학생들이 더 많을 것 같다는 생각이 들었다. 하지만 한국은 관심이 있더라도 돈이 없어서 공연과 전시를 보지 못하는 사람들이 더 많지 않을까, 라는 생각이 드는 것은 나만의 착각이겠지.

아무튼 지금껏 유럽의 여러 박물관과 전시관들을 구경하며 마주쳤던 어린 학생들을 보며 나의 어린 시절이 떠올랐다. 어렸을 적 나의 부모님은 나에게 정말 많은 것들을 경험시켜 주길 원하셨고, 순천문화예술회관에서 공연이 있는 날이면 나와 누나를 데리고 함께 공연을 관람했다.

백조의 호수와 난타, 그리고 호두까기 인형 등등을 보며 열심히 졸았던 기억이 어렴풋이 떠오른다. 되지도 않는 성악과 마인드맵. 그리고 과학 나라 등등. 한번은 초등학교 다닐 무렵 서울에 갔다가 순천으로 내려오면서 비행기를 타고 온 기억이 난다. 김포공항이 국제공항 역할을 하던 시절, 아무것도 모르는 나와 누나의 손을 잡고 비행기에 오르시던 어머니. 아마 어머니도 그날의 비행기가 생전 처음으로 타 보는 비행기였을 것이다. 그때 당시의 기억은 귀가 너무 아파 소리를 지르다 승무원 누나가 손에 쥐여 주는 장난감과 사탕을 참 맛있게 먹었던 것으로 기억한다.

　개인적으로 나이가 어려 아무것도 모를 때 무언가를 경험시켜 주는 것보다, 뭔가 생각이란 것을 할 수 있는 나이가 됐을 때쯤 경험을 시켜 주는 게 더 좋다고 생각한다. 그래야지 뭔가 얻는 것도 많아지고, 기억에 남는 것도 많지 않을까? 어렸을 때 아무리 비싼 옷들을 사 입혀 봤자, 커서 롱 패딩을 사 주지 않으면 원망하는 아이들처럼. 이건 내 이야기가 아니다. 아무튼 어렴풋이 기억나는 흔적을 남기는 것보다 확실하게 뭔가 전달되는 기억을 남겨 주는 게 더 도움이 되지 않을까? 물론 어렸을 적에 나를 위해 많은 것을 느끼고 경험하게 해 주신 부모님의 한량없는 은혜에 감복해 마지않지만, 나는 아기가 어렸을 때는 거지같이 키우고 나중에 커서 잘해 주련다는 생각을 아직은 하고 있다.

각설하고, 오늘은 어제보다 더 긴 약 4시간의 기다림 끝에 공연장으로 입장할 수 있었다. 오늘의 공연은 호두까기 인형. 처음에는 제목조차 알지 못하고 공연을 구경했지만, 어렴풋이 떠오르던 기억의 흔적을 따라가다 보니 초등학교 시절 부모님과 함께 보았던 공연 장면들이 떠올랐다. 감사합니다, 어머니 아버지. 말로 무언가를 전달하는 오페라보다는, 언어를 사용하지 않고 눈으로 보고 느낄 수 있는 발레공연을 훨씬 더 즐겁게 관람할 수 있었다.

이제 다음 공연은 우크라이나와 러시아다! 기다려라! 빈에서의 마지막 날 가슴으로 소리쳤다.

착한 여자는 천국에 가고
나쁜 여자는 부다페스트로 간다

가벼운 눈인사로 호스텔 스태프들에게 작별을 고하고 버스에 올라 부다페스트로 이동했다. 대부분 나라를 떠나기 전 그 도시가 아무리 별로였다고 하더라도 아쉬움이 눈곱만큼은 남아 있었지만, 빈은 그 눈곱만큼의 아쉬움조차 있지 않았다. 아마 방에서 와이파이가 되지 않았다는 것이 가장 크게 작용했는지도 모른다.

부다페스트로 떠나기 한 달 전쯤 숙소를 알아봤을 땐 빈방들도 많았고 숙소 가격도 그리 비싸지 않았기에 숙소에 대한 부담감이 전혀 없었다. 하지만 연말을 보내기로 하고 떠나기 3일 전쯤 앱을 통해 숙소를 확인했는데, 이게 웬걸?! 1만 원이 안 되던 호스텔의 가격이 5만 원 정도로 변해 있었고, 웬만큼 괜찮아 보이는 호스텔들은 이미 예약이 꽉 차 방이 하나도 없는 게 아닌가? 그리고 '처음에 내가 금액을 잘못 봤던 걸까?'라고 생각하며 연말을 넘겨서 숙소의 가격을 다시 확인하니 도로 1만 원이 안 되게 변하는 마법이. 아. 금액을 비교해 봤을 때 호스텔보다 한인 민박이 더 저렴해지는 일이 생기다니. 그러나 한인 민박들도 당연한 듯 이미 만실. 울며 겨자 먹기로 5만 원에 호스텔을 예약했다는 슬픈 이야기가 있다.

부다페스트 하면 나의 머릿속으로 가장 편안하게 떠올릴 수 있는 것은 〈그랜드 부다페스트 호텔〉이란 영화다. 그러나 정작 그 영화는 부다페스트와 아무런 상관이 없다는 사실. 어쨌든 전 세계 도시의 야경들을 논할 때 절대로 빠질 수 없는 도시 중 한 곳인 부다페스트. 이곳은 야경

하나로 먹고사는 도시라 해도 과언이 아니겠지? 라고 생각을 했다. 진정 낮보다 밤이 더 화려한 도시. 물론 나는 부다페스트에 대해서 잘 모르지만, 그냥 느낌이 그랬다. 착한 여자는 천국에 가고 나쁜 여자는 부다페스트로 간다는 말이 있는 그 도시에서 나의 연말과 새해를 맞이하게 됐고, 프라하에서의 크리스마스가 절반의 성공에 그쳤다면, 과연 부다페스트에서의 연말과 새해는 나에게 어떠한 색다른 선물을 줄까? 라는 기대감으로 촉촉이 젖어 있었다.

처음으로 마주한 부다페스트의 하늘은 구름에 기름이라도 바른 듯 모든 공간을 순식간에 불 싸지르며 번져 가는 한 마리의 화마와 같았다. 스페인에서 마주했던 뜨거운 태양이 낮의 정열을 의미한다면, 부다페스트에서 마주한 석양은 미리 세상을 불태워 시리도록 차가운 달이 뜨기 전 정열적인 밤의 세계를 준비하려는 듯 보였고, 나는 감동에 젖어 고된 몸을 이끌고 숙소로 향했다. 막상 도착한 숙소는 적당히 내 맘을 흡족시켰다. 만 원을 주고 왔으면 완전 행복했을 텐데.

안내를 받고 들어간 방 안에는 아일랜드에서 온 청년들이 이미 보드카를 마시며 파티를 벌이고 있었다. 아무것도 먹지 않았다는 나에게 보드카를 잔뜩 부은 커다란 글라스 잔을 건네고서, "이것을 마시면 괜찮아질 거야."라며 원샷을 외치는 아름다운 아일랜드 녀석들. 오늘이 바로 아름다운 부다페스트의 첫날밤이다.

암묵적인 협약

부다페스트에서의 하루가 밝았다. 하지만 부다페스트는 밤을 즐기러 온 것이었기에, 한참을 침대에서 빈둥거리다 야경투어를 가기 전에 거리 구경을 하러 침대에서 슬그머니 기어 나왔다. 전에도 말했듯이 이제 웬만한 유럽의 거리는 거의 다 거기서 거기. 비슷비슷.

착한 여자는 천국에 가고 나쁜 여자는 부다페스트에 간다. 나는 얼마나 나쁜 여자를 이곳에서 만날 수 있을까 기대를 했다. 그리고 대부분의 사람이 동유럽 물가가 싸다고 하는데, 도대체 왜? 누가? 그런 거짓말을 하고 다니는지 이해를 할 수가 없었다. 헝가리 전통음식인 보르쉬를 먹으러 식당에 갔는데, 뻘건 수프 하나 덩그러니 나오고 가격은 만 이천 원. 부대찌개 맛이라고 이야기를 들었지만, 전혀 부대찌개 맛 같지도 않고, 먹고 나니 배만 고팠다. 아무튼, 그냥 그랬다.

12월 30일 오후. 성당 앞에 있는 커다란 광장은 수많은 사람으로 북적거리고 있었다. 나는 너무 일찍 모임 장소에 도착한 터라 추위도 피하고 마음의 안식도 얻을 겸 성당 안쪽으로 발걸음을 옮겼다. 마침 성당 내부에서는 예배를 드리는 것인지 공연을 하는 것인지는 잘 모르겠지만 뭔가를 하고 있었기에, 긴긴 기다림의 시간을 지루하지 않게 보낼 수 있었다. 2~3곡 정도의 노래가 끝이 나자, 사람들의 박수소리에 발맞춰 바깥에서 해가 지기를 기다리던 수많은 인파가 추운 날씨 때문인지 성당 안으로 꾸역꾸역 밀려들어 왔고, 발 디딜 틈 없이 가득 차 버린 성당 덕분에 나는 답답함을 느끼며 그들을 피해 밖으로 뛰쳐나왔다.

성당에 들어가기 전 나는 노을 진 하늘을 등지며 내부로 들어섰지만, 성당 문을 열고 나와 마주한 지금의 세상은 그때와 전혀 다른 모습으로 변해 있었다. 광장에 자리한 스케이트장 위로 서쪽 하늘을 붉게 물들이며 희미하게 퍼져 가던 저녁놀들이, 이제는 온통 짙푸른 물감들로 뒤덮여 깊이를 알 수 없는 심연의 바다처럼 무겁게 변해 있었다. 또한 광장을 밝히며 트리 위로 얼기설기 엮여 있는 조명들은 하늘의 빈틈 사이에서 스며 나온 햇살처럼 포근한 빛을 발하며 세상을 더욱 찬연하게 비추고 있다.

핸드폰을 들어 시간이 얼마나 흘렀는지 확인하려던 찰나. 나와 눈이 마주친 초록빛 눈동자의 그녀. 왜 오늘따라 그녀의 입술이 꽃잎처럼 붉게 물들었는지, 계단 아래로 한 발짝 한 발짝 걸어 내려갈 때마다 하늘하늘 물결치는 예쁜 치마를 입었는, 나는 차마 그녀에게 물어 볼 수 없었다. 나는 그저 문을 막지 말고 비켜 달라는 사람들의 외침 덕에 문 옆으로 몇 걸음 물러서서 피어나는 어둠 속으로 사라지는 것 같은 그녀의 뒷모습을 멍하니 바라보았다. 한숨마저 사뿐히 밟아 내고, 구름마저 침잠해 버린 그 옛날 꽃날. 냉랭한 달빛들도 슬그머니 숨어 버린 오늘의 시간 속에서, 나 홀로 성당 기둥에 기대어 주린 배를 거머쥐고 그녀의 입술 너머로 멀어져 가는 무언가를 한없이 바라보다 수많은 기분을 삼킬 수밖에 없었다.

샤슬릭. 너의 입술에서 토해지는 따뜻한 숨결들로 호호 불어 가며 먹던 그 샤슬릭 꼬치가 아주 맛있어 보이더라. 그러더라. 어디서 샀는지 물어나 볼 것을. 그렇게 나에게서 멀어져 간 샤슬릭을 향기로나마 추억하련다.

 투어 모임 장소에는 이미 몇몇 사람들이 대기하고 있었지만, 대부분
자신의 일행과 함께 도란도란 이야기꽃을 피우고 있었다. 나는 혼자서
가이드님과 인사를 건넨 뒤 뻘쭘하니 맨땅만 차고 있는 척 주변을 탐색
하기 시작했다. 그러던 중 나와 비슷한 또래로 보이는 분을 만나 떨어지
지 말고 서로의 사진을 찍어 주자며 암묵적으로 협약을 맺었고, 이렇게
오늘의 야경 투어가 시작되었다.

부다페스트의 야경은 나의 기대를 충분히 충족시켰고, 신혼여행지로 오는 것이 아니더라도 한 번쯤 더 방문하고 싶을 정도로 나를 만족하게 했다. 하지만 투어는 어쩔 수 없는 투어. 우리는 이리저리 끌려다니며 포인트들에서 사진만 찍기에 바빴고, 나의 가슴속에 그날의 야경을 담기에는 턱없이 부족한 시간이었다.

저 멀리 도나우강 너머로 우뚝 솟아 있는 365개의 첨탑과 더불어 어둠의 장막을 헤치고서 초연하게 빛나고 있는 국회의사당. 국회의사당의 야경은 폭풍우 치는 밤바다에서 선원들에게 나아갈 길을 밝혀 주는 등대처럼 자신의 몸을 불태우고 있었고, 검은 강물 위로 흘러내리는 첨탑의 불빛들은 살아 숨 쉬며 생동력을 가진 듯, 여전히 물 위로 번져 흐르고 있다.

Happy new year.

어제 맺었던 암묵적인 협약은 오늘에까지 순탄하게 이어졌고, 우리는 예술가들의 마을이 있다는 센덴데레로 향했다. 오랜만에 한복을 입고 가려고 했지만, 절대 입지 말라고 소리치는 누나의 목소리에 기가 죽어 한복을 입지는 못했다. 프라하와 빈 그리고 이곳에서까지도 한복을 입지 못하다니. 한국 사람이 한복을 입어야 하는데 귀찮기도 하고, 날씨도 춥고, 나 자신도 한복을 멀리할 수밖에 없었다. 이놈의 귀차니즘. 아쉽기는 하지만 어쩔 수 없었다. 이미 나의 정신은 육체가 지배했기에 나의 귀차니즘을 쳐서 복종시킬 정신력은 나에게 한 줌도 남아 있지 않았다. 그래서 그러려니 하고 길을 나섰다. 이런 게 인생이기에.

센덴드레로 이동하는 내내 기차는 갈대밭 사이로 놓인 철길을 가로지르며 끝없는 평원을 달리고 또 달렸다. 기차가 만들어 내는 바람에 휩쓸리며 써걱써걱 소리를 내는 갈대밭. 센덴드레로 가는 길은 나의 고향 파란 하늘 아래로 바람 따라 끝없이 출렁이던 갈대밭의 모습을 떠올리게 했고, 부드러운 곡선을 그리며 죽 이어져 있는 물길 따라 나룻배 한 척 떠다니는 순천만의 모습을 추억하게 했다. 그 모습을 차마 꿈엔들 잊힐 리야.

센덴드레에서 마주한 도나우강 줄기는 나직이 피어오른 물안개들로 몽환적인 느낌을 풍기고 있었다. 이곳은 마치 꿈속을 거닐며 어렴풋이 잡힐

듯 잡히지 않는 구름 속에서 흐느적거리고 있는 듯한 기분을 들게 했고, 은은하고 흐리멍덩한 주위의 풍경들과 함께 도화지 위로 옅게 흩뿌려진 수채화 빛 풍경들은 나의 눈가와 가슴속으로 촉촉이 스며들어 갔다.

대충 구경을 끝마치고 우리는 올해의 마지막 날을 맞이하러 다시금 부다페스트로 향했다. 카운트다운을 한다는 성당 앞으로 가려고 했으나, 12시가 가까워질수록 흐르는 강물을 거꾸로 거슬러 오르는 연어처럼 우리의 곁을 스치며 강변으로 끊임없이 밀려가는 사람들을 바라보며 우리는 그 자리에 멈춰 서서 잠깐 고민을 하다, 밀려드는 그 흐름에 몸을 맡기고 인파에 스며들어 강가로 향했다.

카운트다운을 언제 시작해야 하나 서로를 마주 보며 머뭇머뭇하던 중, 전쟁이라도 난 것처럼 산발적으로 폭죽이 터졌다. 주변은 온통 알아들을 수 없는 소란스러운 음성들로 가득 채워졌고, 낯선 냄새를 풍기고 있는 수많은 사람은 나의 정신을 더욱더 혼란스럽게 만들었다. 불꽃은 하늘 위로 시원하게 펑펑 잘도 터지는데 무언가가 나의 가슴을 답답하게 조여 왔다. 그 순간 저 멀리서부터 시작된 함성소리가 메아리치듯 나의 귓가에 도착할 때쯤 속삭여지는 향긋한 너의 목소리.

"Happy new year."

너의 향긋한 목소리는 나의 귓가가 아닌 나의 입술 위로 살포시 겹쳐지며, 뜨겁고 향기로운 무언가로 나의 입안을 왈칵 채워 갔다. 따뜻하게 나의 혀를 적시고 들어오는 그 뜨거운 무언가는 차가운 강바람에 얼어붙어 있던 나의 마음을 한순간에 녹이고, 뜨겁게 불타오르는 정열의 불꽃으

로 멈춰 있던 나의 심장까지 다시금 박동하게 했다. 역시 추울 때는 뱅쇼. 다들 뱅쇼로 행쇼.

불꽃놀이는 어느 한 곳에서 주관하는 것이 아닌 시민들이 자발적으로 터뜨리는 불꽃이었고, 도나우강가와 온 부다페스트를 뒤덮을 듯 사방 군데에서 하늘을 밝게 수놓고 있었다. 그 불꽃들은 상상했던 모습까지는 아니었지만 나름의 자연스러움으로 나의 32살 새해를 밝혀 주었다.

나의 20대의 마무리. 30살의 새해는 나 홀로 백패킹을 하며 아무도 없는 제주도의 한적한 해변에서 맞이했었고, 31살의 새해는 가족들과, 그리고 지금 32살의 새해는 본향에서 이역만리 떨어져 있는 부다페스트에서 이름도 얼굴도 알지 못하는 수많은 외국인과 함께 맞이했다. 지금까지의 나의 인생은 처음 살아 보는 것답게 형편없고 수많은 우여곡절의 연속이었지만, 그것들을 다 떠나서 나름 재미있게 살아가고 있는 것 같다는 생각이 들었다. 가진 것은 쥐뿔도 없고, 할 줄 아는 것 하나 없고, 마이너스 통장과 카드빚에 허덕이는 지금의 나는 과연 33살의 새해엔 누구와 어디서, 무엇을 하며, 어떻게 보내고 있을지에 대해 궁금증을 가지게 했고, 2018년 개의 해에 처음으로 고민하기 알맞은 문제라고 생각하며 조금씩 밝아 오는 새해의 첫 태양을 맞이했다.

어찌 됐건 다들 뱅쇼로 행쇼.

오늘 같은 날

여명 무렵 잠이 든 나는 아주 부지런하게도 점심때쯤 침대에서 기어 나왔다.

새해를 함께 맞이한 독일에서 유학 중인 동생과 함께 한 살을 같이 먹은 기념으로 깔끔하게 미역국 한 사발 들이켜고 나서 사우나를 가기 위해 밖으로 나섰다.

하늘은 앞으로의 나의 인생을 예견하고 축복이라도 하듯 우중충한 구름으로 가득 차 있었고, 한참을 걸어 도착한 사우나 앞에 너무도 길게 늘어서 있는 줄 덕분에 우리는 사우나를 가뿐히 포기했다. 그리고 유람선을 타려고 했으나 운행시간이 맞지 않아 유람선도 포기하고, 호스텔로 돌아와 조촐하게 술 한 잔 하며 아무것도 하지 않은 채로 1월 1일 새해의 첫날을 기억의 저편으로 떠나보냈다.

역시 오늘 같은 날은 이렇게 편안하게 보내는 게 맞다.

모든 사람은 섬이다

벌써 부다페스트에서 머무를 수 있는 마지막 하루가 밝았다. 이곳에서는 하고자 했던 것 중에서 해 본 것보다 해 보지 않은 것들이 더 많았다. 사우나 가기와 유람선 타기, 어부의 요새 다시 가 보기, 스케이트 타기와 한복 입고 버이더 후녀드성 가기 등등. 하지만 아쉬움이 있어야 다음을 기약할 수 있기에 더는 숙소 연장을 하지 않고 '다음에 또 오지 뭐.'라고 편안하게 생각하기로 했다.

떠나기 전 몸보신을 좀 하자 싶어 아침 겸 점심 겸 저녁으로 삼계탕을 준비했다. 시장에서 커다란 닭다리 3개를 사고, 한약재를 구할 수 없으니 마늘만 왕창 사서 듬뿍 넣고, 손만 대도 살이 후드득 발라질 수 있게 푹푹 고았다. 그리고 고추와 양파, 리옹에서부터 가지고 다녔던 고추장과 함께 부다페스트에서의 최후의 식사를 준비했다.

북적북적했던 어제의 시간이 순식간에 지나가고, 언제나 함께 있을 것만 같았던 사람들이 하나둘씩 다른 곳으로 떠나갈 때.

모두가 떠나 버린 호스텔에 나 홀로 남겨져 있는 날이 늘어 갔고, 여행이 길어질수록 그런 날들은 더더욱 많아졌다. 만나고 헤어지는 사람들이 늘어날수록 '홀로 남겨졌다.'라고 느껴지는 그때의 허전함은 전혀 익숙해지지 않았고, 텅 빈 식탁에 나 홀로 앉아 멍하니 빈 공간을 바라보진 않고 핸드폰을 하고 있긴 했지만, 쓸쓸함이 느껴지는 것은 당연지사. 하지만 어느 순간부터 그때의 쓸쓸함이 전혀 낯설게 느껴지지 않았고, 그런 빈자리들이 당연한 것처럼 생각됐다. 이별이 잦아질수록, 혼자 있는 시간이 늘어날수록 나의 마음이 성장하는 것이 아닌, 그러한 감정들에 점차 무뎌지는 것처럼 느껴졌다.

영화 〈어바웃 보이〉의 '모든 사람은 섬이다.'라는 대사가 떠오른다. 물론 영화의 마지막 부분에 '그러나 일부 섬들은 연결되어 있다.'라고 끝이 나기는 하지만.

나는 때때로 인간은 정말 혼자 있는 섬이 될 수도 있다고 생각한다. 그리고 아마 서로 연결되어지는 섬들도 도개교로 연결된 섬들이지 않을까? 우연이란 배가 지나가고 나서야 내려지는 다리 위 인연으로 이어지는. 그리고 언젠가 다시 배가 지나갈 때 다리는 다시 둘로 나뉘어 서로에게서 멀어지는 도개교로 연결된 섬.

좌우지간 우연적인 만남으로 누군가와 인연이 된다면야 막을 리는 없겠지만, 우연적인 만남으로 무조건 인연이 될 거란 생각도 하진 않는다. 옷깃만 스쳐도 인연이라지만, 옷깃이 스쳐도 일단은 타인. 무조건적인 우연도 없듯, 인연도 어느 정도의 노력이 필요하겠지. 또한 여행지에서의 만남은 서로의 모든 것들이 환상적이고 특별하고 로맨틱해 보이도록 만들지만, 막상 여행을 끝마치고 자신의 세계로 돌아와서 마주하게 된 상대방은 그곳에서 느꼈던 아주 특별함은커녕, 전혀 다른 모습으로

내 앞에 남아 있더라.

　이렇게 철벽을 치면 나의 섬에 달린 도개교는 언제쯤 다른 섬과 나뉘지 않는 현수교로 쫀쫀하게 연결이 될 수 있을까.

　　　아쉬움만 남겨 두고 멀어져 간 그 자리에
　　　그리움에 이끌리어 뒤돌아본다.

　　　아무도 없는 거리를 나 혼자 서성이며
　　　머물렀던 그곳 사뿐히 밟고 서서.

　　　멈춰진 듯한 시간의 기분 속에
　　　비워진 가슴을 가만히 바라보며

　　　그대를 추억한다.

포기하면 마음이라도 편하다

오늘은 유럽에서의 마지막 나라 폴란드로 이동하는 날이다. 어차피 지나는 길이기 때문에 슬로바키아를 들를까 말까 고민도 많이 했지만, 짐을 풀고 싸는 것도 몹시 귀찮은 일이기에 그냥 버스를 타고 폴란드로 직행하기로 했다.

언제나 그렇듯, 일찍부터 터미널로 가서 버스를 기다리는 편이 훨씬 마음도 편하고, 장거리 이동 중 버스에서 먹을 주전부리들도 살 겸 서둘러 호스텔을 나섰다. 터미널에 도착하고 버스를 어디에서 타야 하는지 여러 사람에게 물어 봤지만, 그들은 각기 다른 정류장을 이야기하는 것이 아닌가. 아직은 버스 출발까지 약 1시간 정도 남아 있었기에 여유롭게 터미널 주변을 돌아다니며 정류장을 찾았지만, 마주치는 그 누구도 내가 기다려야 할 버스정류장의 정확한 위치를 알지 못하는 듯했고, 버스시간이 점차 가까워질수록 내 마음의 초조함은 더욱 배가되어 갔다. 광장 주변에 나와 같은 버스를 타고 크라쿠프로 떠나는 외국인들도 있었지만, 그들도 나와 마찬가지로 갈팡질팡하며 어찌할 바를 몰라 하고 있었다.

시간이 흐를수록 심장은 조여 오고, 배도 고파 오고, 설령 버스를 탄다고 해도 물 한 통 없이 탈 수는 없는 노릇이라는 생각이 들었다.

버스 출발까지 남은 시간은 이제 20분 남짓. 나는 주린 배를 채우고 최소한 물이라도 사 놓자, 라는 심정으로 상점을 향해 발걸음을 돌렸다. 어차피 지금까지의 여행 중 단 한 번도 버스를 놓친 적이 없었고, 순탄

하게 여행을 잘해 왔기 때문에 이번 한 번쯤 잘못된다고 하더라도 전혀 아쉬울 게 없었기에 편안한 심정으로 '이런 일도 있어 봐야지.'라고 생각했다. 그래서 맘 편하게 버스 타는 것을 포기했다. 버스를 타면 타는 거고, 아니면 마는 거고. 정말로 모르겠고, 짜증나고 스트레스를 받으면 그냥 포기하는 게 낫더라. 그럼 마음이라도 편하니까.

바람 부는 텅 빈 광장 언저리에 주저앉아 샌드위치를 먹었다. 오늘따라 샌드위치의 빵이 더욱 딱딱하게 느껴졌고, 조금씩 가까워지는 시간에 한숨밖에 안 나왔지만, 부다페스트에 여운도 많이 남았고 하니 좋은 게 좋은 거라고 긍정적인 생각을 하기로 마음먹었다. 그리고 버스 출발시각까지 약 5분 전 남짓. 비어 있는 광장으로 어디선가 수많은 사람이 몰려들기 시작했다.

내가 샌드위치를 먹고 있던 그곳에 크라쿠프로 가는 버스가 출발시각 5분 전에 도착했다. 헛웃음이 나왔다. 나는 지금까지 알맞은 정류장에서 버스를 기다리고 있었던 것이다. 제대로 된 곳에서 버스를 기다리고 있었으면서도 그 사실을 알지 못하고 나 혼자 발광을 떨며 초조하게 있었다는 사실에 기가 차고 코가 막혔지만, 어찌 됐건 나는 폴란드로 가는 버스에 무탈하게 탑승할 수 있었다.

한 점 두 점 조금씩 흩날리던 눈발은 어느덧 차창 밖으로 휘몰아치기 시작했고, 버스는 사방을 옥죄어 오는 눈발 덕분에 그 속도가 점점 늦춰지는 듯했다. 부다페스트에서 크라크푸까지의 거리는 약 400㎞ 정도. 하지만 도착까지 걸린 시간은

약 7시간 남짓. 나는 회색빛 땅거미가 내려앉아 어두움에 젖어 든 크라쿠프 어느 변두리에 있는 버스 터미널에 도착했다.

미국의 가수 겸 배우인 주디 갈런드는 이렇게 말했다.

"첫인상은 누구도 두 번 줄 수 없다. 그러나 첫인상의 위력은 의외로 막강하다."

사람과 사람과의 만남에서 첫인상이란 것은 아주 중요하다. 불과 약 5초 정도의 시간 만에 정해지는 첫인상이지만, 그 첫인상과 반대되는 인상을 심어 주기 위해서는 약 60번 정도의 노출이 필요하고 말한다.

나와 오늘 처음으로 마주한 폴란드의 크라쿠프. 이곳은 나에게 처음부터 나름 괜찮다는 기분을 느끼게 했다. 여행을 오래 다니다 보니 이제는 무언가를 직접 마주하지 않고도 첫발을 내딛는 그 순간부터 뭔가 느낌이 왔다. 아마 폴란드는 나에게 참 좋은 나라일 것이라는 느낌이 딱 왔다. 느낌 아니까.

지금까지는 항상 호스텔에서만 생활했었지만, 유럽에서의 마지막 나라 폴란드에서는 좀 편하게 쉬고 싶다는 생각으로 호텔을 예약했다. 그리고 호텔의 가격이 생각보다 비싸지도 않았다. 일단 저렴한 호스텔의 가격이 5,000원부터였으니까. 아무튼 호텔에 도착하자마자 푹신푹신한 침대 위로 몸을 파묻고서 나는 또다시 자연으로 돌아갔다. 이렇게 편안했던 폴란드에서의 첫날밤이 흘러간다.

이 정도는 돼야지

살짝 벌어져 있는 커튼 사이로 빛 한 줄기 스며든다. 희미한 눈부심은 방 안을 은은히 떠다니는 먼지들을 비추고 그림자를 만들며 나의 눈동자에 알알이 박혀 들었다. 조그마하게 열린 창틈 사이로 햇살의 진한 향기도 새어 들어온다. 어디에선가 아련하게 풀벌레 소리가 들린 것 같기도 했다.

너무 작아서 들릴 듯 말 듯한 가냘픈 소리에 귀를 기울이다 창문을 열고 밖을 내다보니 뒤뜰에 듬성듬성 자리하는 나무 위로 정말 새파란 하늘 위로 구름이 바람에 흩날리어 뿌옇고 어스름하게 보일 듯 말 듯했다. 어느덧 나의 봄도 멀리에서부터, 아주 멀리에서부터 아련히 오고 있구나. 문득 그런 생각이 들었다. 그리고 잠시 침대 위에서 머뭇거리다 나의 봄과 같은 청록색 한복을 꺼내 입고서 삿갓을 들고 밖으로 나섰다.

나는 걸어서 약 5분 거리에 있는 바벨성으로 향했다. 바벨성하면 용과 관련된 전설이 빠질 수 없다. 옛날 옛날 아주 먼 옛날. 사람을 잡아먹는 나쁜 용이 살았다. 어느 날 그 용은 왕에게 가서 공주를 제물로 바치라고 요구했고, 왕은 벽보를 붙여 용을 처치하는 사람은 공주와 결혼을 시켜 주고, 왕으로 만들어 주겠다고 공표했다. 소문을 듣고 나타난 이웃 나라의 백마 탄 왕자는 용맹하게 싸워 용을 무찔렀고, 아리따운 공주와 함께 행복하게 잘 먹고 잘살았다는 이야기가 아니라, 한 구두장이가 용을 물리치기 위해 양가죽에 유황을 집어넣었고, 그것을 먹은 용이 목이

말라 강물을 벌컥벌컥 마시다 몸이 터져 죽었다는 아름다운 전설이 있는 바벨성. 그리고 구두장이의 이름이 크라크였기에 그를 기리고자 이 도시의 이름이 크라쿠프가 됐다고 한다.

뭔가 소박하지만, 현실적인 바벨성의 전설이 나의 마음에 더욱 와닿았다. 일본의 성인 비디오를 촬영하는 회사들 대부분은 남자배우를 선발할 때에 배 나오고 얼굴도 못생기고 그곳의 크기가 별로 크지 않은 남성들, 혹은 길을 가다 흔하게 볼 수 있을법한 외모를 가진 사람들을 배우로 뽑는다고 한다. 그 이유인즉슨 비디오에 등장하는 남자배우들을 보면서 소비자에게 '나처럼 평범한 사람도 저렇게 예쁜 여자를 만날 수 있지 않을까?'라는 환상과 판타지를 심어 주기 위해서라고 한다. 이곳의 전설만 해도 어느 나라의 왕자 겸 꽃미남 기사가 아니라 구두장이가 용을 무찔렀는데, 이 정도면 평범한 누구든지 용 사냥에 대한 판타지를 꿈꿔 볼 만하지 않을까? 먼저 구두장이 기술부터 배워야 하나?

폴란드에 볼 것이 없다고 하는 사람은 왜 그랬을까?

크라크푸만 하더라도 메인 광장과 바벨성이 있고, 시내 쪽으로는 쉰들러의 실제 공장과 박물관이 있다. 그리고 유대인 거리와 소금광산, 아우슈비츠수용소까지 있고 조금 멀기로는 스키장까지 있는 아주 좋은 곳이었다.

그리고 더욱 중요한 한 가지. 물가가 진짜 싸다는 게 확실히 느껴진다. 일반적으로 한국 물가의 3분의 2 정도?로밖에 느껴지지 않았다. 다

른 유럽에서 먹었던 음식들이 1인당 1만 원 정도였다면, 이곳에서 먹는 음식은 1인당 4,000원 정도? 이 정도는 돼야 물가가 싸다고 말할 수 있지. 아무튼, 폴란드 생각처럼 좋다.

내일은 소금광산이다!!

스펙터클하니 신난다

폴란드로 오는 버스 안에서 생각했던 것처럼 나는 조금 더 부지런해지기로 마음먹었다. 평소보다 조금만 더 부지런해지자. 평소보다 조금만 더 나를 쪼아 보자. 떠지지 않는 눈 비벼 가며 조금만 더 서둘러 보자. 눈가를 간지럽히는 빛살들 이불 덮어 외면하지 말고 가볍게 맞장구 쳐 주며 일어나 보자.

나는 나태해진 나의 몸뚱이를 쳐서 복종시키며 10시 15분에 조식을 먹으러 침대에서 일어났고, 평소보다 15분이나 일찍 일어나 조식을 먹어서 그런지 멍해진 머리를 가지런히 침대 위에 뉘어 잠깐의 휴식을 허락한 후, 호텔을 나서 소금광산으로 이동했다.

버스를 2번이나 갈아타고서 도착한 소금광산. 이곳은 정해진 시간에 무조건 가이드와 동행을 해야 들어갈 수 있었고, 나는 영어 가이드 투어를 신청한 후 잠시 벤치에 앉아 멍하니 입장시간을 기다렸다.

이어폰을 받아 들고 잘생긴 폴란드 아저씨의 뒤를 따라 끝없이 이어진 계단을 내려갔다. 빙글빙글 돌고 돌고 한도 끝도 없이 내려갔다. 그리고 이어폰을 통해 들려오는 유창한 가이드님의 설명을 들으며 개미굴과 같이 구불구불 이어진 광산의 내부를 끝없이 걷고 또 걸었다.

혹여나 이런 곳에서 길을 잃게 된다면 무슨 느낌일까? 라는 생각이 들었다. 핸드폰도 터지지 않고 소름 끼치는 어둠만이 존재하는 이곳에서 나 혼자 갇혀 있다니. 등골 오싹하게 만드는 의문을 뒤로하고 나는 가이드의 등만 졸졸 쫓아다녔다.

대부분 알아들을 수 없는 가이드님의 설명이었지만, 단편적으로 이해했던 부분에 의하면 모든 동굴 벽은 전부 다 소금으로 이루어져 있다고 한다. 나는 주체할 수 없는 호기심에 '벽을 한번 핥아 볼까?'라고도 생각했지만, 고개를 설레설레 저으며 아마 내가 '핥아 볼까?'라고 생각했을 그 자리는 나 말고도 이곳을 방문했던 전 세계 수천만 명의 혀가 닿은 자리일 거야, 라는 생각에 돋아나는 소름과 함께 나의 혀를 쏙 내밀고서 벽을 핥았다.

"익. 짜다."

나는 주위를 두리번거리다 '씨익' 한번 웃어 주고 다시금 열심히 가이드의 뒤를 좇았다.

소금의 채굴도 일반적인 광물들의 채굴과정과 별반 다를 것이 없었다. 동굴 내부에 있는 가스들을 제거하기 위해 불도 붙이고, 땅을 파고 돌을 캐내어 그중에 필요한 소금만을 골라내고, 광산 내부에 흐르는 물을 받아 그 물을 증류시켜 소금을 만들기도 하고. 그리고 조랑말과 나귀들을 이용해 채굴한 암염을 운반했다고 하는데, 이 동물들은 태어나서 죽는 순간까지 이곳에서 일만 했다고 한다. 다른 세상은 알지 못하고 태어나서 죽는 순간까지 이렇게 일만 하는 게 당연한 줄 알고 죽어 갔을 그 동물들이 안타깝게 여겨지기는 했다. 그와 마찬가지로 이렇게 말도 안 나올 정도로 거대한 규모의 공간을 만들기 위해 얼마나 많은 사람의 피와 땀과 눈물이 서려 있을지 상상조차 되지 않았다.

지하 130m. 관광객이 들어갈 수 있는 가장 낮은 곳에서 오늘의 소금광산 투어는 마무리가 되었다. 그리고 광산 최하층부인 이곳에는 자그마한 물웅덩이가 있었다. 나는 웅덩이 근처로 다가가 바닥에 떨어져 있는 돌조각을 웅덩이 안으로 살며시 밀어 넣어 보았다. 나의 발끝에 밀려 웅덩이로 굴러떨어지는 조그마한 돌조각은 수면과 맞닿으며 잔잔한 파동을 일으키고 반대편 어둠 너머로 지독하니 느릿하게 퍼져 갔다. 수면에 비치어 일렁이는 나의 그림자를 보며 생각했다. 수백 명, 아니 수천

명의 피와 땀과 눈물. 그리고 그에 비견될 수 없을 정도로 수많은 동물의 한과 아픔이 조금씩 조금씩 쌓이고 녹아들어 광산에서 가장 낮은 이곳에 작은 물웅덩이로 고여 있나 싶은 생각이 들었다.

　구경을 마치고 세상에서 가장 무서운 엘리베이터라고 해도 과장이 아닐 것 같은 엘리베이터를 타고 다행히 지상으로 무사히 도착할 수 있었다. 어젯밤 비가 많이 와서 광산 내부를 받치고 있던 고임목 중 하나가 부러졌다는 가이드님의 말을 들은 다음부터 구경은 무슨 한시라도 빨리 그곳에서 벗어나고 싶었고, 이제야 나의 원이 이루어진 듯했지만, 저 엘리베이터는 두 번 다시 타고 싶은 마음이 들지 않았다. 어쨌든 약 4,000m 하늘 위에서 뛰어내려 보고, 지하 130m 땅속에서 솟아올라 오고. 나의 여행 아주 스펙터클하니 신난다.

준비 없이 맞는 비는 싫다

아침 일찍 일어나 예배를 드리러 교회로 향했다. 크라쿠프에 단 하나 있는 한인교회는 좀 특별한 위치에 있었고, 찾아가기에 애를 먹었지만 그래도 숙련된 여행자답게 아주 잘 찾아갔다. 그리고 예배를 드리고 사람들과 함께 밥을 먹으며 숙련된 여행자가 얼마나 센스 있고 재미있는지 아주 그냥 밥이 코로 넘어가는지 입으로 넘어가는지도 모를 정도로 웃음을 빵빵 터뜨려 주고, 근처에 있는 공원을 찾아 떠났다.

한없이 흐리기만 하던 하늘에서 추적추적 비가 오기 시작했다. 나는 비 오는 날을 좋아한다. 오늘따라 초콜렛 박스의 「비 오는 날이 좋아」라는 노래가 떠오른다.

비 오는 날이 좋아 / 눈을 감으면 들려 / 또로로록 빗소리 / 너의 목소리

비 오 는 날이 좋아 / 널 만나러 가야지 우후 / 새로 산 레인부츠 사뿐사뿐 내 맘은 설레어

아무튼 나는 비 맞는 것을 좋아한다. 중학교 2학년 때쯤인가? 태풍이 휘몰아치는 어느 여름 야심한 밤. 반팔 티에 반바지만 입고 쏟아지는 비를 맞기 위해 밖으로 나가 차가 한 대도 다니지 않는 도로 위를 뛰어다니면서 기쁨의 비명을 질렀던 기억이 난다. 물론 그때 이후로는 비를 맞으며 뛰어다닌 적은 없다. 어쨌든 그날에는 비 맞을 준비를 완벽하게 끝

마친 상태에서 길을 나선 것이기에 아무런 문제
가 없었지만, 오늘처럼 아무런 준비도 없이 내리
는 비를 맞는 것은 정말 싫다.

앙상한 가지만 남아 있는 숲길을 걸으며 크라쿠
프 마운드로 향했다. 제주도를 좋아하는 사람이
라면 비자림이라는 이름을 무조건 들어 봤을 것
으로 생각한다. 1000년 된 비자나무들로 뒤덮여
있는 숲. 제주도에서 내가 가장 좋아하는 공간이
기도 하다. 언제, 어느 때 가더라도 울트라 캡숑
짱 멋있지만, 진정한 비자림을 느끼려면 적당히
비 내리는 날 비옷을 입고 비자림을 걸어야 제맛

이다. 하늘에서 올올이 떨어지는 빗방울들은 헝
클어진 비자 나뭇잎들을 하나씩 어루만지고 흠뻑
적셔 간다. 꼭꼭 숨겨 놓았던 재미있는 옛날이야
기를 한꺼번에 풀어 헤치듯, 나뭇잎들은 오랜 시
간 동안 머금고 있던 피톤치드를 미스트처럼 뿜
어내고, 평소에 품고 있던 본연의 초록색보다 한
층 더 밝게 피어오르며 진한 초록빛으로 나를 맞
이한다. 숲 속으로 깊숙이 들어가면 들어갈수록
아지랑이 아스라이 농밀하게 피어오르는 산소의
장막들을 느끼고, 아찔하게 몽롱해지는 정신을
붙잡으며 빗방울 너머로 살며시 퍼져 나가는 햇
살을 마주하는 기분이란 경험해 보지 않으면 절
대 알 수 없는 그런 기분이다, 라고 전해 들었다.
나도 제발 한 번만 느껴 보고 싶구나. 어쨌든 이곳

은 비자림과 살짝은 비슷한 듯 말 듯한 분위기였다.

한참을 걷다 도착한 오늘의 목적지 크라쿠프 마운트. 허나 이미 구경하고자 하는 의욕은 굵어져만 가는 빗줄기에 씻겨져 내려 하수구 어딘가로 흘러가 버린 지 오래. 저기 눈앞에 보이는 언덕이 순천만 정원박람회에 있는 언덕의 모티브가 된 곳이라고 목사님에게 설명을 듣긴 했지만, 그래. 비슷하게는 생겼더라. 여러모로 순천과 밀접하게 연관된 곳이라 더 내 마음에 들었나 보다, 라고 대충 생각하고서 정류장에 대기하고 있는 버스를 타고 서둘러 숙소로 향했다.
역시 준비 없이 맞는 비는 싫다고 결론지어진 오늘의 하루였다.

순천이 마시고 싶다

처음으로 하는 장기 여행에 가장 어울릴 만한 기념품이 무엇일까 고민을 했다. 지금의 여행 전에도 많은 나라를 여행했었지만 특별한 기념품들을 모은 적이 없었다. 그리고 많은 사람이 모으는 마그넷은 나에겐 너무 식상하게 느껴지고, 삶을 살아가는 데 아무런 쓸모가 없을 것 같았다. 원래 기념품은 쓸모없는 걸 사는 건가?

아무튼 그래서 내려진 결론. 나에게 엽서를 보내기로 했다. 머물렀던 모든 도시까지는 아니더라도, 최소한 한 나라에서 한 장의 엽서를 나에게 보냈다. 그 나라의 우표와 그 나라의 직인이 찍힌 엽서. 아주 효과적으로 여행을 기념할 수 있는 기념품이지 않나 싶었다.

가장 처음 영국에서 엽서를 보냈을 때는 조금 쑥스러워 아무런 글도 쓰지 않고 엽서만 보냈는데, 프랑스에서 만난 우체국 직원의 한마디.

"누구한테 엽서를 보내는지는 모르지만, 한마디라도 쓰는 게 그 사람을 더 기분 좋게 만들어 줄 거야."

어차피 나에게 보내는 것이었기에 아무런 말도 쓰지 않았었다. 하지만 나중에 내가 이 엽서를 받았을 때 그날을 추억할 만한 무언가가 적혀 있다면 내 기분도 더욱 좋아질 것 같다는 생각이 들어 그다음부터는 짤막한 글들을 쓰기 시작했다. 그날의 날씨라든지, 엽서를 보낼 때의 기분 등등 거창하지 않은 글들을 썼다. 아직 그 엽서들을 한 장도 받아 보지 못했고, 지금까지 몇 장의 엽서들을 보냈는지 정확히 기억도 나지 않지만, 모든 여행을 끝마치고서 집으로 돌아갔을 때 몇 장의 엽서가 그곳에서 나를 반겨 줄까? 내 방 책상 위에 놓여 있는 여러 장의 엽서들을 마주할 때 나의 기분이 어떨까? 상상만 해도 짜릿한 전율이 내 등줄기로 흘러내렸다. 행복했다. 언젠가 지금의 엽서가 나의 손에 다시금 쥐어지는 그 순간에 오늘이란 추억의 향기가 물씬 풍길 수 있게 한참을 주물럭주물럭 만지작거리다가 우체통에 엽서를 집어넣었다.

"이따 봐."

그리고 또 하나. 각 나라에서 기념품으로 파는 자그마한 술잔을 사는 것이다. 너무 큰 잔은 가지고 다니기도 힘들고 무거우므로 스트레이트 잔을 샀다. 이것은 여행을 시작할 때부터 사지는 못했고, 스위스에서부터 모으기 시작했다. 언젠가 지친 하루를 끝마치고 집으로 돌아와 신발을 벗어젖히고 가방을 거칠게 내팽개친 다음 소파 위로 다이빙, 한참 동안 고개를 처박고 미동도 하지 않고 있다가 힘겹게 고개를 들어 서랍장을 바라본 순간에 나의 눈에 들어오는 세계 각지의 잔들.

"오늘은 융프라우를 마시며 하루를 달래야겠다."

빈 잔에 차가운 얼음물 똘똘똘 따라 놓고 한 번에 손목을 꺾어 캬. 상상만 해도 하루의 피로가 쫙 풀리는 느낌이 들지 않는가? 나는 술을 못 마시는 사람이니까 물을 마시는 거다. 아무튼 영국과 프랑스와 스페인과 포르투갈의 잔을 사지 못했으니까, 잔을 사러 다시 한 번 더 가야 할 것 같은 느낌적인 느낌. 한국에 가서 구할 수 있으면 구해 봐야지.

"스트레이트 잔 삽니다."

아무튼. 오늘따라 순천이 마시고 싶다. 오늘은 그런 밤이다.

버킷리스트

전에도 말했듯 폴란드에서는 조금 부지런해지기로 하고 아침 일찍 일어나 조식을 먹었다. 그리고 침대에 누워 생각했다.

'해 질 녘에 보는 바벨성은 어떨까?'

생각했다면 그 생각을 지켜야 한다고 생각한다. 그러기에 해 질 녘이 돼서야 호텔에서 기어 나와 바벨성으로 향했다. 성벽 난간에 걸터앉아 밀려오는 저녁놀을 즐기든가, 강가를 떠다니는 유람선을 바라보며 나의 님을 그리워하든가, 푸릇한 잔디밭 위로 생생하게 불타오르는 짙은 노을의 향기를 즐기기 위해 이곳으로 나왔지만, 상상 속으로 그리워하던 붉은 노을은 이미 칙칙한 구름에 집어삼켜져 회색빛으로 물들어 있었고, 금방이라도 한 줄기 비바람이 몰아칠 것 같은 을씨년스러운 분위기로 성벽 위를 덮어 갔다.

결국 나의 가슴에 찡한 감동을 건네받지 못한 것이 못내 아쉬웠는지, 나의 발걸음은 밤 내음에 홀린 듯 흐느적거리며 대광장이 있는 올드타운으로 이동하고 있었다. 주말 동안 광장을 가득 메우고 있었던 관광객들과 상인들의 부산스러움은 넘어가는 태양과 함께 어제로 흘러가 버린 듯했지만, 어둠이 내린 광장은 은은하게 울려 퍼지는 한 바이올리니스트의 애절한 밤빛 선율로 인해 너나 할 것 없이 손대면 톡 하고 사랑에 빠질 것만 같은 분위기로 변해 있었다.

수많은 관광객은 중세시대 귀족들이 연회를 떠나기 전에 자신을 태워 갈 마차를 기다리고 있는 것처럼 길게 줄지어 서 있었고, 그들의 틈

바구니에서 아름다운 중년 마부의 손에 이끌리어 마지못해 마차에 탄다는 듯 만족스러운 표정으로 웃음 짓는 아저씨. 이미 손님을 태운 마차들은 돌밭 길 위를 능숙하게 덜컥덜컥거리며 지나갔고, 그들이 지나간 그 길 위로는 로맨틱스러운 말똥 냄새가 아로새겨지고 흘러넘쳐 거리 위로 넘실거리고 있었다.

'저런 걸 왜 타는 거야?'라고 생각하며 사진 찍기에 정신을 온전히 집중하려는 찰나. 말똥 냄새와는 비교도 되지 않을 정도로 달콤 향긋한 향기를 풍기며 나의 앞을 스치듯이 지나가는 어여쁜 마부 누나. 그녀는 나와 눈을 마주치자 윙크 한 방 지긋이 날리고서 내 앞을 사르르 떠내려간다. 아름다운 꽃에 나비가 꼬이듯 나는 뭔가에 홀린 것처럼 그녀에게 이끌려 스스럼없이 마차에 오를 뻔했다. 허나 나는 아주 지조 있는 남자. 정신을 차리기 위해 입술을 질겅질겅 씹어 대며 그녀에게 흔들리다 말았고, 입가로 흐르는 피를 닦아 내며 생각했다.

'이렇게 로맨틱한 마차는 나중에 여자친구랑 같이 타야지.'

아마도 스카이다이빙을 두 번 하는 것보다 더 어려운, 또 하나의 이룰 수 없는 버킷리스트가 생긴 밤이다.

오시비엥침

　오늘은 폴란드말로 오시비엥침. 독일어로 아우슈비츠를 향해 떠나는 날.

　원래는 동행을 구해서 함께 가려고 했지만, 왠지 혼자 가고 싶은 마음에 아침 일찍 길을 나섰다. 누구나 다 알법한 영화 〈쉰들러 리스트〉. 나 또한 어린 시절에 이 영화를 보았던 기억이 난다. 물론 그때 당시에는 아무것도 모르고 부모님 곁에서 가슴을 졸이며 봤던 영화였지만 나이를 먹을수록, 역사에 대해 조금씩 알아 갈수록 그 영화가 얼마나 슬픈 영화인지, 얼마나 비극적인 사건을 그리고 있는 영화였는지 알게 되었다. 그 외에도 〈줄무늬 파자마를 입은 소년〉, 〈인생은 아름다워〉, 〈피아니스트〉 등 유대인 학살에 관해 이야기하는 많은 영화를 봤었다. 그리고 지금 가장 잔혹하고 많은 유대인이 살해당했던 아우슈비츠수용소, 그 실제 장소를 보러 간다는 생각에 더욱더 묘한 기분이 들었다.

크라쿠프 시내에서 버스를 타고 약 2시간 정도를 달려 도착한 아우슈비츠. 삼엄한 검사를 통과하고 수용소 안으로 들어갔지만, 관람을 시작한 지 30분도 채 되지 않아 나는 도망치듯 수용소를 벗어나 밖으로 뛰쳐나갔다. 이미 여러 블로그를 통해 대략적인 것들을 보고 난 다음이라 별 거부감 없이 구경할 수 있을 것이라 생각했지만, 나는 입구에서부터 느껴지는 을씨년스러운 분위기에 압도되었고, 첫 번째 건물을 모두 둘러보기도 전에 속에서부터 밀려 나오는 구역질을 더는 참을 수가 없었다. 다시 호텔로 돌아가기 위해 버스를 타러 가는 길. 버스를 타고 가는 내내 잠만 잤다.

실제로 기차에 실려 아우슈비츠로 끌려오는 이들의 기분은 어땠을까? 그 심정을 내가 상상이라도 할 수 있을까? 여러 수용소 관련 영화들을 보면서 느꼈던 감정들은 내가 이곳에서 마주하며 느낀 고통과 아픔에 백만분의 일도 되지 않았다. 지금 글을 쓰고 있는 이 순간에도 생각만으로 헛구역질이 나온다.

역사를 잊은 민족에게 미래는 없다.
— 윈스턴 처칠

나는 상대방에게 편지를 보냈지만, 그 사람은 편지를 받지 못했다. 그럼 그 편지는 보낸 것인가 보내지 않은 것인가? 나는 상대방을 돕기 위해 무언가를 했지만, 상대방은 그것을 전혀 도움으로 느끼지 못했다. 그럼 그것은 상대방을 도와준 것인가 도와주지 않은 것인가?

언제나 최고의 비교 대상으로 손꼽히는 독일과 일본. 독일이 사과한 것인가? 일본이 사과한 것인가? 그 판단은 사과하는 자신이 아닌 상대방이 결정하는 것이다.

그런 날

일과 중 가장 중요한 조식 먹기를 마쳤다.

편안하게 침대에 누워 책을 폈다. 아마 2장쯤 본 것 같다. 책이 눈에
들어오지 않는다.
오늘은 그런 날. 아무것도 하지 않았다.
크라쿠프에서의 마지막 날이다.

느림의 미학

크라쿠프에서 구경하고 싶은 곳은 많았지만, 가지 않은 곳들이 너무도 많았다. 생각보다 엄청난 볼거리들에 놀랐고, 저렴한 물가에 두 번 놀랐다.

크라쿠프에 대한 크나큰 아쉬움 덕에 쉬이 떨어지지 않는 발걸음을 뒤로하고 폴란드의 수도 바르샤바로 떠나는 버스에 몸을 실었다.

한국에서 어딘가로 여행을 떠날 때는 길고 긴 이동시간이 항상 나의 마음을 불편하게 했다. 순간이동을 할 수 있는 기계가 발명된다면 금액이 어떻게 되더라도 무조건 그것을 사용할 것이라 마음먹었었다.

하지만 여행을 다니면서 꼭 빠르게 가는 것만이 능사가 아니라는 생각이 들었다.

요즘에는 조금씩 천천히 이동하며 흘러가는 풍경을 차분히 바라볼 수 있는 여유가 좋아지더라. 때로는 감성적이고 포근한 아날로그적 분위기가 필요하듯이. 너무 빠르게만 돌아가는 세상 속에서 느림의 미학과 한숨 할 수 있는 여유로운 시간이 필요하듯이.

내가 이동하는 모든 순간과 과정들조차 나에겐 언제 다시 있을지 모르는 아름다운 여행들이었다는 것을 왜 그때는 미처 몰랐을까? 이런 생각이 든다는 것도 나이를 먹어 가는 과정 중의 하나라고 생각해야 하는 걸까.

　버스는 약 300㎞의 거리를 눈 한 번 깜짝할 만한 시간인 약 5시간 만에 나를 이곳까지 데려다주었고, '내가 폴란드의 수도다.'라며 어깨를 으스대듯 바르샤바는 여느 곳과는 다르게 도시적인 자태를 뽐내고 있었다. 그리고 나는 지하철을 타고 숙소에 도착했다. 바르샤바에서의 첫날이다.

나도 내가 왜 이러는지 잘 모른다

더는 잠들어 있을 수 없을 정도로 배가 고플 때까지 버티고 버티다 결국은 침대에서 일어났다. 이번 숙소는 먹고 싶은 음식들을 마음대로 해 먹기 위해 주방이 딸린 아파트먼트를 선택했고, 주린 배를 움켜쥐고서 장을 보러 집 앞에 있는 마트로 향했다.

나는 왜 식당에서 편하게 음식을 사 먹지 않고 이토록 귀찮음에 찌든 몸뚱이를 일으켜 요리를 직접 해 먹는 것일까. 딱히 이유는 없었다. 나도 내가 왜 이러는지 모르는 지경까지 오게 됐다.

밥을 먹으며 구글맵을 보니 갈 곳이 엄청 많았지만, 오늘의 계획은 휴식. 휴식. 또 휴식.

아무것도 하고 싶지 않은 날.

이런 날에는 휴식도 하기가 싫은 것 같다.

먼저 된 자 나중 되고, 나중 된 자 먼저 된다

전날 하기 싫었던 휴식을 억지로 끝내고, 구글맵에 찍어 놨던 포인트들과 마주하러 길을 나섰다.

가장 먼저 올드타운으로 가기 위해 버스를 타고 강변을 달렸다. 여행하며 마주한 대부분의 큰 도시들은 강을 끼고 있다. 세계 3대 문명의 발상지. 나일강, 메소포타미아, 인더스. 인류의 문명을 태동시켰다고 해도 과언이 아닌 이 모든 도시도 강을 끼고 성장을 했다. 하지만 오늘날에 그 도시들은 선조들이 남겨 놓은 많은 유적들로 그때 당시의 찬란함과 강인했던 시절들을 간직하고 있을 뿐. 그곳에 방문하는 관광객들만이 아득히 먼 옛날의 영화를 간신히 느낄 뿐이었다. 이처럼 역사적으로 아무리 부국강병을 한 나라라고 해도 내적으로 퇴보되고 외적으로 침입을 받게 된다면 오랜 시간을 버텨 내지 못하는 것이다.

이것 봐. 폴란드 얼마나 이뻐? 아무튼 성경에 보면 이런 말이 있다. 먼저 된 자 나중 되고, 나중 된 자 먼저 된다. 물론 전체적인 맥락을 따지고 보면 전혀 다른 내용이기는 하지만, 간혹 가다 단편적으로 저 구절만을 인용하여 예를 드는 많은 사람이 있다.

개구리는 멀리 뛰기 위해 웅크리고, 큰 그릇은 늦게 차고, 내리막길이 있다는 것은 오르막길도 있다 등등의 많은 이야기가 있다. 하지만 웅크렸다가 높이 뛰기까지, 텅 비어 있던 큰 그릇이 차기까지, 내리막길의 끝에서 다시 올라가기까지의 긴긴 시간 동안(물론 짧을 수도 있지만), 쉽게 말하면 성장하는 데 필요한 그 시간 동안 차분한 기다림으로 견뎌 줄 수 있는 주변 사람들이 얼마나 될까? 서로 앞다투어 좋은 명언들을 상대방의 면상에 들이밀며 내 말을 들어라, 내 말을 들어라 하지만 정작 그 명언이 마음에 뿌리를 내리고 자라날 때까지의 시간을 허락하는 이는 얼마나 될까? 아마 명언에서 말하는 그 일이 이루어지기를 누구보다 간절하게 바라는 사람은 그런 말을 해 주는 사람들이 아니라, 그 말을 직접적으로 듣는 본인 자신일 텐데.

인터넷에서 이러한 글을 본 적이 있다.

　—(10억을 건네며) 직장보다는 육아에 전념해 줬으면 좋겠구나.
　—(10억을 건네며) 딸 같아서~
　—(10억을 건네며) 청춘은 아르바이트보단 여행과 독서지.

모든 개소리도 10억을 건네며 한다면 말이 된다느니 어쩐다느니.

이런 잡생각을 하기 좋은, 여행 시작한 지 90일째. 제주도를 걸으며 여행할 때 지나쳤던 많은 사람들은 나에게 물었다. '걸으면서 무슨 생각 했어요?', '걷다 보면 무슨 생각이 들어요?' 등등 무슨 생각을 했는지, 어떤 생각을 했는지, 무엇을 느꼈는지를 묻는 사람들이 대부분이었다. 나

는 그들에게 공통으로 대답했다.

"걷기 싫다고 생각했고, 언제까지 걸어야 하나라고 생각했어요."

〈포레스트 검프〉란 영화에서 여주인공이 집을 떠난 후, 그는 무작정 거리로 나와 달렸다. 그냥 달렸다. 동으로 서로 달리기만 하는 그를 보고 사람들은 그가 달리는 이유에 대해 여러 가지 추측을 하며 자신만의 의미를 부여하기 시작했고, 아무런 의견도 표현하지 않고 묵묵히 달리기만 하던 그의 알 수 없는 이유에 동조하는 사람들이 늘어나기 시작했다. 그리고 한참이나 더 달리다 마침내 주인공이 멈춰 선 순간 했던 한마디.

"이제는 피곤해요. 집에 가고 싶어요."

인생을 사는 데 꼭 의미가 있어야 할 필요는 없다는 생각이 들었다. 사람은 제각기 만들어진 이유가 있다고, 이 세상에 태어난 이유가 있다고 하지만, 그 이유를 찾기 위해 죽을 둥 살 둥 노력해서 찾는 게 그 이유가 맞기는 할까? 어차피 이 세상은 내가 바라는, 내가 원하는 성공이 아닌 남의 눈에 비치는 성공만이 진정한 성공으로 단정 지어져 있는데 이런 세상에서 나는 무엇을 위해 노력해야 하는 걸까. 나는 바라는 게 없는데. 특별하게 바라는 게 없는데. 그냥, 그냥 언젠가 사랑하는 사람을 만난다면 서로 부담 없이 행복하게 잘 먹고 잘사는 건데. 하루 두 끼든, 세 끼든 배곯지 않고 사는 건데. 그녀와 하루의 끝을 함께 마치고 싶은 건데. 만약 엄청난 행운으로 자식이 생긴다면, 그 자식이 공부를 잘하든 못하든 건강하기만을 바라고 함께 잘 먹고 잘살고 싶은 건데.

근데 생각해 보니까 그게 엄청 어려운 것일 수도 있겠다, 라는 생각이 들었다. 이렇게 단순하게 살고 싶은 생각이 거창한 걸까? 아등바등 지지리 궁상을 떨면서 한 달에 오만 원씩 용돈을 받아 가며 사는 게 진정한 아름다움일까? 그러면 아이를 가지지 말아야 하나? 결혼을 하지 말아야 하나? 행복은 절대적일까? 상대적인 걸까? 왜 꼭 같은 것보다 다 다른 것이 좋다고 가치관이 변하는 세상 속에서 행복과 성공의 기준은 변하지 않는 걸까? 나의 개인적인 생각으로는 개인의 성향에 따라 다르지 않을까 싶다.

아무튼 어렵다. 소주가 먹고 싶다.

언젠가는 알게 되겠지. 내가 어떤 사람이고 뭘 해야 하는 사람인지.

오늘 밤이 사무치게 아쉽다.

이제 가면 언제 오나?

　오늘은 바르샤바에서 가장 큰 공원으로 산책을 가기로 하고 집을 나섰다. 버스를 타고 한참을 달려 도착한 공원에서 어렸을 적 여섯 살 무렵의 그날이 생각났다.

　"건아야, 머리 자르러 가자."

　70년대 말. 기성세대에 대한 반발과 분노를 드러내며 자유를 상징했던 장발. 그리고 그때 당시 장발 단속을 피해 이 골목 저 골목을 누비고 다니던 우리네 아버지들의 모습을 쏙 빼다 박은 듯한 소년의 헤어스타일은 그늘 밑에서 장기를 두시는 어르신들의 이맛살을 절로 찌푸리게 했고, 소년의 어머니는 가기 싫다며 발버둥 치는 아이의 팔을 잡아 질질 끌고서 이발소로 향하고 있다.

　"어머니. 제가 그리 긴 인생을 살아온 것은 아니오나, 지금 이 시점에서 저의 짧은 소견을 말씀드리자면, 서로가 충분한 의견을 나누기 전에

는 어느 한쪽도 함부로 다른 한쪽의 의견을 무시하고 제재할 수 없다는
것입니다.”
라며 정중히 말하고서 소년은 길바닥에 드러누워 하늘을 바라봤다. 지
금의 발걸음이 계속 이어지게 된다면, 나의 머리카락들은 4월 말경의 잔
잔한 바람에도 아주 쉬이 흩날리고 떨어지는 벚꽃들처럼 바닥 위를 노
닐며, 이발사 아저씨의 걸음에 사뿐히 지르밟히고 쓰레기통 속으로 사
라질 텐데. 하지만 그의 이런 생각들을 뒤로하고 하늘은 그의 앞날을 예
견이라도 하듯 구름으로 어둡게 흩뿌려져 있었고, 근심 가득한 회색빛
으로 그를 주시하고 있었다. 생각에 잠겨 한동안 잠잠히 있던 소년은 결
의에 찬 표정으로 ‘두발의 자유가 아니면 죽음을 달라!’ 라고 소리 없는
아우성을 외치며 팔을 있는 힘껏 휘저었고, 존재할 수 없을법한 비명을
세상으로 뱉어 냈다. 얼마나 시간이 지났을까? 한바탕 힘차게 발버둥 친
덕에 힘이 빠진 그를 고요하게 바라보시는 어머니의 눈동자 깊숙이에서
차가운 심연을 마주할 수 있었다. 잠시 후 어머니의 손에 이끌리어 다시
금 집으로 되돌아가는 소년의 발자국이 아련하게 거리를 수놓고 있다.
그때 소년의 얼굴은 지금의 승리를 기뻐하며 환희에 가득 찬 표정도 아
니었고, 자연스럽지 않게 찌뿌둥한 오늘 날씨와 같이 다소 진한 어두움
으로 구름 져 있었다. 오늘 날씨가 별로란 이야기이다.

여행을 다닐 때마다 나는 날
씨 운이 항상 좋지 않았던 것 같
다. 그나마 스페인과 포르투갈
을 제외한 대부분의 나라에서
맞이하는 하늘들은 항상 나의
바람과는 달랐다. 표현을 하자
면, 어두침침한 감옥 속으로 간
간이 빛 한줄기 새어 들어올 때

그 빛에 감사함을 느끼는 것처럼, 이따금 구름 사이로 내리쬐는 햇빛들이 나에게는 그렇게 고마울 수가 없었다.

나도 때로는 멋있는 작품 사진을 찍고 싶고, SNS에 좋은 사진들을 올리며 사람들의 관심을 받고 싶었지만, 허구한 날 올리는 사진들이라곤 어두컴컴하고 우중충하고 흐리멍덩한 회색빛 사진들뿐. 하지만 누구를 원망할 것인가. 아무튼 그러려니 하면서 사진을 찍으며 카메라의 필터를 이것저것 바꿔 보았다. 어차피 작품사진은 내가 만드는 것이 아니다. 포토샵과 필터가 만드는 것이기 때문에. 아마도 그런 것 같다.

항상 혼자 길을 걸으며 하는 생각이지만, '이런 곳을 나 혼자 걸을 때 무슨 의미가 있나?'라는 생각을 한다. 나는 왜 여기서 이러고 있을까? 나는 왜 여기서 이렇게 혼자 이 길을 걷고 있을까? 내가 가는 이 길이 어디로 가는지, 어디로 날 데려가는지 그곳은 어딘지 알 수는 없지만 바람은 길을 잃지 않는다고 했던가? 그 말처럼, 바람은 지금 이 순간 내가 가야 할 길을 분명히 알고 있었다.

나는 등 뒤에서 세차게 밀려오는 바람에 떠밀려 당연한 듯이 숙소로 발걸음을 돌렸다. 오늘따라 날씨가 너무 추웠다. 이렇게 바르샤바에서 보내는 마지막 밤이, 유럽에서 보내는 마지막 밤이 아쉬움이라는 모래처럼 꼭 쥐어진 손가락 사이로 흘러나와 흔적만 남긴 채로 어디론가 떠나갔다. 이제 가면 언제 오나?

나는 장기 여행자니까

떠나는 날. 하늘은 왜 이리도 화창한지. 왜 항상 떠나는 날에만 이토록 날씨가 좋은 것인지. 장난 지금 나랑 하는 건가?

가려고 했던 곳은 많았지만 많은 곳을 가 보지 않았고, 갈수록 추워지는 날씨 덕에 나의 활동 범위도 점차 줄어들 수밖에 없었다. 또 한복을 입고 다닐 수 있는 날씨는 지났다.

이제는 결단이 필요하다. 원래 오늘 이동하기로 한 우크라이나는 나의 계획에 전혀 없던 나라였다. 하지만 바르셀로나에서 만난 동생이 무조건 우크라이나를 가야 한다고 극찬을 하는 바람에, 이왕 온 거 한 번쯤은 가 보자, 라고 마음을 먹게 되었다. 처음에는 크라쿠프에서 리비우로 간 다음 키예프로 가려고 했으나, 그러기에는 너무나 귀찮고 힘들 것 같다는 생각에 비행기를 타고 곧바로 키예프로 이동하기로 했다.

나는 우크라이나에서 정말 많은 것들을 준비해야 한다. 이제 진정한 모험의 시작이라고 할 수 있는 러시아가 나를 기다리고 있었고, 시베리아 그 혹한의 추위를 견디기 위한 모든 준비를 우크라이나에서 끝내야 한다!

항상 쉬지만, 그래도 나는 더욱 쉬어야 한다! 이딴 식으로 계속 쉬고 싶어 할 거면 여행을 왜 다니냐? 라고 잔소리를 시작하려는 순간 나는 장모님의 나라 우크라이나 키예프에 도착해 있었다.

아. 키예프는 진정한 겨울이었다. 스위스 융프라우에서보다 더한 칼바람이 나의 양 볼과 허벅지를 찢어발길 듯이 세차게 몰아쳤고, 나는 조금씩 굳어 오는 손가락들을 바쁘게 놀리며 버스정류장을 찾아 헤맸다. 보드카라도 한잔 들이켜야 하나? 라고 생각하며 떨어져 나갈 듯이 펄럭이는 나의 귀를 양손으로 부여잡고, 전광판도 없는 정류소에서 하염없이 버스가 도착하기만을 기다리고 있었다.

나는 능숙하게 버스를 타고, 지하철도 타고, 구글맵에 의지하여 거침없이 호스텔로 향했다. 호스텔에 도착한 나는 비행기 안에서부터 계속 연습했던 '즈드라스븨이쩨.' 라고 자신 있게 직원분에게 인사를 건넸고,

호스텔 직원도 반갑게 웃으시며 러시아어로 말을 이어 갔다. 다만, 나이가 지긋하신 직원분께서는 영어를 단 한마디도 하지 못하셨다.

하지만 그것은 나에게 아무런 문제가 되지 않았다. 나는 눈빛만 봐도 상대방의 말을 이해할 수 있는 장기 여행자니까. 그렇게 우리는 서로의 눈동자만을 바라보며 한동안 말이 없었다.

아무튼 우크라이나야 반가워.

근데 우크라이나 아가씨들 진짜 예쁘다

느지막이 점심을 먹고 길을 나섰다. 나의 숙소는 우크라이나 독립광장 바로 근처에 있었기에, 약 65m 정도 걸었을까? 어젯밤 숙소로 들어오는 길에 잘 보지 못했던, 광장의 커다란 현수막을 마주할 수 있었다.

독립광장 맞은편에 걸려 있는 거대한 현수막은 우크라이나 사태로 인해 불타 버린 건물을 가리기 위해 설치가 되었다고 한다. 푸른 하늘을 가로지르고 있는 쇠사슬은 부서져 있고, 붉은 글씨로 씌어 있는 '자유는 우리의 종교와 같다.' 역사 속에서 한 끗발 날렸다고 할 만한 사람들은 자유에 관한 수많은 명언을 남겼다. '나에게 자유가 아니면 죽음을 달라. —패트릭 헨리', '돈이 성공을 만드는 것이 아니고, 자유가 성공을 가능하게 한다. —넬슨 만델라' 등등.

내가 무엇을 하든, 어떤 일을 하든지 그것은 나의 자유다. 하지만 어떠한 일을 했을 때, 무언가를 선택했을 때 그 선택에 대한 책임은 오롯이 나의 몫이다. 커다란 힘을 가진 자들에게는 그만한 큰 책임이 따르듯, 자유라는 거대한 힘을 가지고 있는 우리에게도 동일한 책임이 필요하다. 하지만 지금의 우리가 편하게 누리고 있는 자유에는 책임감이란 부분이 많이 결여되어 있는 듯하다. 민주주의는 피를 먹고 자란다는 말이 있다. 우리의 자유는 이전의 많은 운동가와 조상들이 미래의 우리를 위해 대신 투쟁하고 싸워 가며 피 흘려 얻게 된 값진 것이지만, 어찌 보면 지금의 우리는 아무런 대가도 치르지 않고 얻게 된 자유이기에 그 가치와 소중함이 이전 세대들과는 아주 다를 것 같다는 생각이 들었다.

자유의 아주 단편적인 부분. '내가 뭘 하든 네가 뭔 상관?'이란 자유에 익숙해진 것 같은 사람들. 책임은 지려 하지 않고 자신의 자유와 권리만을 주장하는 사람들. 실제 투쟁을 하며 자유를 쟁취하기 위해 발버둥 쳤던 이전 세대들과 지금도 자유를 위해 투쟁을 이어 가는 세계 여러 나라 사람들의 눈에 지금 우리네 사람들이 주장하는 자유의 의미가 얼마나 값없게 느껴질지 상상조차 할 수가 없다. 이 광장에 모여 자신의 생명을 걸고, 영원히 깨어지지 않을 것처럼 굳건하게 세워진 벽 앞에 서서 목숨을 걸고, 피를 토하며 끊임없이 소리쳤을 하나의 외침. 'FREEDOM IS OUR RELIGION' 그 글을 바라보며 광장의 한가운데에서 떨궈진 나의 고개는 쉬이 곧추서지 않았다.

자유의 의미와 가치에 대해 곰곰이 생각하면서 길을 걸었다. 거리는 어젯밤부터 내린 눈들로 차도 위는 까맣게, 인도 위로는 하얗게 흔적을 남겨 놓았다. 나는 이전에도 말했지만 눈을 별로 좋아하지 않는다. 군대에서의 경험도 있고, 눈이 내린 다음 날 길거리 여기저기 나뒹굴고 있는 똥 덩어리처럼 질척거리는 눈은 언제나 나의 인상을 찌푸리게 했다. 나도 이 질척거림에서 벗어나 편안한 길을 걸을 자유가 있다! 라고 입을 벌려 말했다. 그래. 그냥 그랬다.

키예프의 바람은 특이하게도 주변 건물들과 어우러져 허벅지가 아리고 볼을 발갛게 만드는 바람이 아닌, 주위를 차갑게 만드는 매서운 바람이 아닌, 나의 마음에 청량감을 주는 시원시원한 느낌으로 다가왔다. 하늘에서 방금 막 떼어낸 듯한 신선한 에메랄드빛으로 물들어 있는 건물들은, 나를 새롭게 떠오르는 신혼여행지 두브로브니크의 해변으로 안내했다. 콧구멍을 벌름거리며 터키 카파도키아의 하늘 위로 떠오르는 열기구와 같이 가슴을 한껏 부풀려 나의 얼굴을 후드려 패는 바람들을 냅다 들이삼켰다. 아릿한 냉기를 품은 두브로브니크 해변의 향기로운 바람은 나의 뇌 구석구석을 샅샅이 훑고, 폐부 깊숙이 박혀 있던 이산화탄소들까지도 모조리 끌어안고서, 짤막한 탄식이 섞여 있는 뜨거운 한숨과 함께 따끈따끈한 백사장 위로 쏟아졌다.

"여기 몰디브 한 잔."

내가 주문한 모히또가 나오는 것을 느낄 수 있었다. 싱그러운 박하 향이 쏠쏠히 내 콧구멍으로 가까워지고 있었다. 선글라스를 살며시 내려 바라본 테이블 위로 먹음직스러운 자태를 뽐내며어서 나를 마셔 달라는 듯 농염한 방울들이 알알이 맺혀 있는 잔이 놓이고, 나는 조심스레 손을 뻗어 잔을 잡고서 상큼한 대자연의 부드러움을 목구멍으로 조금씩 흘려 넘겼다.

"추워?"

자그마한 고개를 가냘프게 끄덕이는 그녀의 등 뒤로 다가가 따뜻한 미소로 그녀를 나의 품 안으로 꼬옥 끌어 담았다. 우리는 한 몸이 된 채로 썬베드에 누워 수평선 너머로 떨어지는 태양을 바라본다. 서로에게 사랑을 속삭이며 붉은 물감과

노란 물감이 흩뿌려진 듯한 하늘색 도화지 위로 꼭 맞잡은 두 손을 휘휘 저어 우리의 찬란하고 아름다울 미래를 그려 보았다.

"으 추워."

테이블에 엎드려 구부정하게 수그리고 있던 허리를 곧추세우고 사방을 둘러본다. 여기를 봐도 커플 저기를 봐도 커플. 여기를 봐도 이쁜 아가씨들 저기를 봐도 이쁜 아가씨들. 진짜 괜히 우크라이나가 아니었구나. 근데 다 커플들이구나.

순간 내 볼을 따라 바닥으로 떨어지는 자그마한 유리구슬 하나. 또르르르륵 소리를 내며 굴러가다 도로 위를 다니는 자동차의 바퀴에 밟혀 박살 나 버린 유리구슬. 내 처지가 구슬프더라. 아무튼 그렇더라. 근데 우크라이나 아가씨들 진짜 예쁘다.

요정을 보았다

우크라이나에서 발레 공연을 보게 된다면, '실제로 세상에 엘프란 종족이 살고 있지 않을까?'라고 생각하게 된다는 이야기를 들었다. 오늘이 그 말의 진위 여부를 확인할 수 있는 날. 〈눈의 여왕〉 발레 공연을 보러 가는 날이다.

요정님들을 영접하기 전, 깨끗하게 목욕재계를 하고 여느 때와 다름없이 셔츠에 검은색 라운드 티를 레이어드하고 숙소를 나섰다.

이번 공연도 S석. 근데 어떻게 S석이 맥도날드 햄버거 세트 가격과 비슷할 수가 있는지 이해가 되지 않았다. 이곳의 체감물가는 폴란드보다 훨씬 더 저렴하게 느껴졌다. 물가란 것이 상대적이긴 하지만 참 신기하기도 하지.

참 좋더라. 이렇게 하고 싶은 것들만 하면서 살면 얼마나 좋을까? 어떤 누리꾼이 적은 글 중에, 유럽여행이 그리운 이유는 '돈을 펑펑 써서'라더라. 그리고 '아마도 한국에서 그렇게 돈을 펑펑 쓰면서 살 수 있다면, 한국도 행복할 것이다.'라는 글이 생각이 났다. 아. 건물주가 되고 싶어라.

늦은 시간 공연이 끝났지만, 밤거리를 걸으며 불안감을 느낀 적은 한 번도 없었다. 처음 우크라이나의 치안에 대해 조금은 걱정을 했었지만, 역시 어디든 전부 다 사람이 사는 곳이다. 나는 아직도 내 눈앞을 아른거리는 요정님들의 춤사위와 함께 안전하게 숙소에 도착했고, 그렇게 잠이 들었다. 근데 우크라이나 아가씨들 진짜 예쁘다.

너와 함께 다시 한 번 춤을 추리

날씨는 갈수록 추워졌다. 이제는 더 이상 한복을 입을 수 없다는 생각들이 머릿속을 가득 채웠고, 러시아에 대한 걱정은 날로 배가됐다. 빨리 이놈의 한복과 삿갓도 해치워 버리고 싶었지만, 이놈의 사랑스러운 애물단지들을 어찌해야 하리오. 그냥 쓰레기통에 버릴 수도 없고, 호스텔에 놔두고 가기도 모호하고, 그렇다고 배낭 안에 넣어서 가지고 다니기는 더욱 더 힘들고. 애초 마음 같아서는 기념으로 한국까지 가지고 가고 싶었지만, 날씨는 영하 10도에 육박하고, 새로운 방한 장구류들을 사지 않는다면 내가 한국으로 돌아가지 못할 판이니.

이 일을 어떻게 해야 하나 고심하던 끝에 모든 것을 다 알고 있는 우리 엄마에게 물었다.

"엄마, 한복 어떡하지?"

"대사관에 기증해."

"잉?"

'설마 한국을 대표하는 대한민국 대사관에 이깟 한복이 없어서 기증을 받겠냐?'라고 생각을 했지만, 혹시나 하는 마음에 대사관에 전화를 걸었다.

"안녕하세요. 저는 지금 장기 여행을 하는 여행자인데요, 여쭤 볼 게 있어서 전화했어요."

"네. 말씀하세요."

"제가 한복을 기증하고 싶어서 그러는데, 혹시 가능한가요?"

"네??"

처음에 전화를 받았을 때는 살짝 퉁명스러운 목소리로 나에게 대꾸하더니, 내가 한복을 기증하고 싶다는 말을 하자 반응이 180도 바뀌더라. 허허. 아무튼, 결론은 가지고 오란다. 역시 부모님의 말씀을 잘 들어야 한다.

지금까지의 여행 중 처음으로 한복을 입지 않은 채로 손에 들고 길을 나섰다.

약 100일이란 기간 동안 나와 함께 유럽 방방곡곡을 누비며 희로애락을 즐겼고, 동고동락했던 한복과 삿갓을 조국에서 이역만리 가까이 떨어진 이곳, 이 머나먼 이방인의 땅, 장모님의 나라 우크라이나에 홀로 남겨 두고 떠나기는 너무나도 쉬웠다.

중고나라에서 엄청난 고민 끝에 가까스로 사게 된 한복과 두루마기, 한복과 두루마기보다 더욱 더 비싼 돈을 주고 인터넷쇼핑몰에서 산 삿갓. 그리고 나의 옷에 마지막 화룡점정을 찍어 나의 자태를 더욱 품위 있고 도도하게 만들어 주었던 갓보다 비싼 술띠. 우리가 유럽에서 함께 보냈던 시간 동안 너에게 주어진 본연의 역할을 충실히 끝마치고서 이제는 이곳, 너의 제2의 고향이 될 키예프에 머물며 백골이 진토 되어 넋이

라도 있고 없고, 너의 모든 것이 마지막 한 줌의 재가 될 때까지 분골쇄
신하여 한국인의 위상을 드높일 수 있는 한복이 되어라. 혹여나 너의 모
습을 알지 못하는 사람들이 너에게 볼품없다 손가락질하며 업신여길지
라도, 언동에서 품위를 잃지 말고, 몬세라토의 바람처럼 기품 있고, 마
테호른과 같이 웅장하고 고귀한 자태를 뽐내라. 세련되고 청염한 너의
모습은 이 땅에 국혼을 발향시키고, 이들의 마음에 한민족의 얼을 심어
주리라. 설령, 네가 만일 우리의 본향으로 다시금 돌아오게 된다면, 진
정 그날이 온다면 그날엔 내 너를 품에 꼬옥 안고서 파도에 부서지는 달
빛을 맞으며, 다시 한 번 너와 함께 춤을 추고 세상 끝으로 날아오르리.

참고로, 지금까지 우크라이나 한국대사관에는 남자 한복이 한 벌밖에
없었고, 삿갓과 두루마기는 전혀 없었다고 한다.

개미 코딱지만큼 씁쓸하지만 후련한 마음으로 러시아의 겨울을 견디
기 위한 방한 장구류들을 사러 쇼핑몰로 향했다.

히힛. 옷의 가격들이 생각보다 많이 저렴해서 나의 심장을 더욱 두근
두근하게 만들었고, 바람막이 코트와 얇은 패딩 조끼, 목도리, 가죽장
갑. 이 모든 것을 4만 원 정도밖에 되지 않는 가격에 구매할 수 있었다.

히힛. 히힛. 신발도 좋은 거로 새로 샀다. 히힛. 히힛. 히힛.

근데 우크라이나 아가씨들 진짜 예쁘다.

이제는 그만 좀 울고 싶다

오늘은 또 무슨 일을 할까? 누구에게 기쁨을 줄까? 고민하다 키예프에서 가장 큰 공원을 가기로 했다.

버스를 타고 한참을 달려 도착한 공원은 부모님의 손을 잡고 썰매를 타러 온 아이들로 북적거렸다. 나도 어렸을 적 시골에 살면서 눈이 많이 온 겨울에는 언덕 위로 올라가 포대자루를 타며 놀았었더랬지, 라고 약 2초 남짓 추억을 되새김질하고 계속해서 길을 걸었다. 아니, 걷고 싶었다. 어젯밤에 진짜 큰맘 먹고 새로 산 방한화 겸 논 슬립 신발은, 스케이트라도 되는 것처럼 눈길을 따라 아주 부드럽게 미끄러져 내려갔고, 나는 지금의 비참한 현실을 믿을 수가 없었다. 좌우지간 썰매를 타고 해맑게 웃고 있는 저 아이들은 스케이트 같은 것을 타고 있는 내가 더 재미

있어 보이겠지? 라고 생각하며 눈가에 묻은 방울들을 조심스레 훔쳐냈다. 이제는 그만 좀 울고 싶다.

특별한 생각 없이 오게 된 공원이었지만, 나는 이곳에서 지금까지의 여행 중 가장 놀라운 것을 발견하게 되었다. 우크라이나의 이름 모를 공원에 한글로 된 간판까지 세워져 있는 한국 정원이 있다니? 우크라이나와 한국 간의 우호협정(?)을 기념하기 위해 만들어졌다고 친절하게 설명되어 있는 정원을 마주한 나는 치밀어 오르는 화를 참을 수가 없었다. 대사관에서는 왜 이런 곳이 있다고 나한테 말을 해 주지 않았던 걸까? 만약 이런 곳이 있다는 것을 진작 알았더라면, 마지막으로 이곳에서 한복을 한 번 더 입고, 진정한 한복의 아름다움을 만끽하고 확실한 유종의 미를 거둘 수 있었을 텐데?! 한국정 위에 걸터앉아 춘향가를 부르며 본향의 향수를 느낄 수 있었을 텐데?! 왜 나한테 말을 해주지 않은 거야?! 라고 남 탓을 했다. 어차피 춥다고 안 입고 나왔을 거면서. 역시 남 탓을 하는 것만큼 나의 마음을 편안하게 만들어 주는 것도 없다. 입가는 웃고 있지만, 맘속은 투덜거리며 공원을 떠나 밖으로 향했다.

어딘가 모르게 러시아스러운 기분이 드는 이곳. 러시아에 아직 가 보지는 않았지만, 우크라이나에서 만난 이런 엄청나게 큰 동상은, 왠지 모르게 나에게 러시아의 혁명적인 느낌을 여실히 느끼게 해 주었다. 흔히들 우리가 말하는 불곰국의 위엄이 느껴지는 듯한 그런 느낌? 각각의 손에 거대한 칼과 방패를 쥐고 있는 우크라이나의 대표적 조형물 중의 하나인 조국의 어머니상. 어찌 보면 자유의 여신상을 따라 한 듯한 기분도 들지만, 이 동상은 2차 세계대전을 기억하기 위해 지어진 추모공원에서 자신의 자리를 견고히 지키고 있었다. 앞으로 이런 혁명적인 느낌을 가진 동상들을 더욱 많이 볼 수 있을 것 같은 기분. 그리고 추모공원이 얼마나 넓은지 둘러보다 지쳐 걷기가 힘들어진 나에게, 거리를 걸으며 마주치는 수많은 우크라이나 아가씨들은 자신의 아리따운 미모를 뽐내며 새 힘을 불어넣어 주려는 듯했지만, 그래도 힘든 건 힘든 거지.

어쨌든 추모공원 구경을 마치고 페체르스크수도원으로 이동했다. 동굴 성당이 있다는데, 그곳은 못 찾았다. 그냥 안 찾았다. 그리고 진정으로 더는 걷기가 힘들었다.

해 질 녘이 다 돼서야 도시의 야경을 보기 위해 숙소 근처에 있는 전망대로 향했다. 대사관 직원분의 추천으로 그곳을 가게 되었지만, 별건 없었다. 이제는 만사가 다 귀찮다. 사진 대충 찍고 숙소로 향했다. 근데 우크라이나 아가씨들 진짜 예쁘다.

최고야

노는 게 제일 좋아.

숙소에서 빈둥거리는 게 제일 짜릿해.

쉬어도, 쉬어도 늘 새로워.

침대에서 뒹굴뒹굴하는 게 최고야.

사람의 능력

사람의 능력은 선천적 재능이 45%, 후천적 노력이 55% 정도를 좌우한다고 한다. 그러므로 재능보다는 노력이 더 중요하다는 말처럼 보이지만, 이 말에 의하면 재능이 있는 사람과 재능이 없는 사람이 같은 노력을 했을 때의 차이는 확연히 달라진다. 아무튼 출발선이 다르다는 뜻. 선천적 재능이 있는 사람은 45%에서 출발해서 후천적 환경까지 더해지면 100%에 도달할 수 있지만, 재능이 없는 사람은 모든 능력을 발휘한다고 하더라도 55%까지밖에 도달할 수 없다는 말이다.

내가 하고 싶은 말은— 쉬고 또 쉬어도 지겨워하지 않고, 지속해서 끊임없이 더욱 격정적으로 쉴 수 있는 나의 이런 한량적인 기질은 타고난 것이다, 라는 말이 하고 싶어서이다.

우리 외할머니의 아버지, 즉 나의 외증조할아버지께서는 마을에서 알아주는 한량이셨다고 한다. 언제나 외출을 하기 전, 칼같이 다림질된 새하얀 한복을 곱게 차려입으시고, 한 손에는 부채를 거머쥐시고 집을 나섰다고 한다. 우리 할머니가 보셨을 때도 세상에서 그렇게 멋있는 사람이 없어 보였다고 할 정도였으니, 나는 가히 상상이 가진 않지만 대충 알 것도 같다. 느낌 아니까.

동네에 마실을 나가시면, 언제나 정자에 앉아 붓글씨를 쓰시거나 산수화를 그리시며 풍류를 즐기셨더랬지. 종종 약주를 거나하게 드시고서 시조를 읊으시고, 장구를 치시며 노래도 부르셨다고 하셨더랬지.

이 얼마나 멋있는 삶인가?

뭐 외증조할아버지께서 그렇게 지내신 데에는 피치 못할 사정이 있으셨지만.

아무튼 나는 외증조할아버지께 선천적 재능 45%를 온전히 물려받고, 후천적 노력 55%까지도 충실히 실행하고 있으니 언젠가는 외증조할아버지같이 멋있는 한량이 될 수 있지 않을까? 라고 생각하며 숙소에서 휴식을 취했다.

우크라이나에서의 마지막 날. 풀어 헤쳐진 나의 배낭을 조금씩 정리하며 진정한 모험이 기다리고 있는 러시아로 떠날 준비를 했다.

밥을 먹기 위해 잠시 외출을 했을 때 나는 다시 한 번 느꼈다. 우크라이나 아가씨들 진짜 예쁘다.

경험해 본 것과 해 보지도 못한 것의 차이

우크라이나를 마지막으로 이번 여행기간 동안 가장 많은 고생을 한 내 워커와 작별을 고했다. 처음 여행을 떠날 때 2개의 신발을 챙겨 왔었지만, 여행 중에 거의 신지도 않았던 운동화는 프라하의 숙소에 있던 쓰레기통에 집어던져 버리진 않고, 다른 사람이 신을 수도 있으니까 조심스레 바닥에 놓아두고 왔다. 그 신발을 가방에서 내려놓았을 때는 정말 필요 없는 쓰레기 덩어리를 더는 내 배낭에 가지고 다니지 않아도 된다는 행복감을 느꼈지만, 이 워커는 한복과 마찬가지로 험난한 전쟁터에서 생사고락을 함께했던 전우와도 같았다. 대신 한복은 다른 곳으로 전출 간 전우의 느낌이라면, 이 워커는 상처를 입은 전우를 참혹한 전쟁터에 홀로 내버려 두고 이동하는 기분이라 더욱 내 마음을 쓰리게 만들었다. 이대로 내가 떠나 버린다면 쓰레기통에 버려지고 말 텐데.

그러나 어쩌겠는가. 인생은 실전이다.

미안하다. 워커여 잘 있거라. 나는 러시아로 간다. 바이 짜이찌엔. 너와의 추억을 내가 기억할 수 있을 때까지는 기억하마. 그리고 한국에 가서 같은 브랜드로 하나 더 살 수도 있으니 다음 생에 다시 만나자꾸나.

역시나 오늘의 우크라이나는 화창했다. 어서 빨리 떠나 버리라고 인사하듯 햇빛은 나의 갈 길을 밝게 비춰 주었다. 나를 태운 비행기는 키예프공항을 떠나 벨라루스를 향해 높이높이 날아올랐다.

애초에 여행을 계획할 때 비행기는 타지 않고 육로로만 이동하며 러시아까지 가려고 했지만, 나의 이런 계획을 포기하게 만든 나라 벨라루스. 처음 여행을 계획했을 당시부터 왠지 모르게 벨라루스에 가 보고 싶었지만, 이곳에 들어가려면 비자가 필요했고, 뭔가 복잡한 과정을 거쳐야 하는 것 같아서 그 이후로 그곳을 생각조차 하지 않았었다. 하지만 러시아로 향하는 길에 벨라루스에서 환승을 하게 될 줄이야 상상도 못했었다. 그래서 '기부니가' 짱 좋았다. 물론 공항에 잠깐 머무르는 것이었지만, 그 땅을 밟아 본 것과 아예 가 보지도 못한 것은 엄청난 차이가 있으니까.

군대를 전역하고 나서 배우가 되고 싶어 무작정 학교를 자퇴하고 연기자가 되기 위한 도전을 했었다. 그래서 그때 당시 여러 드라마와 영화에 출연하며 정식으로 배우가 되기 위해 나의 경력을 쌓았었다. 뭐 경력이라고 해 봤자 단역과 보조출연이 전부였지만. 아무튼 나는 드라마 출연이라는 아주 소중한 경험을 해 보았고, 여러 번의 소속사 오디션 탈락을 끝으로, '아 나는 머리가 너무 크고, 외모에 특별한 개성이 없어서 연기자는 안 되겠구나.'라고 큰 깨달음을 얻은 후, 나중에 돈을 많이 벌게 된다면 나만의 영화를 만들어야겠다는 것으로 나의 꿈을 바꾸고 집으로 내려갔다. 좌우지간 해 보고 싶었던 일을 맛이라도 본 것과 해 보지도 못한 것은 천지 차이다. 아무튼, 그렇다.

약 2시간의 환승 대기를 하고 나서, 나는 이번 여행의 최종 목적지인 러시아로 향하는 비행기에 올랐다. 드디어 러시아다. 지금까지의 유럽이 여행의 예행연습이었다고 한다면, 진정한 여행의 시작은 러시아에서부터다. 그리고 이제는 시베리아 횡단열차를 타고 한국으로 돌아가는 배를 탈 수 있다는 기대감으로 나의 온몸은 조금씩 떨려 왔다. 자. 시작이 반이다. 이제 다시 시작해 보자!

정말로 잘 지내라 유럽아. 반가워 러시아야.

사기꾼

어제의 이야기를 쓰려고 한다. 공항에서 내려 유심을 사고 있는데, 어떤 남자가 나에게 다가와 계속 말을 걸었다. 그 유명한 택시 호객꾼이었다. 공항에서 시내까지 단돈 200루블에 갈 수 있다고 나에게 계속 치근덕대는 그. 이미 커뮤니티에서 여러 개의 글을 접하고, 사기를 당했던 친구에게 직접 이야기까지 들었던 터라, 나는 이 사람이 사기꾼이라는 사실을 분명히 알고 있었다. 허나 나의 몸은 이미 지칠 대로 지쳐 있었고, 조금이라도 더 편하게 숙소로 가고 싶은 생각 때문에 그에게 누차 200루블이냐고 되물었다. 그는 확실하다, 걱정할 필요가 없다며 어눌한 영어로 나에게 대답했다.

호스텔까지 대중교통을 타고 가게 된다면 두 번을 갈아타야 하는 상황이라, 속는 셈 치고 그를 따라갔다. 밖으로 나가니 도로변에 덩그러니 주차된 하얀색 제타. 처음에 택시라고 말을 들었지만, 택시 마크도 붙어 있지 않은 차를 보니 덜컥 겁이 난 나는 그에게 다시 한 번 택시가 맞느냐며 물었고, 그가 말하길 이제는 우버란다. 이상한 녀석. 그리고 혹시나 하는 마음에 또 한 번 물었다.

"진짜 200루블 맞아? 추가금액 없이?"

"조금은 추가될 수도 있어."

그는 앱을 사용해 금액을 보여 주었다. 근데 얼핏 봐도 그 앱의 시작이 200루블일 뿐.

나는 속으로 웃으며 '뭐 이런 놈이 다 있나.' 생각하고 차에 올랐다. '많이 달라고 해 봤자 2,000루블이나 달라고 하겠지.'라고 생각하는 동안, 차는 하얗게 얼어 있는 도로 위를 미끄러지듯 달려 나갔다.

내 눈에 들어오는 모든 건물이 진정으로 러시아스러웠다. 영화 〈2012〉에서 나온 러시아인 억만장자 유리 카포프라는 인물은 영화 속에서 특히 러시아스러운 것들을 좋아했는데, 영화에서 말하는 러시아스러운 것이란 기본적으로 어마무시하게 큰 사이즈만을 강조했던 기억이 난다.

전혀 러시아스럽지 않은 자그마한 흰색 제타는 나의 눈에 완벽하게 빙판으로 보이는 도로 위를 미친 듯이 질주했고, 사기꾼 아저씨는 열심히 주위를 두리번거리며 쭉쭉 뻗어 있는 거대한 건물들의 이름을 하나씩, 하나씩 나에게 소개해 주었다. 어쨌든 여기가 어딘지 전혀 모르는 사람일지라도 주위에 있는 건물들에서 풍겨지는 아우라에 확실히 이곳은 러시아라고 느낄 수밖에 없을 것 같았다. 아무튼 이곳에 있는 모든 것들은 '여기가 러시아다.'라는 것들을 몸소 보여 주고 있었다.

"두 유 노우 빅토르 안?"

나는 사기꾼 아저씨와 조금이라도 더 친밀한 관계를 유지하기 위해 러시아에 대해 유일하게 이야기할 수 있는 빅토르 안의 사진을 보여 주며 그에게 말을 건넸다.

"나는 이 사람을 좋아하는데, 너도 좋아하니?"

"오!! 하라쇼 하라쇼!! 그는 러시아의 영웅이야. 금메달을 3개나 땄지."

이렇게 시답잖은 이야기들로 웃고 떠들다, 나를 태운 제타는 어느덧 호스텔 앞에 도착했다. 그리고 아니나 다를까, 그는 위풍당당하게 3,000루블로 바뀌어 있는 앱을 보여 주며 나에게 돈을 내놓으라고 웃으며 말했다.

여기서부터 나의 연기가 시작됐다. 이전에 말했던 것처럼 나는 여러 드라마와 영화들에 출연했었고, 그때 당시에 열심히 연습했던 연기의

기술들이 오늘에서야 빛을 발하는 순간이었다. 최대한 불쌍하거나 억울한 표정을 짓는 것이 아닌, 모든 것을 포기한 듯한 표정을 지으며, 울먹이는 목소리로 말을 이었다.

"내가 이럴 줄 알았다……. 나는 돈이 없다고 분명히 말했는데 네가 어떻게 나한테 이럴 수가 있니?"

쓰다 보니까 재미가 없네. 뭐 원래도 나는 별로 재미가 없지만.

아무튼 결론은 1,500루블만 냈다. 일반택시들보다는 살짝 비싼 금액이었지만, 어쨌든 혹시나가 역시나였던 그 이름도 찬란한 사기꾼 씨.

상트페테르부르크공항에서 내렸을 때 호객하는 택시는 절대 타지 마세요. 세상에는 웃으면서 사기 치는 사람도 많답니다, 라고 어제를 추억했다.

그리고 러시아에 오기 전부터 러시아는 정말 무섭고 위험하지 않을까? 라는 걱정을 했었지만, 역시나 러시아도 사람 사는 곳이더라. 그리고 하나 더, 이렇게 세상 친절한 호스텔 스태프를 보는 것도 처음이었던 것 같다. 모든 직원한테서 행복 바이러스가 완전 뿜뿜. 역시 어딜 가나 사람 바이 사람, 케이스 바이 케이스라는 말이 진리인 듯하다.

아름다운 밤이다.

갑분싸

어떤 곳에서는 세계 3대 미술관이라 말하고, 어떤 곳에서는 포함이 안 되는 진짜 세계 3대 미술관이 맞는지 아닌지 잘 모르겠는 에르미타주미술관으로 향했다. 신관과 구관이 있었지만 나는 아마 구관으로 갔던 것 같다. 이유는 모른다. 그냥 가까워서 갔다.

미술관은 총 5개의 건물로 구성이 되어 있을 정도로 어마어마한 규모를 자랑했다. 이곳 본관의 일부인 겨울 궁전은 로마노프 왕조시대의 황궁이었는데, 건물의 외관만 보더라도 이 건물이 일반적인 미술관의 용도가 아니었다는 것은 단번에 알 수 있었다. 그리고 가장 대박이었던 것은 국제학생증이 있다면 미술관을 공짜로 관람을 할 수 있다는 것이었다. 지금까지 국제학생증을 가지고 갔을 때 나이 제한에 걸려 아무런 혜택을 받지 못했던 적도 있었지만, 에르미타주미술관은 묻지도 따지지도

않고 학생증이 있다는 이유만으로 공짜로 표를 주었다.

여행을 다니면서 공짜로 미술관을 들어간 것은 이번이 처음이었다. 아주 놀라운 일이지 않은가? 다른 곳도 아니고 러시아에서 이런 혜택을 받을 것이라고는 상상도 못 했다. 러시아에 대한 수많은 편견은 정말로 편견에 불과했던 것일까? 딱딱하고 왠지 무섭고 불친절함의 대명사일 것 같은 러시아였지만, 호스텔에서 만난 사람들과 지금까지 마주친 많은 사람들. 뭐 택시사기꾼을 제외하고. 아무튼 마주치는 모든 사람들은 친절함으로 똘똘 뭉치고, 관광객을 배려해 주려는 모습을 항상 느낄 수 있었다. 역시 인간의 편견만큼 나쁜 것은 없는 것 같다고 느끼며 미술관을 둘러봤지만, 역시나 나와 고전미술은 맞지 않는다고 생각하고서 서둘러 미술관을 빠져나왔다. 공짜였기에 아무런 부담감 없이 더욱 더 편하게 그곳에서 벗어날 수 있었다.

히힛. 나중에 찾아보니 신관에는 현대미술도 많이 있었다고 하더라. 차라리 신관을 갔었다면 더 좋았을 텐데. 근데 귀찮아서 다시 가지는 않았다. 아무튼 그랬다. 그 후 나는 러시아 현대미술관을 향해 발걸음을 옮겼다.

역시 딱 봐도 현대미술관적인 분위기를 풍기고 있는 외관이 나의 마음을 더욱 흡족하게 만들었다. 역시 편견만큼 나쁜 것은 세상에 없다고 다시 한 번 생각했다. 특별한 형식에 구애받지 않고 자기 생각을 자유롭게 표현하는 현대미술이, 틀에 박힌 것 같은 고전미술보다 항상 더 좋게 느껴졌다. 작가가 원하는 대로, 작가가 표현하고 싶어 하는 바를, 자신의 방식을 통해서 세상에 보여 주는 모습이 좋았던 것 같다.

군대에서 읽었던 『남쪽으로 튀어』라는 소설에서 주인공이 아들에게 말하는 장면이 떠올랐다.

"이건 아니다 싶을 때는 철저히 싸워. 져도 좋으니까 싸워. 남하
고 달라도 괜찮아. 고독을 두려워하지 마라. 이해해 주는 사람은
반드시 있어."

내 생각에 현대미술가들은 모두 혁명가적인 기질을 가지고 있는 것 같다는 생각이 들었다.

혁명이란 적의 신념을 바꾸는 것이라고 한다. 언젠가 자신만의 작품 세계를 이해해 주는 사람이 분명히 있을 것이라는 확신이 있고, 설령 이해하는 사람을 찾지 못하더라도 누군가의 생각을 자신의 작품으로 바꿀 수 있는 자신감이 있으므로 남들과 달라질 수 있는 용기도 가질 수 있고, 평범한 사람들과 다른 시선으로 세상을 바라볼 수 있는 것이 아닐까? 라고 생각해 본다.

언젠가는 나도 그들처럼 혁명가적인 기질을 가지고 남들과 달라질 수 있을까? 언젠가 나의 여행이 끝난 후에 어떠한 결과물들을 만들어 낼 수 있을까? 또한, 그 결과물들로 나는 만족할 수 있을까? 그 후에 무언가를 잃게 돼도 당당하게 후회할 수 있을까?

자신감은 마음속 깊숙이 숨어 있다가 어느 순간 나도 모르게 생겨나

는 것이라고 하지만, 어느 것 하나 확정될 수 없는 시간 속에서 생겨나고 성장해 가는 것이라곤 자신감 따위가 아닌, 현실에 대한 걱정과 미래에 대한 두려움뿐이었다.

갑자기 이렇게 진지해지는 이유는 무엇일까? 이런 갑분싸해지는 밤. 오늘 같은 밤도 아무렇지 않게 지나가더라.

책 한 권어치의 부끄러움

모스크바에 성 바실리대성당이 있다면 상트페테르부르크에는 '피의 구원 성당'이 있다. 알렉산드르2세가 암살당한 현장에 그의 아들이 아버지의 죽음을 기리고자 성 바실리성당을 본떠 만든 피의 구원 성당은 상트의 랜드마크 격이었고, 숙소에서도 가까웠기에 방문을 하지 않을 수가 없었다.

날씨는 흐리고 길거리와 공원 곳곳에는 언제 내렸는지 모를 눈들이 쌓여 있었다. 하지만 가슴 시리게 만들법한 추위도 없었고, 길을 걷다 간간이 마주치는 사람들과 미소 띤 눈인사를 주고받을 만큼의 상큼함을 품고 있는 상트는 마냥 러시아스럽지도 않았다.

기대감이 낮을수록 무언가를 마주했을 때, 그곳에서 의외의 아름다움을 느꼈을 때 내가 느끼는 아름다움과 멋은 과연 배가될까? 아니면 그냥 본래 무언가가 가지고 있는 아름다움을 느끼는 것일까?

러시아 하면 붉은 광장의 성 바실리성당을 떠올리는 사람들이 대부분일 것이다. 근데 미리 스포를 하자면 그것은 잘못된 생각이 분명하다. 감히 내 생각을 말하자면, 어떤 하나의 성당이 러시아를 대표하는 건물이 되어야 한다면 성당의 내부와 외부를 통틀어 당연히 상트에 있는 피의 구원 성당이 되어야 한다고 확언할 수 있다. 그 이유에 대해서는 나중에 모스크바에 가서 이야기하겠다.

하늘을 잔뜩 뒤덮고 있는 짙은 구름과, 공사 중이기에 꼭대기를 둘러

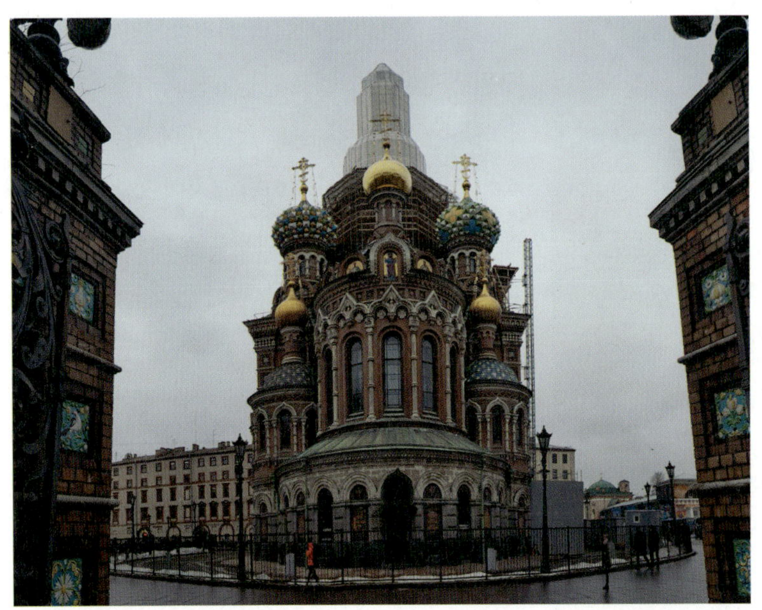

싸고 있는 천막 덕분에 완전한 본연의 모습을 한 성당을 만날 수는 없었지만, 피의 구원 성당을 나의 눈으로 영접한 순간 성 바실리대성당에 대한 기대감은 처음보다 약 37배로 증폭되었고, 나의 놀라움에 대한 표현력을 담당하는 아래턱은 단 한 줌의 자존심도 없다는 듯 지구의 중력에 아무런 반항도 하지 못하고 지면에 닿을 정도로 벌어지고 말았다.

인간이 만든 조형물에 아름답다란 미사여구가 부족하다고 느낀 적은 처음이었다. 마음을 표현하는 형용사는 언제나 부족하다고 느껴 왔지만 이 성당을 인간이 가진 언어로 어떻게 표현할 수 있을까? 라는 고민이 들게 만들기 충분한 이곳. 성당의 규모는 이전까지 봐 왔던 성당들에 비해서 전혀 모자람이 없었지만 웅대하다거나 장엄미를 풍기는 느낌이 아닌, 엄숙하다거나 근엄한 느낌이 아닌, 하나의 예술작품으로서 '건물이란 것이 가질 수 있는 최고의 아름다움이란 이런 것이다.'라고 말이라도 하는 듯 그곳에 서서 자신만의 황홀한 미를 증명하고 있었다.

성당의 내부 또한 당연하다는 듯 화려했다. 유럽에서의 성당들이 스

테인드글라스와 조각들의 화려함이었다면, 피의 구원 성당은 성화들로 만들어진 화려함이었다.

더욱이 놀라운 사실은 성당 안에 있는 모든 벽화가 일반적인 벽화가 아닌 모자이크화로서 사람들이 일일이 조그마한 타일들을 손으로 직접 이어 붙인 것이라니. 놀랄 노자가 있다면 이럴 때 써야 하지 않을까? 근데 다들 아시겠지만 놀랄 노자란 한자는 없다.

알렉산드르3세는 자기 아버지의 죽음을 기리기 위해 이곳에 성당을 지었는데 나의 아들은 나의 죽음을 기리기 위해 무엇을 남길까? 호랑이는 죽어서 가죽을 남기고, 사람은 죽어서 이름을 남긴다는데. 나는 아마 죽어서 내가 쓴 책 한 권어치의 부끄러움만 남기겠구나.

성당 구경을 마치고 마르스광장으로 향했다. 이번 주 주말에 국군의 날 행사가 있다는 이야기를 얼핏 들은 기억이 난다. 공원에는 많은 사람이 옛날 군복을 입고, 탱크를 타고, 광장 안을 채워 가고 있었다. 잉? 분명 일반인 같은 사람들이 박격포와 탱크들을 타고 광장으로 모이고 있었다. 이게 말이 되나? 싶어 천막 안을 들여다보니 덩그러니 놓여 있는 수류탄들.

"이거 진짜 수류탄이야?"

그가 웃으며 말하길.

"펑!!"

하하……. 이런 러시아 같으니라고.

하늘도 울고 나도 울었다

러시아의 지하철은 지하궁전이라고 불릴 정도로 그 아름다움이 전 세계적으로 알려져 있다. 그러므로 러시아를 방문하는 많은 여행객이 절대로 빼먹지 않는 필수 관광 코스 중 하나인 지하철 투어.

어제 시내 구경을 마치고 방으로 들어오는데, 방바닥에 수줍게 놓여 있는 팸플릿 한 장. 그곳에는 호스텔에서 게스트들을 대상으로 무료 지하철 투어를 진행한다고 적혀 있었고, 그것을 보고 얼마나 기뻤는지 모른다. 돈을 주고 투어를 하는 사람들이 있을 정도로 귀중한 투어를 공짜로 참석할 수 있다니. 지금까지 머물렀었던 호스텔들에서도 이러한 공짜 투어를 진행하는 것을 자주 봤었지만, 직접 참가를 하는 것은 이번이 처음이었기에 기대도 무척 컸다. 음 뭐랄까. 혹시 모를 로맨스에 대한 기대감이랄까? 라는 망상은 1초 만에 산산이 부서졌다. 투어를 가기로 한 시간에, 로비에 모여 있는 사람들은 전부 멋들어지게 수염을 기르고 있었고, 그것은 참으로 아름다운 광경이었다. 그리고 혹시 몰라서 하는 말인데 나는 여자를 좋아한다.

우리를 인솔했던 가이드는 퇴근하는 러시아인 호스텔 스태프였고, 설명은 당연히 영어로 진행했다. 물론 나는 대부분의 설명을 온전히 이해하지는 못했지만, 그래도 간간이 알아들을 수 있는 말들도 적당히 있었기에 매우 흥미롭고 재미있는 경험이었음은 분명했다. 방문했던 지하철역은 모두 다 각기 자기만의 매력들을 뽐내고 있었고, 그렇게 만들어

진 이유가 분명하게 있었다. 러시아의 지하철들이 각각 다른 디자인으로 만들어진 데에도 전부 이유가 있는데, 과연 내가 만들어진 이유는 무엇일까? 생각했다.

모든 사람이 특별한 사람이 될 수는 없다. 모든 사람이 특별해지면 좋겠다만, 그것은 모든 사람이 이상향에 도달할 수 없는 것과 마찬가지이다.

그렇다면 우리는 어떻게 해야 할까?

정답은 아주 쉽다. 지금의 내가 특별한 사람은 아닐지라도, 언젠가 누군가에겐 특별한 단 한 사람이 될 수 있기 때문이다.

뭐 나도 딱히 특별해지고 싶지는 않고, 대단한 걸 이루고 싶어 하지도 않는다. 단지 내가 하고 싶어 하는 것들로 뭔가를 남기고 싶을 뿐이다. 언젠가 알아주는 사람이 나타나기를 기다리며. 뭐 안 나타나면 어쩔 수 없고.

이런 미친놈아. 너는 뭐 하는 놈이냐?

약 3분 남짓 지상을 향해 올라가는 에스컬레이터를 마지막으로 지하철 투어도 끝이 났다. 역에서 나오니 비가 오고 있었다. 사람들은 모두 와플을 먹으러 간다고 나에게 함께 가자고 말했지만, 나는 시크하게 가지 않겠다고 말했다.

그리고 그 무리와는 각기 다른 방향을 바라보며 길을 걷는다.

비 오는 거리를 걷는다. 나의 어깨는 촉촉이 젖어 가고 발걸음 또한 무거워져 간다.

비가 오는 날, 이런 형편없는 내 모습에 하늘도 울고 나도 울었다.

신비의 도시

러시아에서도 오로라를 볼 수 있다는 사실을 처음으로 알게 되었다. 그곳은 북극권에 있는 최대의 도시이자 러시아가 가지고 있는 최북단의 부동항. 끝으로 오로라에 떠오르는 성지라고 불리는, 그 이름하여 지금껏 듣지도 보지도 못했던 무르만스크.

처음에 오로라를 보고 싶다는 마음으로 트롬쉐를 가려고 했지만, 북유럽의 많은 사람들은 겨울만 되면 스위스로 휴가를 떠난다고 한다. 그 이유는 간단했다. 저렴한 물가 덕분. 해도 뜨지 않고 눈만 내리는 북유럽에서 벗어나 스위스에서 돈을 펑펑 쓰고 간다는 대단한 그들.

나는 도저히 북유럽의 살인적인 물가를 감당할 자신이 없었기에 트롬쉐를 가뿐히 포기하고, 이리저리 검색하다가 발견하게 된 신비의 도시 무르만스크. 아직 한국인들에게 많이 알려지지는 않았기에 정보들도 별로 없었지만, 러시아는 꿈과 모험의 땅이기에 과감히 도전하기로 마음먹고 무르만스크로 떠나는 기차를 예매했다.

이곳에서 약 1박2일 동안 기차를 타고 무르만스크로 향한다. 시베리아 횡단열차를 타기 전에 준비운동 정도로 생각해도 충분하다.

아주 좋다. 매우 흡족하다.

무르만스크야 내가 간다. 오로라야 기다려라!

기다려라!!

　이제 내일이면 드디어 간다. 무르만스크. 그래서 오늘도 당연하듯 취한 휴식. 그리고 휴식.

　떨리는 맘을 부여잡고 짐을 싸기 시작했다. 1박2일 동안 먹을 일용한 양식들도 샀다. 도시락 라면과 감자죽, 소시지와 베이컨 등등. 굶어 죽지 않기 위해 많은 준비를 했다. 그리고 다시 외쳤다.

　무르만스크야 내가 간다!

　오로라야 진짜진짜 기다려라! 내가 너를 사냥해 주마!! 라고 마음속으로 소리치며, 당연하게 침대와 한 몸이 되었다.

　사냥도 사냥이지만 일단은 쉬어야지.

　상트에서의 마지막 날이다.

로망

이제 기차를 타기 위한 모든 준비를 나름 완벽하게 마쳤다. 나는 아침 일찍 호스텔 스태프들에게 작별 포옹을 건네고 무르만스크로 떠나기 위해 기차역으로 향했다.

상트의 반의반도 제대로 보지 못하고 떠난다는 게 약간 아쉽기는 했지만, 겨울의 상트보다 춥지 않은 날에 상트를 보러 오는 것이 경험할 수 있는 게 더 많다는 것을 알고 떠나는 것만으로도 충분한 이득을 본 것이라 자위했다.

나중에 강변에 있는 얼음들이 모두 녹을 때, 사랑하는 그녀와 다시 한 번 이곳을 방문하리라 다짐하며 기차에 몸을 실었다.

세계에서 가장 긴 철길 위를 달리는 시베리아 횡단열차. 최근에는 설국열차 또는 은하철도 999라고도 불리는 이 열차. 여행을 좋아하는 이들이라면 누구나 한 번쯤 이 열차의 이름을 들어 보았을 것이고, 이 열차에 대한 로망을 품지 않는 이들은 거의 없을 것이다. 나 또한 티켓 구매를 끝마쳤을 때 이 열차를 드디어 탈 수 있구나, 생각하며 감동에 겨워 눈물을 찔끔 흘릴 정도였으니까.

창밖으로 보이는 모든 것들은 온통 눈으로 뒤덮여 있고, 달리고 달려도 끝을 마주할 수 없을 것 같은 설원 위를 가로지르며, 멈추지 않고 밤낮없이 내달리는 이 열차. 그리고 그 안에서 마주칠 수 있는 수많은 인연에 대한 로망들. 많은 날 동안 이 열차를 탈 수 있다는 상상만으로도 나에게 가슴 찡한 감동을 선물했던, 그 열차에 이제는 내가 타고 있었다.

　중학교 시절. 중국에서 탔었던 침대칸 기차의 기억들이 어렴풋이 나의 머릿속 언저리를 스치듯 지나갔다. 그때 탔었던 기차는 지금 내가 타고 있는 기차보다 훨씬 구식이었던 것 같다. 그리고 나의 키는 176.7㎝, 올림해서 177㎝. 그리 큰 키는 아니지만, 창가 옆 가로방향으로 자리하고 있는 나의 자리는 다리를 편하게 펼 수도 없을 만큼 짧았고, 나의 키가 러시아사람들의 평균 신장보다 크나? 라는 착각까지 들게 했다. 어쨌든 다음번에 기차를 탈 때는 이 자리가 아닌 다른 자리를 선택해야겠다고 마음먹었다.

　기차는 철길을 따라 설원을 향해 나아갔다. 시간이 흐르며 도시에서 멀어지면 멀어질수록 기차는 아무것도 할 수 없는 공간으로 변했다. 물론 아무것도 할 수 없는 것은 단 하나. 나의 스마트폰뿐. 인터넷도 되지 않고, 와이파이조차 없다. 현대인에게 있어 목숨과도 같은 스마트폰이지만, 인터넷이 되지 않는 스마트폰은 벽에 못질할 때 망치 대용으로 쓰는 것 외에는 아무런 쓸모가 없는 것까지는 아니더라도, 인터넷이 되지 않는 스마트폰이란, 스마트는 빠지고 핸드폰이 가지고 있는 문자와 전화의 기능 정도는 수행할 수 있다지만, 여기는 러시아. 내가 이곳에서 누구에게 전화를 걸고 문자를 보낼 수 있단 말인가? 고로 '심심하다'라는 이 하나의 생각으로 나의 머리가 가득 차기까지는 그리 긴 시간이 필

요하지 않았다.

바깥 경치를 바라보며 감동을 먹는 것도 20~30분이면 충분히 배가 불렀고, 계속해서 반복적으로 보이는 흑백의 삼나무 숲은 수신이 끊어진 티브이에서 신호를 잡지 못하고 온종일 회색 노이즈만을 송출하며 지지직거리는 모습과 다를 바 없었다. 덜컹거리는 소리와 좌우로 사정없이 흔들리는 기차는 불과 몇 분도 지나지 않아 나를 꿈에서 깨게 만들었고, 현실이란 무엇인가에 대해 철저하게 가르쳐 주었다.

하지만 아무것도 할 수 없을 때 느껴지는 편안함을 느껴 본 적이 있는가? 한적한 여유를 즐기는 데 최대의 적은 휴대전화다. 휴대전화는 우리에게 쓸데없이 많은 할 것들을 제공한다. 그리고 그 휴대전화가 우리의 손을 떠난 그 순간부터 우리는 진정한 자유를 누리게 되는 것이다, 라고 생각한 지 30분 만에 나는 핸드폰으로 미리 산 소설책에서 눈을 뗄 수가 없었고, 나의 귓바퀴를 가득 채우고 있는 것은 덜컹거리는 백색소음이 아닌, 이름 모를 어느 가수의 재즈 음악이었다. 로망은 개뿔.

지금까지 긴 글을 읽어 주셔서 감사합니다

설원은 고요했고, 그에 반해 바람결에 흩날리는 눈발들은 자유로웠다. 멍하니 창밖을 향하고 있는 나의 시선 끝자락에 조그마한 붉은 점 하나가 비쳐 오기 시작했다. 저 멀리 세상의 끝에서부터 어둠을 갉아 삼키며 번져 가는 붉은빛. 그 빛은 심연과도 같은 어두움들을 불사르며 오랜 날 동안 검은빛 냉기를 품고 있던 세상을 집어삼키고, 하나의 거대한 불꽃으로 피어나고 있었다.

'끝이란 것이 존재하기나 할까?'라는 의구심을 품게 할 정도로 끝없이 이어져 있던 설원 너머로, 하루의 시작을 알리는 아침 해가 떠올랐다. 해가 떠오른 시간은 오전 11시 10분. 무르만스크에서의 새로운 날을 알리는 새벽빛 태양은 나 같은 게으름뱅인가 다른 지역들보다 한참은 늦은 시간에 떠올랐다.

상트페테르부르크의 호스텔에서 만났던 태닝한 박민영과 완전히 똑같이 생긴 대만 아가씨가 나의 눈동자를 바라보고 아름다운 눈웃음 지

으며 무르만스크에 대해 이야기하길, 그곳은 하루에 5시간 정도만 해가 떠 있다고 말했고, 더욱이 중요한 따뜻한 한마디를 덧붙였다.

"너 거기 가면 얼어 죽어."

이전까지는 단순히 러시아 최북단의 부동항으로서 군사기지의 용도로만 활용되었지만, 이제는 오로라 덕분에 조금씩 유명세를 치르고 있는 이곳 무르만스크. 현지 시각 11시 40분. 상트페테르부르크에서 출발한 지 25시간 48분 만에 열차는 북위 68°58′, 북극권 내에서 가장 큰 도시를 형성하고 있는 이곳 무르만스크에 도착했다. 열차의 문이 열리자 나는 신나는 모험이 가득한 이 땅에 첫발을 내디뎠다.

사람의 말에는 힘이 있다. 성경에 보면 태초에 말이란 것이 있었고, 그 말은 하나님과 함께 있었으니 이 말은 곧 하나님이라는 말이 있다. 아시아권에서는 언령신앙이라는 말이 있을 정도로 말에는 불가사의한 힘이 있다고 믿고 있다. 나 또한 말에는 힘이 있다는 말에 공감한다. 우리 외할머니는 언제나 입버릇처럼 이렇게 말씀하셨다.

"오메오메 사람 죽겠네."

"할머니, 앞으로는 그렇게 말씀하지 마시고, '오메오메 사람 살것네.'라고 말씀하세요!"

할머니에게 한참 동안 좋은 말이나 아름다운 말을 하면 행복이 오고,

반면에 나쁜 말을 하면 재앙이 온다고 이야기를 드렸다.

아무튼 기차 문이 열리는 순간 타이슨의 핵주먹과 같이 훅 치고 들어오는 바람 한 줄기가 나의 코끝을 시큰거리게 만들었다. 코끝으로 가장 먼저 마주한 그 바람은 피할 새도 없이 무빙을 하며 천 갈래 만 갈래로 부서졌고, 나의 점퍼를 훑고 올라와 미처 여미지 못한 나의 목덜미를 할퀴고, 가녀린 속살을 도려내려는 듯 아리게 만들었다.

나는 황급히 손을 들어 나의 목을 감싸 보았지만, 나의 목 언저리를 왈칵 움켜쥐는 북녘의 차가움은 열차 밖으로 채 두 발자국을 옮기기도 전에 나의 목구멍에서 뜨거운 무언가를 솟구치게 했다.

"아따 씌부랄꺼, 사람 얼어 뒈지겠네!"

상트에서 만났던 그녀의 말이 나에게 현실이 되는 순간이었다. 씌부랄꺼.

무르만스크에서 마주한 세상은 전부 얼어 있었다. 내 눈에 들어오는 주변의 모든 나무는 켜켜이 쌓여 있는 눈들로 꽁꽁 얼어붙어 있었고, 도

로며 인도며 할 것 없이 몽땅 눈으로 뒤덮여 차가운 냉기가 아롱거리는 아지랑이처럼 피어나, 세상의 모든 것들을 미끄러뜨리고 있었다.

콧김이 얼어붙는다는 느낌을 느껴 본 적이 있는가? 나의 입과 코에서 힘차게 뿜어져 나와야 할 뿌연 입김과 콧김들은, 세상과 마주하기도 전부터 이미 콧속에서 얼어붙어 버렸고, 뜨뜻미지근한 들숨과 날숨들로 점막 속에서 끊임없이 얼었다 녹기를 반복하며 나의 호흡을 괴롭게 하고 있었다. 이곳 날씨는 상상 속에나 존재하던 진정한 러시아였다.

나는 얼어붙은 콧구멍을 후비며 한참을 걸어 호스텔에 도착했다. 오늘은 새로운 도시에 도착한 첫날이기에 아무것도 하지 않고 휴식을 취하려 했지만, 오늘의 오로라 지수는 3. 잠시 동안 오로라 투어를 갈까 말까 고민을 했다. 하지만 나는 이미 답을 알고 있다. 갈까 말까 할 때는 어떻게? 무조건 고!!

오로라 투어를 신청하고 잠깐의 휴식을 취했다. 과연 나는 이곳에 도착한 첫날부터 오로라를 볼 수 있을 것인가?

밤 10시. 같은 호스텔에 머무르고 있는 3명의 한국인과 함께 얼어 죽지 않기 위해 완전무장을 하고 오로라 헌팅을 떠나는 차량에 몸을 실었다. 차를 운전하는 러시아 친구는 딱 봐도 완전한 빙판길인 도로 위를 시속 120㎞의 속도로 미친 듯이 내달렸다. 흡사 머리글자 D라는 만화책에나 나올법한 구불구불한 도로 위를 미친 듯이 달리면서 쉬지 않고 브레이크를 밟아 대는 우리의 드라이버. 나는 조심스레 의자에서 허리를 떼고 전방만을 주시하면서 오로라를 보는 것은 둘째 치고, 제발 살아서 호스텔로 돌아갈 수 있기만을 바랐다.

내가 알고 있는 여러 가지 정보들을 종합해 봤을 때, 오늘은 오로라를 볼 수 있는 확률이 없었다.

첫 번째, 달이 너무 밝은 날에는 오로라를 볼 수가 없다.

두 번째, 온도가 영하 30도 이하로 떨어지지 않으면 오로라를 볼 수 없다는 글을 읽었기 때문이다.

그런데 오늘은 월광 100%. 이때 당시, 한국의 뉴스에서는 오늘 가장 큰 슈퍼 문을 볼 수 있다며 난리를 치고 있었고, 이곳의 온도 또한 영하 20도 언저리. 그리고 시간이 지나면서 오로라 지수가 2로 낮아졌기 때문에 더욱이 기대할 수 없는 상황.

우리를 태운 드라이버는, 이리저리 포인트를 옮겨 가며 빙판길 위를 미끄러지듯 달리고 또 달렸다. 처음에 오로라를 보기 위한 우리의 열정은 이미 바깥 온도와 많이 닮아 있었고, 오로라의 희미한 흔적이라도 찾기 위해 사방을 두리번거리던 우리는 가만히 앉아 서로의 안부만을 묻고 또 물었다.

굉음을 내며 빙판길을 달리는 자동차 한 대. 이 자동차는 가로등도 없고 휴대전화의 신호조차 잡히지 않는 이름 모를 숲길 사이에서 눈 시리도록 밝은 달빛만을 의지한 채 미끄러지듯 내달린다. 그 자동차 안에 타고 있는 사람들의 한 손은 터질 듯이 달음박질하는 심장을 부여잡고, 다

른 한 손은 카메라를 움켜쥐고 있다. 바깥 온도와 아무런 상관이 없다는 듯 차 안은 이들이 뿜어 내는 흥분에 찬 숨결들로 후끈 달아올라 있었다.

"저기 봐! 오로라야!"

하늘을 주시하던 헌터의 음성이 우리의 모든 정신을 앗아 갔고, 그는 미친 듯이 오로라를 향해 엑셀러레이터를 밟고 또 밟았다.

초록빛 실타래가 검은색 도화지 위로 한 올 한 올 풀리기 시작한다.

처음에는 아주 희미하게 한 가닥씩 떠다니던 그 빛줄기들은, 선과 선이 어우러지며 널따란 하나의 면으로 커졌고, 하늘이라는 거대한 도화지 위를 조금씩 느릿하게 덮어 갔다.

하늘 위로 얇게 퍼져 있던 일렁거림들은 조금씩 뭉쳤다 풀어지기를 반복하다, 어느덧 에메랄드빛 커튼으로 완성되어 나의 눈앞에서 초연하게 피어난다.

초록빛 바람이 하늘 위에서 흔들리는 것 같은 오늘의 오로라는 성스럽고 경이로운 느낌들로 하늘 멀리로 번져 갔고, 어느새 눈앞에 보이는 모든 하늘을 가득 메우며 더욱 환하고 찬연한 빛깔들로 눈앞에 보이는 모든 세상 속으로 떨어져 내렸다.

하늘 위를 수놓았던 오로라의 춤사위는 끝날 줄 모르고 한참 동안 이어졌다. 이곳은 바람이 거의

불지 않았고, 나를 겹겹이 둘러싸고 있는 옷들은 적당히 따뜻했지만, 시간이 지날수록 나의 몸 각 관절마디를 시리게 만드는 극강의 냉기까지는 막을 수 없었다.

이제는 차 안으로 들어가야겠다고 생각한 순간, 나의 핸드폰은 퍽 하는 소리와 함께 꺼져 버렸고, 시간이 지나도 켜지지 않았다.

이렇게 켜지지 않는 나의 핸드폰과 함께 나의 길고도 길었던 107일 동안의 긴 여정은 막을 내렸다.

이런 게 인생이다

전날 밤 꺼졌던 나의 핸드폰은 오늘까지도 켜지지 않았다. 이렇게 나의 여행은 무르만스크에서 끝이 나는 것인가?

하지만 나는 삼성의 저력을 믿었다. 호스텔에 있는 컴퓨터로 무르만스크에 있는 삼성 서비스센터를 찾았고, 구글맵의 도움 없이 처음으로 밖을 나섰다.

러시아어라고는 '안녕', '고마워' 말고는 한마디도 할 줄 모르고, 번역기도 쓸 수 없고, 지도도 없이 길을 나선 나. 나는 핸드폰을 고치지 못하면 호스텔도 찾아 돌아올 수 없었다. 그러기에 무조건 고쳐야 한다는 굳은 결심을 품고서 버스를 타고 겨우 삼성 서비스센터에 도착했다. 이것이 오늘의 첫 번째 멘붕이었다.

중심지와는 한참 멀리 떨어져 있는 외진 곳 건물 벽에 커다랗게 붙어 있는 삼성 서비스센터라는 문구. 기쁜 마음으로 건물에 들어갔지만, 그곳에는 아무것도 없었다. 텅 비어 있는 커다란 건물 안에 덩그러니 남겨진 나는 영화 〈마션〉에서 맷 데이먼이 느꼈던 그 기분, 웹툰 『문유』에서 달에 홀로 남은 문유의 기분이 이런 것이지 않을까? 라고 간접적으로 체험할 수 있었지만, 나도 그들처럼 나의 삶을 포기하지 않았다. 아니, 이곳에서 이렇게 죽을 수는 없었다. 건물 안에 있는 식료품점으로 가서 나는 지금까지 여행을 다니며 배운 여러 보디랭귀지와 눈치로 멀뚱히 나를 바라보는 그들과 대화를 시작했다.

"나 핸드폰. 빡. 노노. 삼성. 맵맵. 어디? 나 뚜벅뚜벅. 고고!!"

"여기서 버스를 타고 다섯 정거장 간 다음에 내려서, 왼쪽으로 쭉 가다가 오른쪽으로 가다 보면 큰 건물이 보일 거야. 거기로 서비스센터가 옮겼어."

나의 말을 듣자마자 유창한 한국어로 말을 시작하는 러시아 아주머니는 뻥이고, 나는 아주 긴 시간 동안 러시아어로 이어진 설명을 완벽하게 해석했다.

캬. 나란 남자. 이 어려운 걸 또 내가 해냅니다.

하지만 막상 설명을 듣고 도착한 다음 장소에도 서비스센터는 없었다. 나는 이곳에서 이렇게 죽을 수밖에 없는 것인가? 이렇게 두 번째 멘붕을 당하는 순간, 나의 눈에 핸드폰 액세서리점이 들어왔고, 혹시나 하는 마음에 그곳으로 향했다. 나는 그곳에서 어찌어찌해서 진짜 삼성 서비스센터 직원과 전화통화를 할 수 있었지만, 여기서 다시 세 번째 멘붕을 당했다.

"너의 핸드폰을 수리할 수는 있어. 그런데 핸드폰을 수리하려면 한 달이 걸려. 하지만 완벽하게 수리가 될지 확실하지도 않아."

하늘이 무너지는 것만 같았다. 허나 하늘이 무너져도 솟아날 구멍은 있다고 했던가? 이곳 액세서리점에서 수리를 할 수 있다는 말을 전해 들었고, 2시간 뒤에 다시 오라는 말에, 나는 잘 부탁한다는 인사를 하고 그곳을 나섰다. 결론은 30달러를 주고 수리를 마칠 수 있었다.

아무튼 세상에서 가장 신나는 일은 내가 생각한 대로 모든 일이 이루어지는 것이고, 세상에서 가장 재미있는 일은 내가 생각한 대로 모든 일이 이루어지지 않는 것이다. 이런 게 인생이다.

간 때문인가

내가 무르만스크에 온 목적은 단 하나였다. 오로라. 오로라를 보고 싶다. 때문에 오로라투어를 나가지 않는 아침 시간에는 내가 할 일은 딱히 없었다. 하지만 오로라 지수가 높지 않고 하늘에 구름이 잔뜩 낀 날에는 투어를 나갈 이유가 없기에, 다른 잡다한 정리들을 하며 휴식을 취했다.

아무리 쉬어도 나는 피곤하다. 간 때문인가.

최북단 맥도날드

무르만스크의 태양은 우리가 알고 있는 태양의 움직임과는 전혀 달랐다. 일반적으로 해는 동쪽에서 떠서 서쪽으로 넘어가지만, 이곳은 해가 떴다기보다 계속 지고 있는 듯한 느낌의 연속이었다. 아침의 시작부터 해가 사라지는 그 순간까지 계속해서 하늘은 노을 져 있고, 해 질 녘의 노오란 노을빛 하늘과 온 도시를 뒤덮고 있는 눈들이 절묘하게 어우러져 오묘하고도 몽환적인 분위기를 연출한다. 해가 지평선 너머로 사라지면 찬란하게 타오르며 빛나던 붉은 노을 위로 곧이어 회색빛이 감돌기 시작하면서 어둠의 장막이 내리는 게 보통이지만, 무르만스크의 꽃노을은 사그라들 줄 모르고 계속해서 피어나고 있었다.

점심을 먹으러 숙소에서 나왔다. 오늘의 일용한 양식은 햄버거. 무르만스크에는 세계 최북단에 있는 맥도날드가 있었다. 정식 인증패까지

있는 이곳의 맥도날드. 지금까지 여행을 다니며 세계의 최서단이라 불리는 호카곶에서 날아올랐고, 북극권 최대 도시인 무르만스크에 있는 최북단 맥도날드에서 밥도 먹어 봤으니, 이제는 최남단과 최동단에 가봐야 하는 것인가? '나의 여행에 새로운 목표가 생겼다.'라고 햄버거를 먹으며 생각만 했다.

햄버거를 야무지게 2개나 먹고 소화도 시킬 겸, 저 멀리에 보이는 동상에나 가 볼까? 생각하고 한참을 걸은 후에야 도착할 수 있었던 동상, 은 뻥이고, 근데 버스 타고 가다가 내가 내리려던 정류장에서 아저씨가 안 내려줘서 엄청 많이 걷기는 했다. 아무튼 이곳에서 보는 전경이 아주 기가 막힐 것 같았지만, 안개가 너무 많이 껴서 전경은 못 보고 동상만 구경하다 숙소로 돌아왔다.

내가 묵고 있는 호스텔의 좋은 점은, 오로라투어를 나갔을 때 오로라를 보지 못했다면 볼 때까지 공짜로 투어를 나갈 수 있다는 점인데, 그래서 오래 머무는 사람에게 더욱 이득이었다. 오늘도 지수가 그렇게 높지는 않았지만, 여러 포인트를 보고 싶어서 투어를 신청하고 길을 나섰다. 하지만 너무 많은 구름으로 인해 오로라 헌팅에는 실패했다. 그래도 상관없다. 나에게는 또 내일의 밤이 있기에.

백열한 번째 날 — 2. 4.

아름다운 하루

오늘도 낮에는 가만히 쉴까 하다가 점심을 먹고서 근처로 산책을 나섰다. 목적지 없이 바람 따라 발길이 닿는 대로 걷고 또 걸었다. 한참을 걷다가 더는 걷고 싶지 않을 때쯤, 나는 또 다른 세계를 마주했다.

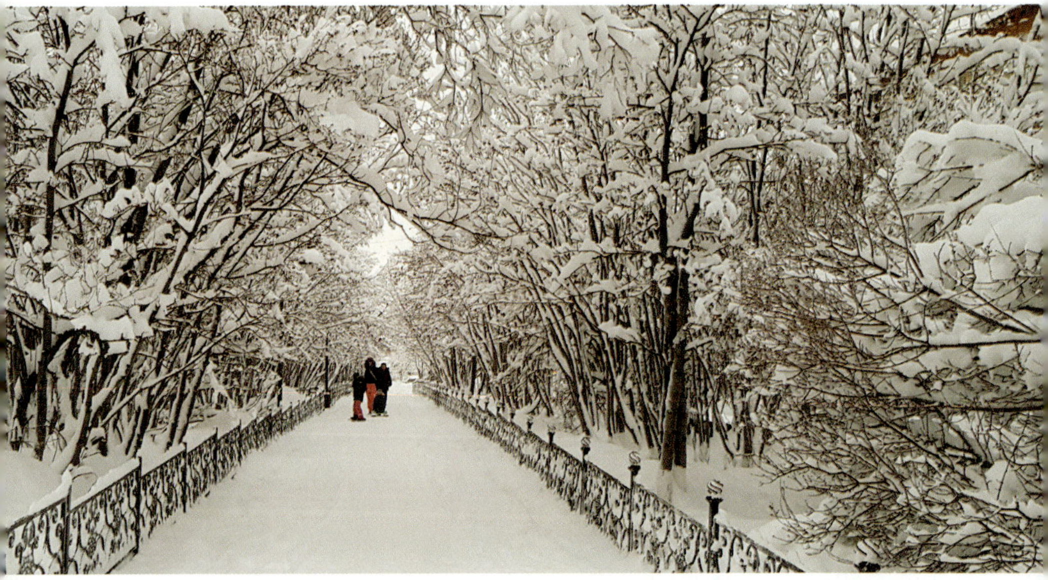

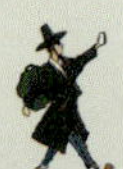

시내에 있는 자그마한 공원이었지만, 공원에 있는 모든 것들은 눈으로 만들어진 조각 작품들처럼 보였다. 이름 모를 나무마다 가득히 피어 있는 얼음꽃들. 이따금 불어오는 살랑바람에 하늘하늘 떨어지는 눈송이들은 봄바람에 흩날리는 벚꽃처럼 나의 걸음들에 사뿐히 지르밟혔

고, 나의 가슴속에서 일렁거리는 귀차니즘을 끌어안고 땅속으로 포근히 녹아들었다.

내일은 이 호스텔에서 머무는 마지막 날. 만약 오늘 레닌 쇄빙선을 보지 않는다면 두 번 다시 보지 못할 것이라는 생각이 들었다. 길을 걷고 또 걷고, 한참을 걷고 걸었다. 하지만 지도 위로 보이는 쇄빙선은 전혀 가까워지지 않았고, 나의 다리는 천근만근 무거워졌다. 일반 맨바닥을 걷는 것보다 얼어 있는 길을 걷는 것이 100배는 힘들다는 것을 모두 알 것이다. 불어오는 맞바람 덕에 몸은 점차 굳어 가고, 걷는 것을 더욱더 힘들게 만들었다.

화가 났다. '가기 싫다'는 말을 머릿속에서 백만서른마흔다섯 번 되뇌고 또 되뇌었다. 돌아갈까? 그냥 돌아갈까? 호스텔로 가서 조금이라도 더 쉴까? 하는 생각이 나의 몸을 더욱 더 힘들게 만들었다. 그냥 편하게 택시를 타고 가도 되는데 왜 이렇게 고생을 사서 하고 있을까? 궁금해하며 한숨을 2,000번쯤 더 쉬고 가만히 서서 휴식을 취하길 39번쯤. 나는 세계 최초의 핵 쇄빙선인 '레닌'에 드디어 도착할 수 있었다.

오늘 나는, 내가 생각이란 것을 하기 시작할 때부터 기억나는 하늘 중 가장 아름다운 하늘을 이곳에서 만났다. 지금까지 여러 번의 보랏빛 하늘들을 만났었지만, 내가 오늘 만난 하늘은 어쩜 이리도 곱고 사랑스러운 보랏빛으로 물들어 있는지. 쇄빙선 따위는 나의 눈에 들어오지도 않았고, 이 하늘의 느낌에 반해 나의 입에서는 감사가 절로 새어 나왔다.

나의 여행 중 최고로 잘한 일은 남의 말을 귀담아들은 것. 갈까 말까 했던 곳들을 간 것. 할까 말까 했던 것들을 한 것. 그리고 끝으로 이런 나를 믿어 주고 지지해 주시는 부모님을 만난 것이다. 가끔, 아니 시도 때도 없이 생각한다. 내가 만약 우리 아버지의 아들이 아니었으면 어땠을까? 내가 만약 우리 어머니의 눈물 담긴 기도가 없었더라면 나는 어떻게 살았을까? 아무튼 갈까 말까 할 때는 가야 한다.

호스텔로 돌아와 오로라 헌팅을 떠났다. 오로라 지수가 낮은 덕분에 아무것도 볼 수 없었지만, 오늘의 하루는 나에게 말로 표현할 수 없을 정도로 많은 만족감을 주었고, 새로운 눈으로 세상을 바라볼 수 있게 해 주었다. 오늘은 나에게 있어 어떠한 말과 표현들도 부족할 만큼 아름다운 하루였다.

별 헤는 밤

지금까지 세 번의 시도 중, 단 한 번만 오로라를 볼 수 있었다. 여기까지 왔는데 이렇게 돌아갈 수는 없다! 는 생각으로 무르만스크에 일주일을 더 머무르기로 결정했다.

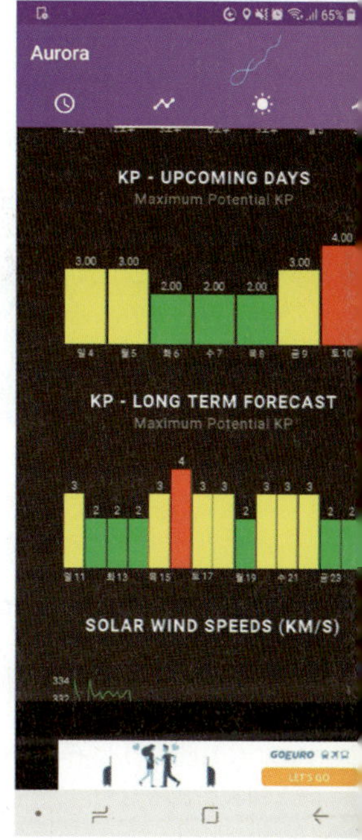

오로라지수도 금, 토, 일요일에 최대를 가리키고 있었기에 그날까지는 기다려 보기로 마음먹었다. 또한 좀 더 집중적인 오로라 헌팅을 위해 숙소도 헌팅하기 좋은 위치로 옮기고, 자동차까지 렌트하기로 했다. 지금까지 투어를 다니며 많은 포인트를 둘러봤었고, 동행만 구할 수 있으면 투어를 하는 비용보다 자동차 렌트를 해서 오로라 헌팅을 하는 것이 훨씬 저렴하기 때문이었다. 물론 금액적인 부분보다는 자유도에 초점을 맞춘 선택이었지만. 어찌 됐건, 이제 오로라 헌팅을 함께 다닐 동행도 구했고, 렌트할 업체도 알아봤고, 오로라 헌팅을 하기에 최적의 위치에 있는 숙소도 예약했다. 내일부터가 진짜로 제대로 된 오로라 헌팅의 시작이다.

이로써 나의 인생이라는 책에 새로운 페이지가 추가되었다. 언젠가 오늘이라는 페이지를 돌이켜 봤을 때, 가슴 찡한 전율과 모험의 향수를 느끼며 그날에 내가 살았었다는 것을 추억할 수 있겠지. 어떠한 두려움도 없이 미지의 세계에 도전했던, 그 용기 있던 젊은이가 추억되겠지. 그리고 오늘 밤, 호스텔에 머물며 마지막으로 나가는 네 번째 오로라 헌팅이 시작됐다.

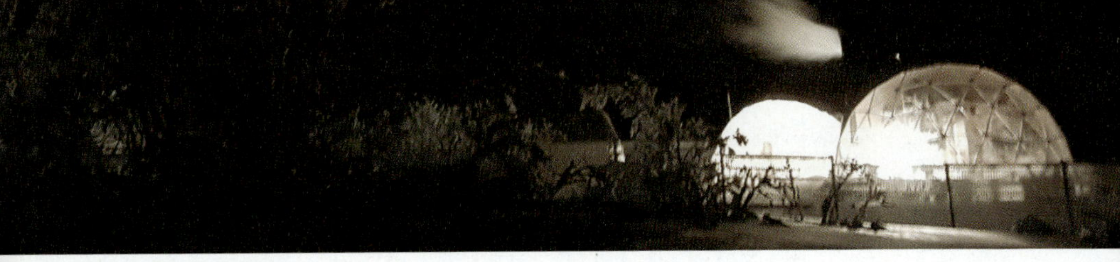

나는 무엇인지 그리워

이 많은 별빛이 내린 언덕 위에

내 이름자를 써 보고,

흙으로 덮어 버리었습니다.

딴은 밤을 새워 우는 벌레는

부끄러운 이름을 슬퍼하는 까닭입니다.

그러나 겨울이 지나고 나의 별에도 봄이 오면

무덤 위에 파란 잔디가 피어나듯이

내 이름자 묻힌 언덕 위에도

자랑처럼 풀이 무성할 거외다.

— 윤동주, 「별 헤는 밤」 중에서

나란 남자

아침부터 부지런히 움직이며 차를 렌트하기 위해 길을 나섰다. 모험도 중요하지만, 나의 안전이 가장 최우선이기에 일반 승용차보다 눈길에 더욱 안정적인 4륜 SUV를 빌리려고 했다. 그리고 싶었다. 또한 이번 모험의 가장 중요한 일정 중의 하나인 테르베키아. 그곳을 가기 위해서는 툰드라 지형을 통과해야만 했고, 그곳은 4륜 SUV가 아니라면 출입조차 할 수 없다는 이야기를 들었었다. 그러나 호스텔 사장님 왈.

"지금의 테르베키아는 많은 관광객이 방문하고 하루에도 여러 번씩 눈을 치우기 때문에 굳이 4륜 SUV를 탈 필요는 없어. 테르베키아와 무르만스크의 도로는 매우 안전해. 너의 돈을 낭비하지 마. 나를 믿어."

그의 조언에 따라 나의 안녕을 책임질 애마는 폭스바겐 폴로로 당첨되었다. 그것도 오토가 아닌 스틱. 허나 나는 대한민국의 자랑스러운 1종 보통면허 취득자이기에 아무런 문제가 되지 않았다

내가 렌트한 차의 현재 나이 10살. 자그마치 2008년식. 하지만 사고의 흔적도 없었고, 관리가 아주 잘되어 있는 것이 나의 불안감을 조금은 해소해 주었다. 여기저기 차를 둘러보고 운

전석에 앉아 시동을 걸었다. 여행을 떠나고 몇 개월 만에 처음으로 자동차를 운전하는 것이고, 이런 빙판길에서 운전하는 것 또한 처음이었다. 그리고 첫차를 제외하고 아주 긴 시간 동안 오토만을 타고 다녔기에, 처음부터 운전을 수월하게 하기가 매우 쉬웠다. 캬. 나란 남자.

이전에 알료샤 동상을 보러 올 때는 그렇게 고생을 했었는데, 차가 있으니 이렇게 세상 편하게 볼 수 있을 줄이야.

떨어지는 태양을 끝으로 나는 새로운 숙소로 향했다. 느낌이 좋다.

이제 내일이다

오늘은 오로라 지수가 낮았다. 그래서 어제의 그 용기 있던 젊은이는 숙소에서 쉬었다. 쭈욱. 그리고 저녁때쯤에 기력을 조금은 회복한 듯 자리에서 박차고 일어나, 다시금 오로라 헌팅에 대한 모험을 상상하기 시작했다.

내가 저녁에 잠을 자며 꿈을 꿀 때, 남들은 자신의 꿈을 이루기 위해 잠을 자지 않고 노력을 한다지만, 나는 그 꿈을 오늘까지만 꿈속에서 느끼고 싶었기에 다시금 잠을 청했다. 길고도 긴 싸움이 될 것이다.

내가 지금 하려는 것은 관광이 아니다. 나는 지금 32년의 세월 동안 꿈꿔 왔던 모험을 드디어 시작하려는 것이다. 한 번도 가 보지 못한 미지의 공간과 좋지 않은 도로 사정, 그리고 낯선 환경들, 익숙하지 않은 자동차 등등 문제가 되는 요소들은 셀 수 없을 정도로 많이 있었다. 일반적인 여행을 온 평범한 관광객들처럼 하루하루를 아쉬워하며 치열하게 구경을 하는 것이 나에게는 도리어 독이 될 수 있다. 아쉬운 마음을 가지고 무리해서 하루를 더 돌아다닌다고 능사가 아닌 것이다. 가장 좋은 순간이 올 때까지 잠잠히 기다리며 찰나의 시간이라도 더 쉬어야 한다. 그것이 나의 모험에서 승리하는 길이기에.

"이제 내일이다."

나의 바람을 조그마한 소리로 읊조리고서 다시금 이불을 머리끝까지 뒤집어쓰고, 쉬이 잠들지 못하는 밤을 조심스레 떠나보냈다.

두 번째 오로라

오늘도 태양은 어김없이 떠올랐고, 화장실 창밖에 있는 온도계는 영하 20도 언저리를 가리키고 있었다.

"이야. 거 모험 떠나기 딱 좋은 날씨네."

오늘의 모험을 함께 떠날 나의 동료는 총 3명으로 2명의 중국인 여행자와 한국인 동행 1명. 나는 아침에 식당에서 우연히 마주친 중국인 여행자들에게 먼저 다가가 당당하게 말을 걸었다.

"너, 내 동료가 돼라."

그들은 나의 당당함에 반했는지 흔쾌히 승낙했고, 잠시 후 모든 채비를 마친 4명의 모험가는 한마음 한뜻으로 테르베키아, 러시아 최북단에 있는 도시를 향해 기나긴 여정을 떠났다.

오늘의 일정은 이랬다. 테르베키아로 가는 중에 툰드라 지형을 구경하고, 테르베키아에서 오로라를 볼 때까지 대기한 다음 숙소로 돌아오는 아주 긴 일정이었다.

오늘 모험의 최대 난관은 생명체가 살 수 없는 죽음의 땅이라고도 불리고, 북극권의 대표적인 지형 중의 하나인 툰드라 지형. 아무튼 가는 길만으로도 아주아주 위험한 모험 그 자체였다.

나는 차를 타고 도로를 달린 지 얼마 되지 않아 러시아 사람들이 어떻

게 이런 도로에서 120㎞로 달리고 브레이크를 막 밟아 대는지 그 이유를 알 수 있었다. 도로는 분명히 얼음판처럼 꽁꽁 얼어붙어 있었지만, 브레이크를 밟거나 커브를 틀어도 차의 바퀴가 한국처럼 심각하게 미끄러지지 않았다. 역시 백문이 불여일견. 백견이 불여일행. 처음에 차를 운전할 때만 해도 거북이처럼 기어가던 나는, 이제 조금은 자신감이 붙었는지 현지인만큼은 아니더라도 조금은 빠르게 도로를 달릴 수 있었고, 우리의 목적지를 향해 눈으로 뒤덮인 세상을 힘차게 나아갔다. 그리고 한참을 달리고 달리던 나는 차를 멈출 수밖에 없었다.

　이곳에는 아무것도 없었다. 물론 기본 옵션처럼 인터넷도 되지 않았고, 어떠한 표지판도 없는 것은 당연지사. 그 누가 말하지 않고 검색을 해 보지 않더라도, 우리는 단번에 이곳이 툰드라지대라는 것을 알 수 있었다. 사방을 둘러봐도 주위에는 정말로 아무것도 없었다. 아니, 무엇도 존재할 수 없어 보였다. 텅 비어 있는 땅 위에 덩그러니 놓여 있는 송전탑들을 제외하고서, 어떠한 생명을 가진 무언가가 이곳에서 살아 나간다는 것 자체가 불가능해 보였다. 죽음의 땅이라는 표현을 제외하고 이곳을 표현하라고 말한다면, 그 무슨 말로 이곳을 표현할 수 있을까? 차 안에 타고 있던 동료들 모두 이곳을 마주한 순간부터 아무런 말도 하지

못하고 멍하니 창밖만 바라보았다. 잠시 후 사진을 찍기 위해 우리는 차에서 내렸지만, 혹시나 차의 시동이 다시 걸리지 않는다면 정말로 죽을지도 모른다는 공포감 덕분에 나는 자동차의 시동조차 끌 수 없었다.

우리가 밖에서 머물렀던 시간은 1분 남짓. 아. 누구도 다시는 밖으로 나갈 생각을 하지 않았다. 이전에 스위스 리기산에 올랐을 때, '눈 내리는 산에서 사람들이 얼어 죽을 수도 있겠다.'라는 가정을 느꼈었다면, 이곳에서 느낀 기분은 말 그대로 '죽는다'였다. 가정이 아닌 확신. 단 1분 남짓한 시간 만에 우리는 모두 동일한 확신을 느꼈다. 이곳에서 사고가 난다면 우리는 무조건 죽는다!

테르베키아에 가까워질수록 도로의 상태는 안 좋은 수준을 넘어서 심각하게 나빠지기 시작했다. 그리고 도로의 맞은편으로 여러 대의 제설차가 지나가는 것도 보았지만, 바람에 밀려오는 눈발들은 제설차가 지나간 지 얼마 되지도 않은 도로 위를 순식간에 뒤덮었고, 우리가 달려야 할 도로는 흔적조차 남아 있지 않았다. 그와 더불어 순간순간 등골을 오싹하게 만들 정도로 미끄러지기 시작한 우리의 제타.

놀이기구가 재미있는 이유는 자신의 안전이 보장된 상태에서의 스릴을 즐길 수 있기 때문이다. 자신의 안전이 아닌 목숨마저도 보장될 수 없는 상태에서 느껴지는 스릴이 어떤 기분인지 궁금하시나요? 테르베키아로 2륜 승용차를 타고 떠나세요.

"아."

되돌아가야 하나? 아니면, 끝까지 가야 하나? 라고 고민까지 했다면 말 다 했지. 그러나 되돌아갈 수는 없었다. 우리는 되돌아가기에는 너무 멀리까지 와 버렸기 때문에.

몇 번의 죽을 고비를 더 넘기고서 우리는 테르베키아에 겨우 도착할 수 있었지만, 구글맵으로 찾아 놓았던 식당은 망하기라도 했는지 보이지 않았다. 절망에 빠져 있던 우리는 다행히 그곳으로 투어를 온 중국인들을 만나 열려 있는 식당의 위치를 듣고 그곳으로 가 보았지만, 주방의 마감이 끝났기에 아무런 음식도 주문할 수 없다는 러시아인 사장님. 하아. 우리는 오로라를 보기 위한 기다림과의 기나긴 싸움을 주린 배를 움켜쥐고 시작했다. 아 배고프다.

　오로라가 나타나기만을 하염없이 기다린 지 4시간 남짓. 우리는 또다시 고민에 빠졌다. 이곳에서 12시까지 오로라가 나오기를 기다릴 것인가. 아니면 지금 다시 도시 쪽으로 이동하면서 오로라를 찾아다닐 것인가. 도시까지 돌아가는 데 걸리는 시간은 약 3시간. 그리고 시간이 지날수록 길은 더욱 위험해질 것이 분명했고, 나의 피로도 깊어질 것이다. 동료들과 함께 토론을 끝마치고, 우리는 아무 의미 없었던 이곳에서의 기다림을 뒤로하고 또다시 차에 올라 죽음을 피하고 삶을 찾기 위한 여정을 떠났다. 또한 테르베키아의 구름상황도 좋지 않았기에 아쉬움은 없었다. 계획은 바뀌라고 있는 것이다.

　역시 아니나 다를까. 밤이 되니 당연한 듯 시야는 더욱 나빠졌고, 눈발 또한 낮과는 비교할 수 없을 정도로 거세게 몰아치고 있었다. 오후에 이동할 때 간간이 보이던 도로들도 이제는 온통 눈으로 뒤덮여 이곳이 길인지 낭떠러지인지조차 확인할 수 없었다. 그나마 드문드문 박혀 있는 도로 안전봉이 없었다면 우리는 분명히 죽었을 것이다.

　죽음을 동반자 삼아 한참을 이동하다 정말 위험했던 길들을 무사히 지나게 되었다. 순간 긴장이 풀렸는지 나는 갑작스럽게 소변이 마려웠고, 우리는 길가에 차를 멈출 수밖에 없었다. 넓은 설원을 향해 시원하

게 오줌을 싸던 그때, 나는 설원의 끝자락에서 소변의 열기와 함께 아스라이 피어나는 두 번째 오로라를 만날 수 있었다.

아무것도 없는 광활한 대지 위로 보이는 드넓은 보랏빛 하늘 위로, 폭포수처럼 흘러내릴 듯 찬란하게 반짝이는 별들이 알알이 박혀 초연하게 머물러 있다. 우리의 눈에는 단지 옅고 희미한 일렁임으로밖에 보이지 않았던 오로라. 하지만 카메라에 찍힌 오로라는 별과 별 사이에 비어 있는 자그마한 공간들조차 에메랄드빛 초록색으로 빽빽하게 채워 놓았고, 우리에게 자신을 찾는 것을 포기하지 말고 자신과 인연의 끈을 놓지 말라는 듯 아름다운 선으로 하늘과 우리 사이의 공간들을 연결하고 있었다.

이동하는 내내 우리는 오로라와 함께였다. 지수는 2 정도로 낮았지만, 하늘 위에 떠 있는 오로라는 짙어지고 옅어지고를 반복하며 우리를 가까이에서 이끌었고, 숙소에 도착하는 순간까지도 내가 가야 할 길을 환하게 비춰 주었다.

꿈이 아닌 현실

늦은 아침을 먹고 어제의 흥분을 갈무리하며 숙소에서 휴식을 취했다. 어차피 우리에게 아침의 태양은 아무런 의미가 없었기에 더욱더 짙은 밤이 오고 어둠이 내릴 때까지 잠잠히 기다렸다.

어느새 시간은 순식간에 흘러 해는 지구 반대편으로 사라지고, 우리를 새로운 세계로 인도할 어둠이 온 도시를 덮었다.

우리는 어제와는 다른 포인트를 찾아 차를 타고 이동했고, 그곳에서 또 다른 장관을 만날 수 있었다. 이틀 연속으로 마주친 오로라. 밤하늘 위에서 춤추듯 일렁이는 신의 영혼. 오로라를 보고 싶다는 나의 꿈은 더 이상 꿈이 아닌 현실이 되었다.

나는 여전히 목마르다

원래 예정대로라면 어제와 오늘의 오로라 지수가 엄청 높았어야 했다. 하지만 왜인지 모르게 오로라 지수가 바뀌었고, 다음 주에 가장 높은 지수를 나타내고 있었다.

오늘 저녁도 오로라를 보기 위해 길을 나섰지만, 오늘은 그분을 약하게밖에 만나지 못했다. 애당초 높은 지수의 오로라를 보기 위해 일주일을 더 머물렀던 것이었기에, 어찌 보면 나는 목표를 100% 이루지 못한 것이다. 물론 오로라를 많이 보기는 했지만, 나는 온 하늘을 뒤덮을 정도로 화려하게 일렁이는 오로라가 보고 싶었다. 그래서 다음 주에 있을 높은 지수의 오로라를 보기 위해 숙소와 렌트카를 한 주씩 더 연장했다.

나는 여전히 목이 마르다.

피폭되어도 좋으니

오늘은 오로라 지수도 높지 않을뿐더러, 하늘에는 구름이 빛 샐 틈 없이 빼곡히 자리하고 있었다. 어쩔 수 없이 반강제적으로 휴식.

피폭되어도 좋으니 까만 하늘을 가득 메우고서 휘장처럼 펄럭이는 연록빛 파도의 일렁이는 춤사위를 볼 수 있었으면…….

느낌이 좋지 않다

뭔가 느낌이 좋지 않았다. 하늘은 맑고 별은 보이지만 이상하게 오로라는 약하게밖에 보이지 않았다. 지수가 좋은 것은 아니었지만, 그래도 하늘이 맑은데 오로라의 오자만 보이다니. 로라야 어디 갔니?

이러면 안 되는데. 이러면 안 되는데. 그래도 우리에게는 아직 시간이 남아 있었고, 이번 주말에 찾아올 강력한 오로라가 있으니 그날을 기다려 봐야지.

제발 이따 봐

오늘은 아침부터 부지런을 떨었다. 이번 주말이 지나고 이제는 정말로 다른 도시로 이동을 해야 할 시간.

나는 모스크바로 떠나는 기차표도 사고 볼일도 볼 겸, 겸사겸사 시내로 나갔다. 이제는 운전하는 것도 익숙해지고 주변을 좀 더 여유롭게 둘러볼 수 있었다.

그럼 뭐 해, 오로라를 봐야 하는데.

시내에서 커피 한 잔 하고 나서 이른 저녁부터 오로라를 찾으러 한참을 돌아다녔지만, 약한 오로라의 흔적밖에 보지 못했다. 연록빛 물감 대신에 아쉬움 가득 찬 우울빛으로 물들어 가는 내 마음.

"오로라야. 제발 이따 봐."

휴식한 날

오늘은 우울한 날.
구름 가득 낀 날.

눈 감으면 보이는 어둠.
그것이 내 앞날.

지겹도록 반복되는 시간들.
오늘은 휴식한 날.

그립다 보고 싶다 만나고 싶다

  2주간의 기다림 끝에 드디어 기다리던 오늘이 왔다. 열심히 돌아다니기 위해 저녁으로 삼계탕을 든든하게 먹고 앱을 확인했다. 오로라 앱의 지수는 4레벨을 가리키고 있었다. 그리고 하늘은 나를 방사선 피폭으로부터 지켜 주기 위해 두꺼운 구름 막을 펼쳐 놓았다. 행복했다. 이렇게 하늘에게 사랑을 받을 줄이야. 감동의 눈물이 주르륵.

  숙소를 나섰다. 사방을 돌아다녔다.

  자정이 되니 지수는 5레벨로 바뀌고, 두꺼운 구름 뒤로 오로라가 일렁이며 움직이는 것이 보일 정도로 강력하게 피어나는 오로라. 하지만 정작 나의 눈으로는 아무것도 볼 수 없었다. 네가 그곳에 있다는 것을 느낄 수 있었다. 하지만 정작 볼 수는 없었다.

  만날 수 없다. 그립다. 보고 싶다. 만나고 싶다. 눈물이 눈앞을 가린다. 한숨이 나온다. 후. 내일은 구름이 걷히길 바라 본다. 제발.

이럴 수가

아침에 일어나 가장 먼저 일기예보를 확인했다. 오로라 지수는 모조리 5자로 바뀌어 있지만, 날씨는 흐리다. 구름의 이동을 앱으로 확인해 봤다. 무르만스크 주변의 모든 곳이 구름으로 가득 차 있었다. 이럴 수가. 어떻게 이럴 수가!

오로라 지수는 5레벨이었지만, 앱에서는 오늘 오로라를 볼 수 있는 확률이 0%라고 나와 있다. 차를 타고 밖으로 나왔다. 어둠이 내린 시베리아 벌판을 달리고 또 달린다. 구름의 빈틈 사이로 오로라의 흔적들을 좇는다. 만나야 한다. 너를 만나기 위해 지금껏 거의 3주라는 시간 동안을 기다려 왔다.

사방 군데를 돌아다녀 봤지만, 구름은 나에게 조금의 틈바구니도 허락하지 않았다. 이럴 수가. 이럴 수가…….

한참을 멍하니 하늘만 바라봤다

오늘은 오로라 투어를 할 수 있는 마지막 날. 이곳을 떠나기 전, 마지막으로 툰드라 지형을 한 번 더 보기 위해 평소보다 조금 서둘러서 숙소를 나왔다. 날씨가 그리 썩 좋지는 않았지만, 드문드문 보이는 푸른 하늘 덕에 내 마음은 조금이나마 안심이 되었다. 그리고 오로라 지수도 4 레벨. 오늘 밤 환한 미소로 오로라를 마주할 수 있을까? 라는 설렘을 품은 채 툰드라로 향했다.

아무것도 없는 세상. 공허함과 광활함만이 존재하는 툰드라 지형은 다시 봐도 나의 가슴속 깊숙한 곳에서 울컥하는 감동을 뿜어져 나오게 했다. 하늘에서 차복차복 떨어지는 자그마한 눈방울들은 포근함으로 나를 감싸 왔고, 나는 몸을 날려 그들과 하나가 됐다.

한바탕 눈밭을 달리며 뒹굴고 나니, 지금껏 심란했던 마음도 한결 차분해지는 것 같았다.

지금까지 오로라는 많이 봤는데 오늘 못 보면 뭐 어때. 툰드라도 한 번 더 보고 이 정도면 무르만스크에서 충분히 만족할 만한 시간이었기는 개뿔.

하늘을 가득 메우며 일렁이는 우주의 거대한 신비함 아래서 한없이 초라해지는 나란 인간의 모습을 느껴 보기 위해 이곳에 머무르며 쓴 돈이 얼만데. 시간이 얼만데.

4레벨의 오로라를 보지 못하고 이곳을 떠난다는 것은 말도 안 된다. 무조건 오로라를 볼 때까지 돌아다니고 말리라는 굳은 결의를 마음속에 품고 숙소로 돌아왔다.

어김없이 평소보다 일찍 숙소에서 나와 오로라 포인트로 이동을 했다. 오로라를 찾을 때까지 쉼 없이 돌아다니겠다는 나의 의지를 표출하려는 듯, 에너지 드링크도 2개나 샀다. 하지만 하늘은 굳게 닫혀 있었고, 별 쪼가리 하나 보이지 않았다.

한참을 멍하니 하늘만 바라봤다. 이리저리 자리도 옮겨 보며 하염없이 구름이 사라지길 바라고 바랐다. 하지만 구름은 사라지지 않았고, 에

너지 드링크만 벌컥거리며 한숨을 태우고 있는 나.

10시가 지나고 12시가 지나고……. 오로라지수는 4레벨. 하지만 나는 아무것도 볼 수 없었다.

어느덧 시간은 새벽 2시. 반대편 포인트로 이동하기 위해 운전을 했다. 눈앞으로 뿌옇게 차오르는 습기에 심장이 아려 온다. 오로라 지수는 점점 낮아지고 도착한 그곳에는 아무것도 없었다. 넓은 공터 위에 덩그러니 놓여 있는 한 대의 자동차만이 이곳의 적막함을 달래고 있었다.

이런 게 인생이지

렌트카를 반납하고 숙소에서 휴식을 취했다. 진짜 어마어마한 오로라를 보고 싶어서 오로라 지수가 가장 높은 날이 올 때까지 이곳에서 17일이라는 긴 시간 동안 기다렸다.

"심심하니까 오로라나 보러 갈까?"라고 우스갯소리를 할 정도로 처음에는 오로라를 쉽게 볼 수 있었다. 지수가 낮을지라도 구름만 없었다면 충분히 만족할 만한 오로라를 마주할 수 있었고, 5레벨에 대한 기대는 더욱더 커질 수밖에 없었다. 하지만 막상 기다리고 기다리던 그날이 되니 하늘은 문을 굳게 걸어 잠그고 '영업 안 합니다.'라고 나를 바라보며 코웃음을 치듯, 나에게 아무것도 보여 주지 않았다. 이렇게 자연의 위대한 섭리 앞에 한없이 초라해지는 한 인간의 모습을 마주할 수 있었다.

이런 게 인생이지. 다시 한 번 깨닫고 간다.

먹고 자고 먹고 자고

숙소에서 느지막하게 짐을 챙기고 나와 기차역으로 향했다. 오늘은 모스크바로 이동하는 날. 이전보다 더 좋은 자리를 예약했다. 이번에는 2박3일간의 기차여행. 하지만 저녁 출발, 새벽 도착이기에 조금 더 길어진 1박2일의 느낌이었다. 어서 빨리 진정한 시베리아 횡단열차가 타고 싶다.

이제 나의 여행도 얼마 남지 않았다. 모스크바와 바이칼호수, 블라디보스토크를 거치면 드디어 한국으로 돌아갈 시간이 온다. 이제는 체력도 완전 방전이 된 것 같다. 움직이기도 귀찮고, 이 집, 저 집 옮겨 다니는 것도 귀찮다. 더군다나 이곳에서 오랜 시간 동안 차를 타고 다녔기에, 이제는 대중교통을 타고 다니기도 싫다. 빨리 시베리아 횡단 열차를 타고 계속 계속 먹고 자고, 먹고 자고만 반복하고 싶다.

덜컹덜컹

온종일 덜컹거리며 보내는 기차에서의 하루.

이번 칸에 같이 타고 있는 러시아 사람들은 나에게 관심이 없었다. 아무도 나에게 먼저 말을 걸지 않았고, 잠잠히 창밖만 바라보았다. 묘하게 닮아 있는 우리. 나 또한 아무것도 하지 않고 창밖만 바라보았다.

먹고 자고, 먹고 자고.

행복한 나태함의 시간이 기차와 함께, 풍경들과 함께 빠른 듯 느릿하게 흘러간다.

편견

어느덧 포근했던 기차에서의 시간이 끝나고, 동트기 전 새벽녘에 모스크바에 도착했다. 모스크바는 상트와는 또 다른 분위기를 풍기고 있었다. 쌀쌀한 새벽공기는 나의 옷깃을 단단히 여미게 했고, 노랗게 빛을 발하고 있는 기차역은 남색 하늘과 대비되어 더욱 도드라져 보였다. 여행을 시작한 지 128일째. 이제는 완숙한 여행자처럼 능숙하게 구글맵의 인도에 따라 물 흐르듯 호스텔로 향했다.

모스크바에 도착하자마자 드는 가장 큰 궁금증 하나. 상트에서는 영어와 키릴 문자가 병행되어 역의 이름을 표기하고 있었지만, 모스크바의 지하철역들은 오로지 키릴문자로만 표기가 되어 있었다. 이유가 뭘까? 아무리 상트에 관광객들이 더 많이 방문한다고 해도, 나라의 수도

에 영어로 역의 표기가 되어 있지 않다니? 불현듯 머릿속을 스치고 지나가는 하나의 기억. 러시아에서는 아메리카노를 팔지 않는다?! 최근 러시아의 반미 감정이 심각해져 아메리카노를 아메리카노라고 부르지 않고, 러시아노라고 부른다는 그 이유 덕분에 지하철역의 이름이 영어로 표기가 되어 있지 않은 건가? 라는 생각이 들었다. 물론 다른 이유가 있겠지만 굳이 찾아보고 싶지는 않았다. 나는 어서 빨리 숙소로 가서, 나의 몸뚱이를 짓누르고 있는 가방을 집어던져 버리고 싶은 마음뿐이었다.

러시아에 대해 가장 큰 걱정거리는 여전히 안전에 관한 것이었다. 지금껏 여러 도시를 다니며 생각처럼 위험하지 않다는 것을 알았지만, 모스크바는 달랐다. 러시아에서 나를 가장 두렵게 만든 것은 스킨헤드의 존재였다. 러시아에서 가장 활발하게 활동하는 백인 우월주의자 집단. 빡빡이들을 보면 무조건 도망쳐야 한다고 생각했지만, 다행히도 아직은 마주친 적이 없었다. 그래도 조심은 해야지. 그리고 전부는 아니지만, 창백한 얼굴빛 덕분에 더욱 더 무뚝뚝하게 보이는 러시아 사람들. 하지만 그것은 나의 엄청난 편견에 불과했다. 영어 한마디 못하는 어르신들도 낯선 외국인의 질문에 자신이 베풀 수 있는 최대한의 친절로 나를 대해 주었고, '하라쇼.' 좋다는 말을 연신 외치며, 푸근한 인상으로 나를 반겨 주었다. 덕분에 여명 무렵의 추위도, 어둠이 내린 골목길도 이제는 전혀 두렵지 않았다. 시베리아의 한파를 견디며 사는 이들의 심장은 그 어느 곳에 사는 사람들보다 뜨거웠다. 이전에 나에게 도움을 준 많은 사람을 떠올리며 잔잔한 감상에 젖어 있던 나는 무사히 숙소에 도착했고, 여느 때와 다름없이 체크인한 뒤, 침대 곁에 짐을 내팽개치고서 포근한 침대에 누워 지친 나의 몸을 달랬다. 그렇게 나는 오늘도 휴식을 즐겼다.

내일 밤 다시 만나자

러시아라고 하면 가장 먼저 떠오르는 그곳. 한국 사람들에게는 테트리스 성으로 더욱 친숙한 성 바실리성당이 아닐까 싶다.

느지막이 일어나 주섬주섬 옷을 챙겨 입고 거리로 나섰다. 여러 나라를 거치며 이제는 눈에 익을 대로 익어 모두 다 비슷비슷해 보이는 건물들. 태어나서 처음으로 와 본 모스크바지만, 보이는 모든 것들이 이제는 익숙한지 주변의 풍경들을 자연스럽게 지나쳐 곧바로 오늘의 목적지 붉은 광장으로 향했다.

지금까지의 여행 중에서 무언가에 대한 기대를 했을 때, 여지없이 돌아오는 것은 찹찹한 실망감뿐이었다. 처음의 기대감을 충족시켜 주었던 것들은 거의 없었던 것 같다. 그리고 여행 중에 만났던 사람들 중 모스크바를 거쳐 온 대부분의 사람들은 하나같이 테트리스성에 대해 기대를 하지 말라고 나에게 이야기를 했다. 나는 남의 말을 아주 잘 듣는 사람이기에, 그곳에 대한 기대치를 낮출 수 있을 만큼 최대한 낮춰 보려 했으나, 지도 위에서 나의 위치를 가리키는 점이 붉은 광장과 점차 가까워질수록 쿵쾅이는 심장까지는 어찌할 수 없었다.

테트리스성에 대한 나의 첫 느낌은 이랬다.
'애개? 이게 다야?'
붉은 광장 한가운데에는 스케이트장과 여러 놀이기구가 자리하고 있었고, 저 멀리에서부터 나의 눈에 익숙해 보이는 건물은 정말 코딱지만

했다. 멀리에서 봐서 그런가 싶어 열심히 성당을 향해 다가갔지만, 다가 갈수록 커지는 것은 성당이 아닌 분노였고, 성당의 모습은 실로 아기자 기했다, 라기보다 슈퍼에서 파는 조막만 한 100원짜리 사탕처럼 보였 다. 피처럼 붉은 광장 위에 웅장하게 서 있는 하나의 예술 작품을 기대했 건만 성 바실리성당은 나에게 어떠한 감동도 주지 못했다.

지금까지 여러 사진으로만 봐 왔던 성 바실리성당을 머릿속으로 떠올 리며, 후보정 사진의 위대함이 얼마나 대단한 것인지 다시금 깨달을 수 있었다. 본편보다 나은 속편은 없다지만, 상트에 있는 피의 구원 성당이 약 324배 정도 더 아름답게 느껴졌다.

외부의 실망을 뒤로하고 학생 할인 덕분에 50% 저렴한 가격으로 입 장한 성당의 내부에서 단 한 장의 사진도 찍지 않은 나란 존재. 지금까 지 기나긴 여행을 다니면서, 하늘 높은 줄 모르고 한도 끝도 없이 치솟 아 버린 나의 안목에게 존경의 박수라도 보내 줘야 하는 걸까? 만약 이 반4세가 나 정도의 안목을 가지고 있었더라면 성당을 건축한 야코블레 프는 두 눈을 뽑히지 않고 더 많은 작품을 남길 수 있었을 것이 분명했다. 안타까운 야코블레프에게 애도를 표한다.

　시간이 지나고, 하늘을 메우고 있던 구름은 바람결에 떠밀리어 저 멀리로 퍼지듯이 날아갔고, 멀어지는 구름 사이로 청명한 햇살 가닥들이 알록달록한 성 바실리성당의 지붕 위로 떨어져 내렸다.
　햇살을 한껏 머금은 성당의 모습은 처음보다는 싱그러운 색감을 뽐내고 있었지만, 여전히 어린아이의 손에 쥐어진 사탕과 같이 조막만 한 모습에 나는 설레설레 고개를 휘젓고서, 성당을 등지고 광장에서 벗어났다.
　"내일 밤 다시 만나자."

얼마나 좋을까

나의 일과 중 가장 중요한 일. 숙소에서 노닥거리기가 끝나 갈 무렵, 방에 있는 커다란 창문 틈으로 붉은빛 한 줄기가 떨어져 내렸다. 나는 간신히 침대에서 몸을 일으키고 흐느적거리며 창문 가까이 다가갔다. 창문을 열자 나의 눈으로 들어오는 세상은 붉게 타오르는 노을들과 함께 찬란하게 빛났고, 마주한 저녁노을은 찰나의 순간 동안 따스함으로 내 몸을 훑고서 빼곡히 들어차 있는 빌딩들 사이로 달음박질했다. 순식간에 해는 떨어지고, 회색빛이 감싸들며 세상에는 어둠의 장막이 내렸다. 이제는 밖으로 떠나야 할 시간. 어느새 나는 어둠이 내린 거리 위를 흐느적거리며 성 바실리성당을 향해 느릿하게 나아갔다.

나는 낮보다 밤이 백만서른마흔다섯 배 정도 훨씬 좋다. 가끔은 쨍한 햇살을 좋아하기도 하지만, 나는 구름이 잔뜩 끼어 태양의 흔적조차 찾아볼 수 없을 만큼 흐린 날에도 선글라스 없이는 길을 걷기가 힘들 정도로 눈부심이 심했다. 여러 군데 병원을 돌아다니며 진료도 받아 봤지만, 한 의사선생님은 색깔이 있는 안경을 쓰면 괜찮아질 거라며 아주 긴 시간 동안 나를 괴롭게 하던 고통을 아주 간단하게 해결해 주었다.

　그리고 어렸을 때부터 '나는 뱀파이어가 아닐까?'라는 생각이 들 정도로 낮의 컨디션과 밤의 컨디션이 확연히 달랐다. 뜨거운 것보다는 차가운 것을 좋아했고, 더운 것보다는 추운 것이 좋지는 않았지만, 아무튼. 밤이 내린 거리 위로 반짝이는 화려한 조명들이 좋았고, 환한 조명이 켜진 길거리를 살짝 벗어났을 때 느껴지는 무거운 침묵이 좋았다. 가끔 그 무거운 침묵 속에서 잔잔한 노래를 들으며 하늘을 바라볼 때. 지금은 존재할지, 존재하지 않을지 모르는 별들이 100만 년 전에 쏘아 보낸 그 빛을 지금의 내가 마주할 때. 이름 모를 별이 쏘아 보낸 빛이 이제야 나의 눈에 들어온 것처럼, 나의 가벼운 외침들도 언젠가는 다른 사람들의 마음속에도 가닿을 것만 같은 그런 기분을 느끼며 나는 밤의 성 바실리성당을 마주했다.

　내가 바로 러시아의 랜드마크다, 라고 증명이라도 하듯, 성당을 향해 쏟아지는 수십 개의 스포트라이트. 성 바실리성당은, 일본영화 〈세상의 중심에서 사랑을 외치다〉의 마지막 장면에 나오는 세계의 배꼽 울룰루

가 전혀 부럽지 않을 것 같았다. 그리고 수많은 커플이 서로에게 사랑을 속삭이며 성당을 배경으로 사진을 찍고 있을 때, 나는 혼자서 그들을 바라보며 성당만을 찍었다. 순간 생각했다. 나에게는 이 공간이 볼품없어 보이고 아무 의미 없는 곳일지라도, 지금 이 순간 저기서 사진을 찍고 있는 커플들에게는 세상에서 가장 행복한 곳이지 않을까?

하늘에는 달도 뜨지 않고 구름에 뒤덮여 칠흑같이 어두웠다. 알아들을 수 없는 말을 뱉어 내는 수많은 관광객은 사진을 찍으며 이쪽저쪽 분주히도 움직이고 있다.

멍하니 성 바실리성당을 바라보고 있던 내 앞을 지나가는 사람들 사이에서, 새빨간 코트에 이제 막 첫눈이 내린 듯한 새하얀 샤프카를 쓰고 있는 그녀가 눈에 들어왔다. 모자 밖으로 가지런히 늘어뜨린 머리카락은 그녀가 움직일 때마다 찰랑거리며 윤기 있는 갈색 머리를 뽐내고 있다. 그녀의 머리카락을 입에 물고 비단결 같은 감촉을 내 얼굴로 느끼고 싶었다. 그녀는 머리카락과 잘 어울리는 짙은 갈색 눈썹을 하고 있었다. 입술은 붉고 도톰했으며, 코는 곧고, 뺨은 사과처럼 둥글었다. 이전까지 나는 사랑이 무엇인지 몰랐다. 그런데 그녀를 보는 순간 마법에 걸리기라도 한 듯 내 온몸은 그녀 곁에 가고 싶다고 아우성치기 시작했다.

간절히 원하고 바라면 이뤄진다고 했던가? 이대로 영원히 멀어지나 싶던 그 순간 우리의 눈은 서로를 바라보았다. 잠시 후 나와 눈이 마주친 그녀는 작고 아담한 손을 들어 자신의 곁으로 오라는 듯 나에게 손짓했고, 갑작스레 가까워진 나에게 말을 걸었다. 세상에서 들어 본 적 없는 아름다운 목소리로 노래하듯 무언가를 속삭이는 그녀. 나는 아들딸 구별 말고 여섯만 낳아 잘 길러야지, 생각하며 앞서 걷고 있는 그녀의 그림자를 조심스레 밟아 갔다.

"500루블."

나를 보며 달콤하게 웃음 짓던 그녀의 손에 들려 있는 한 잔의 보드

카. 그녀의 손바닥 위에 나의 마음과 같이 꾸깃꾸깃해진 지폐 한 장 사뿐히 올려 준다.

나를 보며 여전히 환하게 웃음 짓다 다시금 광장 너머로 멀어지는 그녀. 살랑거리는 그녀의 뒷모습을 먹먹하게 바라보다, 그녀에게 향했던 나의 사랑과 130일 동안의 외로움들을 보드카에 곱게 녹여 꾸역꾸역 삼켜 보았다. 목구멍에서부터 나의 온몸을 불싸지르는 뜨겁고도 강렬한 무언가가 휘몰아쳐 오른다. 이것이 실연의 아픔이란 것인가? 내가 좋아하는 그녀가 내가 좋아하는 공간에서 나를 좋아한다고 고백을 한다면 얼마나 좋을까. 이렇게 또 한 번 새로운 것을 배워 본다.

잘 자거라 나의 외로움아.

잘 가거라 나의 500루블아.

너도 나도 하라쇼!

　무르만스크를 제외하고, 러시아에 오기 전에 가장 기대했던 두 가지는 테트리스성과 모스크바 지하철 투어였다. 테트리스성은 뭐 아시다시피 그저 그렇게 끝이 났고, 이제 나의 마지막 희망은 지하궁전이라고 불리는 모스크바의 지하철뿐. 물론 상트에서 먼저 간접적인 지하궁전에 대해 경험을 하기는 했지만 본편이 더욱 기대되는 것은 어쩔 수 없는 사실이 아닌가? 나는 오늘 가장 편하게 구경할 수 있는 5호선 써클 라인만을 둘러보기로 결정하고 숙소를 나섰다.

　지하철 투어를 하러 가기 전에 모스크바의 전경을 볼 수 있다는 참새 언덕을 들렀다. 그곳에서 마주한 도시의 전경은 삭막하기 그지없었다. 도시 곳곳에 자리하고 있는 굴뚝들에서 쉴 새 없이 뿜어져 나오는 매캐한 연기는 푸른 하늘 아래로 자욱하게 퍼져 나가며 이곳에 서 있는 나의 숨통을 조여 오는 듯했고, 언덕 아래 앙상스럽게 몸통만 남은 나무들은 지금의 을씨년스러운 풍경을 더욱 더 메말라 보이게 만들었다. 나는 자연스레 구소련시절 회색빛깔 도시의 전형적인 모습이 무엇이었을지 이곳에서나마 간접적으로 느낄 수 있었고, 그 시절 정부가 체제 선전을 위해 모스크바를 방문한 외국인 관광객들에게 지하철을 관광시켜 줬을 당시를 회상하며 5호선을 향해 발걸음을 옮겼다.

모스크바의 지하철역들은 2차 세계대전 당시 방공호의 역할도 겸비했기 때문에 대부분 지하 깊숙이에 자리하고 있었다. 물론 모스크바의 연약한 지반 탓에 일반적인 깊이보다 더욱 더 깊은 곳에 지하터널을 만든 이유도 무시할 수 없다지만, 어쨌든 중요한 것은 지하궁전이라고 불릴 정도로 화려하다는 사실뿐.

모스크바의 지하철들을 돌아다니며 나의 머릿속에 떠오르는 두 가지 생각. 첫 번째는, 전부 알아듣지는 못하지만 무언가를 설명해 주는 가이드가 있다는 것이 얼마나 중요한지를 알게 되었고, 두 번째는, 상트와 비교했을 때 특별히 나은 점을 느끼지 못했다는 것이다. 첫 번째 이유 덕분에 시너지효과가 발생해서 그렇게 느꼈을 수도 있고, 모스크바에서는 정말 아름다운 역사들만 방문한 것이 아니기에 그럴 수도 있고, 따지고 보면 한도 끝도 없이 다른 점을 이야기할 수 있겠지만, 뭐 여기까지만 하자.

러시아의 지하철역들은 지하궁전이라고 불릴 정도로 아름다움을 대변하기는 하지만, 곰곰이 생각해 보니 아름다움 속에 러시아스러운 투

박스러움이 묻어났다. 상트에서 본 강철문 스크린도어와 엄청나게 무시무시한 지하철의 속도를 예로 들 수 있다. 스크린도어는 사람의 안전을 위한 장치이지만, 나를 기겁하게 했던 그 철문은 혹여 실수로 손이라도 끼었을 때 아무런 거리낌 없이 댕강하고 손가락 두어 마디를 잘라버릴 것만 같은, 안전을 위한 배려라고는 전혀 느껴지지 않을 정도로 강력한 스크린 단두대였다. 하지만 러시아 사람들도 그 무서움을 아는지 한국과는 달리 누구도 지하철에 발을 내밀거나 아슬아슬하게 타려 하지 않았고, 그 덕택에 진실로 사고를 방지할 수 있는 스크린도어가 된 것 같기도 했다.

그리고 지하철과 지하철 사이의 간격이 대략 2분 정도에 불과할 정도로 매우 짧았다. 열차의 속도 또한 어마무시하게 빨랐다. 하지만 지하철이 들어올 때마다 칸칸이 들어차 있는 사람들을 보고, 이 많은 사람은 도대체 어디서 지하철을 타고 어디로 가는 것일까? 라는 생각이 절로 들었다. 웃음기 별로 없는 새하얀 얼굴을 하고, 끝없이 돌고 도는 지하철에 올라 한국 사람들보다 더욱 쳇바퀴 도는 듯한 삶을 사는 것 같은 그들의 어깨가 오늘따라 더욱 더 무거워 보인다. 그리고 그에 따라 내 다리도 무겁다.

서로가 서로에게서 등을 돌린 순간, 그 상대방과 나와의 거리는 지구 한 바퀴 정도의 차이가 난다더라. 하지만 그만큼 멀어졌던 우리네 사이도 단순히 서로의 몸을 180도 빙그르르 돌려 보면 너와 나 사이의 간격은 딱 한 뼘 남짓. 우리 모두는 때론 서로에게 아주 먼 사이가 될 수도 있지만, 때론 아주 가까운 사이가 될 수도 있다. 우리 모두 자신에게서 가장 먼 것 같은 사람에게 먼저 다가가 '남'이라는 글자에다 점 하나를 지우고, 세상에서 가장 소중한 '님'이라는 존재가 되어 보면 어떨까. 힘내라 사람들아. 힘내자 우리들아. 너도, 나도 하라쇼!

불안감

오늘은 교회에 가는 날. 예배를 마치고, 밥을 먹고, 현지 유학생들과 함께 대화하며 그들이 러시아에서 살아가는 이야기를 들었다. 대부분 의대 아니면 정치학을 공부한다는 그들.

그보다 더욱 더 놀라운 사실을 듣게 되었다. 러시아 사람들은 겨울만 되면 스케이트를 엄청나게 타는데, 스케이트장을 만드는 방식이 정말 대단했다. 아니 러시아스러웠다. 겨울이 되면 공원 바닥에 물을 뿌리고, 그 공원 전체를 스케이트장으로 만든단다. 한국에서는 있을 수 없는 아주 동화 같은 이야기를 듣고, 호기심이 생긴 나는 근처에 있는 큰 공원을 방문하게 됐다.

역시 러시아. 공원에 들어서자마자 내가 바라본 광경을 내가 표현할 수 있는 최고의 리액션으로 표현을 하자면, 나의 입이 '쩍' 하고 벌어졌다. 말로만 들은 것보다 더욱 더 놀라운 광경이 나의 눈앞으로 펼쳐졌다. 지도로만 봐도 엄청 커다란 사이즈의 공원이 모두 빙판길로 변해 있었다. 아니, 빙판길이 아니라 진짜 빙판인 스케이트장으로 변해 있었고, 수많은 사람들이 그 길을 따라 미끄러져 내리고 있었다.

스위스에서 보았던 공원에서 스키를 즐기는 사람들과 러시아 공원에서 스케이트를 즐기는 사람들. 겨울 스포츠의 강국이 괜히 만들어지는 것이 아니겠지. 무언가를 하려고 하지 않아도 편하게 접할 수 있는 분위기가 이런 것이 아닐까?

여행을 시작한 지 132일째. 집으로 돌아갈 시간이 점차 가까워져 올수록 나의 마음속에서 커지는 것은 안도감이나 편안함이 아닌 불안감이었다. 아직 뭔가 얻은 것이 없는 것 같은데 벌써 시간이 이렇게 됐다니. 지금 이곳까지 오면서 나의 노력을 입증할 만한 어떠한 기록 같은 것이 남아 있어야 집으로 돌아갔을 때 무언가 정당한 평가를 받을 수 있을 텐데. 나는 무엇을 남길 수 있고, 무엇을 남겼다고 해야 할까.

공원을 나와 집으로 돌아가는 길. 적당히 얼어 있는 강물 위로 보트 한 대가 얼음을 부수며 지나간다. 조각조각 바스러지며 보트의 좌우로 멀어지는 얼음 조각들. 맞춰질 수 없는 퍼즐의 조각처럼 어디론가 떠다니다 서로의 차가운 마음 맞닿을 때 투명한 거울 되어 푸른 하늘을 비추겠지. 물길 사이로 밀려오는 저녁놀에 오늘의 시간도 이렇게 부서져 흘러간다.

잘 지내

이제 내일이면, 진짜 시베리아 횡단열차를 타고 모스크바를 떠나 바이칼호수를 볼 수 있는 이르쿠츠크에 가게 된다. 비성수기 시즌에 여행을 다니면서 가장 좋았던 것 중 하나가 숙소를 예약하지 않아도 편하게 내 몸뚱이를 누일 수 있는 공간을 구할 수 있는 것이었지만, 얼어 있는 바이칼호수를 보기 위해 많은 사람이 거쳐 가는 이르쿠츠크와 바이칼호수 안에 있는 알혼섬은 12월 마지막 주의 부다페스트를 떠올리게 할 정도로 숙소를 구하기가 힘들었다.

예상치 못한 스트레스 덕분에 나는 일어나자마자 보드카를 들이켜고 싶었다, 까진 아니어도 대낮부터 술을 마시고 싶을 정도로 스트레스를 받았다. 허나 나의 굳은 의지로 보드카를 마시지 않고 오랜 시간을 들여 여러 숙박애플리케이션을 탐독한 후, 어찌어찌 나름대로 괜찮을 것 같은 숙소를 구할 수 있었다.

하지만 나에게 그것보다 더욱 큰 문제가 생겼다. 첩첩산중. 화불단행. 설상가상. 계란유골. 아무튼 모든 이들의 인생 최대의 난제, '오늘 점심은 뭘 먹지?'를 해결하기 위해 나는 다시금 이불 속으로 파고들어가 휴식을 취했다.

점심을 먹고, 모스크바에서 보내는 마지막 날을 어떻게 하면 알차게 보낼 수 있을지 고민하다가 크렘린궁을 구경하기 위해 그곳으로 향했지만, 이것저것 복잡하게 정해야 하는 것들도 많았고, 급히 밀려오는 귀

차니즘 덕에 궁의 내부로 들어가지는 않았다. 이렇게 귀찮아서 숨은 어떻게 쉬고 밥은 어떻게 먹는지. 하지만 보지 않은 것들에 미련은 가지지 않았다. 미련이 생기지 않았다는 말이 더 맞는 것 같다.

성 바실리성당에게

숙소로 돌아가기 전에 우연히 붉은 광장으로 이어지는 골목길 끝자락에서 너와 눈이 마주쳤어. 그리고 너와 나 사이를 스치고 지나가는 수많은 사람을 보았지. 이름도 모르고, 얼굴도 기억하지 못할 많은 사람과 나와의 관계처럼, 7일이란 시간은 우리 사이에 특별한 인연을 만들기엔 많이 부족했었나 봐. 사소한 곳에서 보이던 너의 소소한 아름다움들에 '아. 아직 우리 사이가 완전히 끝난 건 아니구나.' 기대했다가, 다시 보이는 무뚝뚝한 너의 모습들에 '역시 끝나는 중이구나.' 생각하며 심장이 가라앉고 떠오르기를 반복하고 있었어. 하지만 이제는 분명히 알 수 있을 것 같아. 우린 여기

드디어 나의 여행의 끝자락. 가장 중요한 일정인 시베리아 횡단열차
를 타는 일이 당장 내일로 다가왔다. 러시아에 도착해서 두 번의 짧은 기
차여행을 통해 얻은 노하우들로 4박5일간의 아주
긴 여정을 무사히 끝마쳐야 한다.

나는 성 바실리성당에게 작별의 편지를 남기고
서 마트로 향했다. 나는 매의 눈으로 마트에 있는
물건들을 하나씩 주워 담기 시작했다. 지금 이 순
간, 나는 이 세상 그 누구보다 행복하다.

빵빵해진 비닐봉지를 가슴 가득 끌어안고, 볼
록 솟은 밤하늘 달빛을 맞으며 숙소로 돌아가
는 길.

달아 달아 밝은 달아! 나 좀 예쁘게 잘 좀 비춰
라. 모스크바에서 보내는 나의 마지막 밤, 아름답
게 보낼 수 있게.

푸른 달빛 스며든 골목길에 희미하게 얼룩진 쓸
쓸함들을 나의 걸음으로 질끈 밟아 넘기고서, 내
일을 향한 힘찬 발돋움으로 오늘의 저녁을 세차
게 밀어 보낸다.

나는 이곳에서 살아남을 것이다!

어제의 탐닉 덕분에 일용할 양식들로 두둑해진 배낭을 들쳐 메고서, 솜털 같은 한숨에도 날아갈 듯 한없이 가벼워진 카드를 품에 넣고 숙소를 나섰다. 내 머리 위로 눈부시게 찬란한 태양은 대지를 향해 쉴 새 없이 뜨거운 양분들을 쏟아내며 떠 있었다.

지금까지는 3등석 1층만을 이용했었지만, 3등석 1층보다 조금 더 저렴한 2등석 2층 티켓을 발견했기에, 이번에는 2등석 2층을 선택하게 됐다.

기차 문이 열리고, 하나둘씩 승객들이 타기 시작했다. 기차 내부에 들어서자 길게 이어진 좁은 통로를 따라 빽빽하게 자리한 방들. 나는 방으로 가서 짐을 풀었다. 우리 방은 처음부터 만실이었고, 나는 3명의 러시아인과 함께 4박5일간의 긴 여정을 시작했다.

기차가 출발하기 전에 나의 사랑스러운 양식들로 수납장을 가득 채우고, 편안한 옷으로 갈아입었다. 앞으로의 고난을 전혀 예상하지 못한 나는, 콩닥거리는 가슴을 부여잡고 오래도록 염원했던 시베리아 횡단열차를 타고 있다는 사실만으로 감격에 겨워 닭똥만 한 눈물방울을 떨어뜨릴 뻔했지만, 차마 그럴 수는 없으니 울음을 꾹 참고 침대에 누워 조금씩

감겨 오는 눈꺼풀을 동반자 삼아 꿈의 세계로 여행을 떠났다.

시간이 얼마나 지났을까?

곤히 자고 있던 나는 순간 잠에서 깨어났다. 나의 단잠을 깨운 것은 복도를 지나다니며 나의 다리를 치고 가는 사람도 아니었고, 덜컹거리는 기차의 떨림도 아니었다.

출처를 알 순 없지만 어디선가 느껴지는 어둠의 기운이 내 코 안으로 스멀스멀 기어들어 왔고, 나의 뉴런 세포들은 나태하게 늘어져 비몽사몽하던 나의 대뇌를 강력하게 후려치며 살고 싶으면 당장 일어나라고 소리치는 듯했다. 2등석은 3등석과는 다르게 하나의 방으로 이루어져 있었고, 그곳은 3등석에 비해 월등히 따뜻했다. 그리고 그 따뜻함은 지금까지의 여행 중 전혀 예상하지 못한 최악의 나락으로 나를 빠지게 했다.

나는 술에 취한 것처럼 혼미해지려는 정신을 가까스로 부여잡고 방에서 뛰쳐나왔다. 그리고 참고 있던 호흡을 길게 들이마시고서 숨을 헐떡거리며 곁눈질로 방 안을 살폈다.

그곳에서 나는 아지랑이 피듯 아른거리는 시큼 노리끼리한 공기들을 마주할 수 있었다. 아. 이것이 진정 사람을 죽일 수도 있는 암내라는 것이구나. 군 복무 시절 겪었던 화생방 훈련도 무사히 견뎌 낸 나였지만 훈련은 훈련이다. 목숨의 위협 없이 안전한 감독과 통제 속에 진행된 가상의 상황일 뿐 실제상황이 아니었지만, 이번만큼은 달랐다. 나의 숨통을 옥죄는 암내는 실제상황이었고, 여기는 벗어날 수도 없고 도망칠 수도 없는 기차 안. 이르쿠츠크에 도착하는 4박5일 동안 그 방에서 그 향기와 함께 머물러야 한다는 사실이 나를 더욱 암울하게 만들었다.

내가 이곳에서 살아 나갈 수 있을까?

허나 그러한 고민도 잠시. '나는 이곳에서 살아남을 것이다!'라는 결연한 의지를 품고, 다시금 객실로 들어갔다.

환기라도 시키기 위해 문을 계속 열어 놓으려 했지만, 춥다는 몸짓을 반복하는 3명의 불곰국 사람들.

나는 심각한 목숨의 위협을 느끼며, 뻑뻑하게 녹이 슬어 잘 굴러가지 않는 머릿속 맷돌을 간절히 굴렸고, 살아남을 방법을 모색하기 시작했다.

2등석 2층 침대

2등석은 날짜를 선택해서 한 끼의 밥까지 받을 수 있고, 슬리퍼와 세면도구까지 제공되었지만, 나는 두 번 다시 2등석을 타지 않으리라.

어찌 됐건 나는 이곳에서 살아남기 위해 한국에서 사 왔던 향수 스틱으로 나의 머리맡에 놓인 베개를 흥건히 적셔 놓았고, 그 손바닥만 한 공간이 나에게 진정한 안식을 허락했다.

침대에 납작 엎드려도 창밖이 잘 보이지 않는 2층이지만, 이곳은 모래성같이 무너져 가는 나의 멘탈과 코를 지독한 암내에게서 지켜 낼 수 있는 유일한 피신처이자, 최후의 보루였다. 기차에서 내리는 날까지 이곳을 안전하게 사수해야 한다!

나는 지금 시베리아 횡단열차 2등석 2층 침대에 타고 있다.

이제 이틀 남았다

오늘도 나의 코를 사정없이 찌르는 암내의 공격을 피해 복도를 서성이다, 바로 옆방에 있던 말레이시아 친구를 만나게 됐다. 대화하던 중, 그 친구도 이르쿠츠크에 들렀다가 바이칼 호수를 둘러볼 계획이라는 사실을 알게 되었고, 우리는 좀 더 진솔한 대화를 위해 식당 칸으로 향했다.

식당 칸으로 가는 길. 처음 열차를 구경할 때에 객차와 객차를 연결하고 있는 이 공간은 섣불리 건널 수 없는 포스를 풍겼고, 이 연결부위를 한마디로 표현하자면 설국열차 그 자체였다. 하지만 이제 그곳은 나에게 암내의 공격을 피해 이따금 상쾌한 공기를 느끼고 싶을 때마다 잠시 머물렀다 갈 수 있는 최고의 안식처이기도 했다.

그 말레이시아 친구는 독일에서 학교에 다니고 있는데, 지금은 방학

기간이라 여행 삼아 기차를 타고 말레이시아까지 돌아가는 중이라고
말했다.

우리나라도 하루빨리 통일이 돼서 기차가 북한으로 넘어갈 수 있게
된다면 이 친구처럼 유라시아 대륙을 넘어 인도와 아프리카까지도 기
차를 타고 여행을 다닐 수도 있겠구나, 라는 생각이 들었다. 대신 그렇
게 기차를 타고 여행을 한다면 객실은 무조건 3등석 아니면 1등석이다.

그는 나에게 알혼섬으로 가는 1박2일 패키지 투어를 같이 신청하자
고 권했지만, 나와는 계획이 맞지 않아 서로의 SNS 아이디만을 교환하
고 각자의 방으로 돌아갔다.

하. 방으로 들어가 편안한 안식을 취해야 할 나를 반겨 주는 꾸리꾸
리한 향기에게 '제발 자라.'라고 인사를 건넨 뒤, 침대로 올라가 잠을 청
했다.

누군가와

잠에서 일어나 가장 먼저 이어폰을 귀에 꽂고 노래를 들으며 라면을 먹는다.

1층으로 내려와 커피 한 잔을 하며 잠시 잠깐 창밖을 바라보다, 암내를 견디지 못해 다시 서둘러 나의 침대로 올라가 향수 스틱으로 결계를 친 다음 소설도 읽고, 이것저것 끼적거리다 낮잠을 잔다.

자고 일어나 다시 커피 한 잔 하고, 창밖을 보고 멍 때리다 라면을 먹고, 다시 침대로 올라가 꼼지락꼼지락.

역시 나는 아무것도 안 하고 가만히 있는 게 세상에서 제일 좋은가 보다. 대신, 다음번에 이 기차를 다시 타게 된다면 사랑하는 누군가와 함께 올 수 있길.

그동안 총을 맞으세요?

러시아는 총 11개의 시차가 존재한다. 땅덩어리가 하도 넓은 덕분에 기차를 타고 가는 동안 여러 시간대를 경험할 수 있다. 또한 모든 기차의 출발과 도착은 모스크바 표준시를 기준으로 운행이 된다. 러시아에서 러시아로 이동하면서 시차 적응이 필요하다는 아주 놀랍고도 신기한 사실. 근데 미국이랑 캐나다도 마찬가지구나.

엄청나게 길 것 같았던 4박5일간의 기차여행도 아주 순식간에 끝이 나고, 기차는 어느덧 이르쿠츠크에 도착했다. 세수도 안 하고, 샤워도 안 하고. 물론 양치는 했지만. 참 편안한 시간을 보낸 듯한 기분. 아마 암내만 없었더라면 더욱 행복했을 것이다. 긴 시간을 함께했던 같은 방 친구들도 구글 번역기를 사용해 나의 여행에 안녕을 빌어 주었다.

"그래서 우리는 생각했다. 나는 여행이 바란다. 죽이고 언제나 싶지 않습니다. 그동안 총을 맞으세요?"

기차에서 내려 서둘러 숙소로 향했다. 내가 귀차니즘이 있어서 씻는 것을 별로 좋아하지 않지만 암내에 찌들고, 더운 열차 내부 덕분에 잠을 잘 때마다 땀에 찌들었었기에 빨리 씻고 싶었다. 배낭을 들쳐 메고 역에서 나오자마자 나를 반기며 벌 떼처럼 달려드는 택시호객꾼들.

"미안하지만 그대들과 나의 연결고리는 상트에서부터 끊어졌소. 안녕히 가시게나."

버스를 타고 숙소로 향했다. 역시 구글맵은 위대하다. 단박에 나의 호스텔로 갈 수 있는 최상의 루트를 알려 주다니. 봉고차보다 살짝 큰 버스는 어느덧 사람들로 가득 차고, 가방이 커서 눈치가 보이는 것보다 혹여나 내 몸에서 냄새가 나지는 않을까? 라는 걱정이 나를 더욱 움츠러들게 했다.

숙소에 체크인하고 드디어 씻을 수 있었다.

역시 사람은 씻어야 해.

상쾌한 기분에 인증샷을 찍고, 나의 영원한 동반자 침대와 다시금 한 몸이 되었다. 4박5일 동안 침대에 누워 있었지만, 역시나 흔들리지 않는 침대가 최고야. 침대는 늘 새로워. 언제나 짜릿해.

이르쿠츠크는 러시아의 파리다?

잠을 자도 자는 것 같지 않았던 기차에서의 피로가 한꺼번에 몰려왔다. 어차피 이르쿠츠크는 알혼섬을 들어가기 위해 잠시 들르는 곳으로 생각하고 온 곳이기 때문에 아무것도 신경 쓰지 않고 맘 편하게 휴식을 취하기로 결정. 침대에 누워 나의 장래희망인 한량같이 인터넷을 뒤적거리다 발견한 기사의 제목에, 나는 헛웃음이 나오는 것을 참을 수 없었다.

이르쿠츠크는 시베리아의 파리다?

이곳에서 그리 많이 돌아다닌 것은 아니지만, 밥을 먹거나 간단한 간식을 사러 돌아다녔기에 대충은 둘러봤는데 이건 뭐 막 갖다 붙이면 다 되는 줄 아나? 기가 차네.

특별한 경험

간편하게 숙소에서 알혼섬으로 가는 버스를 예약했다. 아침 일찍부터 나를 태우러 온 버스는 알혼섬을 향해 열심히 달렸다. 드디어 바이칼호수를 향한 나의 험난한 여정이 시작되었다. 이곳의 도로는 무르만스크와 같은 빙판길은 아니었지만 고르지 못한 도로 위를 엄청난 속도로 질주하는 버스 덕분에 나의 엉덩이는 편안할 날이 없었다.

눈이 깔린 넓은 벌판. 아마 러시아에서 이동하는 시간 동안 가장 흔하게 볼 수 있는 풍경이지 않을까 싶다. 러시아는 눈이 많이 오는 곳이기는 하지만 높은 산들이 거의 없기 때문에 스키를 탈 수 있는 리조트의 시설이 없다는 이야기를 들었다. 혹여나 리조트가 있다고 해도 속도를 즐길 수 있는 산이 아니라 완만한 언덕 수준 정도의 슬로프만 있다고 하더라. 그래서 많은 사람은 조지아나 근처에 다른 나라로 스키를 즐기러 떠난다는 이야기를 들었다. 대신 스노모빌들을 타고 너른 벌판과 얼어붙은 호수 위를 달리는 이들을 종종 목격할 수 있었다. 아마 무르만스크에서 카우치서핑에 성공했다면 나도 저런 것들을 타 볼 수 있었을 텐데.

구름 한 점 없이 맑은 하늘 위에 덩그러니 놓여 있는 열기구 하나. 어렸을 적 어머니의 강요로 참석한 캠프에서 열기구를 탔던 기억이 났다. 무섭다며 타지 않겠다고 버티는 나의 손을 꼬옥 붙잡고, 빨리 타지 않으면 후드려 패 버리겠다던 누나의 한마디에 어쩔 수 없이 탄 열기구의 따스한 온기가 지금 나에게 느껴지는 듯했다. 추운 겨울밤 나의 머

리 위로 환하게 불을 밝히고 있던 버너는 뜨거운 열기를 내뿜으며 우리가 타고 있는 바구니를 어두운 밤하늘 속 한가운데로 옮겨 주었다. 시간이 지나고 열기구는 더 이상 하늘로 솟아오르지 않았다. 그래도 타고 나니 약간은 호기심이 생겼는지 후드려 팬다는 누나의 손을 꼬옥 붙잡고서 용기 내어 바구니 너머로 살며시 고개를 내밀었다. 꽁지발을 치켜세우고 바라본 세상은 어둠에 집어삼켜졌는지 아무것도 보이지 않았다. 뭐 그랬다.

어쨌든 지금 저 하늘 멀리 떠 있는 열기구에 탄 사람들은 무엇이 보일까? 무엇을 볼 수 있을까? 분명한 사실은 내가 보지 못하는 많은 것들을 볼 수 있다는 것이다. 특별한 경험을 해 본 사람들은 그 일을 경험하지 못한 사람들이 볼 수 없는 많은 것들을 볼 수 있고, 그 경험으로 인해 깨닫는 것들도 많을 수밖에 없다. 물론 자신이 보고 느낀 무언가를 온전히 자신의 것으로 만들 수 있느냐 없느냐가 중요한 것일 뿐. 그 어린 시절의 나는 과연 어둠의 저편에서 반짝이는 무언가를 보았을까?

면적으로는 아시아 1위, 세계 7위. 지구상에 얼지 않은 담수량의 20%를 차지하고 있고, 가장 깊은 곳의 깊이가 무려 1,637m나 되는 호수 위를, 나는 차를 타고 달리고 있다. 약 30㎝의 얼음이 얼면 차가 달리고, 70㎝까지 얼음이 언다면 화물차가 달릴 수 있는 이곳. 얼음이 얼어 있는 호수 위를 걸어 본 적도 없는 나지만 오늘 이 순간 나는 약 20명의 사람과 함께 버스를 타고 호수 위를 달리고 있다. 그것도 어마무시한 속도로 달리고 또 달린다.

사람들이 내지르는 환호성이 시끄러웠는지, 버스기사님은 잠시 차를 멈추고 우리를 호수 위에 풀어놓았다. 어차피 나는 투어를 할 것이기 때문에 호들갑을 떨며 사진을 찍고 있는 이들과는 다른 시크함으로 단 몇 장만의 사진을 찍었다. 내 눈앞에 펼쳐져 있는 오늘의 풍경은 지금껏 권태로움에 빠져 무기력하게 여행의 막바지에 다다른 나의 심장에 새로운 활력을 불어넣어 주었고, 이제 막 200m 전력 질주를 끝낸 육상선수의 심장처럼 사정없이 맥동하게 했다. 나는 지금 바이칼호수 위에 서 있다.

힘내라 청춘아

숙소에서 신청한 아침밥을 깔끔하게 해치우고, 바이칼호수 남부 투어를 가기 위해 숙소를 나섰다.

굴러는 갈까 싶을 정도로 오래돼 보이는 회색 차량. 처음 버스를 타고 섬으로 들어올 때 저것들이 고라니처럼 통통 튀어 오르며 도로 위를 달리는 모습을 봐 왔지만, 자동차정비 산업기사 자격증을 가진 내가 봤을 때 과연 안전할까? 라는 의구심마저 들게 만드는 행색의 자동차. 생산된 지 20년은 족히 되어 보이는 차와 함께 나는 오늘의 투어를 무사히 끝마칠 수 있을까?

차를 타고 산길을 내려가는 나는 진심으로 이 차가 사고 싶어졌다. 이 차는 허름한 외형과는 달리 벤츠사의 유니목과 비견해도 전혀 모자라지 않는 험로 주행성능을 가지고 있었고, 탱탱볼처럼 숲길 사이를 이리저리 튕기며 우리를 미지의 세계로 데려가고 있었다. 덜컹거리는 차 안

을 돌아다니는 핀볼 공처럼 차 안 구석구석을 굴러다니고 있는 오늘의 동료들. 차량에 타고 있는 2명의 중국인과 2명의 러시아인, 그리고 한 명의 한국인은 연신 서로의 얼굴을 마주하며 환하게 미소 짓고 있었다.

다만, 신비스럽게도 그렇게 사정없이 흔들리는 차 안에서 잠만 잘 오더라. 자지 말아야 한다고, 주변의 풍경을 구경해야 한다며 계속 나의 정신을 붙잡아도 봤지만, 감겨 오는 눈꺼풀을 견디지 못하고 연신 꾸벅꾸벅 졸다 깨다를 반복했다.

얼마쯤 달렸을까? 한참 동안 우리를 에워싸고 있던 숲길은 어느 순간 사라지고, 우리가 타고 있는 자동차는 더 이상 앞으로 나아갈 수 없었다.

나는 이곳에서 바이칼호수의 수평선을 마주했다. 나의 시선 끝자락을 넘어서, 지구 반대편에까지 이어져 있을 것처럼 광활하게 펼쳐져 있는 은백색 얼음 호수.

얼음의 색과 똑 닮아 있는 하늘의 모습은 드넓은 거울처럼 빛나는 푸르른 호수와 맞닿아 서로의 경계조차 알아볼 수 없었고, 꽁꽁 언 호수 위로 뭉게구름처럼 탐스럽게 쌓여 있는 눈들은 바람을 타고 순식간에 하

늘 위로 떠오를 것처럼 일렁이고 있다.

나는 아찔하게 투명한 얼음 호수 위를 걷고 또 걸었다. 발을 헛디디면 쩍쩍 갈라져 있는 얼음의 틈새 사이로 순식간에 떨어져 얼음장같이 차가운 호수 깊숙한 곳으로 빨려 들어갈 것 같은 두려움도 느꼈지만, 무지개 끝에 있는 희망을 찾기 위해 모험을 떠나는 모험가처럼 팔을 휘저으며 아스라한 수평선 너머를 향해 힘차게 나아갔다.

포인트를 확실하게 알아 놨으니 언젠가 이곳을 다시 오게 된다면 내 차를 타고 사랑하는 와이프와 함께 이곳에서 스케이트를 타며 수평선 끝으로 떨어지는 석양을 보고 싶다고 생각했다. 아마 나랑 결혼할 사람은 세상에서 가장 행복할 것이라고 믿어 의심치 않지만, 과연 내가 결혼이나 할 수 있으려나?

그는 수평선을 하염없이 바라보고 서 있다. 무언가를 바라고 꿈을 꾸는 듯한 그의 뒷모습에는 늘 어떤 간절한 소망 같은 것이 어려 있곤 했다. 다만 오늘따라 가슴 찡한 쓸쓸함으로 가득 찬 그의 뒷모습에 나의 마음을 담아 어깨를 토닥여 주고 싶은 기분. 힘내라 청춘아. 너도 장가 갈 수 있을 거야.

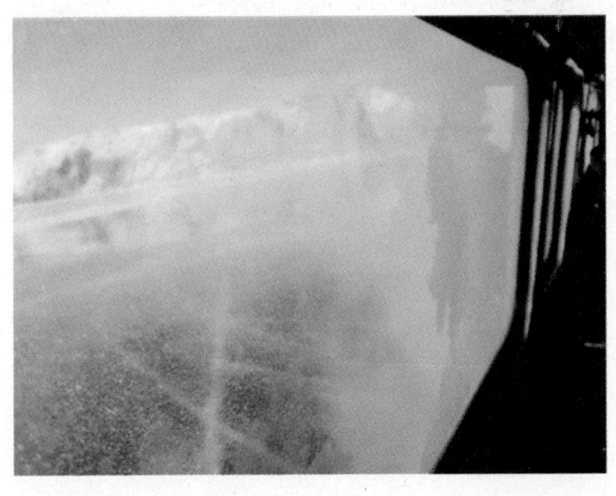

모든 투어를 마치고 집으로 돌아가는 길. 오늘은 드라이버님 운이 정말 좋은 하루였다. 빙판 위를 고속질주를 하시며 드리프트를 시전해 주시는 우리의 드라이버님.

하라쇼!

다음에는 무조건 내 차를 타고 와야지.

너와 함께 와야지.

사람과 사람 사이의 거리

　오늘은 북부 투어를 가기 위해 숙소를 나섰다. 어제의 남부 투어가 너무도 좋았기에, 조금 더 비싼 북부 투어도 어제만큼 좋겠지 싶었다. 하지만 아무 말도 없고, 아무런 설명도 없이 울퉁불퉁한 도로만을 달리다, 어딘가에 도착할 때마다 눈앞에 보이는 산을 올라갔다 오라는 우리의 드라이버님. 오늘의 드라이버님은 척박한 알혼섬의 주변에 있는 섬들과 여러 산을 구경시켜 주었다.

　산에 오르는 것을 별로 좋아하지 않는 '나'이기도 하고, 돈을 내고 이런 고생을 사서 한다는 것 자체만으로 북부 투어는 나에게 큰 실망이었다. 또한, 알혼섬의 투어는 드라이버님을 잘 만나야 하는 것 같다. 그리고 북부 투어보다는 남부 투어만 가는 것이 더 좋은 것 같다. 이것은 순전히 나의 개인적인 생각이다.

　사람과 사람 사이에는 거리가 존재한다. 미국의 문화 인류학자인 에드워드 홀은 이 거리를 4가지로 분류하고 있다. 밀접한 거리와 개인적 거리. 그리고 사회적 거리와 공간적 거리. 물론 이 학자가 하고 싶었던 말은 너와 나 사이의 물리적 거리의 이야기겠지만, 어찌 보면 그 거리는 서로 간의 마음의 거리라고도 할 수 있는 것 같다. 직접 닿을 수 있는, 손 내밀면 맞닿을 수 있는 공간에 함께 머무를 수 있는 사람일수록 그만큼 친숙함을 확인할 수 있기에. 몸이 멀어지면 마음이 멀어진다는 말도 있듯, 당연한 말이지만 너와 나 사이의 거리가 그만큼 멀기에 우리가 아직 만나지 못했나 보다.

　도대체 너는 어디쯤 있니? 내가 너에게 조금 더 가까워질 수 있게, 네가 어디 있는지 나에게 좀 알려 주지 않을래? 내가 너에게 먼저 다가가 안녕하고 인사 건넬 수 있게.

　투어를 마치고 숙소로 돌아와 마트를 찾으러 길을 떠났다. 주인누나 왈, 숲 가운데로 나 있는 길을 따라 20분 정도 쭈욱 걸어 내려가다 보면 마트에 도착할 수 있다고 말했다.

잔잔한 노랫소리를 길동무 삼아 숲길을 걷는다. 20분이 진작 지났지만, 지도 위에 찍힌 마트는 전혀 가까워질 기미조차 보이지 않았고, 지도에 찍히는 나의 위치는 아무것도 없는 산중턱에 덩그러니 놓여 있다. 해가 지기 전에 마트를 갔다 와야 한다는 두려움이 나를 짓누르고, 나의 걸음을 더욱 더디게 만들었다. 차라도 다닌다면 히치하이킹을 하고 싶었지만, 선선히 불어오는 바람은 언제 지나갔을지 모르는 자동차의 얕은 타이어 자국들까지 조금씩 지워 가며 산속으로 흩뿌리고 있다.

숙소에서 마트까지 걸린 시간은 정확히 50분. 도대체 어떻게 이 산길을 내달리기에 20분이란 시간 만에 마트에 도착할 수 있는 것일까? 이런 궁금증보다는 다시 산길을 따라 50분 가까이 걸어가야 한다는 현실이 나를 더욱 지치게 했다.

숙소와 나 사이의 거리. 아마도 우리는 가까워지기엔 너무 먼 사이가 분명하다.

소원

오늘은 알혼섬에서 보내는 마지막 밤. 러시아 하면 보드카와 반야 아니겠는가?

오후까지 찐하게 휴식을 취하고서 숙소에 있는 반야로 향했다. 그냥 별다를 것 없는 한국의 습식 사우나와 같은 모습에 조금은 실망했지만, 지금까지의 여행 중 유일하게 나의 몸을 지질 수 있는 아름다운 시간이었다. 한국에서는 평소 사우나를 즐기지는 않았지만, 한 번쯤 이런 경험을 해 보는 것도 나쁘지 않았다.

개운하게 사우나를 마치고서 밤하늘에 떠 있는 별들을 바라보며, 어제 고생고생을 하고 사 온 맛있는 타이거 맥주를 들이켰다.

철원에서 군 복무를 했을 당시, 경계등이 꺼지고 해가 뜨기 30분 전. 하늘에 떠 있는 수많은 별과 이따금 떨어지는 별똥별을 보며 많은 소원을 빌었더랬지. 로또 1등도 아니고, 예쁜 여자를 만나 아들 딸 구별 말고 6명만 낳아 잘 기르자도 아니었고, 근무가 끝나고 막사로 돌아가 잠을 자고 일어났을 때 나의 방에서 눈 뜰 수 있기를 빌고 또 빌었었다. 하지만 그때의 소원은 당연히 이루어지지 않았고, 몸 건강하게 무사히 제대하는 것으로 나의 소원이 대체된 것 같았다.

지금 이 순간, 나는 구름 한 점 없이 맑은 밤하늘에 금방이라도 쏟아져 내릴 듯 셀 수 없이 떠 있는 별들을 바라보며 몽골의 초원 어딘가에서 너와 함께 보는 은하수를 꿈꾸게 되었다. 푸르른 초원 위에 모닥불 하나 피워 놓고 마주 앉아, 서로의 어깨에 기댄 채로 서로의 이마를 맞대고 함께 그리는 꿈같은 미래. 아무도 없는 그곳에서, 네가 좋아하는 EDM 음악을 크게 틀어 놓고, 두 손 마주 잡아 서로의 눈을 맞추고서 비릿한 마유주 한 잔 걸게 들이켠다. 비릿한 맛에 잠깐 인상 찌푸리다, 다시금 서로에게 미소 지을 수 있게 만드는 그대와 함께. 그대의 눈동자에 치얼스.

이렇게 오늘도 나의 베개를 눈물로 적시며 알혼섬에서의 마지막 밤에게 안녕을 고했다.

흘러간 시간이 아름답다면,
그 시간 사이엔 너의 모습이 녹아 있겠지.
다가올 시간이 아름답다면,
그 시간 너머엔 너의 모습이 머무르겠지.

소확행

짐 정리를 끝마치고, 이르쿠츠크로 돌아갈 버스를 기다리며 주변을 서성거렸다. 이곳에 3일 동안이나 머물렀었지만, 숙소 근처를 걸어 본 적도 없다니. 나도 참 대단한 여행가답다는 생각이 들었다.

이제는 여행이란 게 별것이 아니라는 생각이 든다. 평소 걷던 길에서 조금만 벗어나 다른 길을 마주한다면, 그것 또한 나름대로 소소한 여행의 묘미를 즐길 수 있게 만들어 주는 것 같다.

일상에서 살짝 벗어나서 마주하는 낯선 공간의 묘미. 우리의 주위에는 그런 소소한 행복들이 존재한다. 행운을 찾기 위해 내 주위에 있는 행복을 외면하지 않는 삶. 남들의 기준이 아닌 나의 기준으로 살아가는 삶. 순간의 행복을 인정할 줄 아는 삶. 꽁꽁 언 도로 덕분에 내가 타고 있는 버스가 언덕길을 올라가지 못해 모든 짐을 가지고 차에서 내려 언덕

을 하염없이 걸어 올라가더라도, 버스가 언덕을 무사히 올라가는 것을 봤을 때 만날 수 있는 소소한 행복. 지체된 시간으로 인해 좋지 않은 길임에도 불구하고 어마무시한 속도로 더욱 더 빠르게 질주하는 버스를 타고 무사히 숙소에 도착했다는 안도감.

조그마한 행복들을 조금씩 모아 나만의 복주머니에 넣다 보면, 언젠가 그 행복들이 하나로 뭉쳐져 나에게 자그마한 행운을 선물해 주지 않을까? 고기도 먹어 본 사람이 잘 먹는다고, 행복도 자주 느껴 본 사람이 더욱 행복해질 것 같은 생각이 드는 하루. 화끈한 보드카 한잔으로 오늘의 소확행을 마무리해 본다.

이따 봐 내일아.

모든 게 귀찮다

시베리아의 파리를 구경하기 위해 여러 포인트를 지도에 체크해 놨었지만, 모든 게 귀찮았다. 그래서 아무것도 하지 않았다. 내 여행의 마지막 도시 블라디보스토크에서 머무를 숙소만을 정해 놓고, 멍 때리기만을 반복하고 또 반복. 배도 고프지만 이제는 정말로, 솔직히 진정으로 만사가 귀찮다.

망상

오늘은 이르쿠츠크에서의 마지막 날. 블라디보스토크로 떠나는 기차 안에서 살아갈 준비를 모두 마치고 나서 이리저리 팽개쳐져 있는 짐들을 바라보니 한숨밖에 안 나왔다. 언제 또 정리하고 언제 또 자냐. 이번에 타게 될 기차의 좌석은 3등석 1층. 출입구 쪽이다. 이제 암내 덕분에 힘들 일은 없겠지만, 나의 키가 하도 커서 다리가 침대 밖으로 벗어나는 것 때문에 걱정이다. 입구 쪽이라 어마무시하게 많은 사람이 왔다 갔다 하면서 나의 다리에 엄청나게 걸리적거릴 텐데. 벌써부터 느껴지는 스트레스에 지끈거리는 나의 머리를 주물렀다. 그래도 혹시나 우연히 나의 눈에 아름다워 보이는 한 여인이 걸어가다 나의 다리에 걸려 넘어진다면, 우리는 운명적인 만남으로 이어지는 것일까? 라는 되지도 않는 망상 따위를 하며 지금껏 50번 넘게 싸 왔을 짐들을 기계적으로 싼다.

나의 하루하루가 정말 빠르게 지나간다.

끝날 때까지 끝난 게 아니다

이르쿠츠크를 떠나는 날. 시베리아 횡단열차를 타기 위해 언제나 그랬듯이 아침 일찍 숙소를 나섰다. 기차 출발 전까지 남은 시간은 약 40분 남짓. 택시를 타고 역으로 향했다.

숙소에서 기차역 도착까지 걸리는 예상 시간은 약 10분. 근데 웬걸? 지도 위에 찍히는 시간이 점점 늘어난다. 10분에서 20분으로, 20분에서 25분으로. 도로 위에 차들도 점점 늘어가고, 당연한 듯 도로도 막히기 시작한다. 어느덧 차는 제자리에 멈춘 채 옴짝달싹하지 않고, 기차 출발시간은 점점 더 가까워 온다. 그래도 넉넉한 시간에 나왔기 때문에 괜찮겠지, 라며 마음을 다독였다. 지금까지 여행을 하며 기차를 놓쳐 본 적도 없고, 비행기와 버스를 놓친 적도 없었다. 자의적이건 타의적이건 나의 여행은 몹시도 순탄했지만, 러시아에서 이런 고비를 또다시 맞이할 줄이야.

기차 출발시간까지 이제 겨우 10분 정도 남았지만, 아직도 택시는 길 한가운데에서 움직이지 못했고, 나는 시계만을 바라보고 있었다. 어느덧 택시 안에 나의 한숨들은 쌓여 가고, 택시에서 내려 뛰어갈까도 생각해 봤지만 뛰어간다 해도 역까지 도착할 수는 없었다. 그래서 폴란드에서 있었던 일을 교훈 삼아 마음 편하게 기차를 포기했다. 어쩔 수 없는 일에 스트레스를 받는다고 달라질 것은 없으니까.

이런 게 인생이지. 숙소로 돌아가 하루를 더 연장하고 다음 기차를 타기로 마음먹었다.

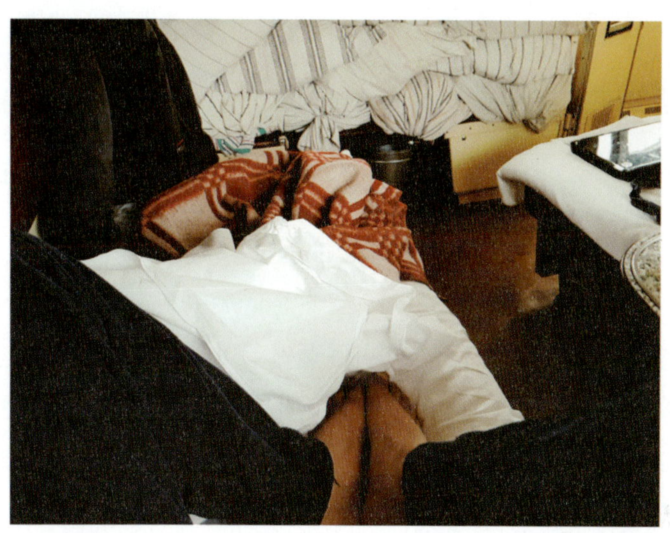

기차 출발시각은 36분. 내가 역에 도착한 시간은 33분. 모든 것을 포기한 순간 기적처럼 차들이 빠져나가기 시작했고, 택시에서 내린 나는 앞만 바라보며 무작정 뛰기 시작했다. 탑승이 거의 끝난 승강장에는 아무도 없었고, 나는 기차표를 들고 헐레벌떡 뛰어 역무원누나에게 티켓을 보여 주었다. 환하게 웃으며 알아들을 수 없는 말을 하는 역무원누나에게 "하라쇼."라고 웃으며 대답한 다음, 겨우 기차에 탈 수 있었다.

여행의 막바지이지만, 역시 끝날 때까지 끝난 게 아니다. 나의 마지막 3박4일간의 기차여행이 나에게 어떤 즐거움을 선물할지 이때까진 그 누구도 알 수 없었다.

똥파리

시베리아 횡단열차에서 맞이하는 둘째 날이 밝았다. 이번 칸은 3등 석이라 6명이 같이 쓰는 공간이지만, 맞은편 창가에 있는 두 칸은 짐들로 가득 차 있었고, 나와 같은 칸에는 사람이 타지 않았다. 탄다고 해도 몇 시간 뒤에 내리는 사람들이 대부분이라, 이 모든 공간을 나 혼자만 사용했다.

나의 기나긴 여행의 마지막 종착역인 블라디보스토크를 향해 쉬지 않고 나아가는 기차. 창밖으로 빠르게 넘겨지는 무채색 풍경들은 지금까지 내가 지나온 여러 도시의 추억들을 파노라마처럼 떠오르게 했고, 눈으로 뒤덮인 하얀 세상을 다채로운 색깔들로 덧입히며 나의 머릿속을 알록달록하게 채워 가고 있다.

영국을 시작으로 프랑스, 스페인, 포르투갈, 스위스, 이탈리아, 체코, 오스트리아, 헝가리, 폴란드, 우크라이나를 거쳐 지금의 러시아에 오기까지 각양각색의 색깔들로 칠해졌던 나의 추억, 그리고 나의 기억들. 그 끝자락에서 완성된 나만의 그림은 어떤 모습일까? 아직도 상상이 되지 않는다. 지금까지 특별할 것 없었던 나의 여행도, 시간이 지나 언젠가 모아 두고 돌이켜 봤을 때, 한 번씩 그 페이지를 되새겨 볼 때 가슴 찡하게 와닿는 많은 문장으로 가득 채워져 있기를 바라 본다. 지금은 쓸모없다 느껴질 수도 있는 사소한 이야기들일지라도, 먼 훗날 나의 인생이란 책에 지금의 페이지를 돌이켜 봤을 때 오늘과는 또 다른 의미로 읽힐지 모르니까.

태양이 지고, 시간이 흘러 달이 떠도 기차는 멈추지 않고 광활한 대지 위에 이어져 있는 철길을 달리고 또 달린다. 삶은 속도가 아니라 방향이라고 말한다. 자신이 목표한 바가 있다면, 그 방향을 향해 곧게 나아가는 것이 중요하지 얼마나 일찍 도착하느냐가 중요하지 않다고 몇몇 사람들은 말한다. 하지만 정작 올바른 목표를 어떻게 찾아야 하는지에 대해서 이야기해 주는 사람들은 많지 않은 것 같다.

이 편지는 영국에서 최초로 시작되어가 아니라, 1960년대 영국에서 처음 시작되었고, 현재 서구권 많은 국가에서 시행하고 있는 갭이어(Gap Year). 근래에 들어 한국에서도 도입을 준비 중인 갭이어는 고등학교를 졸업한 학생들이 대학에 진학하기 전 자원봉사활동 등을 하며 다양한 사회 경험을 쌓고, 그 경험들을 토대로 자신이 나아가야 할 방향을 찾을 수 있게 기회를 주는 활동이다. 물론 그 갭이어를 선택할지 말지는 개인의 자유이다.

갭이어를 우리나라 식으로 표현한다면 어떻게 말해야 할까? 갭이어에 대해 검색을 하다가 '삶을 찾는 시간 '갭이어' 사치인가?'라는 제목의 뉴스 영상을 보게 되었다. 그리고 핵심적으로 빠지지 않는 이야기는 돈. 드라마 〈쌈 마이웨이〉에 등장했던 장면이 떠올랐다.

주인공이 아나운서 면접을 보던 중, 면접관에게 "저 친구들이 유학 가고, 대학원 가고, 해외 봉사 가고 그럴 때 뭐 했나요? 열정은 혈기가 아니라 스펙으로 증명하는 거죠."라는 냉담한 말을 들은 주인공. 이에 그녀는 나직이 "저는 돈 벌었습니다."라고 대답한다. "유학 가고 해외 봉사 가고 그러실 때 저는 돈 벌었습니다."

"어떻게 살아야 하냐? 고등학교 다니는 네가 한번 가르쳐 줘 봐라."

— 영화 〈똥파리〉 중에서

나는 별일 없이 산다

내일이면 이 열차도 끝이 나고, 드디어 여행의 종착지인 블라디보스토크에 도착한다. 이제는 해도 많이 길어지고 바깥의 풍경도 많이 달라졌다. 이전까지의 풍경들은 눈 내린 벌판과 끝없이 늘어선 눈 덮인 자작나무들만 보였었지만, 이제는 황금색 넓은 들판이 더 많이 보이는 것처럼 느껴지는 것은 기분 탓일까.

늦은 밤. 내가 타고 있는 기차는 이름 모를 역에 정차했고, 기차 문이 열리는 순간 코끝으로 알싸한 바람 한 줄기가 불어들었다. 어둠이 짙게 내린 세상은 햇살이 찬연하게 떨어지던 낮과는 전혀 다른 공간이었다. 사방은 칠흑처럼 무거웠고, 고갤 들어 쳐다본 하늘 위로 얕게 흩날리는 눈발들 덕분에 뿌옇게 번져 버린 전조등 불빛이 나의 눈동자 속으로 안

온하게 젖어 들었다. 허나 기차 밖에서 마주한 어둠은 온기라곤 한 줌도 찾아볼 수 없는 쓸쓸한 색 어둠이 아닌, 포근함으로 깊은 안식을 주는 따스한 침묵처럼 내 주변의 공기를 휘감으며 깊은 평안함 속으로 나를 이끌어 갔다. 나는 두 팔을 벌리고 나에게 스스럼없이 다가오는 어둠에 깊은 포옹으로 인사를 건넸다.

열차에서 보내는 마지막 밤. 나는 침대에 누워 장기하와 얼굴들이 부른 「나는 별일 없이 산다」의 노랫말을 떠올리며 잠이 들었다.

나는 별일 없이 살았다.

그리고 여행 중 내가 바라던 모든 것들을 이루었다.

228시간 21분, 약 12,429㎞

기차는 드디어 나의 최종 목적지인 블라디보스토크에 도착했다. 기차를 타고 상트페테르부르크를 시작으로 무르만스크를 거쳐 모스크바, 이르쿠츠크, 블라디보스토크까지 228시간 21분. 약 12,429㎞의 대장정이 드디어 끝났다. 이곳까지 오느라 정말 고생 많았다.

나는 호스텔에 체크인하고 샤워를 깔끔하게 마치고서 밥을 먹으러 길을 나섰다.

언제쯤 도착하려나 싶었던 블라디보스토크에 도착하고 나니, 뭔가 심하게 허전했다. 이 허전함을 채우기 위해 햄버거를 2개나 먹었지만, 더욱 더 알 수 없는 공허함만을 느꼈다. 고민을 해 봤지만 이유는 알 수가 없었다. 어차피 고민한다고 해결될 문제였으면 고민이 되지도 않았겠지. 밥을 먹고 씁쓸함으로 채워진 배를 두드리며 숙소로 돌아왔다. 그렇게 하루를 보냈다.

알 수가 없었다

지금까지 여행을 다니면서 산 것들이라고는 엽서와 조그마한 잔이 전부였다. 쇼핑을 하고 싶었지만, 뭔가를 사서 그것을 가지고 다닌다는 것 자체가 불가능했기에 모든 욕구를 버리고 무소유의 정신으로 무장하고서 오직 2장의 맨투맨 티만을 입고 여행을 했던 나. 허나 이곳에서 나는 봉인을 해제하고 쇼핑할 준비에 돌입했다. 이곳은 나의 마지막 나라니까.

하지만 블라디보스토크는 나에게 맘 편히 쇼핑할 수 있는 여건조차 제공해 주지 않았다. 시내에 있는 백화점이라는 곳들을 둘러봐도 손이 가는 물건을 찾을 수 없었고, 나의 한숨은 늘어만 갔다. 도시를 둘러봐도 이건 뭐. 유럽적인 모양이라기보다는 그저 그런 도시의 모습. 되는 일이 없다. 왜 이럴까. 다시 한국으로 돌아갈 시간이 되니, 원래 나의 삶처럼 재수가 없어지는 듯했다.

지금까지는 순탄했는데 뭔가 맘에 들지 않았다. 전부 맘에 들지 않는다. 숙소로 돌아가는 길. 나의 기분이 정말 왜 이런지 알 수 없었다.

나랑 안 맞아

이제 모든 것이 끝났다고 생각을 하니, 블라디보스토크에서는 더더욱 격하게 아무것도 하고 싶지 않았다. 그래도 먹고는 살아야지 생각하고 근처에 있는 식당으로 향했다.

나는 사진과 실물은 같을 수가 없다는 진리를 다시 한 번 깨닫고서 마약등대를 가기 위해 버스를 기다렸다. 10분이 지나고 20분이 지나고, 몇 번이나 같은 번호를 달고 있는 버스들이 정류장을 지나갔지만, 정작 내가 타야 할 버스는 나를 태우러 올 생각이 없는지 나타날 기미조차 보이지 않았다. 구글맵으로 확인한 배차시간은 15분 간격이기에 조금만 더 기다려 보자고 나를 다독였지만, 40분을 기다려도 버스는 오지 않았다. 나는 피식 한번 웃어 주고 숙소로 돌아왔다. 블라디보스토크는 나랑 안 맞아.

봄이 오나 보구나

이제는 정말 한국에 가까워졌다는 사실을 시내버스만 봐도 아주 쉽게 알 수 있었다. 교회를 가기 위해서 탄 버스는 한국에서 수입을 해 왔는지 곳곳에서 한글의 흔적들을 발견할 수 있었다. 불현듯 현대에서 버스를 만드시는 작은아버지 생각이 났다. 아마도 이번이 블라디보스토크에서 타는 마지막 버스가 되겠지.

날씨가 얼마나 좋은지, 그동안 바닥에 널브러져 있던 얼음들은 모조리 햇빛에 녹아 도로 위로 폭포수처럼 쏟아져 내렸고, 나의 두 발이 디디고 서 있던 도로는 어느새 커다란 강으로 변해 있었다. 그 강물은 하늘을 비췄고, 하늘을 품은 강물은 햇살까지도 한껏 머금은 채 번쩍이며 도로 가장자리에 덩그러니 놓여 있는 나의 신발과 부딪혀 잔물결들을 일렁거리고 있다. 그에 발맞춰 내 마음속 한가운데 물이 고이듯 엉겨 있던 갖가지 푸념들도 함께 일렁거린다.

아마 나는 집으로 돌아가기가 싫은가 보다. 그래서 기분이 안 좋았나 보다. 여행은 끝나 가지만, 아니 이제 끝이 났지만 바뀐 것도 없고 달라진 것도 없다. 도전 아닌 도전이 되어 버렸던 지금의 여행이 딱히 나를 성장시켰다는 느낌도 들지 않고, 스스로 대단한 일을 성공했다는 기분조차 들지 않았다. 그냥 동네 한 바퀴 돌다가 어느덧 집 앞에 도착한 기분. 허탈한 심정. 공허한 가슴을 안고 터벅거리며 거리를 걸었다.

한참을 멍하니 걷는데 남쪽에서부터 살랑거리며 불어오는 듯한 봄바람에 은은한 꽃향기가 실려 오는 것 같았다. 나는 겉옷을 벗어던지지는 않고 겨드랑이 사이에 가지런히 끼우고서, 손을 들어 나에게로 밀려드는 향기롭고 부드러운 바람들을 따사롭게 어루만졌다. 그래, 이제 정말 봄이 오나 보구나.

유빙

유빙을 보고 싶었다. 예전에 봤던 『바람의 색』이라는 웹툰에서 표현되는 유빙이 너무나 보고 싶었다. 그래서 한동안 마음속에서 북해도를 꿈꿔 왔다. 하지만 그때 당시 북해도는 나에게 너무도 먼 곳처럼 느껴졌고, 그 꿈은 잘 다니던 회사를 그만두고 나서부터 '다음에 보자'라고 인사하는 불편한 친구처럼 영원히 기약할 수 없게 멀어져 버렸다. 그 후 나의 기억에서 까마득히 잊히고, 무의식 속 깊은 곳 너머로 사라져 버린 듯했던 북해도의 유빙.

하지만 유럽을 여행하던 어느 날 불현듯 떠오르게 된 그날의 꿈, 그 기억은 블라디보스토크에 있는 해변공원으로 나를 이끌었고, 그 옛날 너무도 간절했던 '유빙이 보고 싶다'는 기억 속 꿈을 오늘에야 이룰 수 있게 해 주었다.

이제 다 끝났다. 이제는 밖에 나갈 일이 없다. 현재 155일. 영원히 끝날 것 같지 않던 유럽·러시아 여행이 드디어 끝이 났다. 21일에 배만 탈수 있다면 드디어 한국으로 돌아간다. 하지만 나의 손에 잡히는 것은 차가운 바닷바람과 바닥에 깔린 짭짤한 얼음뿐이었다. 성공을 거머쥐지도 않았고, 미래를 붙잡지도 못했다. 잃은 것이라곤 영향력을 발휘해야 할 5개월이라는 긴 시간과 젊음. 그리고 텅 비다 못해 마이너스로 변해 있는 통장이었다. 아, 마이너스 통장은 얻은 것이구나.

단, 나는 정말 많은 꿈을 이뤘다. 스위스에서 보드도 타고, 스카이다이빙도 하고, 베네치아도 가 보고, 오로라도 보고, 시베리아 횡단열차도

타고, 유빙 위도 걸어 봤다.

그래서 나는 어떠한 무엇이 된 것일까? 다른 사람들에게 나를 누구라고 이야기를 해야 하는 걸까. 그동안 많은 것들을 경험하고 느꼈으면서도 나는 스스로 무엇이 되지 못하고 그 자리에 서서 쓸쓸해한다. 시간이 흐른 후에 나는 정당한 이름을 얻을 수 있을까? 아니면 이대로 아무것도 아닌 사람이 되는 걸까?

이런저런 답도 없는 생각을 하며, 얼어 있는 바다 위를 걷고 걷고 계속해서 걸었다. 그리고 마지막 엽서를 보내고서 숙소로 돌아왔다.

언제나 그랬듯 끝날 때까지 끝난 게 아니다

거짓말처럼 오늘도 태양이 떠올랐다. 오늘은 러시아에 머무른 지 57일째 되는 날. 아주 무시무시한 날이었다.

한국 사람이 러시아에 무비자로 머무를 수 있는 기간은 총 90일이다. 나는 그것이 90일을 연속으로 머무를 수 있는 것이라 생각하고 러시아의 일정을 느긋하게 보냈었지만, 그것은 나의 엄청난 실수였다. 쉥겐과 동일하게 180일 내로, 최대 90일 동안 러시아에 무비자로 머무를 수 있었지만, 여기에 붙는 하나의 조건. 단, 연속으로 머무를 수 있는 기간은 최대 60일이다. 그리고 엎친 데 덮친 격으로 한국으로 돌아가는 크루즈는 다음 달까지 예약이 가득 차 있었다. 이 모든 사실을 알게 된 게 불과 이틀 전 일이다.

물론 비행기를 타고 한국으로 돌아갈 수 있었지만, 비행기의 가격은 하늘 높은 줄 모르고 치솟아 있었다. 애초에 한국으로 돌아갈 수단으로 크루즈를 선택했던 나는 여행 비성수기인 지금 당연히 크루즈에 자리가 많이 남아 있을 것이라고 생각했었다. 크루즈를 이용하는 주 고객이 한국 사람이 아니라 러시아 사람이라는 사실을 간과했던 결과였다.

이 기간 동안 나는 상상도 할 수 없을 정도로 스트레스를 받았고, 제정신이 아니었다. 그래도 일단은 부딪혀 보기로 하고 크루즈를 운영하는 회사에 찾아가 티켓을 구할 수 있냐고 물었지만, 러시아 아주머니는 안 된다는 말만을 반복해 나를 화나게 했다.

그래서 나는 첫날부터 꼬여 버린 나의 여행에 가장 큰 도움을 주었던,

순천 최강 꽃미녀 이소라 씨에게 다시금 도움의 손길을 요청했다. 그리하여 한국에 있는 크루즈 본사와 연락을 할 수 있었고, 1순위 대기자로 나의 이름을 올릴 수 있었다. 또한 미리 잡혀 있던 예약이 캔슬 나거나 미탑승 좌석이 있을 시 나에게 연락을 주겠다는 답신도 받을 수 있었다.

하. 집으로 돌아가는 길이 이렇게나 고달플 줄이야.

어찌 됐건 나는 오늘에야 크루즈의 티켓이 발급됐다는 연락을 받게 되었고, 이제 진정으로 이 나라를 떠나 나의 집, 나의 고향으로 돌아갈 수 있게 되었다. 언제나 그랬듯 끝날 때까지 끝난 게 아니다.

크루즈의 밤

출국 검사를 마치고 배에 올랐다. 오늘의 기분을 어떻게 말해야 할까. 솔직히 아무런 생각이 들지는 않았다. 그래도 뭔가 말을 해야 한다면, 그냥 그랬다. 배에 오르면서부터 보이는 많은 한글과 한국 승무원들. 괜스레 웃음이 나왔다. 한마디라도 더 말을 하고 싶어 별것 아닌 질문을 하며 대화를 이어 갔다. 귀찮게 했다는 말이 아니다. 여행 중에 한국 사람들을 많이 만나긴 했었지만, 그때와는 확연히 다른 느낌이었다. 그렇게 느꼈던 것 같다.

배 안에서 보내는 시간은 그 어느 때보다도 더욱더 빠르게 흘러갔고, 어느덧 나를 태운 배는 이리저리 파도에 휩쓸리고 떠밀리어 망망대해로 흘러갔다. 나는 갑판 위 벤치에 앉아 멀어져 가는 노을을 가만히 바라보았다. 서쪽 하늘 수평선 너머로 가라앉는 태양. 많은 사람은 새해에

일출을 보기 위해 산이나 바다로 향한다. 새해 첫날에 떠오르는 태양을 바라보며 한 해의 무사 안녕을 빌거나, 자신이 바랐던 염원을 비는 사람들. 그리고 해가 완전히 뜨고 나면, 그 짧았던 찰나의 떠오름을 아쉬워하며 발걸음을 돌려 각자의 자리로 돌아간다.

하지만 사람들은 한 가지 가장 중요한 사실을 모르는 것 같다. 해는 그 순간에만 떠오르는 것이 아니라 항상 떠오르고 있다는 것을. 그리고 이제는 나의 눈에서 사라져 버린 저 태양도 단지 나의 눈에 보이지 않을 뿐 다른 곳 어디에선가 분명히 떠오르고 있다는 것을.

"잘 가. 이따 봐."

영화 〈타이타닉〉에서 보았던 근사한 파티를 기대한 것까진 아니었지만, 갑판에 있는 나이트클럽에서 특별공연을 한다는 말을 듣고 무료하던 차에 신이 나서 클럽에 가장 먼저 입장을 하고 앞자리에 앉아 공연을 구경했다. 텅 비어 있던 클럽 내부는 시간이 지날수록 술 취한 러시아 사람들로 가득 채워졌고, 급기야 서로 싸움을 하는 지경에 까지 이르렀다. 완전 난장판이 따로 없는 이곳. 러시아에서는 러시아 사람들을 충분히 감당할 수 있었지만, 한국에서는 러시아 사람들을 감당할 수 있는 힘이 없는 것 같았다.

시베리아 횡단열차가 정말 안전하다고 느낄 수 있었던 것 중 하나가, 차장이 내리라고 말하면 그 누구든 무조건 기차에서 내려야 한다는 사실. 그리고 난동을 부리면 열차 밖으로 쫓겨난다는 사실을 알고 있는 그들은 자신의 처신을 조심할 수밖에 없었다.

근데 뭐 여기는 배 안이기 때문에 내리라고 할 수는 없지만, 어쨌든 승무원들도 러시아 사람들을 감당하기 힘들어하는 것 같았다.

아무튼 크루즈에서 보내는 밤은 내 생각과는 달리 너무나도 끔찍했고, 어둠이 짙어져 갈수록 커지는 러시아인들의 목소리에 나는 차가운 가을비를 맞으며 처마 끝에 웅크리고서 온몸을 부들부들 떨고 있는 강아지보다 더욱 처량하게, 커튼을 굳게 닫고 침대 위에서 잠잠히 숨죽이고 있었다. 이렇게 크루즈에서의 밤이 깊어 간다.

자유여행

배가 한국에 도착할 시간이 가까워져 오자, 저 멀리에서나마 북녘 땅을 바라보고 싶은 마음에 나는 서둘러 갑판 위로 올라갔다. 그리고 얼마 시간이 지나지 않아, 희미한 공간 속에서 서서히 나타나는 육지의 모습을 지켜보았다.

'아. 저기가 북한이구나.'라고 생각하고 있었는데, 잉? 어디서 많이 본 것 같은 건물이 내 눈에 보이는 것이 아닌가?

뭐지? 하고 유심히 그 건물을 바라보았다. 북한은 무슨 얼어 죽을.

어제 출항하기 전 약 2시간 정도 지연이 되었기에, 나는 당연히 한국에도 2시간 늦게 도착할 줄 알았다. 근데 나의 눈에 보이는 저곳은 정동진이 분명했다. 이 먼 거리에서도 확연하게 보이는 정동진의 명물. 이름은 차마 말하지 않겠다. 어쨌든 생각보다 빨리 한국에 도착했다. 그랬다.

어느덧 선착장이 차차 가까워져 오는지, 배는 그리 흔들리지도 않고 선객의 절반쯤은 벌써부터 갑판 위로 올라와 장사진을 치고 있었다.

입국수속을 마치고 드디어 이 땅에 온전히 발을 내디뎠다. 아. 눈물이 앞을 가리지는 않더라. 그래도 조국의 공기는 무척이나 달콤하더라.

2013년 11월 13일. 기차를 타고 여행을 하고 싶다는 생각에 무작정 어렸을 적 추억들을 되새김질하며 정동진으로 오게 됐고, 그곳에서 엄청난 인연들을 만나게 되었다. 세상에서 열심히 달음박질하다 상처 입은 영혼들이 잠시 쉬어 갈 수 있는 쉼터. 정동진의 후시딘과 마데카솔. 라라무리 사람들을 만나게 되었고, 그날의 인연이 아직까지 이어져 동해로 도착한 나를 마중 나온 우리의 셔리킴. 나를 보자마자 "거지꼴일 줄 알았는데 보기보다 멀쩡하다?"라며, 그는 나의 여전한 잘생김을 돌려서 칭찬했고, 나는 "형은 왜 이렇게 늙었어요?"라고 그에게 사실 그대로를 말하며 화답했다.

라라무리를 처음 만났던 그날을 잊을 수 없다. 여러 나라를 여행하고 많은 것들을 봐 온 나지만, 이곳만큼 아름다운 곳을 본 적이 없었다. 그리고 언제나 나를 반겨 주는 곳이 있다는 게 너무나 좋았다. 1주일을 머무르건 2주일을 머무르건 떠나는 날이 항상 아쉬웠던 라라무리. 나의 두 번째 고향 라라무리.

짐을 풀고 나의 지정석에 앉아 멍하니 바다를 바라본다. 지금껏 수십 번 이상을 봐 왔던 똑같은 풍경, 꼭 같은 모습이었지만 언제 봐도 질리지 않는 이곳의 모습이 참 좋았다. 이곳에서 주고받았던, 영원히 마르지 않던 이야기들은 모래알처럼 쌓이고 쌓여 수많은 날 동안 드넓은 백사장을 채우고, 그동안 우리를 웃음 짓게 만들었던 이야기들은 여기에 모여 추억이 되었다. 그리고 그 추억을 먹고 자란 등명해변의 바지락들은 무지하게 맛있다. 이 집 바지락국 잘하네.

나는 그동안 내 가슴에 무엇을 담았을까? 부서지는 파도의 잔상 속에서 시간이라는 여러 장의 달력을 넘겨 보았지만, 매 순간마다 아무것도 담아내지 못한 나를 마주한다.

　지금까지의 여행 동안 나는 눈에 보이는 것으로는 무엇인가 남기지도, 담아내지도 못한 것 같다. 나의 여행의 끝에는 무엇이 있을까? 라고 엄청난 기대를 했었지만, 무지개 끝에 보물이 묻혀 있다는 허무맹랑한 소리를 듣고 그 보물을 찾으러 모험을 떠난 어느 박 모 씨가 돼 버린 듯한 지금의 기분.

　그러면서도 나 스스로에게 위안을 건넨다. 추억은 담는 게 아니라 담아지는 것이라고.

　그 담아진 기억 속에서 포르토에서 올라갔던 전망대가 생각났다. 구글맵을 보지 않아도 그 전망대를 찾기는 무척이나 쉬웠다. 빼곡히 들어차 있는 건물들 사이에 홀로 우뚝 서 있는 그 탑을 바라보며 걷기만 하면 됐으니까.

　분명한 목적지가 있는 것은 참 좋은 것 같다. 다른 곳을 쳐다볼 필요도 없이, 딱 자신이 목표했던 그곳만을 바라보고 앞으로 나아가기만 하면 되니까. 그러다 힘이 들어 제자리에 멈춰 설지라도 그 목표는 움직이지 않고 그곳에 그대로 머물러 있기에 언제든 다시 그곳으로 걸어가면 되는 거니까. 이래서 나는 꿈이 있는 사람들이 부럽다.

　물론 나도 꿈은 있다. 세상에서 가장 멋있고, 누구보다 나태한 삶을

살아가는 한량이 되는 것. 그러면 그 꿈을 이루기 위해 나는 무엇을 해야 할까. 하……. 또 똑같은 질문이 반복된다. 이제는 나도 모르겠다. 노래나 부르련다.

　*　*　*

　점점이 떠 있는 흐릿한 구름들의 갈라진 손가락 사이로 미지근한 태양 빛이 내리쬐는 어떤 날 늦은 오후. 모래사장 위로 사뿐히 떨어지는 빛살들은 별안간 부르짖으며 달려드는 파도에 놀라 자지러지듯 물길 속으로 부서지며 녹아들어 갔다. 언제부터일까. 그 흔한 사람들의 발자국 하나 찍혀 있지 않은 한적하고 드넓은 바닷가 백사장 위에 홀로 머물며 자리를 지키고 있는 허름한 나무 벤치가 있다. 얄궂은 바닷바람과 세월의 모진 풍파를 온전히 비껴내지 못한 듯, 본연의 색을 잃어버리고 바스러지고 있는, 끝없이 펼쳐진 수평선과 어우러져 누군가에게는 먹먹하고 가슴 찡한 쉼을 허락하며 자신을 내어 줬을 낡은 나무 벤치. 엉성하지만 튼튼해 보이는 그 벤치는 누가 만들어서 그곳에 놓아두었는지는 모르지만 원래부터 거기가 자신의 자리인 양 낯설지 않게 주변 풍경과 잔잔히 동화되어, 그곳에 쓸쓸함을 아늑함으로 채워 주고 있다.

　태양은 밀려오는 어두움에 도망하듯 골짜기 사이로 넘어가 빛을 잃어 가고, 수평선 끝자락으로부터 달이 차오른다. 간간이 아기자기한 빛을 뽐내며 자신을 내세우던 별빛들까지도 야금야금 모조리 먹어치워 버렸는지, 불뚝해진 배를 들이밀고서 둥그런 빛을 세상으로 쏟아 낸다. 몇 겹의 시간 동안 변함없이 흘러내렸을 차가운 달빛은 텅 빈 백사장에 놓여 있는 그 벤치 위를 시원하게 덮어 갔고, 낮게 깔린 잔잔한 어둠 속에서 숨죽이고 있던 모래알들도 달빛을 양분 삼아 은은하게 반짝였다. 물길 속 깊이 녹아 있던 햇살들은 시원한 달빛과 함께 일어나 모래알과 경쟁하듯 온 바다에 퍼져 아지랑이 피듯 떠올랐다.

바람결과 더불어 손짓하는 달그림자에 이끌려 밋밋한 모래언덕 위를 부스럭거리는 소리와 함께 발자국을 찍으며 다가오는 누군가가 눈에 들어왔다.

"아직은 불편하네……."

새하얀 도화지 같던 모래사장 위에 곧게 찍힌 발자국과 살짝 끌리듯 찍힌 발자국으로 올곧은 길이 만들어져 갔다. 위태로운 걸음을 이어 가는 그 남자. 쌀쌀한 바닷바람은 펄럭이는 그의 옷자락을 휘감으며 그를 끌어안았고, 느릿한 발걸음을 재촉하게 했다. 그는 달빛을 맞아 하얗게 빛나고 있는 나무 벤치에 다가가 자연스러운 동작으로 벤치를 쓰다듬으며 말했다.

"오랜만이구나……."

벤치에 앉은 그는 담배를 꺼내 물고 불을 붙였다. 뽀얗게 아른거리며 피어나는 연기를 한 모금 깊게 빨아들이고서, 뜨거워진 한숨을 뱉어 내며 품 안에서 구겨져 있던 철 뭉텅이를 꺼내 자신의 옆자리에 조심스레 내려놓는다. 그는 부스럭거리며 들고 왔던 봉지에서 소주병을 꺼내 능숙하게 한 병을 따 철 뭉텅이 위로 쏟아붓는다. 왈칵거리며 시원하게 떨어져 내리는 소주를 멍하니 바라보는 그 남자. 빛바랜 벤치는 쏟아지는 소주를 머금으며 술이라도 취한 듯 삐걱거렸고, 소주를 다 들이부은 그는 다른 한 병을 들어 한 모금씩, 한 모금씩 자신의 목구멍 속으로 천천히 흘려보냈다. 지독할 정도로 느릿하게 소주를 절반쯤 마시고서, 그는 허리를 숙여 모래사장 위로 글씨를 쓰기 시작했다. 술이라도 취한 걸까? 그는 모래사장이 아닌 돌판 위에 글씨를 쓰는 것처럼, 한 획 한 획 무겁게 선을 이어 갔다.

한종호 명준석 심권 이명호 곽원종 박현우 김진섭 임호림 이민재 신규종 강은필

글쓰기를 마친 그는 허리를 들어 바다를 바라봤다. 바다는 고요했고, 파도는 자유로웠다. 멍하니 앞을 향하고 있던 그의 눈 끝자락에서부터 조그마한 붉은 점 하나가 비쳐 오기 시작한다. 오랜 날 동안 사방에 뿌리내려 있는 어둠을 갉아 삼키며 떠오르는 붉은 태양. 그의 얼굴에 오래도록 머무르고 있는 짙은 어둠을 살라 먹는 뜨거움이 저 멀리서부터 피어난다. 커지는 태양 빛은 어둠을 삼켜 갔고, 밝아져 오는 상호의 눈앞에는 널찍한 등판을 가진 11명의 사내가 떠오르는 태양이 만들어낸 장관을 바라보고 있었다. 잠시 잠깐 머물러 있던 그들은 공허한 모래밭을 기운차게 가로지르며 앞으로 달려 나간다. 짙게 찍힌 22개의 발자국은 반듯한 길을 만들었고, 그 길의 시작점엔 상호가 서 있었다.

상호는 밀려오는 따사로움을 느끼며 눈을 감고 고개를 들어 태양을 마주했다. 그의 얼굴에 심겨 있던 어두움은 더는 머물 곳을 찾지 못했는지 떨어져 나갔고, 부드러운 온기가 상호의 얼굴을 물들이고 있었다.

"해 뜬다……."

- 자작 단편소설 「후에」 중에서

에필로그

다니던 대학교를 중퇴하고 나서, 더 늦기 전에 취직을 하기 위해 직업 전문대학에 들어갔다. 그리고 유명 자동차 브랜드 장학생으로 선발되어 해외 본사 탐방의 기회까지 얻게 되었다. 교수님을 포함하여 모든 사람들이 당연히 그곳에 취업이 될 것이라고 나에게 이야기했고, 본사 직원들 또한 내가 가고 싶은 지역만 고르면 무조건 그곳으로 나를 넣어 주겠다고 호언장담했었다. 그리고 나는 보란 듯이 모든 곳에서 떨어졌다.

2017년 10월 내 나이 31살. 여행을 처음 시작한 이유는 별것이 없었다. 특별하게 이룬 것도 없었고, 직업도 없고 하고 싶은 일도 없었기에 무작정 여행을 떠나기로 했다. 이전부터 세계 일주에 대한 꿈을 오랫동안 상상했었다. 세계 일주를 하며 한복을 입고 전 세계 유명한 광장들에서 판소리 버스킹을 하는 나의 모습을 꿈꿨었다. 거기에 부수적으로 여행경비까지 보충하고 싶었다.

이처럼 나는 언제나 말이 번지르르한 사람이었다. 많은 사람에게 인정을 받기 원하는 아이였고, 모든 사람에게 실망감을 주기 싫어하는 사람이었다. 하지만 시간이 지날수록 더욱 더 많은 사람들이 나의 본모습을 알게 되었고, 그들에게 겉으로는 당당한 척 거대한 포부들을 이야기했었지만, 정작 그 말에 대한 책임을 지지는 못했다. 나 나름대로 노력을 한다고 발버둥도 쳤었지만, 아마도 그들의 눈에는 내가 했던 말들의 반의반도 지키지 못하는 사람으로 비쳤을 것 같다. 아니, 나는 그냥 딱 그 정도의 사람이었다.

이번 여행을 계획하게 된 것도 뭔가 나은 사람, 나는 뭔가 할 수 있는 사람이라는 것을 많은 이들에게 보여 주기 위해 내가 감당할 수 있는 한계를 오버해서 무리하게 진행을 한 것도 있다. 물론 잠깐이나마 나에게 집중되는 관심과 시선에서 벗어나기 위한 하나의 도피처로 여행을 활용하고 싶었던 이유도 있었다. 눈앞에 보이는 모습이 아닌 SNS와, 사실 여부가 불분명한 나의 말과 사진들로만 사람들의 눈에 비칠 수 있는 절호의 기회 같은 것이랄까?

사람이 가진 것 중 유일하게 변하지 않는 것은 지랄 같은 성격밖에 없듯, 이 여행을 끝마치고 나서도 나의 이런 본질은 변하지 않았다. 여행이 끝나 가는 순간까지 사람들에게 이런저런 이야기들과 포부를 쏟아 놓고서 당장 그 순간은 변하기 위해 열심을 다했지만, 역시나 나의 입에서 나온 모든 말들은 진정한 나와는 거리가 멀었고, 입으로 뱉어 낸 모든 말들은 굴리면 굴릴수록 커지는 눈덩이처럼 불어나 나 스스로를 옥죄는 사슬로 작용했다. 그래서 나는 그러한 사람들의 시선에서 도망갈 수 있는 핑곗거리를 만들기 위해 더욱 발버둥 쳤고, 최후의 도피처로 글쓰기를 선택했다. 글을 쓰는 목적도 남들에게 보이기 위해서.

나는 잘하고 있어요. 나는 뭔가를 하고 있어요. 나는 남들과는 다른 무언가를 할 수 있는 능력을 갖추고 있어요. 내가 글을 쓴다고 말한 그 순간부터 그 누구도 나를 힐난하지 않았으니까.

그 후, 여행을 끝마치고 집으로 돌아가지 않고 베트남을 거쳐 원주까지 와서 글을 쓴다는 핑계로 나태한 삶을 이어 갔다.

베트남에서 글을 쓰기 시작한 지 3주가 다 되어 갈 때까지 어떤 틀도 제대로 정해지지 않았고, 나 스스로 느끼기에도 재미없는 글자들을 하릴없이 나열하는 나 자신을 돌이켜 볼 때마다, 나에게 주어진 시간을 스스로 낭비하는 내 모습을 볼 때마다 느껴지는 혐오감에 헛구역질이 났다. 그러면서도 남은 두 달의 시간 동안 뭔가를 이룩하기 위해 열심을 다하는 것이 아닌, 이다음에는 어떤 식으로 나에게 주어진 시선들을 피해갈 수 있을까? 생각하는 나 자신이 더욱 더 두렵게만 느껴졌다.

　지금껏 그리 오래 살아온 인생은 아니지만 나름대로 많은 글을 읽고, 다른 이들의 성공스토리들을 봐 오며 나의 입에서 나오는 '잘하고 있다'라는 말이 얼마나 부질없는 표현이었는지, 날마다 반복되는 하루에 나의 일상이 얼마나 나태한지 누구보다 잘 알고 있는 '나'이기에 뭔가를 이루지도 못한 나의 부족함에 저녁마다 밀려오는 자괴감으로 술을 마시고 더욱 더 깊은 나락으로 나를 이끄는 나 자신이 너무 한심스럽고 부끄러웠다. 자신을 다잡고 또 다잡으며 하루하루를 버텨 내는 게 얼마나 힘든지. 하하, 남들에게 보이기 부끄러울 정도로 한심스러운 나날들을 보냈었다.

　작심삼일을 10번 하면 30일이 된다 했던가. 그렇게 시간을 허비하다 보니 결국은 여기까지 오게 됐다. 글을 계속 쓰다 보니 사람들에게 공감갈 만한 이야기를 써야지, 재밌는 이야기를 써야지 하는 욕심이 생겼다. 쉽게 표현할 수 있는 것들도 되지도 않는 실력으로 꼬기 시작했고, 별것 아닌 일들에도 오버해 가며 글을 썼다. 그러다 보니 내가 쓰고 있는 글이 어느 순간 에세이가 아닌 하나의 소설처럼 변해 있었다.

　그래서 퇴고를 하며 글을 대폭 수정했고, 최대한 진솔하고 담담하게 내 생각들을 표현하고 싶었다. 도움이 될 만한 글이 아닐지라도, 교훈을 얻을 수 있는 글이 아닐지라도, 세상에 이런 생각을 하는 이런 사람도 존재하는구나. 그 사람은 이렇게 살아가고 있구나 하고 슬그머니 넘겨지는 그런 책, 그런 사람으로 남겨지고 싶다.

그곳에 두고 온 두루마기 생각난다

초판 1쇄 발행 | 2019년 2월 11일

지은이 | 박건아
발행인 | 장문정
발행처 | 문예바다
등록번호 | 105-03-77241
주소 | 서울 종로구 삼일대로 30길, 21 (종로오피스텔)1110호
전화 | 02) 744-2208
메일 | qmyes@naver.com

ⓒ박건아, 2019. Printed in Seoul, Korea

ISBN 979-11-6115-053-6 (03810)